Hans Joachim
Schädlich

TALLHOVER

Rowohlt

Die Arbeit des Autors am vorliegenden Text
wurde durch den Deutschen Literaturfonds e. V. gefördert
Schutzumschlag- und Einbandgestaltung
Klaus Detjen

1. Auflage August 1986

Satz Sabon-Antiqua auf der Linotron 202
Gesamtherstellung Clausen & Bosse, Leck
Printed in Germany
ISBN 3 498 06172 0

Für Ursula Plog

TALLHOVER

1 Der Lehrer Sänger, der nur ein Mensch ist, eine Ordnung muß sein, damit die Arbeit, Belehrung der Neunjährigen, getan werden kann, reißt immer die Tür auf, das ist auffällig genug, daß die Neunjährigen hinsehen, Sänger kommt, er spart sich die Stimme. Bis die Neunjährigen an ihren Plätzen stehen, geht der Lehrer Sänger bloß zu seinem Platz für den Morgengruß, einen Meter vor der mittleren Bankreihe. Zwei Worte sind der Gruß, aber der Lehrer Sänger läßt von jedem Wort etwas fort, das Ende vom ersten, vom zweiten den Anfang, die Reste tut er zusammen. Das tun die Neunjährigen, wie sie es hören von Sänger.

Aufmunterung am Morgen kommt von Kopfrechnen. Die Neunjährigen stehen an ihren Plätzen, Sänger, daß er selber folgen kann, sagt schnell,

Drei mal zwölf plus vier durch zwei mal fünf minus neunundzwanzig, ist?

und Schüler Böttcher, der es weiß, darf sich setzen.

Vierundzwanzig Neunjährige, vierundzwanzig Rechenaufgaben schickt Sänger aus, daß jeder sich setzen könnte, wäre jeder nur schnell wie Böttcher. Zwei und Tallhover bleiben aber stehen, das sind die Langsamen. Daß sie dastehen vor den anderen, muß ausgebügelt werden, bald, nämlich in der Pause, sagen sie sich.

Eine Ordnung muß auch sein in der Pause, der Lehrer Sänger will in dem Lehrerzimmer sitzen in der Pause und nicht in dem Klassenzimmer, aber in dem Klassenzimmer muß eine Ordnung sein. Sänger hat ausgedacht, daß der erste, der sich setzen darf wegen schnellen Kopfrechnens, das ist Böttcher, zu wichtigem Amt komme in der Pause. Böttcher stehe neben der Tafel, die Schulklasse im Auge, wer Unordnung stiftet oder Lärm ausruft, und schreibe die Namen der Täter auf die Rückseite der Tafel. Was Lärm sei oder Unordnung, bestimme nur Böttcher.

Untersagt ist es, sagt Böttcher, nachzulesen auf der Rückseite, wen Böttcher notiert.

Kloss, der nicht rechnen kann, und Sörgel, der nicht rechnen kann, achten das Amt gering, das Böttcher antritt neben der Tafel. Das Butterbrotpapier, in Fetzen gerissen, zu Kugeln gekaut und fortgeschnellt von geschickter Zunge, trifft die Tafel neben Böttcher oder trifft Böttcher. Nur hinter der Tafel, solange Böttcher die Namen Kloss und Sörgel schreibt, wird Böttcher nicht getroffen, aber er sieht nichts. Muß sich also treffen lassen von speichelnassem Papierklump. Das kostet es, daß er stehen darf neben der Tafel.

Schmitz, der rechnen kann, ruft trotzdem Schlag um Schlag auf Böttchers Ohr, daß Böttcher wer ist, der

Schleimer! Schleimer! Schleimer!

gerufen werden muß, daß Böttcher zu schreiben hat: Schmitz.

Die Namen von Kube und Ringmann, die nicht wissen, daß sie in Ungnade fallen, weil sie auf die Bank kritzeln, das ist verboten, kritzeln sie Böttchers Namen?, schreibt Böttcher auf die Rückseite der Tafel.

Lohmüller ist dumm genug, daß seine Tat sichtbar bleibt ohne Böttchers Notiz, Lohmüller taucht den Federhalter in das Tintenfaß, hält den Federhalter als Speer, wirft fast, aber hält den Federspeer fest, nur die Tinte fliegt in Tropfen, die ersten groß, die letzten kleiner und winzige Punkte zuletzt, gegen die Wand. Das ist sogar eine Geschicklichkeit, daß Tintenpunktreihe und Tintenpunktreihe sich zu dem Muster fügen, das wehende Fahne darstellt oder Rauch im Wind.

Tallhover nutzt die Pause anders. Auf einem Blatt Papier notiert er Rechenaufgaben für seinen Kopf. Die Zahlen, die er schreibt, murmelt er, Zwölf plus siebzehn, und sagt das Ergebnis, ehe er murmelnd schreibt, wie es fortgeht: Minus acht, und sagt, ehe es wieder fortgeht, das Ergebnis. Schneller schreibt er und murmelt schneller, den Nachbarn, der ihn anstößt, stößt er weg mit dem Ellenbogen. Vor dem Ende der Pause läßt er Papier und Federhalter aus, spricht sich nur vor, was zu rechnen ist, sagt das Ergebnis und spricht sich vor. Nur der Lehrer Sänger rechnet schneller als Tallhover. Die erste Aufgabe, die Sänger hersagt, löst Tallhover als erster. Tallhover steht neben der Tafel, sein Auge entdeckt Unordnung, sein Ohr entdeckt Lärm. Tallhover schreibt Namen, daß Sänger sie vorfinde am Ende der Pause.

Sänger reißt die Tür auf, Tallhover vergißt die Rechenaufgabe, die er sich aufgegeben hat, sieht hin, und sieht Sänger, der zu Böttcher geht. Böttcher, dem Sänger die Hand auf die Schulter legt, soll vorlesen: die Namen auf der Rückseite der Tafel, aber nicht alle auf einmal. Zuerst nur einen: Kloss.

Kloss, komm her, sagt der Lehrer Sänger.

Kloss geht zu Sänger, Kloss grinst.

Das vergeht dir, sagt Sänger. Dreh dich um.

Kloss dreht sich um.

Bück dich, sagt Sänger.

Die Neunjährigen sehen Kloss gebückt.

Sänger nimmt einen Stock, der auf seinem Pult liegt, holt hoch aus, schlägt Kloss, daß Kloss sich aufrichtet, der Stock rutscht ab in die Kniekehlen.

Bück dich, sagt Sänger.

Kloss bückt sich, Sänger holt hoch aus.

Du sollst dich bücken, sagt Sänger und holt hoch aus.

Kloss grinst nicht.

Lies vor, sagt Sänger zu Böttcher.

Sörgel, liest Böttcher.

Sörgel, komm her, sagt der Lehrer Sänger.

Sörgel geht zu Sänger, Sörgel grinst nicht.

Zeig deine Hände her, sagt Sänger.

Sörgel streckt seine Hände aus.

Die Handflächen nach oben, sagt Sänger.

Sänger, der geübt ist, holt aus mit seinem Stock und zielt auf die Handflächen, so daß, da Sörgel die Hände zurückzieht, das weiß Sänger, der Stock die Fingerkuppen trifft, wie Sänger es will.

Weiter, sagt Sänger zu Böttcher.

Schmitz, liest Böttcher.

Schmitz, sagt Sänger, natürlich Schmitz.

Weiter, sagt Sänger.

Kube, liest Böttcher.

Weiter, sagt Sänger.

Ringmann, liest Böttcher.

Schmitz, Kube, Ringmann, sagt Sänger. Kommt her. Kommt her, meine Guten.

Schmitz, Kube und Ringmann stellen sich auf. Sänger gibt Schmitz seinen Stock, sagt, Kube, bück dich, sagt, Schmitz, schlag zu. Aber schlag zu.

Schmitz schlägt zu.

Sänger sagt, Schmitz, gib Kube den Stock, Ringmann, bück dich.

Kube schlägt zu.

Sänger sagt, Kube, gib Ringmann den Stock, Schmitz, bück dich.

Ringmann schlägt zu.

Schön, sagt Sänger. Weiter, sagt Sänger.

Lohmüller, liest Böttcher.

Lohmüller, sagt Sänger. Was machen wir denn mit dir? Komm her. Sag der Klasse, was du bist. Sag, daß du ein dreckiger Kerl bist.

Lohmüller sagt, daß er ein dreckiger Kerl ist.

2

Daß etwas zu sehen ist, was nur er sähe, Tallhover, aber nicht sehen soll, bringt Tallhover zu der Tür, er geht leise, bleibt stehen, daß es, wenn er sich nur schnell genug aufrichtet aus gebückter Haltung, aussehen kann, als ginge er, das rechte Auge ist scharfsichtiger, also gerichtet auf die Stelle, die sehen läßt, das linke Auge geschlossen, Tallhover sieht Knie knapp neben Knie, abwärts Wade und Wade, aber abgeschnitten vom unteren Rand des Durchgucks. Auf die Knie Ellenbogen gestützt. Auf die Hände der Kopf. In dem Gesicht Ruhe, die will Tallhover sehen. Die Augen, die er sieht, geschlossen. Die Zunge leckt die Oberlippe, die Unterlippe. Die Spitze der Zunge geht an den Schneidezähnen entlang von der Mitte nach links, von links nach rechts. Die Augen öffnen sich. Der Kopf erhebt sich aus den Händen. Die linke Hand stützt sich auf das Knie, die rechte Hand reißt Reinigungspapier ab. Sie schiebt sich unter den rechten Oberschenkel, der sich von dem Sitz abhebt handbreit. Geräusch der Reinigung. Die rechte Hand kommt hervor, reißt Reinigungspapier ab, schiebt sich unter den Oberschenkel. Die rechte Hand kommt hervor.

Daß nur er sieht, was zu sehen ist, wenn er Mut aufbringt zu dem Blick, macht Tallhovers Auge älter, das will er. Die Mutter, die älter ist dreimal, weiß nichts von dem Alter seines Auges. Tallhover ist in seinem Zimmer, ehe sie die Tür öffnet, die Mutter kommt heraus.

3

Tallhover, der zu alt ist für den Kauf eines Puzzle-Spiels, aber der zu jung ist für den Kauf eines Puzzle-Spiels für einen Sohn, betritt einen Laden für Spielwaren und fragt in Verlegenheit nach einem Puzzle-Spiel.

Zwei kleinere Spiele, die der Ladeninhaber auf den Tisch legt, schiebt Tallhover ohne Geduld beiseite. Greift nach den größeren Spielen, die der Ladenbesitzer vorzeigt, und findet eines, das er nicht besitzt. Flüchtiger Blick genügt ihm und muß genügen, damit das Bild sich nicht einprägt.

Abends, nach langer Schreiber-Arbeit, die ihm zur Last geworden ist nach kurzer Zeit, verschließt er sich in seinem Zimmer. Die Mutter, die ihm das Essen gerichtet hatte und gegessen hat mit ihm, sitzt in der Stube allein. Behutsame Anfrage, ob es nichts zu reden gebe über den Tag, beantwortet Tallhover kaum. Da es der Mutter lieber ist, daß er, wenn auch wortarm, in ihrer Wohnung wohnt anstatt irgendwo in der Stadt, schweigt sie. Unerklärlich ist es ihr, daß er, in solchem Alter, Kinder-Spiele nach Hause bringt von seinem Lohn, der ihr doch gelegen käme für den Kauf von Brot, von welchem er viel verlangt morgens und abends.

Vor einem Holzregal, das er selber gebaut hat mit Eifer, weil es die Spiele aufnehmen soll, die ihm gelingen, bleibt Tallhover kurze Zeit stehen. Zufrieden sieht er auf die Spiele, die ihm gelungen sind. Platz ist aber noch für viele.

Tallhover geht zum Tisch. Er öffnet das neue Spiel, schließt die Augen und stülpt den Karton um. Ein kleiner Berg Pappteilchen liegt vor ihm. Nur auf dem Tisch ist es hell. Tallhover schiebt den Berg bis zum oberen Rand des Tisches und setzt sich nieder zur Arbeit. Beide Hände greifen zu, und Tallhover betrachtet, was er in Händen hält. Öfter schon hat er bei erstem Zugriff zwei Bildstücke ertappt, die zusammengehörten und also sich frühzeitig verraten hatten. Die Genugtuung macht ihm die Suche nach hunderten Stücken, die sich verbergen, vergnüglich. Tallhover weiß es von früherer Arbeit und weiß es wieder, daß er besonders ausgerüstet ist für Suche und Auffindung. Den winzigen Fetzen eines verzweigten Plans in der Hand zu halten und in dem Wirrwarr winziger Fetzen zu suchen nach dem passenden Stück, das dem anderen lückenlos sich anfügt und unwiderlegbar! Zu sehen, wie Stück für Stück der Teil eines großen Bildes zusammentritt. Und, an anderer Stelle der Fläche, ein anderer Teil, und, an dritter Stelle, ein dritter! Und wie die Teile des Bildes, der erste Teil und der zweite, der zweite und dritte unverhinderbar zusammenrücken zu übersehbarem Zusammenhang der Tat-Sachen. Die aber verborgen bleiben, wenn Tallhover sie nicht ans Licht bringt mit Kraft und Lust.

Über solcher Anstrengung, die Tallhover von Stunde zu Stunde ermuntert, so daß er am Ende der Arbeit frisch ist, vergißt er die Uhrzeit, sorgt sich zuletzt doch, daß nur vier Stunden Schlaf bleiben bis zum Morgen. Die Tagesarbeit ermüdet ihn vor ihrem Anfang, und an ihrem Ende ist er in seinem Kopf gelähmt. Die Lähmung ist aber größer, je besser die Suche voranging am Abend in seinem Zimmer. Und dringender eilt er nach Hause zu belebender Arbeit, je größer die Lähmung am Tag.

Tallhover paßt die letzten Stücke in das Bild ein, das endlich sich ausbreitet vor seinem Blick; in müden Augen hat Tallhover Freude. Er holt noch Klebstoff aus der Schublade, verteilt ihn mit einem Läppchen gleichmäßig über den Anblick, so daß die Fugen sich füllen und Teil mit Teil dauerhaft verzahnt bleibt.

Die letzte Sorge vor kurzem Schlaf: daß er den anderen Tag ein neues Zusammensetzspiel finde in einem Laden.

4

Wem soll Tallhover es sagen? Er bleibt, wie das Handwerk, das er erlernen will, es nach seiner Ansicht verlangt, streng für sich. Einen Freund hat er in der großen Stadt Berlin nicht, weil er keinen haben will. Aus gleichem Grund keine Freundin. Niemandem will er Antwort geben müssen auf Fragen nach seiner Beschäftigung, damit er verläßlich sein kann. Mit keiner Freundin sich einlassen auf vertrauliches Gerede.

Die, denen er es sagen dürfte, wissen es ohnehin. Er will es aber der Mutter sagen. Er will es ihr schreiben. Daß er das Vertrauen eines Kriminalkommissars gewonnen habe durch pünktliche und ordentliche Schreiber-Arbeit bei dem Kriminalgericht. Daß ihm der Herr Kriminalkommissar eine Bitte erfüllt, welche er lange mit sich herumgetragen, nämlich den Herrn Kriminalkommissar begleiten zu dürfen auf dessen Gängen in die Viertel des Verbrechens. Daß er dem Herrn Kriminalkommissar manchen Dienst habe erweisen können dank seiner Konnexionen in manchen Stadtvierteln, über welche er aber nichts Näheres schreiben dürfe. Daß er, nach allen Erlebnissen auf diesem Gebiete, nur noch wünsche, in die Kriminalabteilung des Polizeipräsidiums einzutreten, den erfolgreichen Abschluß als Referendar vorausgesetzt. Der Herr Kriminalkommissar sage ihm Erfolg bei einer eventuellen Bewerbung voraus. Ich hoffe voller Zuversicht, daß ich angenommen werde. Mein Lebensziel ist eine fruchtbare Tätigkeit bei der Kriminalpolizei; ich will *auch* Kriminal-Kommissar werden.

5 Das kann Tallhover niemandem sagen, auch der Mutter nicht. Daß die Kriminalabteilung des Polizeipräsidiums, in welche er aufgenommen wurde am ersten August Achtzehnhundertzweiundvierzig als ein Anwärter auf die Stellung eines Kriminalkommissars, ihn bestimmt hat zu einer politischen Aufgabe. Die Mutter weiß zwar von seiner Anstellung, und wußte, als sie von Tallhover davon erfuhr, nicht sicher, ob sie sich freuen sollte, weil es Tallhover gelungen war, seiner Neigung einen beruflichen Rahmen zu geben, oder ob sie das Glück des Sohnes fürchten sollte für den Sohn.

Tallhover steht unter der Leitung und Obhut des Königlichen Polizei-Inspektors Hofrichter.

Das, sagt Tallhover, ist ein Glück. Denn Herr Polizei-Inspektor Hofrichter ist Vertrauter des Herrn Polizei-Präsidenten von Puttkamer. Er ist also sowohl ein erfahrener Mann des Faches als auch einflußreich; er kann mich, sagt Tallhover sich, in zweifacher Weise fördern. Ich will alle Kraft daransetzen, sein Vertrauen in mich, seine Neigung zu mir zu rechtfertigen, oder besser: durch geneigte, vertrauensvolle Leistung eigentlich zu begründen.

Sie reisen nach Köln, sagt Polizei-Inspektor Hofrichter. Ein erfahrener Vertrauensmann unseres Präsidii, Herr Friedrich Goldheim, ist bereits dort eingetroffen. Zwar bedarf er Ihrer Mithilfe nicht. Aber zum Zweck Ihrer Einweihung in die Observation Verdächtiger sind Sie Herrn Goldheim ab sofort als eine Art Co-Inquirent beigegeben.

Sie reisen morgen. Am Sonntag ist in Köln die Grundsteinlegung für den Fortbau des Domes durch den König. Die Feier der Grundsteinlegung soll von überschwenglicher Begeisterung getragen sein. Die Rheinländer sollen von unserem König entzückt und begeistert sein. Freude soll an diesem Tag durch die Stadt wogen. Der König wird von einem einzigen, großen und mächtigen Deutschland sprechen, das unblutig den Frieden der Welt erzwingt. Die Rheinufer werden übrigens in einer Illumination von ungesehenem Glanz erstrahlen. Eine große Feier. Es gibt viel Arbeit.

Was habe ich zu tun?, sagt Tallhover.

Sie mischen sich unter die Menge und achten auf Störenfriede. Sie werden nicht allein sein.

Das andere ist der Freundeskreis der Rheinischen Zeitung. Trachten Sie nach einem irgendwie gearteten Anschluß. Herr Goldheim wird Ihnen helfen. Sie bleiben in Köln, bis ich persönlich Sie zurückrufe. Der Gedanke einer Verfassung, der in der Rheinischen Zeitung zum Ausdruck gebracht wird, widerstrebt durchaus der Ansicht des Königs. Überhaupt, die Rheinische Zeitung strebt danach, durch Einbürgerung des Geistes und der abstrusen Phraseologie einer neuen Philosophie ein der Sinnesweise der Bevölkerung bisher fremdes Element einzupflanzen.

Noch etwas. Nur besonders zuverlässige und tüchtige Beamte werden von mir mit Recherchen dieser Art betraut. Ich rechne Sie zu denjenigen, die ich tüchtig und zuverlässig nenne. Sie nehmen durch meinen Auftrag eine bevorzugte Stellung ein, und ich sage Ihnen voraus, daß der Neid mancher Kollegen Ihnen diese Stellung mitunter recht erschweren wird. Sie werden wohl daran tun, Ihre Tätigkeit in politischen Untersuchungen so wenig als möglich hervortreten zu lassen.

Ich verstehe, sagt Tallhover. Es entspräche gar nicht meiner Art, viel Aufhebens zu machen.

Gut, sagt Polizei-Inspektor Hofrichter. Sie wissen auch, daß derjenige Polizeibeamte, der für die politische Sicherheit sorgt, leider gehässig angesehen wird. Ich kann Ihnen deshalb nicht Vorsicht genug empfehlen bei der Erledigung Ihrer Arbeit. Überhaupt, das sollen Sie wissen, werden politische Polizei-Beamte in aller Regel mit Undank belohnt; deshalb schätze ich es besonders, daß sich noch Männer zu solcher Tätigkeit bereitfinden.

Ich wünsche mir doch solche Arbeit, sagt Tallhover.

In Ordnung, sagt Polizei-Inspektor Hofrichter. Sie berichten mir separat, durch unsere Kölner Kuriere, direkt in die Dorotheenstraße. Herrn Goldheim treffen Sie im Frankfurter Hof, wo auch Sie Quartier nehmen.

Danke, Herr Polizei-Inspektor, sagt Tallhover.

Herrn Friedrich Goldheim trifft Tallhover im Frankfurter Hof nicht an. Er sei seit dem Morgen nicht im Haus gewesen, sagt der Portier. Da es noch leidlich hell ist, macht Tallhover sich auf den Weg. Weil aber von dem Fest der Grundsteinlegung noch nichts zu bemerken ist, geht Tallhover bis in die Schildergasse, wo, wie Herr Polizei-Inspektor Hofrichter gesagt hat, im Haus Nummer neunundneunzig die Redaktion der Rheinischen Zeitung für Politik, Handel und Gewerbe ihren Sitz hat. Das also sind sie, sagt Tallhover. Morgen und immer will ich mir diese Zeitung kaufen, damit ich nach meinem Urteil Herrn Polizei-Inspektor Hofrichter mitteilen kann, woran es diesem Blatt mangelt, wovon es zuviel bietet und welche Schlüsse aus polizeilichem Gesichtswinkel ich daraus ziehe, nur unterstellt, ich hätte leitend verantwortlich zu handeln.

Im Frankfurter Hof trifft Tallhover endlich auf Herrn Goldheim, dem er, als einem Vertrauten von Herrn Polizei-Inspektor Hofrichter, Vertrauen entgegenbringt.

Goldheim will eine Tasse Schokolade trinken, Tallhover sagt, er wolle dies auch. Ehe sie sich an einen Ecktisch setzen, hat Tallhover, wie es seit einiger Zeit zu seiner Gewohnheit zählt, ein Signalement seines Gegenüber im Kopf: Mittlere Statur, zirka sechs Fuß; Haare schwarz, kurz; Schnurrbart dito; Gesicht leicht gedunsen, Gesichtsfarbe gelb; trägt schwarze Hosen, einen weißgelben Rock.

Goldheim sagt, es werde Tallhover gefallen in Köln. Das sei doch etwas anderes als das trockene Berlin. Bis zum Sonntag sei nichts weiter zu tun als Ausschau zu halten und fleißig die Rheinische Zeitung zu lesen.

Die Leute von der Rheinischen Zeitung sind öfter im Königlichen Hof am Thurnmarkt zusammengekommen, sagt Goldheim; ob sie es noch immer tun, weiß ich nicht. Da kämen wir nicht heran. Noch weniger kommen wir in die Häuser von Georg Jung und Ignaz Bürgers, wo diese Leute sich auch treffen. Die Schwester von Jung ist ein schönes Weib, wer die kennenlernen könnte. Am ehesten ist vielleicht etwas zu machen

beim Montagskränzchen der Zeitungsleute im Laacher Hof. Das überlassen Sie aber mir, sagt Goldheim.
Herr Goldheim weiht Tallhover nicht in die Observation verdächtiger Personen ein, so daß Tallhover selber zusehen muß. Aber die Kölner bei der Feier des Domfestes sind keine lohnenden Objekte der Beobachtung. Tallhover läßt sich treiben. Ein Sonntag in der Stadt am Rhein. Zwar hatte Tallhover gehört, der Freundeskreis der Rheinischen Zeitung werde auch den Tag der Grundsteinlegung für den Fortbau des Domes festlich begehen. Wo aber die Festlichkeit stattfinden sollte, hatte er nicht erfahren. Und wie hätte ich Einlaß finden sollen?, sagt Tallhover sich am Flußufer, während der Illumination, die tatsächlich, wie Herr Polizei-Inspektor Hofrichter es vorausgesagt hat, von unerhörtem Glanz ist.

Soviel schreibt er jedoch an Herrn Polizei-Inspektor Hofrichter:

Wie zu hören ist, veranstalten die Leute der Rh. Ztg. seit dem Sommer ein Montagskränzchen im Laacher Hof, das der Erörterung der sozialen Frage dienen soll. Herr Goldheim hat sich diesen Gegenstand persönlich vorbehalten.

Unterdessen ist bekannt, daß dem König am Sonntag, dem 11. September, ein allgemeines Bürgerfest auf dem Neumarkt gegeben werden soll. Die Adligen, heißt es, wollen für den König ein Rheinisches Ritterfest in Godesberg stattfinden lassen, am Dienstag, dem 13. Wie bei dem Dombaufest werde ich mich am 11. und 13. unter der teilnehmenden Bevölkerung aufhalten.

Ich habe mein Augenmerk ansonsten auf die Rh. Ztg. gerichtet.

Selten trifft Tallhover im Frankfurter Hof Herrn Goldheim. Herr Goldheim ist nicht gesprächig. Er sagt aber zum zweiten Mal, Immer schön die Zeitung lesen, Tallhover.

Über Bürger- und Ritterfest berichtet Tallhover nichts nach Berlin.

6 Nach vierzehntägigem Aufenthalt in Köln und regelmäßiger Lektüre der Rheinischen Zeitung für Politik, Handel und Gewerbe schreibt Tallhover seine Ansicht nieder für den Königlichen Polizei-Inspektor Herrn Hofrichter, Wohlgeboren in Berlin, Dorotheenstraße Numero achtundzwanzig:

Ich erlaube mir, Ihre Aufmerksamkeit zu schärfen für die Rheinische Zeitung, die hierorts alle Blicke auf sich lenkt. Wäre das Wort Sensation in meinem Gebrauche nicht reserviert für etwas Positives, so müßte ich, was das Aufsehen, die Bewegung, ja die Gärung, die diese Zeitung erregt bzw. hervorruft, angeht, sagen, daß sie viel Sensation macht. Es gibt meines Erachtens nur eine preußische Zeitung, welche neben der Rh. Ztg. noch das Interesse zu fesseln vermag, das ist die Königsberger.

Die Rh. Ztg. weckt in den Lesern das Gefühl, eine von unserem König gnädig gewährte Mitwirkung des Volkes an der Gesetzgebung sei nichts als Abhängigkeit von Willkür. Die Rh. Ztg. mißachtet durchaus, daß sich die Idee allgemeiner und gleicher Bürgerrechte nicht mit der Vorstellung unseres Königs von der natürlichen Zertrennung unseres Volkes in unterschiedliche Stände verträgt. Es kann unseren König nur schädlich reizen, daß er durch Zeitungsdebatten in seinem Souveränetätsgefühl, dem die Idee bindender Bürgerrechte zuwider sein muß, beeinflußt werden soll.

Ich kann mich einer Bemerkung nicht enthalten, die leicht die Gefahr des Mißverständnisses in sich bürge, wüßten Sie, Wohlgeboren, sich meiner Überzeugung von dem ruhigen Lebenszustand unseres Volkes nicht sicher. Gäbe es nämlich im Volk ein Tat-Bewußtsein, das zwar noch schlummerte, so wäre das Tun der Rh. Ztg. dazu angetan, dieses Bewußtsein zum entschlossenen Hervortritt aufzuwecken. Eine entfesselte Presse könnte leicht Zustände heraufbeschwören, die noch ganz außerhalb der polizeilichen Berechnung liegen. Die denkende und handelnde Fürsorge des Königs und der Regierung für das Volk erscheint in der Rh. Ztg. geradezu als eine öffentliche Bevormundung des Volkes, aus der es Entlassung zu beantragen hätte.

So, als wäre für die große Menge nicht physisches Wohlbehagen der Inhalt des Lebens, sondern irgendeine Wahrheit. Ich muß allerdings einschränkend hinzufügen, daß sowohl nach meinem eigenen Eindrucke als auch nach den Berichten mir Gleichgesinnter die Auffassung von der politischen Gleichheit aller Bürger nicht nur in der Rheinischen Zeitung zum Ausdrucke kommt, sondern hier am Rhein auch in der Bevölkerung verbreitet zu sein scheint. Die Anschauung des Königs und unserer Regierung, daß allgemeine und gleiche Bürgerrechte im Prinzip abzulehnen sind, steht offenbar im Gegensatz zu Teilen der öffentlichen Ansicht in der Westprovinz. Ich schreibe Ihnen das, Wohlgeboren, in gebotener Offenheit, da Abhilfe nur geschaffen werden kann, wenn das Übel erkannt ist.

Es kann nicht sein, daß eine Zeitung das Bekenntnis eines anderen leitenden politischen Prinzips als das der Regierung und des Königs ablegt.

Von Anhängern der Rh. Ztg. kann man hier hören, es sei unerträglich, daß die Zensur die besten Gedanken der Schriftsteller aus lichtscheuer Vorsorge unterdrücke, weil diese Gedanken nicht in das Regierungssystem sich einfügten.

Wie ich jedoch im Obigen bereits dargetan, muß vom ungezügelten Walten einer öffentlichen Meinung die schlechteste Wirkung für das Gemeinwohl erwartet werden. Die Frage, ob irgendeine Wahrheit überall und von jedem soll ausgesprochen werden dürfen, ist für denjenigen, der es ernst meint mit der Bewahrung einer sicheren und gesitteten Ordnung, keineswegs müßig. Die Antwort kann nur Nein! lauten. Die Rh. Ztg. beweist ja mit jeder Nummer, daß die Erweckung von Mißvergnügen mit dem existierenden gesetzlichen Zustande, die Aussaat von Mißtrauen zwischen den Organen des Herrschers und den Untertanen auf eine Erschütterung des monarchischen Prinzips und der ständischen Ordnung abzielt.

Es steht nach meinem Urteil nur der Regierung und dem König zu, über Mittel zu verfügen, die ein begründetes Urteil in den Staatsdingen zulassen. Diese Mittel sind die ausreichenden Berichte der Beamtenschaft. Mit Betreff der Rh. Ztg. kann dies nur bedeuten, daß die Regierung, statt den Kulminationen der

Unzulässigkeit von zum Drucke gelangten Äußerungen zuzusehen, dieses Oppositionsblatt unverzüglich dem Verbote unterwerfen sollte.

Unter den Verfassern von Artikeln in der Rh. Ztg. sind die Doktoren Prutz, Robert, Marx, Karl, Bauer, Bruno, Heß, Moses u. a.

Hochachtungsvoll, Euer Wohlgeboren ergebenster

Tallhover.

Köln, den 15ten September 1842

Polizei-Inspektor Hofrichter sagt bei Gelegenheit zu dem Herrn Polizei-Präsidenten von Puttkamer, Ich habe einen Mann nach Köln geschickt, der mich sehr zufriedengestellt hat mit einer persönlichen Ansicht über die Rheinische Zeitung. Wenn wir nicht längst Bescheid wüßten, besser könnten wir Bescheid nicht bekommen. Der Mann heißt Tallhover. Er ahnt nicht, daß seine Schlüsse in eine Richtung gehen, die unweigerlich einzuschlagen sein wird. Der Mann ist prädestiniert.

Herr Polizei-Präsident von Puttkamer sagt, Wir brauchen gute Leute.

7

Aus Berlin, aus der Hand des Polizei-Inspektors Hofrichter, erhält Tallhover am zwanzigsten September geheime Ordre, weiterhin in Köln zu verweilen. Man habe sichere Nachricht, daß der Herwegh, Georg, Verfasser der gegen die bestehende Ordnung des Landes umstürzlerisch gerichteten Gedichte eines sogenannten Lebendigen, in Mainz sich aufhalte und die Absicht habe, Ende des Monats nach Köln zu reisen sowie im ferneren durch ganz Deutschland. Es stehe zu vermuten, daß er die Rheinische Zeitung besuche, welcher er bisher aus der Schweiz korrespondiert habe. Tallhover möge mit Tatkraft und Geschick eine Konnexion zu erlangen suchen, die Aufschluß liefere über Äußerungen des Herwegh in Köln.

Dieses Schreiben sei nach Kenntnisnahme augenblicklich zuverlässig zu vernichten.

Am selben Tag klopft Herr Goldheim bei Tallhover, sagt, seine Aufgabe in Köln sei erledigt, er reise noch heute nach Berlin zurück, sagt aber nichts sonst, grüßt Tallhover knapp und geht.

Obgleich das Datum der Ankunft des Herwegh noch nicht bekannt zu sein scheint, weiß man im Kreis der Rheinischen Zeitung doch, wie ich zuverlässig erfahren konnte, von seiner Absicht, hierher zu kommen, schreibt Tallhover an Herrn Polizei-Inspektor Hofrichter. Es verlautete auch, daß zu Ehren des Herwegh gewiß ein festliches Essen stattfinden werde. Da es im Verlaufe des Jahres zu einer Regel geworden ist, daß der Kreis der Rh. Ztg. derartige Festivitäten im hiesigen Königlichen Hof am Thurnmarkt abhält, habe ich noch gestern, nur kurz nach der Lektüre Ihres werten Schreibens, das ich der Weisung gemäß verbrannt, mich auf den Weg zum Königlichen Hof gemacht. In der festen Annahme, richtig zu handeln, bin ich im Königlichen Hof vorstellig geworden, und ist es mir auf Grund zweier Referenzen, welche mir durch frühere Tätigkeit als Aushilfs-Bediensteter zugekommen und die ich stets bei mir trage, gelungen, per Samstag, 24. ds. Mts., als Getränkekellner angestellt zu werden. Es ist diese Tätigkeit als Getränkekellner von besonderem Belang, da man stets im Raume zu sein hat zum Zwecke des Nachgießens. Ich will unauffällig alles daransetzen, bei einem etwaigen Essen der Rh. Ztg. eingeteilt zu werden. Da ich mir leihweise Kleidung verschaffen muß, bitte ich um zusätzliche Gewährung einer entsprechenden Geldsumme.

Von einer Bemühung unserer hiesigen Behörde habe ich abgesehen, um mein Vorhaben desto sicherer unentdeckt bleiben zu lassen.

Herwegh ist am Donnerstag, dem neunundzwanzigsten September Achtzehnhundertzweiundvierzig, rheinabwärts kommend, in Köln eingetroffen, begleitet von Gutzkow, mit welchem er am Vortag in Mainz sich aufgehalten hatte. Für Freitag ist ein Festmahl im Königlichen Hof vorgesehen, das der Freundeskreis der Rheinischen Zeitung veranstaltet.

Am frühen Samstagmorgen, noch müde von der Arbeit im Königlichen Hof, schreibt Tallhover an Herrn Polizei-Inspektor Hofrichter, es sei ihm glücklicherweise gelungen, als zweiter Getränkekellner zu dem Festmahle, das tatsächlich zu Ehren von Herwegh und Gutzkow gegeben, und zwar tatsächlich im Königlichen Hof gegeben worden sei, eingeteilt zu werden. Leider zwar sei er nicht ununterbrochen im Raume gewesen, da es ihm als dem zweiten Getränkekellner auch obgelegen habe, weitere Flaschen herbeizuholen.

Soweit ich aber das Gespräch habe verfolgen können, das mit Herwegh und Gutzkow geführt worden, so habe ich außer Herwegh und Gutzkow die Herren von Mevissen, Advokat Fay und Redakteur Heß vernommen.

Beim Mahle sagte Gutzkow: Das politische Lied ist Sache des Moments. In zehn Jahren wird die ganze politische Poesie begraben sein.

Herr von Mevissen sagte: Unter allen politischen Versemachern der Gegenwart sind mir einzig Sie, lieber Herwegh, und Prutz von Bedeutung. Bei den meisten ist doch der Enthusiasmus erlogen und durch den Verstand mit Gewalt hineingezwängt.

Herwegh sagte aufgeregt: Ich schreibe politische Lieder, weil ich nicht anders kann. Ich begreife nicht, wie Sie das poetische Produkt darstellen als eine Mischung aus diesen und jenen Ingredienzien. Ich schreibe nicht, wann ich will, sondern wann ich muß. Die Dichtung muß aus dem Herzen kommen. Nicht der Gegenstand macht die Dichtung, sondern die Begeisterung erhebt den Gegenstand zum Dichterischen.

Herr von Mevissen sagte: Nehmen Sie Hoffmann von Fallersleben. Er ist weder bedeutender Dichter noch großer Charakter. Bloß dem Oppositionsgeist zuliebe wird das kleine Talent zum großen Manne aufgestopft. Erborgte Größe. Ein Gewebe, das allzu leicht zerreißt.

Advokat Fay sagte: Man mußte ihn hier an der Tafel sehen. Wie er siegsgewiß umherschaute, wenn er eine Mine seines Witzes hatte springen lassen.

Beim Dessert wurde von der Negation gesprochen. Redakteur Heß sagte: Negation ist die Hauptsache. Man muß niederreißen, um die Dinge in Bewegung zu bringen.

Herr von Mevissen sagte: Die absolute Negation ist nichts als absolute Leere. Die Grundlage des Negativen muß das Positive sein.

Gutzkow sagte: Ja. Die Negation hat Wert, wenn sie zum Positiven hinleitet. In Deutschland müssen die alten Zustände untergehen; die neue Zeit gärt allerorten in allen Köpfen.

Herr von Mevissen und Gutzkow redeten auch über die Rheinische Zeitung, jedoch ich konnte den größten Teil des Gesprächs nicht hören. Ich hörte aber, daß einer der Herren die Zensur eine Köpfmaschine im Reiche des Geistes nannte.

Ich konnte in Erfahrung bringen, daß Herwegh morgen eine Reise durch ganz Deutschland anzutreten beabsichtigt, während Gutzkow bloß nach Hamburg reist. Herweghs erste Station ist angeblich Düsseldorf. Es heißt, Herwegh sei Hauptredakteur einer Zeitschrift Deutscher Bote o. ä. in Zürich, die ein Hauptstapelplatz für alle politischen Gedanken werden soll, welche in Deutschland nicht gedruckt werden dürfen. Für diese Zeitschrift will er durch persönlichen Auftritt Teilnehmer gewinnen.

Ich hörte noch, ohne angeben zu können, von wem, sagen: Die politischen Gedichtchen von Hoffmann von Fallersleben mit ihren Sticheleien gegen die Regierungen, diese niedlich gedrechselten Sächelchen sind nichts gegen die Gedichte von Herwegh.

Es ist nahe Veranlassung zu der Annahme gegeben, daß, wenn dem Herwegh für seinen Haß gegen die Aristokratie und für seinen glühenden Republikanismus überall in Deutschland solche Triumphpforten erbaut werden wie in Köln von der Rh. Ztg., eine wahre Springflut von Sympathie-Kundgaben sich auftürmen wird.

Wäre es also nicht besser, diesem Lebendigen, dessen Poesie ein gefährliches Mittel ist, weil sie elektrisch rührt und sich sowohl in das Gemüt der Jugend tief prägt als auch die Älteren unmerklich umstrickt, die Reise durch Deutschland rechtzeitig zu verbieten? Herwegh will nicht bloß singen, er will auch handeln.

Dies Euer Wohlgeboren ergebenst zur Kenntnis zu bringen beeilt sich mit Hochachtung

Tallhover.

Köln, den 1ten October 1842

8 Polizei-Inspektor Hofrichter beordert Tallhover sehr zufrieden nach Berlin zurück.

Die weitere Überwachung des Herwegh auf seiner Reise durch Deutschland müssen andere übernehmen, sagt Polizei-Inspektor Hofrichter zu Tallhover. Ihre Berichte über die Rheinische Zeitung und über Herwegh haben gefallen, Tallhover.

Polizei-Inspektor Hofrichter findet wenig Grund, die Acta des Königlichen Polizei-Präsidii zu Berlin, betreffend den Doktor Georg Herwegh, die in der Geheimen Präsidial-Registratur angelegt wurden, besonders aufmerksam zu beachten. Besonderes ist nicht vorgefallen. Daß der Herwegh in Jena über acht Tage bei Prutz gewohnt und sich von Professoren und Studenten hat huldigen lassen; daß Prutz mit neidischen Augen auf die Anerkennung sieht, die Herwegh findet, Nun gut, sagt Polizei-Inspektor Hofrichter. Daß der Herwegh im November in Berlin mit der Tochter Emma des Königlichen Hoflieferanten, Manufaktur- und Modewarenhändlers Siegmund, der an der Ecke vom Schloßgarten wohnt, sich verloben konnte, nennt Polizei-Inspektor Hofrichter eine Geschmacklosigkeit des Hoflieferanten. Schön, sagt Polizei-Inspektor Hofrichter, die Dame ist nicht mehr die jüngste. Und für Herwegh ist sie eine reiche Frau. Daß die Ruhmsucht und Eitelkeit einen Herwegh durch Deutschland treibt, darin kann ich noch nichts Gefährliches erblicken. Zwar haben schon viele minder begabte Dichter, Dichterlinge, von der politischen Poesie sich anstecken lassen und reimen nun auch patriotisch. Aber die echten deutschen Dichter halten sich von diesen Bestrebungen fern. Die politische Poesie erledigt sich von selbst. Es will schon keiner mehr politische Gedichte lesen, weil eines dem anderen gleich ist. Ob durch die Poesien von Herwegh und Konsorten der Kommunismus gefahrdrohende Fortschritte macht, bezweifle ich sehr. Viel gefährlicher ist die journalistische Verschwörung in Köln und Leipzig.

Sogar der Audienz, die Seine Majestät dem Herwegh am neunzehnten November gewährt hat, mißt Polizei-Inspektor Hofrichter unter polizeilichem Gesichtswinkel keine besondere Bedeutung bei. Er ist es zufrieden, daß die Liberalen über Herweghs Gang ins Schloß untröstlich sind und neuerdings einen Fürstendiener in ihm sehen. Er erfreut sich sogar daran, daß böswillig gesagt worden ist, wo möglich werde Herwegh sich unter den Schutz des Königs stellen, da er doch neuerdings durch Bande der Liebe an die preußische Residenz gefesselt sei. Es genügt Polizei-Inspektor Hofrichter, daß man sich, wie er in den Acta gelesen hat, allenthalben lustig über Herwegh, den glühenden Republikaner macht. Sein Deutscher Bote aus der Schweiz, für den er in Deutschland werben wollte, ist, während er noch für ihn wirbt, schon für Preußen verboten. Polizei-Inspektor Hofrichter bewundert rückhaltlos das Talent des Königs; den Herwegh auf die liberalen Gesinnungen in Ostpreußen zu verweisen und doch zu wissen, daß Maßregeln getroffen sind, damit dem Herwegh in Ostpreußen keine liberale Bezeugung von Ehre zuteil wird, welche gegen die Ordnung verstößt, das ist komödiantisch exzellent, sagt Polizei-Inspektor Hofrichter.

Erst der Bericht von Friedrich Goldheim, den Polizei-Inspektor Hofrichter am Donnerstag, dem fünfzehnten Dezember, in die Hand bekommt, unterbricht seinen Gleichmut:

Nach einer aus Königsberg in Preußen hierher gelangten privat Correspondens soll während der Anwesenheit des Herwegh sich besonders eine allgemeine Gemüths-Aufregung gegen unsere Regierung kundgegeben haben. Namentlich soll es bei dem dem Herwegh gegebenen Festmahle im Ausdruck der Freude wegen dem verehrten Gast fast tumultuarisch hergegangen sein.

Der Ober Landes Gerichts Rath Crelinger, welcher jedoch

nur als Advokat in Königsberg fungirt, hat namentlich in sehr freien Worten die bei Feste anwesende academische Jugend angeredet und schloß seine Rede ungefähr mit den Worten: Daß wenn kein anderer Weg zur Erlangung der Freiheit übrig bliebe, sie entschloßen sein mögen, sich für diese mit dem Schwert zu gürten.

Außer daß Herwegh in sehr freien Worten sein Interesse dem Dr. Jacoby zuwandte und von diesem wiederum bekomplimentirt wurde, benahmen sich beide während des Festmahles sehr ruhig.

Der Besuch des Herwegh bei Sr Majestät dem Könige, welcher nur aus einer persönlichen Neugierde entstanden sein soll, ist von der ihm anhängenden Partei mehr für eine Kränkung des Herwegh beurtheilt worden und soll diesen deshalb veranlaßt haben, noch folgendes Schreiben (deßen Inhalt ich ungefähr nur dem Sinn nach mitzutheilen vermag) an S^e Majestät den König abzuschicken, welches man in Abschriften sowohl hier zu verbreiten bemüht ist als auch in auswärtigen Blättern mitzutheilen gedenkt.

Der flüchtigen Mittheilung nach lautet dasselbe ungefähr jedoch ohne wörtliche Verbürgung:

«Wenn mein Besuch bei Euer Majestät keinen anderen Zweck haben sollte, als die Allerhöchste Neugier zu befriedigen, so muß ich nur die kostbare Zeit bedauern, welche Euer Majestät und ich dabei verloren haben. – Nicht also die freie Rede des Mannes wollten Sie in meiner Person ehren – denn das Decret Ihrer Diener dokumentirt mir hinreichend wie illusorische Hoffnungen ich an die Folgen dieses Besuches für die Freiheit Deutschlands geknüpft hatte. – Durften diese Diener nach meinem Besuche bei Euer Majestät ein *Verbot* meines Blattes wagen, wenn es ihnen nicht *ge*boten worden wäre? – Laßen Euer Majestät daher ruhig die freundlichen Gesinnungen für meine Person fallen, wenn Euer Majestät nicht die Bahn freigeben wollen, welche ich zu wandeln gedenke. Lassen Sie uns Feinde sein – Feinde der Gesinnungen – aber offen, denn

Wer wie ich mit Gott gegrollt
darf auch mit einem König grollen.»

Noch bemerke ich, daß die hier verzweigte Anhänger des Herwegh nach dessen Eintreffen in Berlin beabsichtigen, demselben in engerem Privatkreise sogenannten politischen Thee zu geben, welcher von Dr. Meyen und Rutenberg arrangirt werden soll.

Wahrscheinlich werde ich im Stande sein zur Zeit Näheres hierüber mitzutheilen.

Berlin, den 14. December 1842.

Gldhm

Schleunigst beordert Polizei-Inspektor Hofrichter Tallhover zu sich.

Da Sie von der Sache und der Person her vertraut sind mit dem Gegenstand und ich zudem wünsche, daß Sie die Tätigkeit im Amte kennenlernen, sollen Sie mir in der Sache Herwegh ab sofort assistieren, Tallhover.

Jawohl.

Alles mit Bezug auf Herwegh, das bei uns einlangt, halten Sie zusammen und erstatten mir Bericht. Auch sorgen Sie für anschließende Weiterleitung aller Herwegh-Sachen an die Präsidial-Registratur. Vergessen Sie schließlich nicht die Zeitungen, insonderheit die Rheinische Zeitung, die Deutschen Jahrbücher und die Leipziger Allgemeine Zeitung. Ich selbst kann nicht alles lesen.

Zur Sache noch. Das Schreiben Herweghs an den König, wenn es bereits zirkuliert, können wir nicht aufhalten. Daß es aber in Königsberg doch zu einer ordnungsstörenden Ehrbezeugung gekommen ist, ist sehr ärgerlich. Das soll dem Jakobyner Crelinger schlecht bekommen und dem Vier-Fragen-Mann Jacoby selber auch. Wir wollen auch feststellen, ob die Herren Meyen und Rutenberg sich bereits in Berlin aufhalten. Das erste aber ist: ich muß wissen, wo der Herwegh sich im Moment befindet.

Am Dienstag, dem zwanzigsten Dezember, hat Tallhover dem Polizei-Inspektor Hofrichter etwas zu melden. Der Wachtmeister Zwicker hat soeben rapportiert:

Dr. Georg Herwegh ist gestern Abend hier angekommen, logirt im Hotel de Russie, und ist durch den gehorsamst beigefügten Paß legitimirt.

Polizei-Inspektor Hofrichter besieht sich den Paß. Zu Tallhover sagt er nur, Etwas stimmt nicht, und geht.

Eine Stunde später kommt er ins Zimmer, sagt, Tallhover, Sie gehen in das Hotel de Russie und stellen fest, wann der Herwegh im Russie abgestiegen ist.

Jawohl.

Im Hotel de Russie erfährt Tallhover, der Herwegh sei am Mittwoch, dem vierzehnten Dezember, angekommen. Er wolle bis Ende des Monats bleiben.

Warum der Doktor Herwegh nicht umgehend angemeldet worden sei.

Seine Anmeldung sei vergessen worden.

Polizei-Inspektor Hofrichter ist ungehalten und diktiert in Gegenwart Tallhovers für den Polizei-Präsidenten von Puttkamer:

Der Dichter Herwegh wohnt im Hotel de Russie, wird das Fest über hier verweilen und war bis gestern abend noch nicht angemeldet.

Er ist mit einem Reisepaße der Cantons Polizei Direktion des Cantons Bern versehen, welcher unter dem 7ten d. M. in Königsberg i. Pr. und unterm 14ten d. M. in Stettin visirt worden ist. Seit dem 14ten, wo er nach Inhalt des letzten Paßvisum von Stettin bereits abgereist war, hat er sich ungemeldet in Berlin aufgehalten.

Soviel ich ferner aus verläßlichen Quellen entnommen, findet das zu Ehren Herweghs projectirte Subscriptions-Eßen wenig oder gar keinen Anklang, da sich Herwegh durch sein stolzes Benehmen die hiesigen Literaten entfremdet haben soll.

Berlin, den 20ten December 1842

So, sagt Polizei-Inspektor Hofrichter.

Der Polizei-Präsident, Herr von Puttkamer, läßt eine Stunde vor dem Ende der Dienstzeit Polizei-Inspektor Hofrichter rufen und sagt, Den Herwegh sürveillieren lassen und sein Treiben genau verfolgen.

Am andern Morgen sagt Polizei-Inspektor Hofrichter zu Tallhover, Sürveillance des Herwegh. Es gibt Arbeit. Auch für Sie. Ich habe soeben Anweisung erhalten, dem Herrn Jagor, Besitzer des Hotel de Russie, bekannt zu machen, daß er die Vorschriften betreffs des An- und Abmeldens der bei ihm logierenden Fremden künftighin pünktlich zu befolgen und seine Leute demgemäß anzuweisen hat, widrigenfalls er zur Verantwortung und Strafe gezogen werden wird.
Kommen Sie mit zu Jagor.

Jawohl.

In der Nacht zum vierundzwanzigsten Dezember schneit es manchmal. Am Morgen geht Tallhover unter grauem Himmel zum Polizei-Präsidium. Der graue Himmel über der dünnen weißen Decke auf der Straße, die kalte Luft, die aber trocken, also klar ist, beruhigen Tallhover und beleben ihn. Die Aussicht auf die warme Amtsstube mit ihrem Geruch der Akten versetzt Tallhover in eine heitere Stimmung.

Polizei-Inspektor Hofrichter ist noch nicht da. Er kommt heute überhaupt später, hört Tallhover.

Am Dienstag liegt auf Tallhovers Tisch im Polizei-Präsidium auch die Leipziger Allgemeine Zeitung, die täglich abends erscheint, vom Sonnabend, Heiligabend. Immer stört Tallhover sich an dem Spruch unter dem Zeitungstitel, weil er fordernd betont, was doch nicht strittig ist für Tallhover, nur zu allgemein: Wahrheit und Recht, Freiheit und Gesetz! Für wen denn?

Bevor Polizei-Inspektor Hofrichter eintrifft, hat Tallhover in der Beilage zur Leipziger Allgemeinen Zeitung die Überschrift: Herwegh's Brief an den König von Preußen entdeckt.

Fast entsetzt liest Tallhover den Brief wie etwas Verbotenes. Er ist vom Tisch aufgestanden, liest, hört die Tür aufgehen, Polizei-Inspektor Hofrichter tritt ins Zimmer, sagt, Guten Morgen, Tallhover, was gibt

Es ist etwas Furchtbares passiert, sagt Tallhover laut, hält Polizei-Inspektor Hofrichter die Zeitung entgegen, aber der wehrt Tallhovers Bewegung ab, legt seinen Hut auf den Tisch, sagt, So reden Sie doch, Mann!, zieht seine Handschuhe aus, wirft sie in den Hut, sagt, Lesen Sie!

Herwegh's Brief an den König von Preußen.

Königsberg, im December 1842

Majestät!

Wir wollen ehrliche Feinde sein, lauteten die Worte, die Preußens König jüngst an mich gerichtet; und diese Worte geben mir ein Recht, ja, legen mir die Verpflichtung auf,

*er*legen, sagt Polizei-Inspektor Hofrichter,

ja, sagt Tallhover, hier steht aber legen,

weiter, sagt Polizei-Inspektor Hofrichter,

offen und unumwunden, wie ich einst mein Vertrauen auf Ew. Maj. ausgesprochen, nun auch meine Klage, meine bittere Klage vor Ihren Thron zu bringen, ohne eine Devotion zu heucheln, die ich nicht kenne, oder Gefühle, die ich nicht empfinde und nie empfinden werde. Wir wollen ehrliche Feinde sein – und an demselben Tage, da Ew. Maj. diese Worte auszusprechen geruhten, gefällt es einem hohen Ministerium, den Buchhändlern den Debit eines von mir erst zu redigirenden Journals, von dem unter meiner Redaction noch keine Sylbe erschienen ist, und dessen Debit vor zwei Monaten, ehe diese Uebernahme der Redaction durch mich bekannt gewesen, erlaubt worden war, lediglich meines Namens wegen zu verbieten. Daß dieser, mein Name, auch bei Ew. Maj. einen so schlimmen Klang habe, kann und darf ich nicht glauben, nach Dem, was Sie vor wenigen Tagen an mich geäußert. Ohne Zweifel haben Ew. Maj. von diesem Verfahren gar keine Kunde, und der Zweck dieses Briefes ist auch nur, diese einfache Thatsache zu Ihrer Kenntniß zu bringen, damit Ew. Maj. weiter beschließen mögen, was Rechtens ist. Ich bitte nicht um Zurücknahme des Verbots, denn ich weiß, daß mein beschränkter Unterthanenverstand, mein Bewußtsein einer neuen Zeit, auf ewig widersprechen muß dem alternden Bewußtsein und dem Regiment der meisten deutschen Minister, denen ich das Recht der

Opposition gern einräumen möchte, wenn sie überhaupt nur Notiz nehmen möchten von Dem, was um sie her vorgeht, aber vorgeht in den Tiefen der Menschheit, statt sich mit ein Bischen Schaum und Wind zu zanken, die auf der Oberfläche spielen. Wenn diese Minister in dem Widerspruche gegen sie auch zuweilen die Elemente einer neuen Religion zu entdecken, nicht blos Polissonnerie und Frivolität zu wittern im Stande wären, kurz, wenn diese Minister außer dem Zufall ihrer Geburt und ihrer oft schätzenswerthen administrativen und polizeilichen Talente auch das Talent und den guten Willen besäßen, sich auf einen ehrlichen Kampf mit ihren Feinden einzulassen, statt dieselben erst vornehm zu ignoriren, dann, ohne sie zu kennen, brutal zu behandeln, und so Fürst und Volk zu täuschen, wenn sie von einer Beruhigung der Gemüther reden, die in der That und Wahrheit nicht vorhanden ist und durch äußere Maßregeln nun und nimmer erzwungen werden kann. Noch gibt es Menschen, die durch nichts zu schrecken sind (und ich rechne mich zu ihnen), Menschen, die sich die Seele ausschreien werden, bis Recht und Gerechtigkeit auf der Welt; um so getroster, da selbst die Feinde des Fortschritts nicht mehr den Muth besitzen, Gewalt zu gebrauchen, weil sie wohl einsehen, wie gefährlich das Märtyrerthum ist, und wie für Einen Mann, den zu unterdrücken ihnen gelingt, zwanzig Geharnischte auf einmal aus dem Boden springen. Ich bitte nicht um Zurücknahme des Verbots, so schmerzlich es auch ist, das Kind seiner Muse schon im Mutterleibe bedroht zu sehen, und als Individuum mit einem ganzen Staatsprinzip in ewiger Collision zu leben; ich bitte nicht um Zurücknahme dieses Verbots, denn ich bin kein Schriftsteller von Profession, suche keinerlei materielle Vortheile durch Das zu erreichen, was ich sage, weil ich es sagen *muß*. Aber auch für die materiellen Vortheile und die Verbreitung des Journals ist durch ein Verbot nicht hinlänglich gesorgt. Verbotene Bücher fliegen recht eigentlich durch die Luft, und was das Volk lesen will, liest es allen Verboten zum Trotz. Ew. Maj. Minister haben vor fünf Vierteljahren meine Gedichte verboten, und ich bin so glücklich, im Augenblicke die fünfte Auflage derselben veranstalten zu können. Ew. Maj.

Minister haben die Beschlagnahme als gefährlich erschienener Bücher verordnet, und ich habe mich auf meiner ganzen Reise davon überzeugt: diese Bücher sind in Jedermanns Händen. Ich bitte nicht um Zurücknahme des Verbots, denn ich darf um nichts bitten in einem Lande, das ich verlassen will. Ich bin nach der Nothwendigkeit meiner Natur Republikaner und vielleicht schon in diesem Augenblicke Bürger einer Republik. Ich kann, ohne mich selbst muthwillig zu immerwährender Heuchelei zu verdammen, nicht länger in Staaten leben, wo selbst die Censur aufgehört hat eine Wahrheit zu sein; was ja die täglich stattfindenden Confiscationen bereits censirter Bücher beweisen. Aber es hat mein Herz gedrängt, an Ew. Maj. noch ein letztes ehrliches, wenn auch leidenschaftliches, Wort zu richten, ein Wort, was nur die Diener der Fürsten, nicht die Fürsten selbst anklagen soll, ein Wort unter vier Augen, das aber doch nicht blos mein Wort, sondern das vieler Tausender, ein Wort, das ich mit dem ganzen heiligen Eifer und Vertrauen meiner Seele vor Ew. Maj. gesprochen, und das Ew. Maj. danach würdigen und schätzen werden. In tiefster Ehrfurcht Ew. Maj. ergebenster Georg Herwegh.

Polizei-Inspektor Hofrichter sagt nichts.

Tallhover sagt, Der Herwegh gehört eingesperrt.

Langsam, Tallhover. Herwegh wollte bis Ende des Monats in Berlin bleiben. Ist er noch hier?

Das weiß ich nicht.

Na also. Das muß ich wissen. Außerdem muß ich sofort Herrn von Puttkamer von diesem Brief unterrichten. Geben Sie mir die Zeitung.

Gegen Mittag erlaubt es sich Tallhover, an die Tür von Polizei-Inspektor Hofrichter zu klopfen.

Was gibt es?, sagt Polizei-Inspektor Hofrichter.

Wo ist der Herwegh?

Sein Schwiegervater in spe hat uns gesagt, daß Herwegh heute vormittag nach Stettin abgereist ist.

Was werden Sie tun?

Gar nichts. Ich warte ab.

Der Polizei-Präsident, Herr von Puttkamer, schreibt in der selben Stunde an den Herrn Minister des Innern, Grafen von Arnim, Exzellenz:

Ew. Exzellenz beeile ich mich gehorsamst anzuzeigen, daß der Dr. Herwegh heute vormittag von hier nach Stettin abgereist ist und nach Aussagen des Kaufmannes Siegmund, seines künftigen Schwiegervaters, am Donnerstag, den 29ten d. M. hier zurück erwartet wird.

Am selben Tag schreibt der Herr Minister des Innern, Graf von Arnim, an den Königlichen Ober-Präsidenten zu Stettin, Herrn von Bonin, Hochwohlgeboren:

Der Dichter Georg Herwegh hat die der Allerhöchsten Person Sr. Majestät des Königs schuldige Achtung und Ehrerbietung in Ton und Inhalt eines an Allerhöchstdieselben gerichteten Schreibens auf eine höchst unangemessene Weise verletzt. Die allgemeinste Entrüstung aber wird mit Recht dadurch hervorgerufen, daß der Herwegh diese Verletzung der Ehrfurcht so weit getrieben hat, von dem gedachten Schreiben, welches er selbst als nur für Se Majestät den König bestimmt in demselben bezeichnet, dritten Personen Mittheilung zu machen und demselben, sei es absichtlich, sei es durch Versäumniß der nötigen Vorsicht, eine solche Publicität zu verschaffen, daß dasselbe in der Leipziger Allgemeinen Zeitung abgedruckt und hiedurch der Oeffentlichkeit übergeben ist. Unter diesen Umständen ist mit dem nachdrücklichen Einverständnis Sr Majestät für nothwendig befunden worden, daß dem Herwegh der Aufenthalt in Allerhöchstderen Staaten, welchen er durch dies Verfahren in einer allgemeinen und zum Aergernis gereichenden Weise gemißbraucht hat, nicht länger gestattet werde. Einem Berichte des hiesigen Polizei-Präsidii zufolge ist derselbe nach Stettin gereist, von wo er zum 29. d. M. zurückerwartet wird. Da indeß mit der Ausführung der wider ihn beschlossenen Maßregel nicht zu zögern ist, so ersuche ich Ew. Hochwohlgeboren ergebenst, denselben davon, daß er den Preußischen Staat unverweilt zu verlassen habe, in bestimmter, jedoch nicht verletzender, sondern möglichst schonender Weise unverzüglich in

Kenntniß setzen zu lassen und dafür zu sorgen, daß er die Königlichen Staaten auf dem geradesten Wege verlasse. Sollte er hierbei Berlin berühren wollen, so steht dem zwar nichts entgegen. In diesem Falle wäre das hiesige Polizei-Präsidium per Estafette davon in Kenntnis zu setzen, so daß dasselbe ihm vom Augenblick seiner Ankunft ab die erforderliche Aufmerksamkeit widmen und darauf halten kann, daß seine *sofortige* Weiterreise nach Leipzig ohne allen Aufenthalt mit dem nächsten der sich dafür darbietenden Beförderungsmittel statt finde.

Ueber das in Folge dieser Mittheilung Veranlaßte sehe ich einer gefälligen schleunigen Benachrichtigung per Estafette entgegen.

Dem Königlichen Polizei-Präsidenten, Herrn von Puttkamer, Hochwohlgeboren, hier, übergibt der Herr Minister des Innern, Graf von Arnim, eine Abschrift des Briefes an den Königlichen Ober-Präsidenten zu Stettin, Herrn von Bonin, zur Kenntnißnahme, Nachachtung und schleunigen Anzeige darüber, ob Herwegh wieder eingetroffen, eventuell, wie und wann er zur definitiven Verlassung der hiesigen Staaten veranlaßt worden sei.

Nachmittags geht Polizei-Inspektor Hofrichter bei Tallhover vorbei, sagt, Das wärs für heute. Der Herwegh wird ausgewiesen. Auf dem geradesten Wege.

Nicht festgesetzt?, sagt Tallhover.

Nein.

Aber warum nicht. Er hat Seine Majestät beleidigt.

Weil der Herwegh zu bekannt ist. Eine Verhaftung würde ihn nur noch bekannter machen, und zwar auf Dauer. Die Ausweisung ist das kleinere Übel. Man hat ihn bestraft und hat ihn aus dem Staat. In Preußen wird er allmählich vergessen werden. Die anderen republikanischen Apostel sehen, es ist noch nicht so weit gekommen, daß ein junger Musterreiter der Freiheitsware uns lästig werden darf.

Ich weißt nicht, sagt Tallhover.

Am Donnerstagmorgen langt im Königlich-Hochlöblichen Polizei-Präsidium zu Berlin ein Schreiben des Königlichen Ober-Präsidenten zu Stettin, Herrn von Bonin, vom Mittwoch, dem achtundzwanzigsten, an:

Ein Königlich-Hochlöbliches Polizei-Präsidium benachrichtige ich hiedurch der mir mittels Erlasses des Herrn Ministers des Innern von gestern gewordenen Anweisung gemäß, daß der Dichter Herwegh, der angeblich mit Hinterlassung seines bei Einem Königl.-Hochlöblichen Polizei-Präsidium deponirten Passes hier eingetroffen ist, heut der erhaltenen Weisung gemäß seine Rückreise nach Berlin antreten und von dort seine Tour nach Zürich fortsetzen wird. –

Sein Eintreffen wird morgen mit dem ersten von Angermünde aus anlangenden Eisenbahnzuge stattfinden, und stelle ich danach ganz ergebenst anheim, das weitere wegen der Weiterreise des Herwegh nach Leipzig zu veranlassen.

Der Polizei-Präsident, Herr von Puttkamer, welcher das Schreiben sieben dreiviertel Uhr in der Hand hält, versieht es am Rand mit der Anweisung:

Sofort Hofrichter vorzulegen.

Die Abreise muß mit dem heute 11 Uhr abgehenden Güterzuge, welcher 7 ½ Uhr abends in Leipzig ankommt, erfolgen.

Auch am Donnerstagmorgen, fünf Minuten nach acht Uhr, hat Tallhover etwas an Polizei-Inspektor Hofrichter zu melden.

Was ist es?, sagt Polizei-Inspektor Hofrichter.

Eine Erklärung von Herwegh. Gestern in der Leipziger Allgemeinen:

Ohne mein Wissen ist in der Leipziger Allgemeinen Zeitung vom 24. December ein Privatbrief an den König von Preußen veröffentlicht worden. Die Veröffentlichung bitte ich einzig der unverantwortlichen Indiscretion eines Freundes, nicht einer Taktlosigkeit meinerseits auf die Rechnung zu setzen. So bereit ich bin, für meine Worte einzustehen, so muß ich doch die unselige Klatschsucht, die stante pede Alles ohne Unterschied in den Mund der Leute bringt und auch diesen einmal verrathenen Brief gegen meinen Willen und vor der Zeit so weit befördert hat, durchaus misbilligen. Georg Herwegh.

Papperlapapp, sagt Polizei-Inspektor Hofrichter. Das wird ihm auch nicht mehr helfen. Lassen Sie die Zeitung hier. Ich bin in Eile; in einer halben Stunde kommt der Dampfwagen aus Stettin an.

Wer überwacht Herwegh?

Ab Berlin Herr Goldheim.

Tallhover verbringt den Vormittag im Polizei-Präsidium unruhig. Goldheim! Wann werde ich eingesetzt?

Fünfunddreißig Minuten nach elf ist Polizei-Inspektor Hofrichter wieder im Polizei-Präsidium. Weil er Tallhover teilnehmen lassen möchte an dem Aufenthalt Herweghs und an seiner Abreise, läßt er Tallhover in sein Büro kommen, sagt, Eine Meldung an den Herrn Polizei-Präsidenten. Schreiben Sie:

Nachdem der Dr. Georg Herwegh heute früh 8 ¾ Uhr mit dem Dampfwagen von Stettin hier angelangt war, habe ich demselben die erforderlichen Eröffnungen in Gemäßheit der mir gewordenen mündlichen Anweisung gemacht. – Nach längerem Zögern hat sich Herwegh endlich entschlossen, seine Weiterreise nach Leipzig sofort anzutreten, und ist seine Abreise von hier mit dem Güter u Personenzuge der Anhaltischen Eisenbahn praecise 11 Uhr vormittags, in Begleitung seiner Braut und deren Bruders erfolgt. Vorläufig sind Karten bis Coethen genommen worden, und es wird erst dort bestimmt werden, ob die Nacht in Coethen oder in Leipzig zugebracht werden soll. – Im Ganzen war Herwegh sehr gelassen.

Zum Bahnhofe wurde er von der Familie Siegmund begleitet. Sr Exzellenz dem Herrn Minister Grafen von Arnim habe ich von der erfolgten Abreise des Herwegh eine mündliche vorläufige Anzeige durch den Kanzleirath Bleich machen lassen.

Berlin, den 29. December 1842

11 ¾ Uhr mittags.

Geben Sie her, sagt Polizei-Inspektor Hofrichter, und unterschreibt die Meldung.

Am frühen Nachmittag wird dem Königlichen Polizei-Präsidenten von Berlin, Herrn von Puttkamer, Hochwohlgeboren, ein Schreiben des Königlichen Kammergerichts-Präsidenten, Herrn von Bülow, Hochwohlgeboren, vorgelegt:

Der Abdruck eines angeblich von dem Georg Herwegh an des Königs Majestät gerichteten Briefes in der Allgemeinen Leipziger Zeitung verpflichtet mich, die Frage, ob durch Veröffentlichung dieses Schreibens ein Staatsgesetz übertreten und gegen welche Personen deshalb eine Untersuchung einzuleiten sei, bei dem Königlichen Kammergerichte zur Erwähnung zu bringen. Ich erlaube mir daher, Ew. Hochwohlgeboren um eine gefällige Mittheilung der betreffenden Blätter jener Zeitung und um eine Auskunft darüber ganz ergebenst zu ersuchen, ob Herwegh hieselbst aufgetreten ist, ob er sich noch hier aufhält, oder wann und wohin er abgemeldet worden.

Umgehend läßt der Königliche Polizei-Präsident, Herr von Puttkamer, dem Königlichen Kammergerichts-Präsidenten, Herrn von Bülow, eine Antwort zukommen:

Ew. Hochwohlgeboren beehre ich mich auf das gefällige Schreiben vom heutigen Tage ganz ergebenst zu erwidern, daß der Dichter Georg Herwegh auf Verfügung des Königl. Ministeriums des Innern heute vormittag, unter Benutzung der Berlin-Anhaltischen Eisenbahn, Berlin verlassen hat und ihm die Rückkehr in die Preußischen Staaten untersagt worden ist.

Am Morgen des Freitag überbringt der Eisenbahn-Kommis Tack dem Polizei-Inspektor Hofrichter ein Schreiben von Friedrich Goldheim aus Leipzig. Polizei-Inspektor Hofrichter, der an dem Interesse Tallhovers für Überwachung interessiert ist und Tallhover weiterbringen möchte, läßt Tallhover rufen, sagt, Hören Sie zu, was Herr Goldheim schreibt:

Euer Hochwohlgeboren zeige ich hiermit ergebenst an, daß der Dr. Herwegh nicht in Köthen übernachtete, sondern sich sofort in Begleitung seiner Braut und Schwagers nach Leipzig begeben hat, wohin auch ich ihm gefolgt bin, und daselbst abends 9 ½ Uhr mit der Eisenbahn eingetroffen ist.

Während der Reise ist in Bezug auf Herwegh, da wie es schien er jede Oeffentlichkeit vermied, nichts von Belang vorgekommen und ist er nur in Köthen, wo die Waggons gewechselt wurden, und in Halle auf einige Minuten ausgestiegen, deshalb wurde er auch vom mitreisenden Publikum weder gekannt noch überhaupt bemerkt.

Nur der Buch und Kunsthändler Springer aus Berlin, welcher ebenfalls nach Leipzig reiste, ist mit ihm in sehr eng vertraute Berührung gekommen und hat mit größter Mühe zu forschen gesucht, ob dem Herwegh nicht von Berlin aus ein Beamter gefolgt ist. Von Köthen aus hat auch der Springer neben ihm Platz genommen.

Sowohl auf der Herreise als in Leipzig heißt es allgemein, daß die Leipziger Allgemeine Zeitung deshalb im preußischen Staate verboten worden wäre, weil der Besitzer derselben sich geweigert hat, den Einsender des Herweghschen Briefes der Regierung namhaft zu machen. Durchaus tadelt man des Benehmen des Herwegh und bewundert die Langmuth unserer Regierung, die wie man glaubt sich zu fürchten scheint, denn von der Wegweisung des Herwegh ist bis jetzt noch nichts bekannt. Im Laufe des morgenden Tages werde ich weitere Nachrichten durch meine Conexionen einzuziehen suchen und sofort zu Euer Wohlgeboren Kenntnis gelangen lassen. Entschuldigen Sie die eilige Form meines Schreibens, da ich nachts 11 Uhr nur mit Mühe die dürftigen Schreibmaterialien noch verlangen konnte.

Den 29ten December 1842 nachts 11 Uhr

Tallhover sagt, Der Herwegh fährt ungeschoren in die Schweiz, affektiert eine triumphierende Haltung und wird in Zürich ein Agitationssystem gegen Preußen aufrichten. Jetzt erst wird sein Deutscher Bote aus der Schweiz bedeutend werden. Er trägt doch eine Masse Material über Preußen in seinem Kopf. Seine Zeitschrift wird schon ihren Weg zu uns machen. Und über lang oder kurz wird er selber neue Schriften verfassen und wird wissen, sie nach Preußen gelangen zu lassen. Wäre es nicht doch besser gewesen, ihn für eine lange Weile hinter unsere Gitter zu bringen?

Was aber, sagt Polizei-Inspektor Hofrichter, wenn andere fortan nichts anderes zu tun gehabt hätten als in ausländischen Blättern unausgesetzt um die Freilassung Herweghs zu winseln und die redliche Gesinnung des Königs in den Schmutz zu ziehen? Sie schießen übers Ziel, Tallhover. Sie sind noch jung. Ich kann hoffen, daß wir in Preußen einmal so weit sein werden, die Herweghs nicht auszuweisen, sondern

Tallhover sagt, Einzuweisen!

Polizei-Inspektor Hofrichter lacht, sagt, Dann hätten die Herweghiaden ein Ende. Sie sind jung, Tallhover. Vielleicht, daß Sie es noch einmal erleben.

9 Elf Tage später sagt Polizei-Inspektor Hofrichter, weil er wünscht, daß Tallhover eine Überzeugung von der Konsequenz und allgemeinen Wirkung des polizeilichen Vorgehens erlangt, Hören Sie, Tallhover. Ich komme gerade aus der Konferenz und habe der Konferenz eine gestrige Anweisung von Herrn von Puttkamer vorgelegt: Dem Dichter Georg Herwegh ist der Aufenthalt in den Königlichen Preußischen Staaten nicht gestattet, und es ist daher von seinem etwaigen Wiedereintreffen hierselbst sofort Anzeige zu machen.

Tallhover hat gehofft, daß es so ist, sagt aber, Und jeder von uns weiß es?

An jedem Schlagbaum und in jedem Ort, sagt Polizei-Inspektor Hofrichter. Und noch etwas. Mit dem Herrn Justiz-Kommissarius Crelinger in Königsberg ist es auch vorbei. Der König selber hat festgelegt, daß Crelinger durch sein ganzes Verhalten bei Herweghs Besuch in Königsberg Gesinnungen an den Tag gelegt hat, welche mit den Pflichten eines Staatsbeamten nicht vereinbar sind.

Daraus ersehen Sie, daß unsereins nicht ohne Bedeutung für das Ganze ist, sagt Polizei-Inspektor Hofrichter.

10 Polizei-Inspektor Hofrichter hat am zweiundzwanzigsten Januar Achtzehnhundertvierundvierzig Grund, Tallhover freudig Kenntnis zu geben von der anhaltenden Beachtung der Herweghschen Umstände.

Nur, daß Sie sicher sein können, Tallhover. In der Konferenz habe ich soeben einen Erlaß des Ministers des Innern vom zehnten dieses Monats an den Ober-Präsidenten der Provinz Brandenburg publiziert. Hören Sie:

Der vor kurzem in Zürich und Winterthur herausgegebene zweite Band der Gedichte eines Lebendigen enthält viele Stellen, in welchen sich der Thatbestand des Majestätsverbrechens so wie der Aufreizung zum Mißvergnügen gegen die Regierung in der allerfrechsten Form ganz unzweifelhaft vorfindet. Der Verfaßer dieser Gedichte ist notorisch Georg Herwegh. Euer Hochwohlgeboren ersuche ich daher ergebenst, gefälligst in unauffälliger Weise anordnen zu wollen, daß derselbe, wenn er die Königlichen Staaten betreten sollte, sofort verhaftet und mir davon ungesäumt Anzeige gemacht werde, damit Ueberweisung an das betreffende Criminalgericht verfügt werden kann.
Übrigens, der Herwegh hat im vergangenen Jahr diese Emma Siegmund geheiratet, im März, in der Schweiz. Wie ich gehört habe, wollen die Liberalen daraus ersehen, daß der Republikaner bei ihm noch nicht so weit vorgerückt ist, sich auf sich selbst zu verlassen, und es für klug hält, sich auf das Geld einer Frau zu stützen.

Ich habe es gleich gesagt, sagt Tallhover. Er schreibt in seinem Exil frech weiter.

Mehr Geschrei als Wolle, sagt Polizei-Inspektor Hofrichter.

11 Signalement! Das kann doch nur jemand geschrieben haben, der noch kein Signalement geschrieben hat, sagt Tallhover. Daß ein Minister des Innern so etwas aus der Hand gibt. Schickt es an den Ober-Präsidenten der Provinz Brandenburg, der schickt es an unseren Polizei-Präsidenten, und die Berliner

sollen damit etwas anfangen. Damit kriegen die den Herwegh nie, falls der sich hier blicken läßt. Verhaftung des Dichters Georg Herwegh! Abschrift eines mir zugekommenen Signalements desselben zur gefälligen weiteren Veranlassung! Lächerlich. Der Innenminister scheint nicht einmal zu wissen, daß wir Porträts von Herwegh haben kopieren lassen für unsere Beamten. Kein Wunder, daß Leute wie Herwegh auf die preußische Polizei spucken. Das habe ich mir anders vorgestellt, Herr Inspektor.

Beruhigen Sie sich, Tallhover, sagt Polizei-Inspektor Hofrichter. Und lassen Sie nicht den gebührenden Respekt vor dem Grafen von Arnim vermissen.

Tallhover sagt laut, Herwegh trente ans environ, figure agréable, moustaches, cheveux et barbe très noir, taille ordinaire, bonnes manières! Da soll einer nicht lachen. Das trifft auch auf mich zu. Oder, pardon, auf Sie, Herr Inspektor.

Polizei-Inspektor Hofrichter nimmt das Blatt, klopft mit der Rechten auf die untere Blatthälfte, sagt, Sie sehen doch, Lindemann läßt es in die Registratur schicken zur Ablage: Adacta, da das sehr allgemeine Signalement des Herwegh, welcher ohnehin bekannt ist, sich zu einer Publication in der Konferenz nicht eignet. Vierundzwanzigster erster Fünfundvierzig. Gegengezeichnet von von Puttkamer.

Das wollen wir aber auch hoffen, sagt Tallhover.

12

Tallhover, aber unter dem Namen Goldheim, Friedrich, trifft am Freitag, dem neunundzwanzigsten Oktober Achtzehnhundertzweiundfünfzig in London ein. Polizeileutnant Friedrich Goldheim ist unter anderem Namen in Deutschland unterwegs.

Tallhover verläßt Victoria Station, und unerwartet ist der Himmel blau. Den augenblicklichen Entschluß, zu Fuß nach Kensington zu gehen, gibt Tallhover aber schon in der Pimlico Road Ecke Sloane Street auf. Er ist nach der Reise doch müde. Er winkt einer Droschke.

Tallhover kommt ausnahmsweise von Köln. Er reist im Auftrag von Polizeirat Stieber. Der vorübergehend in Köln beschäftigt ist mit dem Kommunistenprozeß. Gegen Becker, Bürgers, Daniels, Ehrhardt, Jacobi, Klein, Leßner, Nothjung, Otto, Reiff und Röser. Tallhover kann die Namen im Schlaf hersagen, in alphabetischer Reihenfolge. Freiligrath, gegen den auch prozessiert wird, ist vor seiner Verhaftung abgereist. Im Mai Einundfünzig. Er ist in London. Hat seit diesem Juni eine schöne Stelle als Kommis, hat Polizeirat Stieber zu Tallhover gesagt. Zweihundert Pfund Gehalt. Im übrigen, er verkehre nur mit Doktor Marx und seinen intimsten Freunden.

Tallhover hat selber mit dem Kommunistenprozeß zu tun. Als polizeilicher Gehilfe von Polizeirat Stieber.

Aber er hat ungern mit dem Prozeß zu tun als Assistent von Polizeirat Stieber. Ihm gefällt die Art von Polizeirat Stieber nicht. Ihm gefällt die Arbeitsweise von Polizeirat Stieber nicht. Aber er muß tun, was Polizeirat Stieber ihm sagt. Tallhover ist froh, daß er unter dem Namen Goldheim fahren kann. Sein Londoner Auftrag gefällt ihm nicht.

Die Droschke biegt nach links in die Knightsbridge ein. Trotz der Unannehmlichkeit seines Auftrags ist Tallhover von dem Anblick und der Luft des Hyde Park, obwohl der Himmel schon nicht mehr blau ist, ermuntert. Der Vorsicht halber läßt Tallhover die Droschke an der Kensington Road Ecke Victoria Road schon anhalten und will bis zu Herrn Kaufmann Charles Fleury, siebzehn Victoria Road, zu Fuß gehen. Die Partei Marx, hat Polizeirat Stieber gesagt, die auch ihre Leute ausschickt, soll nichts wissen von dem Besuch aus Köln.

Tallhover trifft Herrn Kaufmann Fleury in dessen Haus an. Wie Polizeirat Stieber es ihm gesagt hat, trifft Tallhover auch auf Herrn Polizeileutnant Greif, der in Fleurys Haus, in der oberen Etage, wohnt.

Tallhover, unter dem Namen Goldheim, hat es eilig in London. Er sagt, wie es Polizeirat Stieber gesagt hat, Die Anklage muß Beweise liefern, meine Herren. Die Zeugen wissen nichts auszusagen. Der Prozeß soll schließlich mit der Verurteilung der

Angeklagten enden, nicht mit der Arretierung von Polizeirat Stieber.

Fleury und Polizeileutnant Greif sehen Tallhover abschätzig an. Fleury sagt, Als ob wir die ganze Zeit etwas anderes getan hätten als Beweise zu liefern. Ich selbst habe Herrn Greif das Originalprotokollbuch gegeben.

Ja, sagt Tallhover. Herr Polizeirat Stieber hat, wie Sie wissen, am dreiundzwanzigsten vor Gericht ausgesagt, er verfüge über das Originalprotokollbuch, das von der neuen Londoner Zentralbehörde des Kommunistenbundes geführt worden sei.

Polizeileutnant Greif sagt, Ich selbst habe es ihm nach Köln gebracht.

Ja, sagt Tallhover. Herr Polizeirat Stieber scheint gewußt zu haben, daß es mit dem Originalprotokollbuch etwas Besonderes auf sich hat.

Reden Sie doch nicht geschwollen daher, Tallhover, sagt Polizeileutnant Greif. Natürlich hat er es gewußt.

Ich bin hergekommen, sagt Tallhover, weil Herr Polizeirat Stieber die Unmöglichkeit vor Augen hat, die Behauptung von der Echtheit des Originalprotokollbuches aufrechtzuerhalten. Er schickt mich, um mit Ihnen darüber zu sprechen, ob man nicht auf irgendeinem Wege eine Beweisführung herbeischaffen könnte.

Eine Beweisführung für etwas, das nicht bewiesen werden kann?, sagt Herr Kaufmann Fleury.

Wenn es so ist, dann so etwas, sagt Tallhover.

Fleury sagt, Wie stellen Sie sich so etwas vor? Wissen Sie nicht, daß die Protokolle von Hirsch stammen, der schon seit fünfzehnten Januar nicht mehr an den Zusammenkünften der Partei Marx teilgenommen hat? Der aber noch im September Original-Protokolle geliefert hat?

Das weiß ich. Von Herrn Polizeirat Stieber, sagt Tallhover. Herr Polizeirat Stieber hat am siebenundzwanzigsten Oktober vor Gericht ausgesagt, die Unterschrift des Protokollanten in diesem Originalprotokollbuch stamme von einem H. Liebknecht.

Fleury sagt, Er hat selbst gewollt, daß die Unterschrift von einem Liebknecht stammt. Er weiß, daß Hirsch die Unterschrift gemacht hat.

Sicher, sagt Tallhover. Er weiß auch, daß Sie das Protokollbuch von Hirsch bekommen haben. Wenn also eine Beweisführung nötig ist, und wenn der Protokollant H. Liebknecht Herr Hirsch ist, dann muß Herr Hirsch eben als H. Liebknecht nach Köln kommen und die Echtheit des Originalprotokollbuches beeiden.

Sie glauben doch nicht, daß er das tut, sagt Fleury.

Polizeileutnant Greif sagt, Wir nehmen uns den Hirsch vor.

Wenn er nicht nach Köln kommt, sagt Tallhover, dann gibt es keinen Protokollanten mit Namen H. Liebknecht. Dann gibt es nur Herrn Kaufmann Fleury, der gesagt hat, er habe das Originalprotokollbuch von H. Liebknecht.

Fleury sagt, Um Gottes willen, lassen Sie uns Herrn Hirsch aufsuchen.

Ja, sagt Polizeileutnant Greif, wir müssen ihn morgen unbedingt weichmachen.

Wo wohnt Hirsch?, sagt Tallhover.

Auch hier in Kensington, sagt Fleury.

Ich werde spätestens neun Uhr hier sein, sagt Tallhover. Sorgen Sie, daß wir ihn in seiner Wohnung antreffen.

Tallhovers Frage, wo in der Nähe er günstig Quartier nehmen könne, beantworten Kaufmann Fleury und Polizeileutnant Greif eilig fast gleichzeitig.

Am nächsten Morgen, auf dem Weg zu Fleury und Polizeileutnant Greif, kauft Tallhover den Morning Advertiser und findet, während er das Blatt vor dem weiteren Weg flüchtig durchblättert, eine Erklärung der Partei Marx, die ihn augenblicklich in Eile versetzt.

Er hält die Erklärung Fleury als erstem vor die Augen. Lesen Sie! Die Bande kündigt die Aufdeckung von Polizeischlichen, Meineiden, Urkundenfälschungen, gefälschten Daten, Diebstählen etcetera an. Engels, Freiligrath, Marx und Wolff.

Polizeileutnant Greif hat eine Zeitung in der Hand, sagt, Im Spectator auch.

Wir haben keine Zeit zu verlieren, sagt Tallhover. Am dritten November ist der nächste Gerichtstermin. Der Beginn der Verteidigung. Weiß Hirsch Bescheid, daß wir kommen?

Er kommt hierher, sagt Polizeileutnant Greif.

Hirsch kommt pünktlich. Tallhover zögert mit der Frage, was es bedeute, daß Hirsch den Kaufmann Fleury als Herrn Krause tituliere, unterläßt die Frage. Hirsch wirkt zugleich ängstlich und herausfordernd. Polizeileutnant Greif, der auch Gast ist in Fleurys Wohnung, sagt herrisch zu Hirsch, er solle sich setzen, man habe es eilig.

Ohne weiteres sagt Tallhover, Herr Hirsch, es genügte, daß Sie nach Köln kämen und unter dem Namen H. Liebknecht vor Gericht beeideten, das Protokollbuch sei echt, nämlich von Ihrer Hand.

Beeideten?, sagt Hirsch.

Ich kann Ihnen die Zuerkennung einer Staatspension zusichern. Sie würden alsbald irgendwo in Preußen unter anderem Namen sicher und frei leben.

Aber.

Das kriegen Sie nicht zweimal, sagt Polizeileutnant Greif. Stellen Sie sich nicht an. Fahren Sie mit Herrn Goldheim nach Köln.

Kaufmann Fleury sagt, Herr Hirsch, tun Sie es. Ihnen ist geholfen und mir auch. Vergessen Sie nicht, was ich für Sie getan habe.

Nicht umsonst, sagt Hirsch.

In Köln kennt Sie keiner.

In Hamburg zum Beispiel kennt man mich sehr wohl. Was ist, wenn die Sache auffliegt? Kriege ich dann auch eine Pension? Dann lassen mich die Herren fallen. Nein. Ich fahre nicht nach Köln. Ich beeide gar nichts, sagt Hirsch.

Tallhover sagt zu Fleury und Polizeileutnant Greif, Das sieht nicht gut aus. Unter diesen Umständen wird Herr Polizeirat Stieber im Interesse der Polizei gezwungen sein, Herrn Fleury als den geistigen Urheber des Originalprotokollbuches preiszugeben. Schließlich kann die Polizei es nicht gut gewesen sein, nicht wahr, Herr Leutnant Greif. Es ist höchst wahrscheinlich, daß Sie in Kürze Ihr Attachement an unsere hiesige Gesandtschaft aufgeben, sagt Herr Polizeirat Stieber.

Gegen ausdrücklichen Rat des Herrn Polizeirat Stieber, wo möglich die Nähe der Partei Marx zu meiden, widersteht Tallhover der Neugier auf das Haus, in welchem Marx wohnt, nicht. Unter dem Vorwand, für Soho interessiert zu sein, für das er tatsächlich interessiert ist, biegt er von der Regent Street in die Brewer Street ein. Immer in größeren Städten sucht Tallhover Straßen auf, in denen er Mädchen und Frauen begegnet, die ihn mit der Anrede Pst! oder Hallo! oder Bleib doch stehen! zu kurzen Gesprächen anhalten. Er möge doch mitkommen. Gleich dort, schräg gegenüber, gebe es ein Zimmer. Eine halbe Stunde Zeit werde er doch finden. Es werde ihm gefallen, verwöhnt zu werden. Er werde sehen.

Tallhover schüttelt den Kopf, das Mädchen dreht sich abrupt um, sagt, Dann eben nicht!, und geht drei Schritte von Tallhover fort.

Aus der Brewer Street geht Tallhover in die Wardour Street bis zur Ecke Gerrard Street, geht die Gerrard Street bis zur ersten Querstraße, Dean Street. Aber unter dem Eindruck des Rates von Polizeirat Stieber geht Tallhover die Dean Street schnell entlang, achtet kaum auf das Aussehen des Hauses, will nur nicht gesehen werden und behält am Ende der Straße bloß in Erinnerung die Enge der Straße, die Abfälle am Rand des Bürgersteiges, den Fischgeruch.

Tallhover ist ärgerlich wegen Hirsch, weiß aber nicht, ob er es nicht auch wünschen soll, daß Hirsch sich geweigert hat, nach Köln zu kommen zu einem Falscheid, weil er, Tallhover, im Falle der Aufdeckung belastet wäre als ein Anstifter, wenngleich unter dem Namen Goldheim.

Was bringe ich von London heim?, fragt Tallhover sich. Daß ich sagen muß, Das Originalprotokollbuch ist kein Originalprotokollbuch, eher ein Notizbuch, das entweder wirklich von einem H. Liebknecht herrührt, der aber nicht zu finden ist, oder die Notizen stammen von anderen Freunden des Doktor Marx, und Fleury hat den Notizen die Form eines Originalprotokollbuches gegeben. Das ist wenig.

In seinem Kölner Hotel, im Frankfurter Hof, stöbert Polizeirat Stieber am Montag, dem achten November, abends, im Restaurant, endlich Tallhover auf. Er sagt, Dieser verdammte Hirsch. Hat am Sonnabend vor dem Londoner Magistrat eidesstattlich erklärt, daß er das Originalprotokollbuch gefälscht hat. Greif und Fleury hätten ihn geleitet. Der soll mich kennenlernen. Den krieg ich noch mal. Gottseidank hatte ich Fleury am Mittwoch schon abgestoßen.

Und Leutnant Greif?, sagt Tallhover.

Ist am Sonnabend von London abgereist.

13

Sorgsamer hätte umgegangen werden sollen mit Goldbeck, befindet Tallhover, Robert Goldbeck, Lieutenant außer Dienst.

Der, in Mannheim untergekommen, einen Brief absendet am fünfundzwanzigsten April Achtzehnhundertneunundsiebzig an Herrn von Madai, Polizei-Präsidenten von Berlin. Geschrieben nach bitterem Gespräch mit Frau Goldbeck, deretwegen Robert Goldbeck auf das Offiziers-Salär verzichtet hat vor fünf Jahren, die aber, seit andere Einkunft häufiger ausbleibt, nicht zufrieden ist mit Goldbeck, auch nicht, wenn sie, wie sie öfter hört, das Wichtigste ist in Goldbecks Leben.

Exzellenz von Madai werde gebeten, liest Exzellenz von Madai, einen gehörig legitimirten Herrn zu gut bestimmter Stunde nach Mannheim zu schicken, sofern Exzellenz von Madai wichtige Enthüllungen auf dem Gebiete der politischen Polizei nur immer für wünschenswert halte.

Seinen Namen nennt Goldbeck nicht. Der Schreiber Dieses bitte Exzellenz von Madai um Schutz seiner Anonymität: Es kann viel nützen, wenn das Geheimnis gewahrt bleibt, sonst nichts.

Sollte Exzellenz von Madai, wie er bestimmt hoffe, geneigt sein, seine bescheidenen Dienste zu acceptiren, so bitte er gehorsamst, Tag und Uhrzeit sub chiffre, D. G. 7., postlagernd, befehlen zu lassen.

Herr von Madai, der es weiß, daß jede Hilfe nötig ist, da doch alle Beamten mit Arbeit überhäuft sind, so daß ein jeder sonntags wie wochentags, sehr häufig bis zehn Uhr abends ohne Ablösung, immerfort Beschäftigung hat, ersucht alsbald, am neunundzwanzigsten April, Herrn Hergenhahn, Polizei-Präsidenten von Frankfurt, der Sache sich anzunehmen, zuständigkeitshalber: Denn obwohl derartigen anonymen Anerbietungen gemeinhin ein besonderer Wert nicht beizulegen sei, glaube er dennoch, mit Rücksicht auf die Zeitverhältnisse, die Sache nicht ohne jede Erörterung lassen zu sollen.

Verpflichtet zur Fürsorge für die Reichs-Hauptstadt und das Allerhöchste Haus, befürchtet Herr von Madai Gefahr von internationaler Liga der Revolution. Ihre Pläne, sagt er, sind die denkbar weitgehendsten; sie binden sich weder an Ort, Raum, Entfernung noch Staat. Hierzu kommt die Bewegung ihrer Mitglieder, die bald hier, bald dort, bald unter diesem, bald unter jenem Namen auftauchen und verschwinden. Reisen über Hunderte von Meilen erscheinen ihnen völlig einfach. Dieser Verbindung, welche mit Geldmitteln unzweifelhaft versehen ist, steht die Polizei beinahe machtlos gegenüber. Ja, es ist nicht ausgeschlossen, daß ihre Pläne geradezu unter den Augen der Polizei gefaßt werden, sagt Herr von Madai.

Herr von Madai ist also besorgt, Vertrauenspersonen zu gewinnen. Ich weiß wohl, sagt er, daß sich unter diesen Personen Leute von Bildung und Vermögen, aber auch heruntergekommene Kellner, Commissionäre und Hausknechte werden befinden müssen. Nun. Haben wir die Wahl? Diese Leute tun unsere Arbeit, das genügt mir.

Herr Hergenhahn, Frankfurt, hat jemanden an der Hand. Er beeilt sich, am ersten Mai, Herrn von Madai in Erwiderung des gefälligen Schreibens, ganz ergebenst zu benachrichtigen, er habe dem Polizei-Rath Doktor Rumpf den Auftrag erteilt, mit betreffendem Anonymus in Verbindung zu treten.

Fügt in der Anlage ein Schreiben bei, das Herr Doktor Rumpf an den Anonymus gerichtet, und bittet Herrn von Madai, solches, falls Herr von Madai einverstanden, in der Hauptstadt zur Post geben zu lassen. Bittet ferner, ihn, Hergenhahn, von dem Abgang des Rumpfschen Schreibens gefälligst ungesäumt in Kenntnis setzen zu wollen.

Goldbeck, erfüllt von Genugtuung und in stärkerer Haltung vor Frau Goldbeck als je seit langem, Frau Goldbeck eigenhändig hat ihm den einzigen Anzug, dunklen, gebürstet, Goldbeck, Glanz in den Augen, sieht in den Spiegel. Jawohl. Goldbeck, außer Dienst, ist noch wer. Nicht nutzlos versunken in ziviles Leben, das keine Höhe kennt; nicht mittellos, wenngleich unbemittelt; nicht wortlosem Vorwurf der Untüchtigkeit ausgesetzt; sondern Robert Goldbeck, dessen Schritt gehört wird von Frau Goldbeck, wie er, aufgerichtet, sich umkehrt vor dem Spiegel, Frau Goldbeck zuwinkt und hinausgeht.

In der Halle des Bahnhofes Mannheim, sechsten Mai, erkennt er, wie es im Brief steht aus der Hauptstadt, einen Herrn an einer Zeitung, die der Herr, vor dem Schalter Eins, in der linken Hand hält, dem Badisch-pfälzischen Volksblatt.

Er sei es, sagt Goldbeck, dem man geschrieben habe, und ob der Herr es sei, den zu treffen, wie man geschrieben, er sich einfinden solle am Schalter Eins.

So ist es, sagt Herr Doktor Rumpf, der nicht seinen Namen nennt.

Goldbeck, sagt Goldbeck, Robert Goldbeck.

Ungesäumt gehen sie in das Restaurant, Herr Doktor Rumpf läßt Goldbeck Gast sein der Politischen Polizei und bestellt, da es früh ist, großes Frühstück.

Goldbeck, in Erwartung des heißen Kaffees und frischer Semmeln, in Sympathie zu Doktor Rumpf, sagt, daß er Offizier war bis Vierundsiebzig, redet also ohne Aufforderung. Auch, daß er verheiratet ist seit Vierundsiebzig, sagt er, und ansässig in Mannheim seit drei Jahren. Meinen Unterhalt, und den meiner Frau, verdiene ich durch Unterricht.

Unterricht?, sagt Herr Doktor Rumpf.

Sprachen, sagt Goldbeck, und Stenographie. Öfter bin ich auch beschäftigt als Stenograph bei den Badischen Kammerverhandlungen.

Herr Doktor Rumpf, als das Frühstück gebracht wird, schätzt Goldbecks Alter auf dreißig Jahre circa.

Von bestimmten Enthüllungen habe Goldbeck geschrieben, sagt Herr Doktor Rumpf nach dem ersten Schluck Kaffee, den Goldbeck an diesem Morgen nimmt, und sieht in das Gesicht Goldbecks.

Seit einem Jahr beobachte ich die sozialistische Sache, sagt Goldbeck, und erkenne, daß die Polizei von Mannheim in sozialistischen Sachen nichts tut oder Verkehrtes. Frei läßt sie die Sozialisten schalten und walten. Der zuständige Polizei-Commissär, ein Herr namens Baumann, statt vorzugehen gegen das freche Treiben, geht mit Sozialisten zum Bier bei dem Wirt Buttle und läßt sich freihalten von den Feinden der Ordnung. Das Haupt des Feindes ist Dreesbach, früher Redakteur des Badisch-pfälzischen Volksblattes, das der Herr bei sich getragen hat zur Erkennung, jetzt Spezereihändler in Mannheim. Sein Geschäft hat er mit dem sozialistischen Preßfonds begründet, eintausendvierhundert Mark, die zurückgezahlt werden sollten an die Mitglieder. Sie haben aber verzichtet auf die Rückzahlung und nur zum Schein den Empfang quittiert, mit Ausnahme des Kaufmanns Sauer. Auch mit der internationalen Liga stehen die Mannheimer in Verbindung, vermute ich; ein Tapezierer Erhardt, der bei Buttle logiert hat, ist von England hergekommen zu geheimen Verhandlungen.

Herr Doktor Rumpf folgt seiner Vorliebe, die Buttersemmel in den heißen Kaffee zu tauchen und bemerkt nicht Goldbecks Abneigung gegen Fettaugen auf heißem Kaffee, obwohl er sie bemerkt, da Goldbeck gründlicher seinen Mund abwischt mit einer Serviette vor jedem Schluck Kaffee.

Und weiter?, sagt Herr Doktor Rumpf.

Leider stehe ich seit fünf Wochen außer Relation zu den Sozialisten, bekennt Goldbeck, weil der Polizei-Commissär Baumann, ausgerechnet Baumann, mich vor Sozialisten einen Denunzianten genannt hat, zum Schaden der Sache. Es kann mir jedoch leicht werden, mit den Sozialisten wieder vertraut umzugehen, wenn die Polizei den Polizei-Commissär Baumann nur passend verweist, sagt Goldbeck.

Das Frühstück ist verzehrt, Goldbeck, der den letzten Schluck Kaffee stärker süßt mit einem zweiten Stück Zucker, hofft, der Herr werde aus dem Verlust der Konnexion zu Mannheimer Sozialisten nichts Nachteiliges für Goldbeck schließen, sondern eher Ehrlichkeit schätzen, und schweigt.

Jaa, sagt Herr Doktor Rumpf. Er zündet sich eine Zigarre an und sagt, Bringen Sie Ihre Wahrnehmungen zu Papier, die Adresse kennen Sie ja. Man wird sehen, im übrigen.

Weiter nichts. Er winkt den Kellner heran, bezahlt das Frühstück, verlangt eine Quittung. Herr Doktor Rumpf erhebt sich, Goldbeck erhebt sich.

Herr Hergenhahn, folgenden Tag, beehrt sich, den Bericht über eine Zusammenkunft mit dem Anonymus (Robert Goldbeck): Offerte, zu Diensten Politischer Polizei, welchen Herr Polizei-Rath Doktor Rumpf geliefert, ergebenst Herrn von Madai zu übersenden. Nebst der Liquidation (in duplo) des Herrn Doktor Rumpf über die Reise nach Mannheim.

Tallhover muß aber den Bericht bemängeln. Soll der Fortgang wichtiger Arbeit bestimmt werden von Polizei-Räthen, die bloß Gedanken von Beamten denken? Darf denn, daß Goldbeck danach strebe, sich einen Verdienst zu verschaffen, als Einwand gelten gegen Eignung? Oder, daß er das Betragen des Polizei-Commissärs Baumann in Frage gestellt? Muß nicht auch Beobachtung der Beobachter vorgesehen sein? Gerade dies hätte bestens für Goldbeck zu sprechen gehabt. Übertrieben erscheint Tallhover Doktor Rumpfs Verdacht, der gewiß nicht ohne Eigennutz gehegt wurde, nämlich aus Sympathie eines Beamten für einen Beamten, Goldbeck habe Baumann zu verdrängen gesucht, um selber sich an dessen Stelle zu setzen.

Nicht Unzuverlässigkeit Goldbecks wäre einzuwenden gewesen, sondern Leichtfertigkeit des Polizei-Raths. Denn daß jemandem der Begriff abgehe, was politische Polizei sei und wie solche gehandhabt werden müsse, sollte den Schluß nicht zulassen, jemand sei für Arbeit der politischen Polizei unverwendbar. Dies gerade wäre Sache des Polizei-Raths gewesen, jemandem richtigen Begriff zu vermitteln, denkt Tallhover.

Statt dessen verzichtet Doktor Rumpf. Und Herr von Madai, der es weiß, daß Helfer gebraucht werden, aber auf falschen Weg geleitet von Doktor Rumpf, verzichtet. Verloren also ein Hilfswilliger, der zweifellos, und warum nicht, um Verdienst sich zu beschaffen, großen Eifer an den Tag gelegt hätte in Mannheim.

Auch wir, sagt Tallhover, könnten viele sein, müssen es: nicht gebunden an Ort oder Land, ausgerüstet mit Geldmitteln, unter jenem oder diesem Namen, entzogen den Augen dieser Liga, doch sehend: machtvoll.

Und, wie es in jeder Familie von selbst sich versteht, bedacht auf das Wohl der Angehörigen. Zu denen Tallhover auch Goldbeck gerechnet hätte. So daß Goldbeck nicht veranlaßt wäre, aus eigener schwacher Kraft zu handeln, ungeachtet des Lohnes, und nur, um dienlich zu sein dem Kampf gegen die Un-Ordnung.

Goldbeck, der unterdessen wieder engeren Kontakt zu den Mannheimer Sozialisten geknüpft hat und zuversichtlich hofft, Herrn von Madai einen wichtigen Rapport über internationale Verbindungen der Mannheimer gehorsamst unterbreiten zu können. Die Absicht, sich in dem Vertrauen der Sozialisten ganz unverdächtig zu befestigen, bedingt aber, daß er hie und da Waren von ihnen kauft, um sich den Anstrich eines Mannes zu geben, der Kommissionsgeschäfte macht. Diese Kauftätigkeit aber, die ihn mit allen Ständen in Berührung bringt und also seine Erhebungen wesentlich erleichtert, hat ihn in wenigen Tagen genötigt, alle seine Wertsachen zu verpfänden.

Ohne Prolongation müssen dieselben bis zum dreizehnten Mai verfallen.

Es bleibt ihm nur, drei Tage zuvor, erneut in das Vertrauen des Polizei-Präsidenten der Reichs-Hauptstadt sich zu begeben.

Unwürdig eines Mannes, der aus sich selbst handelt für das Ganze, muß er von Herrn Madai erhoffen, es wolle Herrn von Madai gefallen, ihm für seine weitere Tätigkeit eine Summe, wenn auch nur unbedeutende, baldigst anweisen zu lassen.

Dies den zehnten Mai.

Am fünfzehnten Mai aber ist er noch ohne Antwort.

Wagt es also zum letzten Mal, die Sache im Auge und notwendig sich selbst, Herrn von Madai in höchster Desperation um wenige hundert Mark zu bitten, da man begonnen hat, seine mühsam erhaltene Habe endgültig anzutasten.

Von der Stimme seiner Frau, die sich weigert, Armband und Ring aufzugeben, schreibt Goldbeck nichts.

Alles, wozu Herr von Madai, die Lage verkennend, sich herbeiläßt, ist eine Blaustiftnotiz am Rand des Briefes: Wofür?

14

Dem Schutzmann ist kalt. Warum kommen sie nicht? Es ist ein Glück, daß es noch dunkel ist. Aber es wird hell, sagt der Schutzmann. Und ich habe keine Decke. Und meinen Mantel kann ich nicht ausziehen.

Der Schutzmann sieht sich um. Kommt wer? Nein, kommt niemand. Aber bald kommen welche, die zur Arbeit müssen, und bleiben stehen. Und glotzen, wie ich hier stehe. Und fragen, Wer ist das?

Es ist ein Unglückstag, sagt der Schutzmann.

Der Schutzmann möchte rauchen, aber das tut er nicht.

Es ist der Herr Polizei-Rath Rumpf, sagt der Schutzmann zu dem Herrn Criminal-Commissär und zu dem Herrn Doktor, die endlich gekommen sind. Es ist der Herr Polizei-Rath Rumpf, sagt der Schutzmann. Ich hatte keine Decke. Und meinen Mantel konnte ich nicht ausziehen.

Der Herr Criminal-Commissär kniet sich in den Schnee, und der Herr Doktor kniet sich in den Schnee.

Auf dem Bürgersteig in dem Schnee liegt der Herr Polizei-Rath Rumpf und könnte den Himmel sehen.

Der Herr Criminal-Commissär braucht nicht zu tun, was er tun muß. Er kennt Herrn Polizei-Rath Rumpf. Er nimmt die Brieftasche aus der Jacke des Herrn Polizei-Raths und sieht nach.

Der Herr Doktor kann nicht sagen, wie lange der Herr Polizei-Rath im Schnee liegt. Es ist kalt, nachts, im Monat Januar. Er sieht nur, was der Schutzmann gesehen hat die ganze Zeit. Und sagt, was der Herr Criminal-Commissär sagen müßte, wenn es gesagt werden müßte, aber der Herr Doktor sagt es, weil er den Herrn Polizei-Rath gekannt und oft ihm die Hand gegeben hat. Der andere, sagt er, ist ihm begegnet von Angesicht zu Angesicht. Der Herr Polizei-Rath hat das Gesicht des anderen gesehen als letztes.

Der Herr Criminal-Commissär sieht sich Fußspuren an im Schnee, aber auf dem Bürgersteig im Schnee sind viele Fußspuren zu sehen. Der Schutzmann ist auch um den Herrn Polizei-Rath herumgegangen.

Die linke Hand des Herrn Polizei-Raths Rumpf hat hingefaßt, und die rechte Hand des Herrn Polizei-Raths Rumpf hat hingefaßt. Auf dem Leib des Herrn Polizei-Raths Rumpf haben die Hände des Herrn Polizei-Raths Rumpf zu fassen versucht das schmerzliche schmerzende Kalte.

Und der Hut des Herrn Polizei-Raths Rumpf liegt neben dem Kopf des Herrn Polizei-Raths Rumpf.

Und der Mund des Herrn Polizei-Raths Rumpf steht offen, aber niemand hat etwas gehört. In dieser Nacht. In dieser Gegend. Wäre es einer von denen gewesen, dessen Mund offensteht, da wären sie herbeigelaufen. Das hätten die gehört. Ist irgendwo Licht hinter den Fensterscheiben? Alles ist dunkel. Das ist das Licht der Gaslaterne, das sich in der Fensterscheibe spiegelt da. Sieht einer heimlich auf die Straße? Keiner.

Wer das getan hat, das weiß ich, sagt Tallhover.

Und weiß es Herr von Madai nicht, muß Tallhover es in

Herrn von Madais Kopf denken, damit der es weiß, daß die Gesetzlosen rufen, Greift zu, wo ihr könnt!

Uns, sagt Tallhover, mich, und Herrn von Madai, und den Herrn Polizei-Rath Rumpf, und den Schutzmann, uns nennen sie Gesindel der Ordnung. Kaltgestellt sollen wir werden. Besser, sagen sie, können wir unsere Gedanken nicht erklären als mit dem Messer.

Deshalb handeln sie, ehe sie reden, sagt Tallhover. Gehandelt haben sie. Aber ehe sie reden, rede ich,

und Herr von Madai sagt, daß es soweit ist. Strengste Handhabung der Gesetze fordere ich, sagt Herr von Madai.

Er findet heraus, daß kein anderer es gewesen sein könne als Lieske, ein Gesetzloser, den man schon einmal im Auge gehabt. In jener Gegend.

Und das wissen wir, sagt er, daß mit den Gesetzlosen die Herren Sozialisten verschwistert sind. Sie liefern die Tendenz, und die traurigen Dinge geschehen. Strafbar muß es sein, zuzugehören solcher Partei, sagt Herr von Madai. In sicheren Gewahrsam muß genommen werden, wer verdächtig ist nach dieser Richtung.
Und mit Lieske werden wir fertig. Den soll mir keiner nehmen.

Immer denkt Herr von Madai an Herrn Polizei-Rath Rumpf, wenn Herr von Madai an Lieske denkt. Wie er mit Herrn Polizei-Rath Rumpf geredet hätte über die schwere Arbeit. Wie er ihm nahe gewesen wäre in grundlegender Ansicht.

Nehmen Sie Platz, Herr Doktor Rumpf. Trinken Sie Cognac? Nehmen Sie eine Zigarre? Ich habe Gutes gehört von Ihnen! Ihnen verdanken wir es, daß die Herren Sozialisten Grund haben zur Klage. Ich wünschte sehr, Sie wären tätig in der Hauptstadt. Aber Sie sind mir überall vor Augen.

Die Meuchelmörder sollen sehen, daß sie nichts sind als Meuchelmörder, Herr Polizei-Rath. Ich verspreche es. Es wird ein Beispiel geliefert werden. Und die sich verkrochen haben, locken wir heraus und treffen sie. Ich schulde es Ihnen, Herr Polizei-Rath. Ich schulde es mir, Herr Polizei-Rath.

Es wird das Jahr nicht vergangen sein, und Lieske ist aus der

Welt. Ich will es. Allzu viel Zeit bleibt mir nicht. Aber das will ich wissen, daß Lieske fortgekehrt wird.

Ich werde Ihrer gedenken, Herr Polizei-Rath. So werde ich Ihrer gedenken.

Erweist es sich also, sagt Tallhover, aber er sagt es ohne Vorwurf, jetzt, daß Doktor Rumpf, als er sorgsam sein wollte damals, in Wahrheit sorglos war? Behalte ich recht auf bittere Art?

Vielleicht, er lebte noch, wäre er nur sorgloser verfahren im Umgang mit Goldbeck und also sorgsamer? Ist er mit anderen in Frankfurt umgegangen wie mit Goldbeck in Mannheim? Abweisend gegen Mangel an Eignung? Da doch Eignung, die Doktor Rumpf meinte, erwerbbar ist und weniger wichtig als Hingebung. Die Goldbeck besaß in höchstem Maß, sagt Tallhover.

Tallhover, erfahrener als Doktor Rumpf, kann sich ein feineres Netz denken aus vielen, seinetwegen schwächeren Fäden, das ausgebreitet ist über Mannheim, Darmstadt und Frankfurt, nur diese zu nennen, und jede Regung aufnimmt, an jeder Stelle, dem Zentrum des Netzes sie anzuzeigen.

Goldbeck oder ein anderer, schwach nach der Ansicht von Doktor Rumpf, aber nach Tallhovers Ansicht stärker, weil bedacht auf die Sache, hätte, vielleicht, und irgendwie, verhindern können die Tat des Täters Lieske.

15

Tallhover hat an einer Besprechung bei dem Herrn Polizeipräsidenten teilgenommen. Herr von Richthofen hat gemeint, die Organisation der Berliner Polizeistellen, die mit der Überwachung und Bekämpfung der Sozialdemokratie befaßt seien, müsse verbessert werden. Es schwebe ihm eine regionale Anpassung an die illegalen Organisationen der Berliner Sozialdemokratie vor.

Tallhover hat zu bemerken gewünscht, daß, wenn nicht eine Verstärkung des Personals zu erwarten sei – obschon er am ehesten eine Verstärkung wünsche, da die Arbeit trotz des Gesetzes im Rücken immer schwieriger sich erledige –, er geradezu zu einer Veränderung der Organisation raten müsse, zumindest im Bereiche der Exekutive.

Herr von Richthofen hat erwidert, Herr Tallhover treffe einen Punkt, den er, Richthofen, selber erwogen habe; er ermächtige Tallhover hierdurch, einen gemäßen Plan auszuarbeiten und vorzulegen.

Tallhover hat dem Herrn Polizeipräsidenten von Richthofen eine neue Geschäftseinteilung der Exekutive vorgelegt. Er hat gesagt, er habe eine Ordnung in drei Abteilungen gewählt. Der ersten Abteilung obliege die Beobachtung der gesamten sozialrevolutionären Bewegung inclusive Berichterstattung sowie die Wahrnehmung des Sicherheitsdienstes für die Allerhöchsten und Höchsten Herrschaften. Die Aufgaben dieser ersten Abteilung seien in vier Bereiche untergliedert, deren jeder einem Kriminal-Kommissarius unterstehen solle. Zum Beispiel die Beobachtung der Arbeiterbildungsschule und der freien Volksbühne einem Kriminal-Kommissarius, einem zweiten die Beobachtung der Parteileitung, der Reichstagsfraktion, der Wahlvereine und der sozialdemokratischen Presse. Jedem der Kommissare müsse die erforderliche Anzahl von Wachtmeistern und Schutzmännern zugeteilt werden. Die Exekutive verfüge übrigens zur Zeit über zehn Kriminalwachtmeister und einhundertdreiundzwanzig Kriminalschutzmänner.

Sprechen Sie weiter, hat Herr von Richthofen gesagt.

Der zweiten Abteilung liege es ob, die gesamte gewerkschaftliche Bewegung zu beobachten. Der dritten, die Geschäfte der Gasthofs- und Fremdenpolizei wahrzunehmen sowie die Recherchen in Preßsachen durchzuführen.

Herr von Richthofen hat gesagt, er werde Tallhovers Geschäftseinteilung bedenken. Vorbehaltlich der fälligen Zuweisung einiger Aufgaben, die Herr Tallhover noch nicht untergebracht habe wie zum Beispiel die Beobachtung der Polen, Rumänen, Russen undsoweiter, neige er zur Annahme des Plans. Die personelle Besetzung im einzelnen wolle er auch mit Polizeidirektor Krüger erörtern.

16 Tallhover sagt zu dem Herrn Polizeipräsidenten von Richthofen, er bedauere, daß ein verdienter Mann wie Polizeidirektor Krüger, der seit beinahe zwanzig Jahren, schon unter Präsident von Madai, Hervorragendes geleistet habe bei der Überwachung der Sozialdemokratie, ja der das persönliche Vertrauen Bismarcks besessen habe, wie sonst hätte er als Sicherheitsbeamter dessen Reisebegleiter sein dürfen, vorzeitig pensioniert worden sei.

Herr von Richthofen sagt, Herr von Bismarck ist nicht mehr Kanzler. Vergessen Sie übrigens nicht, daß Polizeirat von Mauderode seit drei Jahren Krügers Stellvertreter war. Er besitzt alle Voraussetzungen als neuer Vorsteher der Exekutive.

17 Tallhover hat an einer Besprechung bei dem Herrn Polizeipräsidenten teilgenommen. Herr von Richthofen hat gesagt, so, wie er es den Herren seines Hauses gesagt habe, wolle er es auch dem Herrn Minister des Innern sagen. Er wisse sich mit Herrn Minister Herrfurth einig.

Daß die Bekämpfung der Sozialdemokratie nach dem Erlöschen des Sozialistengesetzes keineswegs als beendet betrachtet werde von seiten der Berliner Polizei.

Vielmehr werde erforderlich eine erhöhte Aufmerksamkeit sämtlicher mit der Beobachtung der sozialdemokratischen Bewegung betrauten Beamten.

Und zwar: wegen der seither sehr merklichen Vermehrung der sozialistischen Presse. Wegen der Rückkehr einer erheblichen Zahl von Ausgewiesenen nach Berlin. Wegen der starken Zunahme öffentlicher Versammlungen und Vereinsbildungen. Wegen der Verlegung der Parteileitung nach Berlin. Und wegen der Tatsache, daß der Kampf zwischen den Gemäßigten und den Radikalen in der Hauptsache in Berlin ausgefochten werde.

18 Der Schutzmann Nummer vierhundertzweiundsiebzig, Dimke, von der Gasthofspolizei der Dritten Abteilung, ist unterwegs in der Karlstraße. Er biegt in die Albrechtstraße ein, redet vor dem Hotel Bremer Hof mit Frau Weidner, die nebenan wohnt, über den schönen Oktober, und geht in das Hotel. An der Rezeption fragt Dimke, ob der Hille, der gestern gemeldet worden, im Hause sei.

Ja, im Hause. Frühstückt gerade. Der mit dem Vollbart.

Bringen Sie mir einen Tee ins Frühstückszimmer, sagt Dimke.

Er setzt sich, daß er den mit dem Vollbart sehen kann. Hille.

Der Hille hat Schrippenkrümel im Bart. Er trinkt einen Schluck aus seiner Tasse, beugt sich über ein Blatt Papier, schreibt etwas.

Dimke sieht, daß der Hille ihn gar nicht sieht.

Dimke kriegt seinen Tee.

Hille steht auf, nimmt einen Hut und einen Sommer-Überzieher vom Haken, sagt, Guten Tag, und geht.

Dimke sagt sich, Hat der das Blatt Papier liegengelassen? Er steht auf, geht zu dem Tisch, sagt, Der hat das liegengelassen.

Dimke nimmt das Blatt, es ist eine Speisekarte. Er geht zurück an seinen Tisch, setzt sich, holt einen Vordruck und einen Stift aus der Tasche und schreibt:

7. Größe: ca. 1 Meter 54–56
8. Haare: dunkel lang tragend
9. Stirn: /
10. Augenbrauen: /
11. Augen: dunkel
12. Nase: spitze Nase
13. Mund: gewöhnlich
14. Bart: rötlich blonden Vollbart
15. Zähne: /
16. Kinn: /
17. Gesichtsbildung: länglich
18. Gesichtsfarbe: blaß

19. Gestalt: schlank
20. Sprache: deutsch
21. Besondere Kennzeichen: Bekleidung dunklen Sommer-Überzieher schwarzen Kammgarn-Gehrock graue Hose dunkelroten großen weichen Plischhut

Ehe Dimke unterschreibt, nimmt er einen Zettel aus der Tasche, auf welchem er die Meldung des Hoteliers an die Gasthofs-Polizei notiert hat. Er schreibt auf den Vordruck unter das Wort Signalement:

des Schriftstellers
und schreibt ab:
1. Familienname: Hille
2. Vorname: Peter
3. Geburtsort: /
4. Aufenthaltsort: Hamm i/Westf.
5. Religion: /
6. Alter: 40 Jahr
Dimke unterschreibt.

Dimke nimmt die Speisekarte zur Hand, auf die der Hille etwas geschrieben hat. Dimke liest, kann die Schrift nicht lesen, dreht die Karte um, liest, legt die Karte auf den Tisch, liest. Dimke kann die Schrift lesen, liest langsam, halb laut:

Ich mag schon tausend Jahre hier unten sein, nach Menschenkinder Maß seit jenem glücklichen Sturme damals. Das nenne ich noch Leben? Lust und Schönheit ist so kühl und frisch. Wie eigen scheint das Korallenzweiggeäder der gleitenden Leiber, flutet das bunte Haar, wie Orangeneis munden die duftenden Küsse. Sterben? Altern? Hat jemand schon eine greise Welle gesehen? Geist, Unterhaltung?

Hört euch nur mal den Schwertfisch an! Wenn euch da nicht das Herz im Leibe lacht vor seiner göttlichen Bosheit, doch ich vergaß: Das Echte erschreckt euch, ihr künstlichen Söhne der Natur! Eure Entwicklung ist Verwicklung.

Und der Haifisch?

Seegeruch sucht ihr? Da bedient euch der Hering, daß euch die Augen übergehen und ihr niesen müßt trotz Björnson und Lie.

Dimke legt die Speisekarte beiseite, nimmt ein leeres Blatt aus der Tasche, schreibt:

III. Abteilung Berlin, den 18ten Oktober 1894

Gasthofs-Polizei

Am 17ten d. Mts. ist im Hotel Bremer Hof, Albrechtstr. 6 ein Schriftsteller Peter Hille aus Hamm abgestiegen und beabsichtigt daselbst einige Zeit hier zu wohnen. Derselbe macht den Eindruck eines herabgekommenen Menschen, und dürfte, soweit es die beigefügten schriftlichen Aufzeichnungen desselben bestätigen, geisteskrank sein.

Dimke

Schutzmann 472

Ferner anbei Signalement

Polizeirat von Mauderode hat veranlaßt, daß ihm die Schriften eines Schriftstellers Hille, Peter, geliefert werden.

Die Buchhandlung Borstell & Reimarus schickt aus der Dorotheenstraße einen Boten. Polizeirat von Mauderode bekommt nur ein Buch auf den Tisch.

Ist das alles?, sagt er zu dem Beamten, der das Buch entgegengenommen hat.

Das ist alles, hat der Bote gesagt, sagt der Beamte. Gedichte in Monatsblättern und Musenalmanachen noch. Da sollen wir das Literarische Bureau fragen. Das liefert ausgeschnittene Originalbeiträge schnell und prompt, hat er gesagt.

Ach, sagt von Mauderode. Er schlägt das Buch auf, sagt, Die Sozialisten. Verlag Wilhelm Friedrich in Leipzig. Das ist Achtzehnhundertsechsundachtzig erschienen, und wir wissen nichts davon. Das habe ich doch gewußt, ein Sozi ist das.

Polizeirat von Mauderode erteilt der Dritten Abteilung zwei Anweisungen: Die Observation des Hille, Peter, fortsetzen. Und: das Buch des Hille gründlich lesen. Bericht an mich.

Der Schutzmann Nummer vierhundertzweiundsiebzig, Dimke, ist unterwegs am Schiffbauer Damm. Er biegt in die Albrechtstraße ein und geht in das Hotel Bremer Hof.

Dimke fragt an der Rezeption, ob der Hille im Hause sei.

Nein. Nicht mehr.
Seit wann?
Gestern nachmittag ist er fort.
Wohin?
Nach Friedenau, hat er gesagt.
Zu wem?
Hat er nicht gesagt.
Dimke sagt, Einen Tee bitte, ins Frühstückszimmer.

Dimke setzt sich auf den Platz, auf welchem Hille gesessen hat, nimmt ein Blatt Papier und einen Bleistift aus der Tasche und schreibt:

Dritte Abteilung Berlin, den 19ten Oktober 1894
Gasthofs-Polizei

Der vom Unterzeichneten am 17. d. Mts. im Hotel Bremer Hof, Albrechtstr. Nr. 6 als zugezogen gemeldete Schriftsteller Peter Hille ist gestern, den 18. d. Mts. nach Friedenau umgezogen. Die Straße resp. den Namen seines jetzigen Wirthes konnte bisher nicht in Erfahrung gebracht werden.

Dimke
Schutzmann 472

Am anderen Morgen sagt Polizeirat von Mauderode, Wenn dieser Hille sich nicht anmeldet in Friedenau, muß er ermittelt werden.

Am Sonntag geschieht gar nichts.

Aber am Montag telefoniert Polizeirat von Mauderode mit dem Amtsvorsteher von Wilmersdorf.

Nein, sagt der Amtsvorsteher. Bis jetzt nicht. Jawohl, ermitteln.

Von Dienstag bis Donnerstag hört Polizeirat von Mauderode nichts aus Wilmersdorf.

Am Freitag kriegt er eine Meldung auf den Tisch:

P. Hille ist bis jetzt nicht zur Anmeldung gelangt und auch daselbst nicht ermittelt worden.

Polizeirat von Mauderode sagt, Seit einer Woche ist dieser

Mann verschwunden. Ein Sozi. Und genau in dieser Woche halten die Sozis ihren Parteitag ab. In Frankfurt. Wo haben wir eigentlich unsere Augen.

Er liest:

Sollte derselbe in Wilmersdorf gemeldet werden, so wird der dortige Amtsvorsteher die politische Polizei telefonisch benachrichtigen.
26.10.94

Dummköpfe, sagt Polizeirat von Mauderode. Das habe ich selbst angeordnet.

Polizeirat von Mauderode holt eine Liste, die er am Dienstag von Tallhover bekommen hat: Vorläufige Aufstellung der Delegierten zum Parteitag der Sozialdemokratischen Partei Deutschlands in Frankfurt a. M. vom 21. bis 27. Oktober.

Polizeirat von Mauderode liest auf den ersten Blick den Namen Hille. Aber Vorname und Heimatort fehlen.

Ich muß sofort mit Tallhover sprechen, sagt Polizeirat von Mauderode.

Tallhover sagt, warum haben Sie diese Liste nicht sofort gelesen?

Die Observation der betreffenden Personen, sofern sie in Berlin beheimatet sind oder falls sie Berlin betreten, kann logisch erst nach dem Parteitag wieder aufgenommen werden oder beginnen, dachte ich, sagt Polizeirat von Mauderode.

Und Hille?

Ja, sagt Polizeirat von Mauderode.

Tallhover sagt, Ich telegrafiere heute noch nach Frankfurt. Vor Montag, Dienstag rechne ich allerdings nicht mit Antwort.

Hier ist das Signalement, sagt Polizeirat von Mauderode.

Tallhover liest es, sagt, Das ist unbrauchbar.

Die Antwort aus Frankfurt trifft am Dienstag ein.

Tallhover ruft Polizeirat von Mauderode und liest den Bericht, den er gelesen hat, vor:

Den sozialdemokratischen Parteitag zu Frankfurt Main hat nur der Redacteur Hülle aus Erfurt besucht. Eine andere Person mit gleichem Namen ist weder vom Vorwärts erwähnt noch hat eine solche dem Parteitag beigewohnt.

Der Redacteur Hülle, Gustav, stammt aus dem ersten Meiningischen Wahlkreis, Erfurt-Schleusingen, und war ordentlicher Delegierter des Parteitages. Er gehörte dem Bureau des Parteitages als Schriftführer und als Mitglied der Neuner-Kommission an.

Hülle hat auf dem Parteitag drei Mal das Wort ergriffen:

Am zweiten Verhandlungstag, Dienstag, den 23. Oktober, in der Nachmittags-Sitzung. Er sprach über die Vereinsgesetze (wörtlich: «Wir wollen nach unserem Programm *Abschaffung* der Vereinsgesetze ...» [!]) sowie über den Impfzwang bei Diphtherie.

Am sechsten Verhandlungstag, Sonnabend, den 27. Oktober, in der Vormittags-Sitzung zwei Mal. Beim ersten Mal sagte er, er schließe sich den Anführungen Auers an. Beim zweiten Mal legte er eine Resolution zur Abstimmung vor, die durch Akklamation einstimmig angenommen wurde. Die Resolution lautet wörtlich: Der Parteitag versichert den italienischen Genossen, welche soeben von einem brutalen Gewaltstreich des Renegaten Crispi betroffen wurden, seine brüderliche Sympathie. Der Parteitag ist der Überzeugung, daß die italienischen Genossen aus dem Kampf gegen die rohe Unterdrückung nach Bismarckschem Muster als Sieger hervorgehen werden.

Fehlanzeige, sagt Tallhover.

Polizeirat von Mauderode sagt, Was soll geschehen?

Sie ermitteln weiter und lassen Hille gegebenenfalls überwachen. Wir unterrichten das Büro von Ministerpräsident Crispi.

Die Durchsicht des Romans Die Sozialisten von Hille, Peter, hat keine Anhaltspunkte für sozialdemokratischen Umtrieb geliefert. Im Gegenteil: liest Polizeirat von Mauderode in dem Gutachten, das er in Auftrag gegeben: enthält der Roman eine gewisse individualistische Absage an den Sozialismus. Allerdings ist zu bemerken, daß es sich um eine Art Protest gegen jegliche Ordnung handelt. Dem entspricht die künstlerische Form.

Auch das kein Hinweis, sagt Polizeirat von Mauderode.

Im Hotel Bremer Hof fragt Schutzmann Dimke in der vierten Woche nach Hille. In der vierten Woche sagt der Hotelier zu Schutzmann Dimke, Ich wundere mich auch. Der wollte doch bloß für eine Woche weg.

Was?, sagt Schutzmann Dimke. Das sagen Sie mir erst jetzt?

Habe ich Ihnen das nicht gesagt?, sagt der Hotelier.

Nein.

Der wollte seine Papiere abholen.

Papiere?

Na, so Blätter. Geschriebenes.

Wo sind die Blätter?

Im Geldschrank. Falls Hille nicht zahlt. Irgend was muß ich in der Hand haben.

Schutzmann Dimke sagt, Ich komme wieder.

Für Polizeirat von Mauderode schreibt Schutzmann Dimke:

Als der Hille am 18. d. Mts. das Hotel Bremer Hof verließ, gab er an nach Friedenau zu ziehen, und in ungefähr 8 Tagen wiederkommen zu wollen, um seine im Hotel zurückgelassenen Papiere abzuholen. Bis jetzt ist derselbe im Hotel nicht wieder erschienen.
11.11.94

Polizeirat von Mauderode sagt, In Friedenau oder sonstwo ist Hille auch nicht ermittelt worden.

Polizeirat von Mauderode erteilt der Dritten Abteilung eine Anweisung:

Die Papiere des Hille im Hotel Bremer Hof sofort beschlagnahmen.

Schutzmann Dimke ist in der Marienstraße unterwegs. Er biegt in die Albrechtstraße ein und geht in das Hotel Bremer Hof. Dem Hotelier sagt er auf dem Gang, Die Papiere von Hille sind mit Beschlag belegt, also. Geben Sie sie heraus.

Der Hotelier sagt, Ich kann sehen, wie ich zu meinem Geld komme.

Schutzmann Dimke nimmt die Blätter, holt einen Zettel aus der Tasche und schreibt eine Quittung:

Diverse beschriebene Blätter eines Hille, Peter, erhalten zu haben, bescheinigt.

Polizeirat von Mauderode sieht, daß die meisten Blätter doppelt beschriftet sind.

Dieser Hille hat die Blätter quer über die Zeilen zum zweiten Mal vollgeschrieben. Das kann niemand lesen, sagt Polizeirat von Mauderode.

Aber einige Blätter sind nicht doppelt beschrieben.

Polizeirat von Mauderode liest:

Federzeichnungen

von

Peter Hille

I. Die Jünger

Polizeirat von Mauderode kann die Schrift nicht entziffern.

Polizeirat von Mauderode liest:

Sozialdemokrat

Wer mit zukünftigen Dingen rechnet, wird leicht Dichter als Ausspinner künftiger Möglichkeiten. Als Dichter aber läuft er Gefahr in eine zu große Erregung der Vereinsamungsempfindung zu geraten, eine zu große Last, eine werdende Welt auf schwacher Schulter zu fühlen

Nein, ich kann es nicht, sagt Polizeirat von Mauderode.

Polizeirat von Mauderode liest:

II. Reiseonkel

Die Schrift kann Polizeirat von Mauderode nicht lesen.

19

Hille ist aufgetaucht. Der Schutzmann Nummer siebenhundertneunundsechzig, Habermann, der die Logis in der Invalidenstraße im Auge hat, notiert namens der Gasthofs-Polizei:

Berlin, den 14. März 1895

Anzeige
zu 3817 P. J. $^{\mathrm{I}}\underline{\underline{\mathrm{a}}}$ 94

Der zu nebengenannter No. zur Ermittlung aufgegebene Schriftsteller Peter Hille aus Hamm, 11.9.54 Erwitzen geb, logirt seit gestern abend im Fremdenlogis von Kube Invalidenstr. No. 120.

Tallhover denkt nicht an Hille. Die Gasthofs-Polizei aber beobachtet Hille, weil Tallhover es befohlen hat.

Der Schutzmann Nummer eintausendneunhundertachtzig, Koerber, der sich auch um die Invalidenstraße kümmert, notiert am Mittwoch:

Berlin, den 20ten März 1895

Der zur Ermittlung aufgegebene Schriftsteller Peter Hille aus Hamm, 11.9.54 Erwitzen geboren, wohnte vergangene Nacht in dem Fremden-Logis Stettiner Rathskeller, Invalidenstr. No. 126. Derselbe hat sein Quartier heute vormittag gegen 8 Uhr verlassen und ist laut Fremden-Meldebuch nach Berlin abgemeldet worden.

Polizeirat von Mauderode, der sich krank fühlt, aber dennoch Dienst tut, will einige Fälle, die allzu lange ungeklärt sind, zu Ende bringen, ehe er, wie er es vorhat, sich krankmeldet. Er verlangt von der Gasthofs-Polizei einen Bericht über den Stand der Ermittlung betreffend Hille, Peter.

Der Schutzmann Nummer zweitausendzweihundertneunundzwanzig, Kassube, der beauftragt wird, schreibt einen Bericht, den Schriftsteller Peter Hille, 11.9.54. Erwitzen, Kreis Höxter, geboren, betreffend:

Berlin, den 18. April 1895

Der g. Hille hat einige Nächte und zwar in Zwischenräumen theils in dem Fremden-Logis Stettiner Rathskeller, Invalidenstr. 126, teils bei Kube, Invalidenstr. 120, genächtigt ist aber tagsüber niemals anzutreffen gewesen und seit dem 4. April dort überhaupt nicht mehr aufgetaucht.

Anderwärts ist Hille nicht zur Anmeldung gelangt, auch

sonst nicht zu ermitteln gewesen. Recherchen nach seinem Verbleib werden fortgesetzt.

Das wissen wir, sagt Polizeirat von Mauderode.

Polizeirat von Mauderode sagt sich, Einige Fälle werden unaufgeklärt bleiben bis zu meiner Krankmeldung.

So krank fühlt sich Polizeirat von Mauderode.

Tallhover wollte einen See-Urlaub antreten Mitte Juni. Er ist immer noch in Berlin. Er ist unentbehrlich im Amt. Denn am fünften Juni ist unerwartet plötzlich der Herr Polizeipräsident Freiherr von Richthofen gestorben.

Polizeirat von Mauderode, der schon lange kränkelte, ist seit dem Tode von Richthofens unübersehbar krank.

Am zwölften Juni fragt Polizeirat von Mauderode in der Dritten Abteilung noch einmal nach Hille.

Aber die Antwort, die am nächsten Tag auf seinem Tisch liegt:

Die fortgesetzten Recherchen nach dem Verbleib des Hille sind resultatlos geblieben.
13.6.1895

liest er nicht. Am Morgen des dreizehnten Juni kann er nicht aufstehen. Polizeirat von Mauderode ist hinfällig.

Die Exekutive der politischen Polizei muß vorläufig kommissarisch geleitet werden, sagt Tallhover. Henniger soll das machen.

Tallhover, den See-Urlaub im Auge, ist erleichtert, daß am zweiundzwanzigsten Juni Herr von Windheim als neuer Polizeipräsident in das Amt eingeführt wird.

Tallhover nimmt an einer Besprechung mit dem Herrn Polizeipräsidenten von Windheim teil. Herr von Windheim ersucht Tallhover – mit dem Antritt seiner Sommer-Ferien bis Anfang Juli zu warten; man bedürfe seines ordnenden Rates angesichts der Erkankung Mauderodes.

Zwei Tage nach Tallhovers Rückkehr aus dem Seebad Heiligendamm wird im Amt gemeldet, Polizeirat von Mauderode sei vergangene Nacht verstorben.

Herr Polizeipräsident von Windheim, der der kommissarischen Leitung der Exekutive der politischen Polizei, zu welcher Tallhover vor von Windheims Amtsantritt geraten hatte, zugestimmt hat angesichts der Krankheit von Polizeirat von Mauderode, beläßt es vorläufig dabei.

20

Das wußte man doch, daß Uljanow nicht in die Schweiz gefahren ist, um seine Lungenentzündung auszukurieren, sagt Tallhover zu Polizeirat Muhl. Das ist doch ein Bruder dieses Alexander Uljanow, den sie Siebenundachtzig aufgehängt haben, weil er am Attentat auf Alexander den Dritten beteiligt war. Der ist in die Schweiz gefahren, weil er Plechanow treffen wollte und diesen Axelrod. Befreiung der Arbeit. Jetzt wissen wir es. Sein Verbindungsmann in der Schweiz war ein Potressow. Was kann Uljanow schon gewollt haben von den russischen Emigranten in der Schweiz. Hetzschriften. Auf russisch. Plechanow hat schon vor dreizehn Jahren das Kommunistische Manifest ins Russische übersetzt. Und wie ich die Sozialdemokraten kenne, sollen sie Uljanow helfen, die Hetzschriften aus der Schweiz nach Rußland zu schmuggeln. Das hätten wir längst wissen können. Aber nein. Die Herren Kollegen aus Rußland halten es nicht für nötig, uns reichtzeitig Bescheid zu geben. Machen im Ausland alles selber. Zehn Wochen hat sich Uljanow in der Schweiz und in Frankreich herumgetrieben. Heute erfahre ich, daß Uljanow in Berlin ist. Ratschkowski hat es uns mitteilen lassen. Er hat uns das Kommunikat geschickt. Und wissen Sie, von wann das Kommunikat ist? Vom sechsten Juli. Heute haben wir den zweiten August. Hören Sie zu:

Der unter geheimer Polizeiaufsicht stehende Wladimir Iljin Uljanow, Gehilfe eines vereidigten Rechtsanwalts im Distrikt des Sankt Petersburger Obersten Gerichtshofes, Sohn eines wirklichen Staatsrats, ist am fünfundzwanzigsten April dieses Jahres mit einem vom Sankt Petersburger Stadthauptmann am fünfzehnten März Achtzehnhundertfünfundneunzig unter Nummer siebenhundertzwanzig ausgehändigten Paß ins Ausland gereist.

Nach den im Polizeidepartement vorliegenden Angaben befaßt sich genannter Uljanow mit sozialdemokratischer Propaganda in den Petersburger Arbeiterzirkeln, und das Ziel seiner Auslandsreise besteht in der Erkundung von Methoden, revolutionäre Literatur ins Reich einzuführen und Verbindungen der revolutionären Arbeiterzirkel mit Emigranten im Ausland herzustellen.

Indem ich Sie von selbigem in Kenntnis setze, ersuche ich Sie, die Tätigkeit und die Auslandsbeziehungen Wladimir Uljanows unter sorgfältige Beobachtung zu stellen und über die Ergebnisse Meldung zu erstatten.

Direktor N. Petrow

Schaffen es wohl doch nicht ganz allein. Das hätten sie sich auch gleich sagen können. Vielleicht geht das in der Schweiz. Da rennen so viele Russen herum, daß es schon nicht mehr auffällt, wenn ein Polizeimann dazukommt, der sich die anderen unter die Lupe nimmt. Aber in Berlin? Das dürfte etwas schwerer werden. Die Tätigkeit und Beziehungen Uljanows unter sorgfältige Beobachtung zu stellen. Ohne unsere Hilfe. Es ist ein Jammer, daß die Zusammenarbeit nicht besser funktioniert. Schneller, reibungsloser. Die Sozialdemokraten in ganz Westeuropa hängen zusammen. Jetzt schließen sich noch die Russen an. Eine internationale Organisation ist das. Und wir? Ich habe es schon mehrmals gesagt. Wir brauchen eine Polizeiliche Internationale.

Wo also wohnt er?, sagt Tallhover.

In Moabit, in der Flensburger Straße zwölf, zweiter Stock. Bei einer Frau Kurreick, sagt Kriminalkommissar Pasch.

Zu Polizeirat Muhl sagt Tallhover, Kein Zufall, daß Uljanow zuletzt noch in Berlin Station macht.

Zu Kriminalkommissar Pasch sagt Tallhover, Regelmäßig Bericht an mich persönlich. Dieser Mann interessiert mich. Den ersten Bericht am Montag.

Am Montag sagt Kriminalkommissar Pasch, Uljanow ist am Sonnabend und Sonntag in den Tiergarten gegangen und hat in der Spree gebadet. Am Sonnabend, neuneinhalb Uhr, hat Uljanow an einer sozialdemokratischen Versammlung im Saale des Herrn Spitzig, Frankfurter Allee Nummer hundertdreiundneunzig, teilgenommen. Uljanow ist mit einem Mann in das Lokal gegangen, der inzwischen identifiziert ist als Wilhelm Buchholz. Dieser Buchholz ist einschlägig bekannt. In Rußland aufgewachsen, zeitweise wohnhaft in Samara, ausgewiesen aus Rußland vor vier Jahren.

Was war das für eine Versammlung, sagt Tallhover.

Eine öffentliche Volksversammlung für den Kreis Nieder-Barnim. Gesprochen hat der Reichstagsabgeordnete Arthur Stadthagen über die Vorschläge der Agrar-Kommission für den Parteitag der Sozialdemokraten.

Der Uljanow ist nicht umsonst in Berlin, sagt Tallhover.

Tallhover liest im Berliner Volksblatt Vorwärts: Friedrich Engels todt! Die Arbeiter aller Länder trauern um Friedrich Engels; allein sie werden nicht klagen um den Tod des Führers und Vorkämpfers. Für uns ist er nicht todt – er lebt, er redet zu uns, er zeigt uns den Weg, er treibt uns voran – und was wir einst am Grabe von Karl Marx schworen, das schwören wir jetzt auch am Grabe von Friedrich Engels: wir verwirklichen, was Du uns gelehrt hast! Wir verwirklichen, was Ihr Beide uns gelehrt habt – Ihr gehört ja zusammen! Durch die That wollen wir zeigen, daß wir Euer würdig sind!

Zu Kriminalkommissar Pasch sagt Tallhover, Daß mir die Observation von Uljanow nicht abreißt.

Am Freitag sagt Kriminalkommissar Pasch, Uljanow ist jeden Tag in den Tiergarten gegangen und hat in der Spree gebadet. Jeden Tag ist er in die Buchhandlung des Vorwärts gegangen, in der Beuthstraße, und hat Zeitungen und Bücher gekauft, so daß es verwundern kann, woher er das Geld dafür nimmt. Im übrigen scheint er äußerst anspruchslos zu leben, da er zum Beispiel nie eine Droschke benutzt, höchstens die Stadtbahn, vornehmlich ab Bellevue, meistens aber zu Fuß geht. Auch ißt und trinkt er wenig und verkehrt nur in billigen Restaurants. Alkohol und Tabak meidet er.

Tallhover sagt, Was hat er gekauft in der Beuthstraße.

Soweit es im Laden zu beobachten war, kaufte er regelmäßig den Vorwärts, den er Vorrwärrts nennt. Einmal Die Neue Zeit. Und Bücher, wie gesagt. Aber die sind schwer zu erkennen. Uljanow ist im Deutschen sehr schwach. Es ist beobachtet worden, daß er englische, französische und deutsche Bücher gekauft hat. Deutsche zum Beispiel Die Weber von Hauptmann und Zur Lage der arbeitenden Klasse in Bayern, von Schoenlank. Gestern war Uljanow im Deutschen Theater. Die Weber.

War er allein?

Ja.

Wo hat er gesessen?

Parkett, für vier Mark fünfzig.

Am Montag sagt Kriminalkommissar Pasch, Uljanow ist jeden Tag in den Tiergarten gegangen und hat in der Spree gebadet. Am Sonnabend war er wieder in der Vorwärts-Buchhandlung und hat für zwanzig Pfennige Friedrich Engels. Sein Leben, sein Wirken, seine Schriften. Mit Engels' Portrait gekauft. Anläßlich des unerwartet jähen Todes des Altmeisters der deutschen Sozialdemokratie dessen Leben in Wort und Bild, steht in der Ankündigung.

Haben wir das auch gekauft?, sagt Tallhover.

Ja, sagt Kriminalkommissar Pasch. Er hat noch Enthüllungen über den Kommunisten-Prozeß zu Köln gekauft, von Marx, für fünfundzwanzig Pfennige, und für fünfzehn Pfennige Marx vor den Kölner Geschwornen.

Das kenne ich, sagt Tallhover. Und sagt, Kölner Kommunistenprozeß. Die Theoretiker des Sozialismus sind tot. Jetzt kommen die Praktiker. Aufpassen, Pasch! Gut aufpassen!

Am Sonntag, sagt Kriminalkommissar Pasch, ist Uljanow durch Moabit spaziert. Er hat sich alles genau angesehen. Die Kasernen, das Kriminalgericht und die Meierei.

Am Freitag sagt Kriminalkommissar Pasch, Uljanow ist jeden Tag in den Tiergarten gegangen und hat in der Spree gebadet. Am Mittwoch ist er in die Königliche Bibliothek gegangen. Er hat sich in das Journal eingetragen als Rechtsanwalt und eine Benutzerkarte bekommen für den Großen Lesesaal und die Lesezimmer.

Was hat er ausgeliehen, sagt Tallhover.

Kriminalkommissar Pasch sagt, Gestern für den Lesesaal Rußland unter Kaiser Alexander dem Dritten sowie Politik und Aufgaben Nikolais des Zweiten, von Ferdinand Neubürger, zweitens Die russische Verschwörung und der Aufstand vom vierzehnten Dezember Achtzehnhundertfünfundzwanzig. Eine Entgegnung auf die Schrift des Baron Korff Die Thronbesteigung Kaiser Nikolaus des Ersten von Rußland im Jahre Achtzehnhundertfünfundzwanzig, von Alexander Herzen. Außerdem von Friedrich Engels Die Preußische Militärfrage und die Deutsche Arbeiterpartei, und was Russisches, Mnenija zemskich sobranij o sovremennom položenii Rossii.

Tallhover sagt, Lassen Sie die Liste hier.

Am Montag sagt Kriminalkommissar Pasch, Uljanow ist jeden Tag in den Tiergarten gegangen und hat in der Spree gebadet. Am Freitag hat er in der Kommode wieder Bücher für den Lesesaal ausgeliehen. La vérité sur la Russie von Pierre Dolgoroukow, Herr Vogt von Karl Marx, Die heilige Familie oder Kritik der kritischen Kritik von Karl Marx und Friedrich Engels Geschichte der revolutionären Bewegungen in Rußland, von Alphons Thun, und wieder was Russisches, Zapiski Aleksandra Ivanoviča Košeleva in Klammern Achtzehnhundertzwölf bis Achtzehnhundertdreiundachtzig.

Tallhover sagt, Herrgottnochmal, macht der denn nichts anderes? Nur schwimmen und lesen?

Tallhover sagt zu Kriminalkommissar Pasch, Diesmal ist Geld in dem Brief von seiner Mutter aus Moskau. Morgen lassen wir den Brief zustellen.

Am vierzehnten September sagt Kriminalkommissar Pasch zu Tallhover, Uljanow ist jeden Tag in die Bibliothek gegangen. In den Tiergarten ist er auch jeden Tag gegangen, aber nicht mehr jeden Tag baden in der Spree. Das letzte Mal am neunten, als es so enorm warm war. Gestern hat er wieder ein Buch ausgeliehen für den Lesesaal, ein sehr dickes, Des réformes en Russie, von Pierre Dolgoroukow.

Am Montag sagt Kriminalkommissar Pasch zu Tallhover, Am Sonnabend hat Uljanow ein Buch ausgeliehen von einem Julius von Eckardt, Russische Wandlungen. Neue Beiträge zur russischen Geschichte von Nikolaus dem Ersten zu Alexander dem Dritten.

Sonst ist nichts?, sagt Tallhover.

Nein.

Am Dienstag sagt Kriminalkommissar Pasch zu Tallhover, Gestern hat Uljanow ein russisches Buch bestellt. Materialy dlja istorii uprazdnenija krepostnogo sostojanija pomešči'čich krest'jan v Rossii v carstvovanie Imperatora Aleksandra. Band eins bis drei.

Lassen Sie den Zettel hier, sagt Tallhover.

Zu Polizeirat Muhl sagt Tallhover, Wir hatten gestern einen Brief an Liebknecht. Aus der Schweiz. Und von wem? Von Plechanow: Mein lieber Freund, ich empfehle Ihnen einen unserer besten russischen Freunde. Er kehrt nach Rußland zurück, deshalb darf von seinem Besuch in Charlottenburg niemand etwas erfahren. Er wird Ihnen von einer für uns sehr wichtigen Angelegenheit berichten. Ich bin überzeugt, daß Sie alles, was von Ihnen abhängt, unternehmen werden. Er wird Ihnen auch Neuigkeiten von uns mitteilen.

Wenn das nicht Uljanow ist. Ich kann mir denken, von welcher sehr wichtigen Angelegenheit er berichten wird. Die Russen wollen doch weiter nichts als ihre Hetzschriften drucken lassen und das Zeug nach Rußland schmuggeln.

Der Vorwärts hat eine Druckerei, ein Papierlager und eine Expedition. Und Liebknecht ist Chefredakteur. Das ist der richtige Mann für die Russen. Außerdem kennt er Gott und die Welt. Der kann was tun für die.

Was wollen *Sie* tun, sagt Polizeirat Muhl.

Wir können nur hinter Uljanow herlaufen. Tun können wir nichts.

Zu Polizeikommissar Pasch sagt Tallhover, Aufpassen, ob Uljanow bei Liebknecht auftaucht. Kantstraße hundertsechzig.

Polizeikommissar Pasch sagt zu Tallhover, Gestern ist Uljanow abgereist.

Abgereist?

Er ist in der Kantstraße nicht beobachtet worden.

Und sonst?

Nichts. Er hat am Mittwoch noch allerhand eingekauft.

Was?

Kleinkram. Außerdem einen Atlas der Anatomie. Und einen Koffer. Einen hellbraunen Lederkoffer.

Tallhover sagt, Ratschkowski hat uns mitgeteilt, daß Uljanow am neunzehnten September auf der Grenzstation Wershbolowo gründlich durchsucht worden ist. Man habe nichts Verdächtiges bemerkt. Das wundert mich.

Gerüchten im Monat Oktober, daß Kriminal-Kommissar Eugen von Tausch zum Dirigenten der politischen Polizei von Berlin ernannt werden solle, geht Tallhover nicht nach. Zwar erinnert Tallhover sich des Votums von von Richthofen, Tausch sei ein besonders tüchtiger und zuverlässiger Beamter von ehrenhafter Führung. Tallhover weiß auch, daß Tausch bei Seiner Majestät persona gratissima ist. Er erinnert sich aber des Verweises, der Tausch wegen seines unangemessenen Verhaltens bezüglich der Deckung seiner Wechselschulden erteilt worden war. Tallhover will sich diesen Mann an der Spitze der politischen Polizei von Berlin im Interesse der politischen Polizei nicht vorstellen. Obgleich er die Arbeit Tauschs als Leiter der Dritten Abteilung, besonders seine vertraulichen Ermittlungen in Preßsachen, überaus schätzt.

Seit März keine Spur von Hille.

Aber Tallhover wird gemeldet, daß die Dritte Abteilung schon im April einen anderen Hille ausfindig gemacht hat: Hille, Philipp. Eine Anfrage in Holzhausen (Kreis Höxter), welcher Ort von Philipp Hille im Melde-Buch als Geburtsort angegeben wurde, hat ergeben: Hille, Philipp ist ein jüngerer Bruder des gesuchten Hille, Peter.

Recherchen in Paderborn und Berlin zeitigten das Folgende: Seit 1887 katholischer Priester. 1893 Dr. theol. Von seiner bischöflichen Behörde nach Berlin beurlaubt. Auf Wunsch des Delegaten Fahnel Gründung des Verbandes katholischer Arbeitervereine Nord- und Ostdeutschlands, deren Generalpräses er ist.

21

Tallhover empfiehlt am siebzehnten Januar Sechsundneunzig eine Befragung des Philipp Hille.

Am Montag wird ihm gemeldet, Doktor Philipp Hille habe gesagt, er wisse nicht, wo sein Bruder Peter momentan sich aufhalte. Er habe jedoch am 3.1.96 den Brief einer gewissen Hirsch, Franziska, wohnhaft Wilmersdorf, Berliner Str. 146^{III}, erhalten, aus welchem hervorgehe, daß sein Bruder bis zum 1. Dez. 95 bei ihr gewohnt und eine Schuld von Mk. 5,– (Restmiete) hinterlassen habe. Diese Schuld sei von ihm umgehend beglichen worden.

Der weiß bestimmt, wo sein Bruder steckt, sagt Tallhover. Die Hirsch befragen, sagt Tallhover.

Frau Franziska Hirsch, die den Schutzmann Kassube nur in die Küche bittet, sagt, Herr Hille hatte seinen Bruder Doktor Hille als Bürgen angegeben für eine eventuell restierende Wirtssumme. Deshalb habe ich Doktor Hille um die Begleichung der Schuld gebeten. Herr Hille hat seinen Koffer, den er als Pfand hiergelassen hatte, bald nach dem Eingang der restlichen fünf Mark abgeholt.

Schutzmann Kassube sagt, Wo ist er hingezogen?

Das weiß ich nicht, sagt Frau Hirsch. Da müssen Sie seinen Bruder fragen.

Ich sage es ja, sagt Tallhover. Von dem Koffer hat der saubere Herr Pfarrer natürlich nichts erzählt.

22

Doppelter Ärger verleidet Tallhover den Montagmorgen. Aber der Ärger auf Polizeikommissar Pasch ist größer als der Ärger auf den russischen Grenzvorsteher in Wershbolowo. Tallhover sagt, Ratschkowski hat uns mitgeteilt, daß Uljanow in der Nacht zum einundzwanzigsten Dezember vergangenen Jahres verhaftet worden ist. Er sitzt in Petersburg im Untersuchungsgefängnis. Uljanow hat in seiner Vernehmung ausgesagt, daß er Bücher in Berlin gekauft hat. Er hat Titel genannt, die bei der Gepäckkontrolle in Wershbolowo nicht bemerkt worden sind.

Ich frage Sie, Herr Pasch, wo hatte er diese Bücher versteckt? Sie wissen es nicht? Ich sage es Ihnen. In dem neuen hellbraunen Lederkoffer. Warum hat diese Bücher niemand bemerkt? Die Antwort ist einfach. Weil dieser Koffer präpariert war! Weil dieser Koffer einen doppelten Boden hatte. Die russischen Grenzbeamten haben nichts entdeckt. Sie haben den Koffer sogar abgeklopft. Als Uljanow bei seinen Leuten angekommen war, konnte er den Koffer in aller Ruhe ausnehmen. Hat sich wahrscheinlich totgelacht über die russischen Grenzbeamten. Und über uns! Wie ist es möglich, daß erfahrene Grenzbeamte keinen doppelten Boden in einem neuen Lederkoffer entdekken? Weil der Koffer hervorragend präpariert war. Wo hat Uljanow diesen Koffer gekauft, Herr Pasch?

Bei einem Buchbinder.

Bei einem Buchbinder?

In Charlottenburg. Der Name ist mir entfallen.

Verkaufen Buchbinder neue Lederkoffer? Lassen Sie sich den Namen dieses Buchbinders wieder einfallen, Herr Pasch.

Er wohnt in der Mansteinstraße drei. Ich habe der Tatsache,

daß Uljanow den Koffer bei einem Buchbinder gekauft hat, keine besondere Bedeutung beigemessen.

Einem Buchbinder, der neue Koffer verkauft mit doppeltem Boden, hervorragend präparierte Koffer, in denen Bücher lükkenlos versteckt werden können, Lederkoffer, deren eigenes Gewicht keinen Verdacht aufkommen läßt gegen das zusätzliche Gewicht versteckter Bücher, keine besondere Bedeutung beigemessen. Dieser Buchbinder hat das nicht zum ersten Mal gemacht. Er hat das schon oft gemacht. Sehr oft. So oft, daß nicht einmal erfahrene Grenzbeamte dahintergekommen sind.

23

Daß Tallhover am dreizehnten Januar Achtzehnhundertachtundneunzig eine Meldung aus der Dritten Abteilung vorfindet:

Der Schriftsteller Peter Hille hat in der Nacht vom 7. zum 8. d. Mts in dem Gasthofe zum Oranienburger Hof Invalidenstr. 118 genächtigt und ist von dort seit dem 8. d. Mts spurlos verschwunden. Eine an alle Polizei Reviere gegebene Circular Depesche wo gemeldet, ist bis jetzt ohne Erfolg geblieben

erinnert ihn an Hille, an die Berechtigung der Klage über den Ausbildungsstand einiger Beamter in der Dritten Abteilung und an die offenkundige Nachlässigkeit der Gastwirte; die Wichtigkeit der Gastwirte für die Polizei habe er auch als gelegentlicher polizeilicher Schriftsteller bereits vor achtunddreißig Jahren dargetan, sagt er.

Zwei Jahre war dieser Hille nicht ermittelbar, sagt Tallhover. Die Gastwirte, die vorzugsweise dazu angehalten worden sind, einkehrende Fremde pünktlich anzumelden, lassen es sich immer wieder beikommen, verdächtige Fremde ungemeldet bei sich aufzunehmen. Gegen solche Gastwirte sollte mit unerbittlicher Strenge verfahren werden. Auch wird immer weniger darauf geachtet, daß zur Bedienung der Gäste nur Personen zugelassen werden sollen, die von uns konzessioniert sind. So passiert es.

Übrigens, wenn Hille am siebenten im Oranienburger Hof genächtigt hat, warum schreibt die Dritte Abteilung ihre Meldung erst am dreizehnten? Welcher Schutzmann hat diese Meldung gemacht und wann?

Es wird Tallhover gesagt, daß den Schutzmann keine Schuld treffe. Es sei der Schutzmann Nummer siebenhundertneunundsechzig, Habermann. Er habe die erste Meldung am achten Januar erstattet, welche anbei zur Einsicht vorgelegt werde:

Gasthofs-Polizei Berlin, den 8. Januar 1898

Anzeige

zu No. 813 P. J. $^{\mathrm{I}}\underline{\underline{\mathrm{a}}}$ 95

Ein Schriftsteller Peter Hille, vorgeblich 1.7.48 geb., logirte in vergangener Nacht im Fremdenlogis Zum Oranienburger Hof, Invalidenstr. 118. Ob derselbe identisch ist konnte, weil dieser bereits weggegangen war und auch ein anderes National angegeben hat nicht festgestellt werden, jedoch ist nicht ausgeschlossen, daß Hille in der nächsten Nacht im genannten Gasthof wieder Wohnung nehmen wird.

Fälscht er schon das Geburtsdatum und die Nationalität?, sagt Tallhover. Und? Hat er die nächste Nacht im Oranienburger Hof Wohnung genommen?

Die kurze Meldung, die Tallhover am Mittwoch, dem zweiten März liest:

Gasthofs-Polizei

Der zur Ermittlung aufgegebene Schriftsteller Peter Hille wohnt seit gestern im Fremden Logis: Stendaler Hof, Invalidenstr. 89.

Dimke

Schutzmann

ist ihm genug.

Wieder war Hille verschwunden, sagt Tallhover. Fast zwei Monate. Diese Überwachung ist dilettantisch. Es muß eine lükkenlose Beobachtung erfolgen. Das kann verlangt werden von Beamten, die seit Jahren im Dienst sind.

Zufriedener ist Tallhover mit dem Schutzmann Nummer zweitausendachthundertdreiundvierzig, Weinhold, der Hille seit dem zweiten März observiert.

Der Bericht, den Tallhover verlangt hat, ist von Schutzmann Weinhold niedergeschrieben, wie Tallhover es sich wünscht von einem Schutzmann. Immer wieder hat Tallhover es gelehrt: die Schreibart des Polizeibeamten sei kurz und präzise. Namentlich vermeide er lange, künstlich gebaute Sätze und gelehrte, spitzfindige Deduktionen. Der Polizeibeamte ist mehr ein Mann der Tat als ein Mann der Feder. Doch obwohl ihm eingeprägt ist, sich an die Resultate zu halten, sei ihm eine bündige Kombination nicht verwehrt.

Tallhover liest:

Berlin, den 22. März 1898

Bericht den Schriftsteller Peter Hille, im Gasthofe Stendaler Hof wohnhaft, betreffend.

Hille hat am 2. und vom 4. bis 10. d. Mts. im Gasthofe Stendaler Hof und am 12. d. Mts. im Gasthofe Zur Stadt Altona logirt. Seit 16. d. Mts. wohnt er wieder im Stendaler Hof und soll die Absicht geäußert haben, bis zum 1. April d. J. dort wohnen zu wollen, um dann abzureisen. Wo er sich an den übrigen Tagen aufgehalten hat, ließ sich nicht feststellen. Polizeilich zur Anmeldung ist er nicht gelangt.

Er verläßt morgens sein Logis, um es am Abend wieder aufzusuchen. Allerwahrscheinlichkeit nach besucht er Bekannte, von deren Unterstützungen er auch lebt. Da er sehr viel Briefe schreibt, ist wohl anzunehmen, und wird auch von seinen Wirthsleuten vermutet, daß dies Bettelbriefe an hiesige Schriftsteller sind. In seinem Verkehr mit Personen ist er sehr zurückhaltend und läßt sich auch von fremden Personen nicht sprechen.

Im übrigen erscheint er vollständig unverdächtig und hat sich bis jetzt in keiner Weise auffällig gemacht.

Tallhover sagt, Aber warum ließ es sich nicht feststellen, wo Hille am dritten, elften, vierzehnten und fünfzehnten März gewohnt hat? Und: wie heißen die Bekannten, die Hille aufsucht? Ob er vollständig unverdächtig ist, wird sich zeigen. Im Auge behalten!

Einen Zettel von der Hand Hilles, der unter Hilles Tisch im Frühstückszimmer des Gasthofes Zur Stadt Altona gefunden und dem Schutzmann Weinhold vom Wirt des Gasthofes ausgehändigt wurde, legt Tallhover zu der Akte. Anfangen kann Tallhover mit dem Gekritzel nichts:

Du mein herrlicher Schicksalsbackfisch mit den verdammnislodernden Sonnenaugen! Ich durchtränke meinen Geist mit Deinen stygischen Qualendämpfen, darin sich wahrlich verzogene Sonnen der ewigen Seligkeit brechen, um reifes Urteil auszuschwingen. Alles in Allem: Kosmisch fühlend, der Kosmos empfindet an Dir. Ich empfinde Kosmos.

Soll das ein Gedicht darstellen? Oder ist es ein Briefentwurf? Wer ist dieser Backfisch. Tallhover schüttelt den Kopf.

Die weitere Observation des Hille ist ab ersten April dem Schutzmann Nummer einhundertneunzig, Fuchs, übertragen; Schutzmann Weinhold glaubt, von Hille bemerkt worden zu sein.

Schutzmann Weinhold hat übrigens geantwortet, es seien, wenn die Observation längere Zeit dauere, mehrere Beamte nötig, um eine einzelne Person zu observieren. Eine unausgesetzte Beobachtung ermüde die Kräfte eines einzigen Beamten zu sehr; auch werde ein und derselbe Beamte dem zu Beobachtenden auffällig. Man wisse alles das höheren Orts doch besser als er.

Schutzmann Fuchs muß bei der Observation Hilles auch allein auskommen. Er erachtet es als zweckmäßig, die Observation in Zivilkleidern auszuführen. Er will jedenfalls herausfinden, zu wem Hille jeden Tag geht. Da Schutzmann Fuchs Kopfbedeckungen verschiedener Form und Farbe sowie verschiedene Oberröcke bei der Hand hat, gibt er sich im Laufe der Tage ein verschiedenartiges Aussehen. Sogar nimmt er mehrmals zu falschen Bärten Zuflucht. Im Stendaler Hof läßt er sich selten sehen, weil dieses Logis nur wenige Gäste hat. Am ersten Tag ist sein Platz auf der Invalidenstraße, links oder rechts vom Eingang des Stendaler Hofes oder dem Eingange gegenüber. In dem wechselhaften Aprilwetter sucht er schlimmsten Falles Schutz im Hausflur des Fremdenlogis. Am zweiten Tag folgt er Hille auf den Wegen durch die Stadt.

Am siebenten April, vormittags, bekommt Tallhover zu Gesicht den Bericht, Peter Hille, 11.9.54 Erwitzen geb., zuletzt hier, Invalidenstr. 89, Stendaler Hof, wohnhaft, betreffend, welchen der Schutzmann Fuchs am Abend zuvor nach Observation des Verdächtigen niedergeschrieben hat:

Die Beobachtungen, welche am 1., 2., 4., 5. und 6. d. Mts. ausgeführt wurden, haben Nachstehendes ergeben:

Am 1. d. Mts. verließ Hille seine Wohnung nicht.

Am 2. d. Mts., gegen 10½ Uhr vormittags verließ er, mit einem Reisekoffer in der Hand, sein Logis und fuhr mit der Stadtbahn von Station Lehrter Bahnhof nach Schöneberg. Von da aus ging er direkt nach der Gleditschstr. 29, Hof linker Seitenflügel I Treppe, zur Witwe Pifka.

Nach einem ¾stündigen Aufenhalt verließ er mit seinem Koffer das genannte Haus und ging zu dem in der Grunewaldstr. 127 wohnhaften Schriftsteller Dr. Stümcke, Redakteur der Westöstlichen Rundschau, Monatsschrift für Politik, Litteratur und öffentliches Leben.

Nach einem ½stündigen Aufenthalt hier verließ er auch dieses Haus jedoch ohne Koffer, durchkreuzte dann anscheinend ziel- und planlos den größten Theil der Straßen Schönebergs, sowie mehrere Straßen Berlins. Gegen 6 Uhr abends begab er sich wieder zu Dr. Stümcke. Später ist er mit seinem Koffer wieder nach Gleditschstr. 29 zu Pifka gegangen und hat daselbst Wohnung genommen; polizeilich ist er hierselbst nicht gemeldet.

Am 3. d. Mts. verließ er seine Wohnung nicht.

Am 4. d. Mts. nachmittags gegen 5 Uhr ging er zu dem vorgenannten Dr. Stümcke und verblieb dortselbst den Nachmittag.

Am 5. d. Mts. vormittags verblieb er zu Hause, des Nachmittags ging er wieder zu Stümcke.

Hille ist der Bruder des hier Rüdersdorfer Str. 54 wohnhaften katholischen Geistlichen Generalsekretärs der katholischen Arbeitervereine und Hausbesitzers Dr. Philipp Hille und wird von diesem sowie von seiner ebendaselbst wohnhaften Schwester Marie Hille in pekuniärer Hinsicht unterstützt. Er soll seine hier angeführten Geschwister öfter besuchen und am 29. v. Mts. zum letzten Male dort gewesen sein.

In sozialdemokratischer Hinsicht erscheint Hille vollkommen unverdächtig.

Und am sechsten des Monats? Welche Beobachtungen hat Schutzmann Fuchs am sechsten ausgeführt?, sagt Tallhover. Aber Tallhover, der andere Verdächtige im Auge hat, läßt zu, daß Hille politisch unverdächtig ist, will jedoch seine Anwandlung als Ansicht der Dritten Abteilung hören.

Am gleichen Vormittag spricht er mit den verantwortlichen Herren der Dritten Abteilung.

Am dreizehnten April meldet man ihm: Hille ist politisch unverdächtig und dürfte daher die Beobachtung einzustellen sein.

Beobachtung einstellen, sagt Tallhover.

Am darauffolgenden Samstag wird Tallhover gemeldet:

Die Beobachtung ist eingestellt.

Berlin, den 16. April 1898

Tallhover sagt, Dreieinhalb Jahre ist das gegangen mit Hille. Statt hinter Hille herzulaufen, hätten wir Fünfundneunzig besser auf Uljanow aufpassen sollen.

24

Aber anzusehen ist es dem Mann, der auf dem Weg steht, bewaldeten Berghang im Rücken, nicht.

Spaziergänger, angetan mit einem Anzug, wie er getragen wird in der Stadt, oder Bergwanderer, einen Hut auf dem Kopf, der nicht zu Anzug und Weste gehört, der Hutrand nützlich breit, das Auge zu bedecken gegen Sonne.

Und die Rechte hält einen Stock, aber der Griff, der gehalten wird von der Hand eines Spaziergängers, ist das Eisenteil eines Eispickels, vielleicht.

Die Augenlider halb gesenkt, halb den Blick gerichtet auf die, die ihn sieht, aber gerichtet auf Unsichtbares vor ihm, das *er* sieht. Das Gesicht ist trotzdem ruhig.

Am Morgen, nach hausüblichem Frühstück, Milchkaffee ohne Zucker, Butterbrot mit Käse, nimmt Uljanow seine Bergstiefel und die Bergstiefel seiner Frau. Er geht in den Schuppen hinter dem Haus und trifft die anderen, die mit ihren Bergstiefeln in den Schuppen kommen. Das tut Uljanow selber in dem Haus, die Stiefel säubern von Erde, Fett in das Leder reiben, daß es geschmeidig bleibt trotz Nässe und Hitze, und, nachdem der vierte Stiefel versehen ist, den ersten aufnehmen, blankreiben, den zweiten, dritten und vierten.

Der Eifer ist groß in dem engen Schuppen, und das Geklirr, das herauftönt bis zu dem Fenster, kommt von einem Korb leerer Bierflaschen, den Uljanow umwirft vor großem Eifer. Die anderen, die es vergnügt, daß Uljanow geschäftig ist ungeschickt, vergnügt es ohne Bosheit.

Unterdessen in dem Zimmer räumt sie auf. Sie legt die Jakken zurecht, den Hut, für den Spaziergang auf den Berg. Zwei Tüten noch, für Blaubeeren.

Uljanow und Nadeshda gehen langsam. Die Höhe genießen, die gut ist gegen die Krankheit, deretwegen sie die Berge aufsucht, die Ruhe genießen für das Gespräch.

Bei Radek, sagt Uljanow, kommt es so heraus, daß er die Demokratie geringschätzt im Namen der Revolution. Das ist nicht richtig. Das Proletariat kann nicht anders siegen als durch Demokratie. Wir stützen uns auf sie, entlarven ihre Unvollständigkeit und fordern, damit die Demokratie vollständig werde, die Niederwerfung der alten Ordnung.

In dem Gebirgsflecken, nahe Zürich, dicht unter schneeigen Gipfeln, Nadeshda zur Seite, die einen halben Schritt zurückbleibt, weil ein schöner Stein gesehen werden muß, sagt Uljanow, Ohne vollständige Demokratie kann das siegreiche Proletariat seinen Sieg auch gar nicht behaupten.

Nadeshda hört zu, aber schweigt, weil sie weiß, daß Uljanow verschiedene Sätze probiert zur Erhellung. Uljanow, den Blick nicht abgelenkt von weitem Himmel über Berggipfeln, sagt, Daß wir gefangen sitzen in diesem kleinbürgerlichen demokratischen Käfig! Aber, für das Proletariat ist es nicht gleichgültig, in welchem Staat es lebt. Je demokratischer die Staatsordnung, desto leichter ist es, den Kampf zu führen gegen Kapitalismus und Bourgeoisie. Man muß es verstehen, den Kampf um Demokratie zu vereinigen mit dem Kampf um Revolution. Darin liegt die ganze Schwierigkeit.

Uljanow und Nadeshda gehen hoch über dem Tal.

Über der Schönheit des Berges lassen sie das Mittagessen, Milchsuppe, Quark und Kartoffeln, und den Milchkaffee des Nachmittags aus.

In seinem Sammeleifer bückt Uljanow sich öfter nach Beeren.

Noch zur rechten Zeit vor dem Abendessen kehren sie zurück in das Haus, sind erschöpft und erfrischt. Die Mahlzeit, Milchreis, ist knapp.

Uljanow hofft, daß heute, letzten Abend, der Sohn der Wirtin keine Musik auf der Harmonika hervorbringt zum Tanz, für die Bewohner des Hauses, die erst einhalten eine Stunde vor Mitternacht, und bis zum Glockengeläut am Morgen bleiben bloß sieben Stunden, oder weniger, weil die Unruhe anhält nach dem Tanzvergnügen, und vor dem Geläut muß aufgestanden werden zur Abreise.

Lieber schreibt er Briefe, denn, obwohl das eine hier schlecht ist: die Post wird nur mit Eseln gebracht und nur einmal am Tag, genug Briefe für Ferien sind gekommen.

Zwar könnte, wer Uljanow Mitteilung machen möchte, mit Uljanow telefonieren unter Zwo Zwo Sechs, und Uljanow auch könnte rufen nach Hertenstein, Genf, Bern, Sceaux und Kristiania, reden mit Inès Armand, Fahren Sie in den Süden, an die Sonne; oder mit Sinowjew, Es gibt keinen Konflikt, da haben Sie Ihre Phantasie zu sehr spielen lassen; reden mit Micha Zchakaja, reden mit Schklowski, Warum hat es so lange keine Geldabrechnung gegeben? Ist schon so viel Geld hereingeströmt, daß man es nicht zählen kann?; und mit Pokrowski, Es heißt, der Vaterlandsverteidiger Potressow gehöre zur Verlagsleitung!! Und der berühmte Belletrist Gorki hat dazu seine Zustimmung gegeben!! Das ist doch ein Skandal, ein unglaublicher Skandal, nicht wahr?; mit Alexandra Kollontai, Haben Sie Verbindung zu Verlagen? Ich habe keine. Um etwas zu verdienen, hätte ich gern eine Übersetzung; und, auch, mit Bucharin, Leider können wir Ihren Artikel nicht bringen.

Jedoch, Uljanow hat erfragt, daß die Telefonate teuer wären. Soll also gespart werden, muß Uljanow im Zimmer sitzen an kleinem Tisch bei elektrischem Licht, nur zur Verfügung die eigene Handschrift: Lieber Genosse!

Daß er mit dem Soldaten, der seine Lunge heilen läßt in Bergluft, nicht in ein Gespräch gekommen ist über den Krieg, der räuberisch ist und ohne vaterländisches Interesse für Soldaten, aber der Soldat hörte es unbeteiligt und wollte eher zum Tanz nach Harmonikamusik, fällt Uljanow ein.

Die Briefe will Uljanow selber nach Zürich bringen nächsten Morgen, er ist früher dort als die Post.

An diesem Morgen, immer bei der Abreise von Gästen, läutet die Glocke sechs Uhr. Die Bewohner des Hauses treten heraus wie Uljanow und Nadeshda mit anderen an früheren Tagen, weil jemand abreiste und Abschied genommen werden sollte mit einem Lied. Die Mühe wollte Uljanow sich nicht machen: den Text lernen, und sang bloß die letzten Worte des Kehrreims, hätte aber lieber geschlafen sechs Uhr morgens.

Freut sich jedoch wie andere, für welche die Bewohner des Hauses, und Uljanow, und Nadeshda, früh herausgekommen waren, daß die Bewohner des Hauses für ihn und Nadeshda früh herausgekommen sind zum Abschied. Noch in einiger Entfernung vom Haus hört er, was er gesungen hat für andere, die letzten Worte des Kehrreims, Adieu, Kuckuck, deutlich.

Auf dem Weg durch den Wald in das Tal stößt Uljanow auf Pilze, die er, trotz starken Regens, sammeln muß. Er sammelt viel, heftig darauf bedacht, keinen, der denkbar ist im Umkreis, achtlos auszulassen. Nadeshda, die selber eifrig ist, sagt, Als wären es keine Pilze.

25 Warszawski, der Broński heißt, Broński klopft gar nicht an, oder hat Uljanow es überhört, oder Nadeshda hat es überhört, weil sie Teller abspült, Uljanow zieht seinen Mantel an, es ist fünf Minuten vor ein Uhr, Uljanow will in die Bibliothek und pünktlich in der Bibliothek sein, wenn sie, ein Uhr, öffnet, Mieczysław Broński öffnet die Tür.

Revolution, sagt er in das Zimmer, in Rußland ist Revolution.

Nadeshda läßt das Geschirr, wischt sich die Hände ab an der Schürze, Uljanow, im Mantel, will sich setzen, bleibt aber stehen, sie sehen Broński an, der das Extrablatt vorzeigt, Hier, sagt er.

Uljanow hat es vorausgesehen, auch, wenn er, betrübt, gefürchtet hatte, er, der Alte, werde den Kampf, kommenden, nicht erleben womöglich.

Er braucht auf der Stelle die neueste Zeitung.

Broński muß weiter, und Uljanow muß gehen, geht mit Nadeshda. Denn das ist gut hier, in dieser verfluchten Schweiz, an dem Kiosk am Seeufer werden die neuesten Zeitungen sogleich ausgehängt, und in der Züricher Post und Neuen Zürcher Zeitung ist das Telegramm gedruckt mit der Nachricht: Die Revolution hat gesiegt in Petrograd am vierzehnten März nach dreitägigem Kampf.

Uljanow hat sich nicht täuschen lassen von der Ruhe des europäischen Friedhofs, die Revolution, wußte er, stand vor der Tür. Nach dem großen Aufruhr von Neunzehnhundertfünf die glorreiche Revolution!

Und ich, sagt Uljanow, während Miljukow und Kerenski die Macht nehmen nach alter Schablone, und dafür haben die Arbeiter geblutet, sitze am See. Wieder nur schreiben, Thesen und Briefe, und aus der Ferne. Ich muß nach Rußland!

Wie kommen wir nach Petrograd? Ich überlege hin und her. Ich muß an Inès schreiben. Sie soll zuverlässig herausfinden, ob ich über England reisen könnte. Aber die demokratischen Engländer werden mich verhaften oder einfach festhalten. Und die

Franzosen? Nicht besser. Und immer müßten wir deutsche Unterseeboote fürchten. Ein Flugzeug wäre gut. Oder der Paß eines Schweden. Ich muß an Karpinski schreiben. Ohne besondere Vorkehrungen kann ich mich nicht auf den Weg machen. Karpinski soll sich Papiere geben lassen für eine Reise nach England. Mit diesen Papieren fahre ich. Ich kann eine Perücke aufsetzen. Ich lasse mich mit Perücke fotografieren. In Bern beim Konsulat erscheine ich mit der Perücke auf dem Kopf und zeige Karpinskis Papiere. Bis ich aus Skandinavien telegrafiere, müßte Karpinski allerdings sich auf das sorgfältigste verstecken. Am besten in den Bergen, und selbstverständlich würde ich die Pension für ihn bezahlen.

Was für eine Folter, in solcher Zeit sich gedulden zu müssen. Meine Nerven sind auf das äußerste angespannt. Ich erwache, nachts, und die Kehle ist mir zugeschnürt. Wo ist ein Weg?

26

Weil die Reise abgehen soll fünfzehn Uhr zehn fahrplanmäßig, richtet Tallhover es ein, daß er vierzehn Uhr fünfundvierzig auf dem Perron ist. Als ein Reisender, der nicht in letzter Minute heranhastet, den Mantel offen, mit schwerem Koffer wird es warm trotz der Kühle, sondern der in Ruhe entlanggeht an dem Zug, die Zeitung in der Manteltasche, und zusieht, daß er jemanden erkennt unter den Reisenden. In der Nähe eines Eisenbahnwagens, vor welchem viele stehen und laut gegeneinanderreden, hält Tallhover an. Er nimmt die Zeitung aus der Manteltasche und liest nicht in der Zeitung, aber könnte darin lesen.

Der dort, der anders aussieht mit seinem schmalen Gesicht, das Haar kurzgeschnitten und ordnungsgemäß zurückgekämmt, sagt Tallhover, das ist er, der Konsul hiesiger Partei, und Hetzer, Genosse Platten, dem zuzuschreiben ist, daß die Reise abgeht nach den Wünschen der Reisenden.

Geheim, wie sie sein soll, angeblich, ist die Reise aber nicht. Tallhover, der weiß, daß dreißig von denen reisen sollen, zählt doch hundert Personen vierzehn Uhr fünfundfünfzig, und mehrere kommen hinzu und ohne Gepäck.

Und daß Radek kein Russe ist, das weiß doch jeder, und reist als ein Russe, das haben sie eingefädelt, sagt Tallhover.

Aber Fräulein Kon reist wohl nicht; und wo ist der Herr Vater?

An dem Fenster steht Sinowjew und schweigt. Neben ihm die Frau kenne ich nicht; ist es die Frau von Sinowjew? Sie redet mit Ussijewitsch.

Und Frau Armand, die darf nicht fehlen. Der, das muß Sokolnikow sein. Aber der kleine Junge, wer ist das?

Und dort? Zchakaja. Und die Rawitsch. Und Abramowitsch aus La Chaux-de-Fonds. Und Charitonow. Und Boizow auch.

Den, der auffallen müßte als Kopf der Unternehmung, sieht Tallhover zuletzt, Uljanow.

Unbetroffen hört Uljanow wen rufen,

Ihr deutschen Spitzel!

unverwundert, daß jemand anderer dem Rufer die Stimme hinzugibt,

Spitzel, deutsche!

und diesem ein dritter,

Provokateure!

Ununterscheidbar nach Stimme und Lautstärke ein Haufe, der sich einschreit auf Worte im Rhythmus der Worte,

Lumpen! Schweine! Lumpen! Schweine!

durchbrochen von hoher männlicher Stimme, die es genaunehmen will,

Juden! Verräter! Aufhängen!

aber aufgehalten wird von dunklerer Stimme aus dem Fenster des Eisenbahnwagens,

Du bist geschickt vom Konsulat, geh und hol dir dein Geld!

Doch bis zu dem Wagenfenster gelangt der Rufer auf dem Perron nicht, es steht jemand vor ihm, das ist Platten, der kräftiger ist und den Rufer festhält am Arm und ihn fortschiebt gegen die, die ihn gegen den Wagen schieben, so daß, nahe am Wagen, Platten daran ist, den Rufer unter den Wagen zu hauen mit zwei kühlen Hieben.

Die Bahnhofsbeamten, die ohne Meinung sind über jenes Vaterland, dem Verrat drohe oder Verteidigung zustehe, müssen besorgt sein um Übersichtlichkeit der Bahnsteigkante und gefahrlose Ausfahrt des Zuges und ziehen den Gegner Plattens fort.

Fünfzehn Uhr neun kann Tallhover übersichtlich unterscheiden, wer abreist oder bleibt. Wer aber billigt oder verwirft, daß abgereist wird, erkennt er bloß ungenau, die Hände, die vom Perron hingestreckt werden den Händen aus den Wagenfenstern, müßten gezählt werden nach grüßenden und drohenden.

Fünfzehn Uhr zehn wäre Billigung Mund für Mund zählbar, stünde Tallhover wie vor einem Chor.

Die Reisenden in dem Wagen und die, die grüßen auf dem Perron, heben an zu mächtigem Gesang in der hallenden Bahnhofshalle, daß Tallhover blaß wird vor der Unzulässigkeit.

Den Verdammten der Erde, zum Hungern gezwungenen, singen die Sänger Aufforderung zu, sie sollten erwachen. Wie der Zug, schneller fahrend, sich entfernt aus dem Gebäude, fallen die Worte des Liedes auseinander, daß die Glut, von der Tallhover hört in dem Kraterherd auf dem Perron, in den Stimmen der Reisenden schon näher ist ihrem Ziel, dem Durchbruch, zu dem es drängt mit Macht das Recht und die Reisenden.

Tallhover, wie er ist, hört nur die Signale des Zuges und macht sich auf. Wo er sich umsieht unter denen, die auf dem Bahnsteig geblieben sind, er ist der einzige gegen die einen und anderen. Da hilft er sich mit verbissenem Schritt in den Rest der Tageszeit.

27

Tallhover, obgleich befugt, fragt Herrn Hauptmann von der Planitz, Rittmeister der Reserve des Königlich-sächsischen Gardereiter-Regiments, wie einen Freund, und Tallhover fragt, obgleich abgeneigt, angelegentlich.

Ob Herr von der Planitz einen Bericht über den Transport russischer Emigranten von Gottmadingen nach Saßnitz, den er geleitet, schon abgeliefert habe, und an wen.

An den Chef Drei b des Stellvertretenden Generalstabes, sagt Herr von der Planitz.

Sie gehören der Abteilung Drei b an, sagt Tallhover.

Ja.

Nachrichtendienst und Abwehr, sagt Tallhover.

Ja.

Chef ist Oberst Nicolai, sagt Tallhover.

Ja.

Oberst Nicolai soll gesagt haben, die Oberste Heeresleitung sei anfangs gegen den Transport russischer Emigranten durch Deutschland gewesen.

Das hat er gesagt, sagt Herr von der Planitz.

Ist die Oberste Heeresleitung dagegen gewesen?

Ich weiß es nicht, sagt Herr von der Planitz. Ich sage aber im Vertrauen, daß zwei Tage vergangen sind. Am dreiundzwanzigsten März übermittelte das Auswärtige Amt der Obersten Heeresleitung die Meldung des Freiherrn von Romberg, hervorragende russische Revolutionäre hätten den Wunsch geäußert, über Deutschland nach Rußland heimzukehren, da sie den Weg über Frankreich und so weiter wegen Ubootgefahr fürchteten. Jedoch erst am fünfundzwanzigsten März ließ die Oberste Heeresleitung an das Auswärtige Amt drahten, es bestehe kein Bedenken gegen die Durchreise russischer Revolutionäre, wenn sie im Sammeltransport unter sicherer Begleitung erfolge. Eine Regelung könne getroffen werden durch die Abteilung Drei b des Stellvertretenden Generalstabes und das Auswärtige Amt. Rittmeister Zürn von der Paßzentrale betonte, Drei b erhebe keine Einwände gegen die Reise.

Rittmeister Zürn. Er hatte keine Einwände zu erheben, sagt Tallhover. Immerhin. Es vergingen zwei Tage. Besser als gar nichts.

Herr von der Planitz sagt, Wie?

Verständnisvoller Offizier geleitet Transport von Gottmadingen bis Saßnitz, murmelt Tallhover.

Wie?, sagt Herr von der Planitz.

Übergabe in Gottmadingen durch zuverlässigen Beamten des Auswärtigen Dienstes, murmelt Tallhover. Der zuverlässige Herr Leutnant und Feldjäger Schüler, der den Russentransport von Zürich bis Gottmadingen begleitet und in Gottmadingen an Sie, Herr verständnisvoller Offizier von der Planitz, übergeben hat.

Ja?, sagt Herr von der Planitz.

Der Feldjäger Schüler hat auf dem Bahnhof Zürich vor der Abfahrt der Russen erregte Auftritte nicht bemerkt. Ich habe auf dem Bahnsteig den Feldjäger Schüler nicht bemerkt. Er war schon eingestiegen. Trotz der Verspätung von einer Viertelstunde ist er nicht noch einmal ausgestiegen. Ist einfach sitzen geblieben. Das, was vor dem Wagen der Russen vorfiel, konnte er nicht melden, weil er wegen der Länge des Zuges keinen Überblick bis zu dem letzten Wagen hatte. Saß in einem Abteil an der Spitze des Zuges, sollte den Russentransport zuverlässig begleiten und hatte wegen der Länge des Zuges keinen Überblick. Leutnant nennt sich das.

Herr von der Planitz sagt, Leutnant Schüler hat mir den Transport im Auftrag der Kaiserlichen Gesandtschaft in Bern ordnungsgemäß übergeben.

Jaja. General Ludendorff hat Sorge getragen, daß als geeigneter Offizier, dem die Leitung des Russentransportes anvertraut werden konnte, gerade Sie ausgewählt wurden. Warum?, sagt Tallhover.

Das weiß ich nicht, sagt Herr von der Planitz.

Verständnisvoll sollte der Transportführer sein, sagt Tallhover. Auf besonderen Wunsch des Staatssekretärs Zimmermann persönlich. Voller Verständnis! Voller politischem Verständnis. Wofür? Für die Rückkehr Lenins nach Rußland. Für die Absichten Lenins in Rußland?

Ich weiß nicht, was Sie wollen, sagt Herr von der Planitz.

Entsprechend informiert waren Sie ja, sagt Tallhover. Auch dafür hatte General Ludendorff Sorge getragen. Alle verstimmenden Belästigungen der Rückfahrer waren tunlichst zu vermeiden.

Und Ihr Stellvertreter während der Reise?

Herr Leutnant Dr. Bührig, sagt Herr von der Planitz.

Kann russisch?

Ja.

Wenigstens das. Haben Russen deutsch mit ihm gesprochen?

Über das Essen.

Und?

Daß sie ihrem Vaterland Befreiung bringen wollten.

Konnte Dr. Bührig Gespräche der Russen verfolgen?

Kaum. Zwischen unserem Abteil und den Abteilen der Russen war die Grenze, die nur Herr Platten überschreiten durfte. Aber in Gottmadingen. Die Russen mußten aussteigen mit ihrem Gepäck. Ich sagte zu ihnen, Gehen Sie in den Wartesaal dritter Klasse, bitte. Sie verstanden deutsch.

Was hat Dr. Bührig Ihnen berichtet?

Die Russen verstanden nicht, warum ich wollte, daß Männer und Frauen sich getrennt aufstellten. Sie glaubten, sie sollten getrennt reisen. Lenin sagte nichts, aber stellte sich an die Wand. Einer der Männer, die um Lenin herum sich aufstellten, sagte halblaut, Das ist gegen die Vereinbarung, ich werde protestieren. Aber andere sagten, Noch ein wenig Geduld.

Tallhover sagt, Also die Russen waren nervös; sie hatten Angst.

Ja, sagt Herr von der Planitz.

Wir hatten sie in der Hand, sagt Tallhover. Wir hätten sie in der Hand gehabt.

Was soll das heißen, sagt Herr von der Planitz.

Sie hätten keine Chance gehabt. Niemand hätte sich für sie gerührt.

Herr Tallhover, ich hatte Order, die Reisenden ohne Unterbrechung nach Saßnitz zu geleiten.

Eine einmalige Gelegenheit, sagt Tallhover. Lenin, Sinowjew, Radek in deutscher Gewalt. Zwar der Krieg wäre weitergegangen. Aber eine Oktoberrevolution hätte es nicht gegeben. Verstehen Sie, von der Planitz? Von Lenin hat Doktor Bührig nichts aufgeschnappt?

Nein. Doktor Bührig und ich hatten ein Abteil an dem einen

Ende des Waggons. Lenin hatte ein Abteil am anderen Ende, zusammen mit Frau Krupskaja. In dem Waggon waren acht Abteile, drei Abteile zweiter Klasse, fünf Abteile dritter Klasse. Lenin und Frau Krupskaja hatten ein Abteil zweiter Klasse. Wir hatten ein Abteil dritter Klasse. In dem Abteil neben Lenin saßen Georgi Safarow und seine Frau Walentina, Inessa Armand und Olga Rawitsch. Vielleicht auch Radek. Jedenfalls er ging ein und aus. Im nächsten Abteil saßen Grigori Sinowjew, seine Frau Sina und der Sohn Stjopka.

Wie alt?, sagt Tallhover.

Neun oder zehn Jahre.

Ferner die Frau von Ussijewitsch, Helene Kon, und eine Frau, deren Namen ich nicht erfahren habe, mit einem vier, fünf Jahre alten Jungen namens Robert.

In Saßnitz mußten die Russen übernachten. Doktor Bührig dachte, es wäre etwas zu hören von Lenin auf dem Weg vom Bahnhof zu dem Quartier. Aber die Russen wollten den Waggon nicht verlassen. Herr Platten sagte, sie wünschten, daß der Waggon über Nacht geheizt würde. Schließlich wurde der Waggon von einer Lokomotive mit Dampf versorgt. Am nächsten Morgen, Donnerstag, auf dem Weg vom Waggon zur Königin Victoria nach Schweden, war von Lenin auch nichts zu hören. Er war immer umgeben von Männern aus seinem Gefolge. Sinowjew, Ussijewitsch, Linde, Safarow, Radek, Sokolnikow, Zchakaja, Abramowitsch; wie in Gottmadingen.

In Stuttgart stieg der deutsche Gewerkschaftsführer Jansson in den Zug und kam zu Ihnen.

Ja.

Wußten Sie, daß er zu Ihnen kommen würde?

Ja. Er handelte im Einklang mit dem Auswärtigen Amt und der Obersten Heeresleitung. Es hatte sogar geheißen, er würde den Transport ab Stuttgart begleiten, im Auftrag der Generalkommission der freien Gewerkschaften.

Unser Gesandter in Bern, Freiherr von Romberg, und Platten waren sich einig, daß die Russen versichern können mußten, in Deutschland mit keinem Deutschen gesprochen zu haben. Von Romberg bat aber Platten, keine große Sache aus der

Sache mit Jansson zu machen; Platten sollte Jansson die Lage an Ort und Stelle auseinandersetzen. Dieser Esel Jansson wußte nicht, daß er von von Romberg schon abgefertigt war, ehe er überhaupt nach Stuttgart sich auf den Weg machte. Aber er muß es allen recht machen. Dem Auswärtigen Amt, und Lenin. Entweder will ich das Vertrauen der Regierung in die Führung der organisierten Arbeiterschaft oder ich lecke den Bolschewiki die Stiefel.

Es genügt, daß er in seinem Correspondenzblatt für den deutschen Sieg redet, weil er sich vom Sieg Wohlstand für die Arbeiterschaft verspricht. Dem Feind den Daumen aufs Auge, das Knie auf die Brust. Und dann: ein Kriegsergebnis im Arbeiterinteresse. Soll er sich um den Burgfrieden kümmern. Muß er sich auch noch um den Frieden an der Ostfront sorgen? Und deswegen Lenin guten Tag wünschen und guten Weg nach Rußland? Wetten, daß Jansson sein Arbeiterherz schlagen fühlte bei dem Gedanken an die Bolschewiki? Überall muß er mitmachen. Die Politik sollte er anderen überlassen. Er kann die Blumen gießen, von denen er was versteht.

Herr Jansson kam zu uns ins Abteil, er wolle Herrn Platten sprechen. Ich trat auf den Gang und rief Herrn Platten. Der kam, folgte mir in unser Abteil und verhielt sich wie überrascht. Sie kannten einander. Herr Jansson sagte, er wolle die russischen Heimkehrer persönlich grüßen, im Namen von Carl Legien und der Generalkommission der Gewerkschaften. Herr Platten sagte, die Reisenden wünschten exterritorial zu reisen und lehnten es streng ab, auf deutschem Boden irgend jemanden zu empfangen. Er wolle aber den Reisenden von Janssons Wunsch berichten und ihm am nächsten Morgen Antwort erteilen. Herr Jansson war fürs erste zufrieden, sagte, er werde am anderen Morgen in, wenn wir gestatteten, unserem Abteil auf Herrn Platten warten, und ging zurück in seinen Waggon. Das war am Dienstag. Am Mittwochmorgen kam Herr Jansson als erster in unser Abteil, Herr Platten kam zwei Minuten danach.

Herr Platten sagte, Lenin und seine Genossen lehnten es, wie gesagt, aus politischen Gründen ab, Jansson zu empfangen und gar seine Grüße zu erwidern.

Herr Jansson schwieg.
Herr Platten sagte, Lenin habe gestern gesagt, die Mitglieder der Generalkommission betrieben zudem keine sozialistische Politik, sondern eine nationalistisch-bürgerliche. Sie verträten, habe er gesagt, nicht die deutsche Arbeiterklasse, sondern bloß deren Aristokratie und Bürokratie. Das seien Vaterlandsverteidiger, Chauvinisten, Überläufer. Er sagte, sagte Herr Platten, Sie vertreten diejenigen Teile der Arbeiterschaft, die von der Bourgeoisie mit besseren Löhnen und Ehrenposten bestochen sind. Sie helfen ihrer Bourgeoisie, schwächere Völker auszuplündern. Kurzum, sie sind unsere Klassengegner.
Herr Platten sagte, er persönlich danke für den überbrachten Gruß und bitte Herrn Jansson, sich mit dieser Unterredung zu begnügen.
Herr Jansson schwieg. Zuletzt, nach einer peinlichen Pause, verabschiedete er sich von Herrn Platten, welcher sogleich aus dem Abteil ging, dankte mir für die Gelegenheit des Aufenthaltes in unserem Abteil, verabschiedete sich von mir und Doktor Bührig und ging zurück in seinen Waggon.

Tallhover sagt, Haben Sie sich alles, was Platten gesagt hat, gemerkt?

Nein, sagt Herr von der Planitz. Doktor Bührig und ich haben die Sätze von Herrn Platten sogleich nach der Unterredung notiert.

Auch Lenin hat Jansson abfahren lassen. Es sieht aus, als hätte die Oberste Heeresleitung den deutschen Sozi und die russischen Kommunisten zum Kuß zwingen wollen wie die Viehzüchter Kuh und Stier zur Kopulation zusammensperren. Und Jansson läßt sich vor Publikum nötigen.

Herr von der Planitz sagt, Herr Jansson ließ sich nicht davon abhalten, im Zug mitzufahren, ich weiß nicht, wie weit. In Karlsruhe und Frankfurt kaufte er deutsche Zeitungen für die Russen; ich mußte Herrn Platten die Zeitungen übergeben. Daß Herr Platten die Zeitungen auf den Pfennig genau bezahlte, verstimmte Herrn Jansson abermals.

Tallhover sagt, Sie haben mehrere Russen beim Namen genannt, woher kannten Sie die Namen?

Herr von der Planitz sagt, Leutnant Schüler hat sie uns gesagt. In Gottmadingen. Als die Russen aussteigen und in den Wartesaal gehen mußten. Im Wartesaal, als die Russen sich aufstellen mußten. Woher Leutnant Schüler die Russen kannte, weiß ich nicht.

Sie waren längst alle identifiziert. In Lausanne, in Chaux-de-Fonds, in Genf, Clarens, in Zürich, sagt Tallhover. Ein Zchakaja, glauben Sie, der wäre in Genf unbemerkt geblieben? Oder eine Olga Rawitsch? Wer hat in Gottmadingen gemurrt, als die Russen im Wartesaal sich getrennt aufstellen mußten?

Herr von der Planitz sagt, Suliaschwili.

Der gehörte auch zu den Genfern. Genau wie Sokolnikow. In Clarens eine Frau wie Inès Armand, das Gesicht kennt man. Ganz abgesehen von Radomyslski alias Hirsch Apfelbaum alias Sinowjew, in Bern und Zürich. Oder Radek, in Bern und Davos. Überhaupt Zürich, zum Beispiel sogar Charitonow. Undsoweiter.

Herr von der Planitz vergleicht Fahrplan und Uhrzeit, erwartet pünktliche Ankunft in Mannheim, weil er wünscht, daß am Abend in Frankfurt der Anschluß des Transportes an den Zug nach Berlin, wie es vorgesehen ist, gelingt, sagt zu Doktor Bührig, Mannheim in drei Minuten, und tritt, das Rattern des Waggons im Kopf, das sich mit dem Rhythmus eines Liedes verbindet, auf den Gang. Auf dem Gang deutlich hörbar der rhythmische Einklang von Waggon und Lied, und hörbar die Worte des Liedes, die die Sänger selber sich zurufen, Zu den Waffen, Bürger! Der Tag des Ruhms ist da!, und zurufen dem Waggon, Allons! Marchons!

Herr von der Planitz hört aus russischem Mund den französischen Wunsch, das unreine Blut der grausamen Krieger, die im Lande brüllen, möge der Äcker Furchen tränken. Er versteht den Gesang, da der Zug in den deutschen Bahnhof Mannheim einfährt, nur französisch – es sei das blutige Banner der Tyrannei die deutsche Fahne; nicht russisch – als Signal, das Heer der Sklaven, die man Unmündige nenne und Knechte, möge aufwachen, nicht länger ein Nichts zu sein, länger nicht die Schmach zu dulden, sondern die Müßiggänger zu vertreiben, damit die Sonn ohn Unterlaß scheine.

Daß nicht deutsches Blut, sondern das unreine Blut der Müßiggänger und Bedränger, mit denen die Arbeitsleute reinen Tisch zu machen hätten, die Furchen der Äcker tränken sollte, weil das Blut der Arbeitsleute lange genug der Fraß der Geier und der Raben gewesen, kommt Herrn von der Planitz nicht in den Sinn. Es genügt das Absingen des französischen Liedes. Der Gesang ist auf dem Mannheimer Bahnsteig zu vernehmen. Auf dem Bahnsteig befinden sich deutsche Soldaten, die von der Westfront kommen, vielleicht Verwundete, oder die zur Front fahren. Was sollen sie denken, während ihnen aus dem Zug nach Frankfurt französischer Gesang entgegenkommt? Herr von der Planitz wendet den Kopf zu den Abteilen der Russen und ruft laut nach Herrn Platten.

Es ist unerträglich, sagt Herr von der Planitz zu Herrn Platten. Es ist eine persönliche Beleidigung und eine Beleidigung meiner Kriegskameraden. Ich verlange, daß das Singen ausländischer Lieder sofort eingestellt wird,

sagte ich zu Herrn Platten. Herr Platten sagte, Ein Teil meiner sangeslustigen Kameraden macht mir selber Sorge. Dieser Teil kann sich nicht bezähmen und singt in französisch, unberücksichtigt unserer beiden Begleitoffiziere, also Ihrer. Ich werde kategorisch das Einstellen des Gesanges fordern.

Er ging von Abteil zu Abteil, aber nicht zu dem Abteil Lenins, und der Gesang wurde unterbrochen.

Tallhover sagt, Auf eine Schande mehr kam es nicht mehr an. In Frankfurt haben Sie und Doktor Bührig den Waggon verlassen.

Ja.

Platten hat auch den Waggon verlassen.

Ja.

Wer ist zuerst gegangen.

Ich weiß es nicht. Wir haben Herrn Platten nicht vorbeigehen sehen. Ich glaube, wir sind zuerst gegangen. Es war uns nicht verboten, auszusteigen.

Warum sind Sie ausgestiegen.

Wir wollten einige Schritte gehen und Kaffee trinken.

Haben Sie das getan?

Ja.

Im Bahnhof?

Nein.

Sie kamen zurück, und alles war in Ordnung?

Ja. Nein.

Tallhover sagt, Platten ging zum Buffet, kaufte Bier und Zeitungen. Einigen Soldaten, die auch am Buffet standen, sagte er, sie sollten das Bier und die Zeitungen gegen ein Trinkgeld zum Waggon der Russen tragen. Dem Beamten an der Perronsperre empfahl er, die Soldaten durchzulassen. Die Soldaten, in jeder Hand einen Krug Bier, stürmten zu dem Zug und stiegen in den Waggon der Russen! Sie sagten aus, die Russen hätten das Bier angenommen.

Zu den Russen sagten sie, sie hätten gehört, die Russen seien Revolutionäre, die für den Frieden einträten. Sie sagten aus, sie hätten die Russen gefragt, ob Frieden wirklich käme und wenn, wann.

Wer hatte den Soldaten etwas gesagt von der Durchreise russischer Revolutionäre? Platten! Und warum?

Lenin und Genossen sollten die Stimmung der deutschen Soldaten erfahren. Aber diese Stimmung sagte den Bolschewiki mehr, als es für die deutsche Regierung nützlich war. Frieden? Ja. An der Ostfront. Aber es gab noch die Westfront.

Die Stimmung der deutschen Soldaten mußte sogar die Hoffnung der Bolschewiki wecken, die Stunde der Erhebung der deutschen Volksmasse sei nicht mehr fern. Die Bolschewiki nutzten die Gelegenheit; sie betrieben revolutionäre Propaganda unter den deutschen Soldaten. Das war Verbrüderung.

Das wußte ich nicht, sagt Herr von der Planitz.

Ein Russe, der so gut deutsch sprach, daß er gar kein Russe war, redete besonders viel. Ich habe die Soldaten befragt, Wie sah er aus?

Er war klein, sagte ein Soldat.

Er hatte einen riesigen Kopf, sagte ein anderer.

Er trug eine Brille mit scharfen Gläsern.
Er hatte große Augen.
Abstehende Ohren.
Einen großen Mund.
Gelbliche Zähne.
Einen rötlichen Stoppelbart.
Was hatte er an?
Knickerbocker.
Er sah aus wie ein Professor.
Er sah aus wie ein Bandit.
Er sah aus wie ein Affe.

Herr Radek, sagt Herr von Planitz.

Tallhover sagt, Radek.

Ich habe die Soldaten befragt, Was hat er gesagt?
Ein Soldat sagte, Er hat gesagt, Wir strecken euch die Bruderhand entgegen.
Der Frieden kommt, hat er gesagt, sagte ein anderer, wenn die Völker den Frieden selber in die Hand nehmen.
Die Sache des Friedens, hat er gesagt.
Er hat gesagt, Wir legen das Gewehr aus der Hand.
Wir reichen einander die Hand des Friedens.
Wir vereinigen uns, hat er gesagt.
Proletarier aller Länder.
Der Feind steht nicht drüben, hat er gesagt.
Er steht im eigenen Land.
Die deutschen Proletarier müssen auf russische Art Frieden machen, hat er gesagt.
Er hat gefragt, Soll die russische Bruderhand ins Leere greifen?
Radek hat geredet wie ein Beauftragter für Fraternisierung, sagt Tallhover. Es hat nur gefehlt, daß er sich eine deutsche Soldatenmütze auf den Kopf setzte. Er hat geredet wie ein Beauftragter für die Rekrutierung von Revolutionären. Rattek.
Hätten nicht Offiziere der Bahnhofswache die Soldaten von den Russen weggejagt.

Herr von der Planitz sagt, Die Bahnhofswache hat uns den Vorfall gemeldet.

Sie hätten Ihren Posten auf keinen Fall verlassen dürfen, sagt

Tallhover. Wie die Russen sich selbst kompromittierten, war Sache der Russen. Ihre Sache war es, keinen Deutschen zu den Russen durchzulassen. Schon gar nicht Soldaten. Denen Herr Radek predigt, Stürzt den Kaiser, wie eure russischen Brüder den Zaren gestürzt haben.
Platten besuchte übrigens während des Zwischenfalls eine Freundin.

Herr von der Planitz und Doktor Bührig, des Aufenthaltes in dem Abteil Dritter Klasse, der Enge und der harten Sitze wegen, überdrüssig, steigen aus. Beruhigt, daß die Absperrung des Perrons und scharfe Beobachtung des Waggons niemanden zu den russischen Reisenden werde gelangen lassen und die reisenden Russen zu niemandem, verlassen sie den Potsdamer Bahnhof.

Der Lärm des Straßenverkehrs auf dem Potsdamer Platz ist nach dem eintönigen Fahrgeräusch des Eisenbahnwaggons zuerst eine Störung, dann willkommen. Obgleich der Besuch eines Cafés in der Absicht liegt, betreten sie nicht das Café Vaterland, nicht das Café des Hotels Fürstenhof, nicht die Konditorei Josty und nicht die Bellevue-Konditorei, weil sie, ehe ein Café betreten werden soll, eine Entfernung zurücklegen wollen zwischen dem Waggon und einem Café, die ausreicht für zwar vorübergehendes Vergessen.

Doktor Bührig biegt nach Osten ein in die Leipziger Straße auf der südlichen Seite. Der Rasen des Leipziger Platzes ist auch grün am elften April, wenngleich blaß. Vor dem Standbild des Grafen Wrangel, Feldmarschalls, bleiben sie stehen; Herr von der Planitz, auf das Standbild zeigend, das gegenüber aufgerichtet ist, sagt beiläufig, Graf Brandenburg.

In dem ersten großen Gebäude, das sie passieren, befindet sich auch der Kaufladen der Porzellanmanufaktur; Doktor Bührig sagt, Ministerium für Handel und Gewerbe. Vor dem Vorhof des Herrenhaus-Mittelbaus, auf dessen Dachgesims Wehrstand und Nährstand zu sehen sind, sagt Doktor Bührig, Gehen wir zu Wertheim?

Er wartet am Straßenrand, bis eine Elektrische der Linie Einundsiebzig, die nach Lichtenberg unterwegs, vorüber ist, und geht vor Herrn von der Planitz quer über die Leipziger Straße. Kommen Sie, ruft er zurück, weil Herr von der Planitz mitten auf dem Fahrdamm vor einer Benzindroschke zögert, die aus östlicher Richtung herankommt. Vor dem Warenhaus zögert Herr von der Planitz zum zweiten Mal. Als Königlich-sächsischer Regierungs-Amtmann bei der Polizei-Direktion in Dresden mißbilligt er den unbekümmerten Gebrauch, den die Berliner vor, hinter und zwischen elektrischen Straßenbahnen, Benzindroschken und Auto-Omnibussen von der Straße machen, und er beobachtet es, seit er den Potsdamer Platz überquert hat. Zuletzt zögert er vor der Warenhausfassade aus Granitpfeilern mit Metallzieraten; die Fassade schätzt er auf wenigstens zweihundertfünfzig Meter Länge. Ein derartiges Geschäftshaus fehlt Dresden.

Doktor Bührig ist auch unschlüssig, wendet sich vom Eingang ab und geht, vor Herrn von der Planitz, am Haus entlang in die Richtung des Leipziger Platzes, also zurück. Er betritt unter dem zweiten hohen Torbogen die hellere, aus Kalkstein erbaute Halle am Leipziger Platz, und Herr von der Planitz, erleichtert, folgt ihm.

Sie geraten aber doch in den Großen Lichthof. Doktor Bührig verbirgt nicht, daß er nicht weiß, wohin er zuerst blicken soll. Herr von der Planitz, der alle Einkäufe, besonders von Seidenfoulards, seiner Schwester Irma überläßt, ist vor dem Anblick der Säulen, welche die verzierten Bögen und endlich die Glaskuppel tragen, der offenen Verkaufs-Etagen, der Kronleuchter, der Lichterketten, der Statuen, der Verkaufstische, halbhohen Regale, Kassen, Dekorationen, Gerüche, Stimmen, Farben fast starr, so daß Doktor Bührig, wüßte er es nicht anders, glauben könnte, Herr von der Planitz langweile sich.

Doktor Bührig und Herr von der Planitz kaufen nichts. Sie fragen nach dem Teeraum, der, wie sie gelesen haben, im Ersten Stockwerk sich befindet, nehmen aber, da er fast nur von Damen besucht ist, nicht Platz. Sogar gelingt es, das Warenhaus durch den großen Ausgang an der Leipziger Straße, dem Herrenhaus etwa gegenüber, zu verlassen.

Sie überqueren die Straße und gehen ohne Aufenthalt in die

Konditorei Telschow, die sich anpreist als Treffpunkt der Fremden. Nur eine Tasse Kaffee für dreißig Pfennige will Herr von der Planitz. Doktor Bührig trinkt für vierzig Pfennige Schokolade.

Ungeachtet des Kriegsministeriums an der Ecke und des Auswärtigen Amtes in der Wilhelmstraße überqueren sie die Wilhelmstraße. Weder wollen sie sich für das Postmuseum interessieren, dessen Eckbau eine Gigantengruppe beherbergt, welche die Weltkugel trägt – Doktor Bührig lenkt sich von der Erinnerung an Saal Fünfzehn, in dem die Mauritius Achtzehnhundertsiebenundvierzig in einem Rahmen an der linken Wand zu betrachten ist, mit der Bemerkung, Briefträger im Spreewald, ab – noch für die Bethlehems-Kirche in der Mauerstraße. Elegante Pelz-Modelle im Pelz-Mode-Haus J. Neuheit und Leinen, Wäsche, Ausstattungen in allergrößter Auswahl von der einfachsten Art bis zur reichsten Prunkausführung im Haus von F. V. Grünfeld betrachten sie flüchtig.

Vor der Konditorei Hillbrich bleiben sie stehen; Herr von der Planitz sagt, es falle ihm jetzt ein, daß er statt zu Telschow lieber zu Hillbrich gegangen wäre. Doktor Bührig zeigt auf die benachbarte Wein-Stube Kempinski. Obgleich es für Wein, zumal ungarischen, zu früh ist, gehen sie, weil die Wein-Stube auch ein Frühstückslokal ist, hinein.

Nach Kleinem Frühstück will Herr von der Planitz am ehesten sitzenbleiben und Zeitungen lesen. Aber Doktor Bührig will weiter. An der Kreuzung der Leipziger Straße mit der Friedrichstraße halten Herr von der Planitz und Doktor Bührig an. Die Fußgänger, Benzindroschken, Automobile, Omnibusse, Pferdefuhrwerke aus vier Richtungen in vier Richtungen, die elektrischen Straßenbahnen in die Richtung, aus der sie kommen, in die Richtung, in die sie gehen, der starke Kaffee, den sie bei Kempinski getrunken, die kühle Aprilluft nehmen ihnen die Geduld mit ihrem Tempo. Sie winken einer Benzindroschke, steigen ein, und Herr von der Planitz verlangt, zum Dönhoffplatz gefahren zu werden. Und zurück bis zur Ecke Friedrichstraße! Nur Fahrräder sieht man auf der Leipziger Straße nicht, sagt Doktor Bührig.

Hinter der Friedrichstraße der Blick auf das Spezialhaus von Bette, Bud und Lachmann erinnert Doktor Bührig, daß er sich zwei oder drei Krawatten kaufen wollte. Vier Häuser weiter, angesichts des Modenhauses von Kersten und Tuteur, sagt er, er bedaure es, nicht zu Fuß gegangen zu sein. Herr von der Planitz sagt, er habe ein kleines Luft-Kissen kaufen wollen gegen die hölzerne Sitzbank im Abteil Dritter Klasse, doch bis Saßnitz werde er das Holz noch ertragen. Ecke Markgrafenstraße der Backsteinbau mit Ornamenten auf Goldgrund ist das Seidenhaus von Michels & Co. Doktor Bührig, das Warenhaus Tietz vor Augen, einen Glaspalast mit einem Glasballon auf dem Dach, der zu schweben scheint, sagt, er habe sich entschlossen, überhaupt nichts einzukaufen, sondern sich treiben zu lassen. Ohnehin sei die Zeit knapp. Herr von der Planitz sagt, Höchstens ein Buch.

Am Dönhoffplatz sagt Herr von der Planitz, es schade nichts, hier anzuhalten. Für den Rückweg könne man eine andere Droschke nehmen. Er läßt halten, entlohnt den Droschkenfahrer, und sie steigen aus vor dem Bronzestandbild des Freiherrn vom Stein. Gegenüber, vor dem Reichshallentheater, halten Droschken. Doktor Bührig sagt, Bis zur Friedrichstraße.

Vor dem Palast der Lebens-Versicherungsgesellschaft Equitable bezahlt Doktor Bührig die Droschke. In den Schaufenstern der Filiale von Sachs die Regenschirme und Spazierstöcke ändern nichts an Doktor Bührigs Entschluß.

Herr von der Planitz sagt, daß an der Ecke die Goethe-Buchhandlung vielleicht lohne.

Schon deshalb, sagt Doktor Bührig und zeigt auf das Reklameschild: Tageszeitungen, täglich neu!

Der Buchhändler fragt, ob er dienen könne.

Mit Neuestem auf dem Felde der Belletristik, sagt Herr von der Planitz. Auch vom Krieg.

Doktor Bührig blättert in der Berliner Illustrirten Zeitung.

Der Buchhändler sagt, Töchter der Hekuba, das Kriegsbuch von Clara Viebig. Es ist zwar nicht ihre wertvollste Arbeit, aber es entrollt ein Bild der deutschen Frau in der seelischen Vereinsamung und der Gemeinschaft des Leides unter dem Horizont des Kriegs.

Neinnein, sagt Herr von der Planitz.

Der Buchhändler sagt, Oder Lersch?

Doktor Bührig, der in einem Katalog blättert, sagt halblaut, halb singend, Laß mich gehn, Mutter, laß mich gehn! Deutschland muß leben, und wenn wir sterben müssen!

Der Buchhändler sagt, Es gibt von ihm ein Buch aus dem vorigen Jahr: Herz, aufglühe dein Blut. Gedichte im Kriege.

Herr von der Planitz sagt, Jetzt nicht.

Doktor Bührig sagt, Ein freier Deutscher kennt kein kaltes Müssen.

Lieber etwas aus der Zeit der Freiheitskriege?, sagt der Buchhändler. Deutschland marschiert, von Martens. Oder, ganz neu, Ende letzten Jahres, und viel gekauft, Der Wanderer zwischen beiden Welten, von Walter Flex. Die Schilderung einer Kriegskameradschaft.

Herr von der Planitz sagt nichts. Doktor Bührig, der das Berliner Tageblatt zur Hand genommen hat, sieht dem Buchhändler kurz ins Gesicht.

Oder, sagt der Buchhändler. Er beugt sich zu Doktor Bührig und sagt leiser, Lesen Sie auch Dramen? Die Seeschlacht. Von Goering. Skagerrak. Matrosen im Feuerofen des Panzerturms.

Noch leiser sagt der Buchhändler, Mörderische Pflicht oder todesmutige Meuterei. Er schlägt das Heft auf und sagt, Nicht Hoffnung und nicht Götter Nehmen dem Tod das Grauen. Nur dies: Gedenken dessen Was war und sein kann zwischen Mensch und Mensch.

Doktor Bührig sagt, Und weiter?

Der Buchhändler sagt, Becher. Johannes Robert Becher. Ein ganz junger. An Europa. Die Hymne der Verbrüderung.

Herr von der Planitz sagt, Wirklich Verbrüderung?

Der Buchhändler sagt, Die Neue Welt zeichne ich. Eine Insel glückseliger Menschheit.

Doktor Bührig sagt, Literatur und Politik in Deutschland. Ein schiefes Verhältnis. Der Dichter lehnt die Politik verständnislos ab oder er lehnt sich unselbständig an sie an, und der

Politiker glaubt genug zu tun, wenn er die Dichtung etwas Notwendiges nennt.

Ja, sagt Herr von der Planitz. Geben Sie mir einen Künstlerroman.

Bitte, sagt der Buchhändler. Ich rate zu Jacob Wassermann. Das Gänsemännchen. Das Buch handelt von der Tragik des armen Musikers in der Enge einer fränkischen Stadt.

Gut, sagt Herr von der Planitz.

Doktor Bührig sagt, Dann doch besser Dostojewski.

Möchten Sie das?, sagt der Buchhändler.

Nein, sagt Doktor Bührig. Ich möchte Literaturgeschichte als Wissenschaft, von Julius Petersen. Und die Berliner Morgenpost.

Herr von der Planitz sagt, Auf dem Potsdamer Bahnhof der Transport der Russen war fort. Wir waren aufgeregt und ratlos. Ich fragte mich auf dem Bahnhof durch. Der Waggon war zum Stettiner Bahnhof rangiert worden.

Wußten Sie nicht, daß Züge nach Saßnitz vom Stettiner Bahnhof abfahren?, sagt Tallhover.

Ich wußte nicht, daß der Aufenthalt in Berlin auf dem Stettiner Bahnhof vorgesehen war. Ich glaubte, wir würden vom Potsdamer Bahnhof über den Stettiner direkt nach Saßnitz fahren, sagt Herr von der Planitz.

So können Sie auch nicht wissen, was während Ihrer Abwesenheit vor sich gegangen ist, sagt Tallhover.

Ist etwas vor sich gegangen?

Es scheint, als hätte man Sie absichtlich glauben lassen, der Transport werde auf dem Potsdamer Bahnhof Aufenthalt haben. Ein Mann in Zivil, der ein Stabsoffizier war, suchte Fritz Platten auf. Sie hätten, wären Sie im Wagen geblieben, vielleicht hören können, was der Mann mit Platten zu besprechen hatte. Ich weiß nur, was der Offizier selber berichtet hat. Er habe Platten gefragt, ob die russischen Reisenden zufrieden seien mit der Reise. Platten habe geantwortet, sie seien zufrieden. Platten habe ausdrücklich für Milch gedankt, die man den Kindern Stepan Sinowjew und Robert hereingereicht habe.

Wie lange waren Sie von dem Waggon entfernt?

Herr von der Planitz sagt, Zwei Stunden.

Es ist ein Jammer, sagt Tallhover. Die einzigen, die Gelegenheit hatten, Kontakte der Russen aus nächster Nähe und unauffällig, weil selbstverständlich, zu beobachten, entfernen sich von dem Transport. Das Gänsemännchen von Wassermann, das kennen Sie jetzt. Aber die, mit denen die Russen geredet haben, die kennen Sie nicht.

Ich glaube zu der Annahme berechtigt zu sein, daß sich die Art und Weise der Ausführung des Transportes der russischen Emigranten im allgemeinen bewährt hat, sagt Herr von der Planitz. Ich darf wohl auf meinen darüber erstatteten Bericht verweisen. Die Leitung des Transportes wurde von mir nach den Grundsätzen der Obersten Heeresleitung und des Auswärtigen Amtes durchgeführt. Der Kaiserliche Gesandte in Bern, Herr von Romberg, ließ mir durch Leutnant Schüler sagen, daß die Durchführung dieser Grundsätze die ungeteilte Anerkennung und den einmütigen Beifall Lenins und seiner Begleiter gefunden habe. Den Dank der Teilnehmer des Transportes durfte ich nachträglich entgegennehmen.

Natürlich!, sagt Tallhover. Den einmütigen Beifall Lenins. Und seiner Begleiter. Anerkennung! Dank! Besser konnte es gar nicht gehen. Ich weiß. Ich kenne die Sätze: Die Deutschen haben sich sehr korrekt benommen. Sie haben alle Bestimmungen, die in Bern vereinbart wurden, strikt eingehalten. Kein Deutscher durfte unseren Wagen betreten. Wir haben den Wagen nicht verlassen. Es wurden keine Untersuchungen vorgenommen undsoweiter. Die gewöhnlichen giftigen Verleumdungen der italienischen und französischen Presse undsofort. Sehr gut, Herr von der Planitz. Aber ich sage Ihnen, je besser, desto schlechter.

Das hat Ihnen von Romberg nicht durch Leutnant Schüler sagen lassen, daß Platten nach seiner Rückkehr durchblicken ließ, es fehle den revolutionären Heimkehrern sehr an Mitteln für ihre heimische Propaganda. Von Romberg hat durch einen Vertrauensmann prüfen lassen, ob es möglich wäre, den Herren Revolutionären auf irgendeinem Wege Geldmittel zuzuführen, ohne daß sie daran Anstoß nähmen. Von Romberg hat sich erkundigt, ob Lenin und Genossen schon auf anderem Wege von der Kaiserlichen Regierung unterstützt würden. Er durfte beruhigt sein.

Glauben Sie, ferner zu der Annahme berechtigt zu sein, Herr von der Planitz, daß sich die finanzielle Unterstützung der russischen Revolutionäre durch die deutsche Regierung im allgemeinen bewährt hat?

Darüber steht mir ein Urteil nicht zu, sagt Herr von der Planitz.

Den Dank der Teilnehmer an der Oktoberrevolution in Rußland dürfen sich die Oberste Heeresleitung, das Auswärtige Amt und die Kaiserliche Regierung nachträglich teilen, sagt Tallhover.

28

Karl Bernhardowitsch Sobelsohn, genannt Radek, ist in Berlin eingetroffen. Am neunzehnten Dezember.

In Minsk, in das er von Molodetschno her einfuhr gerade nach dem Einmarsch der roten russischen Truppen, benutzte er den Telegraphen und erlangte Verbindung zu Jakow Michailowitsch Swerdlow, Vorsitzendem des Gesamtrussischen Zentralexekutivkomitees: Ich schlage vor, illegal nach Deutschland durchzukommen und zum Rätekongreß zu gehen. Swerdlow beriet sich mit Lenin, und der Telegraph in Minsk schrieb Radek das Einverständnis des Zentralkomitees in Moskau auf.

In Minsk traf Radek die Deutschen Ernst Friesland, der Reuter hieß, und Felix Wolf. Felix Wolf sollte es organisieren, daß sie über die Grenze nach Deutschland kämen ohne eigene Ausweispapiere.

Bis zu dem letzten Ort, der von roten russischen Truppen besetzt war, konnten sie mit dem Zug fahren. Dort mieteten sie zwei Schlitten: Radek, Reuter, Wolf und ein dritter Deutscher, auch Kommunist.

Inmitten von deutschen Truppen, die sich auf dem Rückzug

befanden, mit den Ausweispapieren deutscher Kriegsgefangener in den Taschen, fuhren sie Tag und Nacht. Keiner fragte, wer sie seien.

Sie gelangten in die Umgebung von Wilna, entließen den Bauern, der sie auf seinem Schlitten gefahren hatte, und nahmen einen anderen Kutscher.

In Wilna die deutsche Feldgendarmerie bereitete ihren Abzug vor. Radek, Reuter, Wolf und der dritte Deutsche quartierten sich ein in einem kleinen Hotel. Felix Wolf, da er es übernommen hatte, den Grenzübertritt vorzubereiten, ging durch die Stadt. Er erfuhr, die Deutschen ließen niemanden ins Reichsgebiet ohne eine Bescheinigung, daß er entlaust sei.

Am anderen Tag kaufte Wolf von einem österreichischen Offizier ein Papier, das die vier als österreichische Kriegsgefangene auswies, die das Recht hätten, durch Deutschland zu reisen sowie verpflegt zu werden von deutschen Behörden, und kaufte in der Entlausungsanstalt für zwanzig Mark vier Entlausungsscheine.

Am Morgen darauf marschierten Radek, Reuter, Wolf und der dritte Deutsche als eine österreichische Einheit zum Bahnhof und kletterten in den Waggon.

Nach der Einfahrt in das Reichsgebiet, auf dem Bahnhof von Eydtkuhnen, rief eine deutsche Stimme alle Zivilpersonen zur Zollkontrolle. Als österreichische Kriegsgefangene rührten sich Radek und seine deutschen Genossen nicht.

Der Zug fuhr an, passierte binnen kurzem den Bahnhof Stallup und fuhr über Gumbinnen, Insterburg, Wehlau nach Königsberg. Die Fahrt von Königsberg nach Berlin verbrachte Radek im Halbschlaf.

Radek ist in Berlin! Tallhover muß es am letzten Tag des Jahres Achtzehn in der Zeitung lesen.

Ich habe es gewußt, sagt Tallhover.

Tallhover liest, daß Radek das Wort erhalten hat auf einem Kongreß der Spartakisten, einer Reichskonferenz, einem Parteitag der Kommunistischen Partei Deutschlands Spartakus-Bund, dem ersten Parteitag der Kommunisten.

Und ich habe es nicht gewußt, sagt Tallhover. Ich möchte wissen, wie Radek es geschafft hat, ins Reich zu kommen. Ich möchte wissen, wann Radek in Berlin angekommen ist.

Tallhover liest, daß Radek die deutschen Kommunisten *begrüßt* hat. Im Namen des russischen Zentralkomitees! Im Preußischen Landtag! Die Delegierten brachten dem Abgesandten der russischen Bolschewiki, Karl Radek, eine begeisterte Ovation dar!

Tallhover sagt, Ich habe es gesagt, im April Siebzehn. Also. Radek hat die Einheit der deutschen Kommunisten mit der russischen kommunistischen Partei beschworen, die Einheit mit der russischen Revolution. Es hat keinen Zweck, Leute loszuschicken. Er ist längst wieder untergetaucht in Berlin, unter falschem Namen.

29

Tallhover hat am fünften Januar Neunzehn nichts einzuwenden gegen die Absetzung des Polizeipräsidenten Emil Eichhorn. Er hat etwas einzuwenden gegen Hunderttausende, die am Sonntag die Siegesallee entlangziehen, durch das Brandenburger Tor, Unter den Linden zum Alexanderplatz vor das Polizeipräsidium, weil sie etwas einwenden wollen gegen die Absetzung des Polizeipräsidenten Eichhorn.

Tallhover hat etwas einzuwenden gegen die Besetzung des Vorwärts, der fortan ein Roter Vorwärts sein soll, und gegen die Besetzung der Zeitungshäuser Ullstein, Mosse, Scherl durch die Massen.

Er hat etwas einzuwenden gegen die Besetzung der Reichsdruckerei durch die Massen.

Er hat etwas einzuwenden gegen die Besetzung des Schlesischen, Anhalter und Potsdamer Bahnhofs und der Eisenbahndirektion durch die Massen.

Tallhover weiß noch nicht, daß das Freiwillige Landesjägerkorps, die Garde-Kavallerie-Schützen-Division, das Landesschützenkorps und das Freikorps Hülsen bereitstehen.

Er weiß etwas nach der Lektür eines Plakats:
Die
Garde-Kavallerie-
Schützen-Division
ist in Berlin einmarschiert.
Berliner!
Die Division verspricht Euch, nicht
eher die Hauptstadt zu verlassen, als
bis
die Ordnung endgültig wieder
hergestellt ist.

Tallhover hat am achten Januar nichts dagegen einzuwenden, daß Truppen der Regierung den Anhalter Bahnhof und die Eisenbahndirektion angreifen.

Tallhover kennt sich aus. Wenn es schon so ist, wie es ist, will er lieber eine Reichsregierung als eine Räteregierung, lieber Ebert, Scheidemann und Noske als Liebknecht, Luxemburg und Pieck.

Der Oberbefehlshaber der Berliner Truppen, Gustav Noske, sagt, was Tallhover sagt, daß, wo Spartakus herrsche, die Sicherheit aufgehoben sei. Für mich, sagt Tallhover.

Die Führer des Spartakus-Bundes proklamieren die Errichtung der Spartakus-Diktatur!

Unsere Geduld ist zu Ende!

Tallhovers Geduld ist zu Ende.

Er hat am neunten Januar nichts dagegen einzuwenden, daß Truppen der Regierung die Reichsdruckerei angreifen.

Er hat am elften Januar nichts dagegen einzuwenden, daß Truppen der Regierung den Vorwärts angreifen und die Zeitungshäuser Scherl, Mosse, Ullstein.

Er hat am elften und zwölften Januar nichts dagegen einzuwenden, daß Truppen der Regierung das Polizeipräsidium angreifen.

Und am zwölften Januar hat er nichts gegen den Angriff von Regierungstruppen auf den Schlesischen Bahnhof.

30 Tallhover, der am sechsten Januar, mittags, nicht mehr seinen gewohnten Weg gehen konnte in der Wilhelmstraße wegen der Massen, der die Zerstörung an dem Vorwärts-Gebäude und an dem Gebäude des Polizeipräsidiums besichtigt hat nach dem Kampf, fragt nicht nach den Toten. Alles Proleten, sagt ein Offizier mit Namen Kutterer im Gebäude des Vorwärts.

Tallhover, der seit dem zwölften Januar wieder die Zeitung Vorwärts liest, liest am dreizehnten Januar in der Zeitung Vorwärts Reime:

Das Leichenhaus
Vielhundert Tote in einer Reih –
Proletarier!
Es fragten nicht Eisen, Pulver und Blei,
ob einer rechts, links oder Spartakus sei,
Proletarier!
Wer hat die Gewalt in die Straßen gesandt,
Proletarier?
Wer nahm die Waffe zuerst zur Hand
und hat auf ihre Entscheidung gebrannt?
Spartakus!
Vielhundert Tote in einer Reih –
Proletarier!
Karl, Rosa, Radek und Kumpanei –
es ist keiner dabei, es ist keiner dabei!
Proletarier.

Wenig an Gedichten interessiert, achtet Tallhover nicht auf Güte oder Mängel von Versmaß und Reim, wird bloß an Radek erinnert, der in das Reich eingereist ist im Dezember Achtzehn ohne Genehmigung. Erinnert an den Genossen der Spartakisten Liebknecht und Luxemburg. Spartakus ist aufgestanden im Januar. Was tat Radek? Spartakus liegt am Boden. Was tut Radek?

Tallhover will Radek haben.

Eine Anfrage bei Staatsanwalt Doktor Weismann am Landgericht Eins ergibt aber, daß noch immer kein Haftbefehl gegen Radek vorliegt.

Unterdessen hat Tallhover vergessen, wer die Reime geschrieben hat, denkt nur noch daran, wie er Radek kriegt.

Radek, das weiß Tallhover, arbeitet. Er redet und schreibt. Er braucht Leute, mit denen er redet. Er braucht Leute, die seine Manuskripte kopieren. Das sind Frauen.

Es muß bei der sozialistischen Jugend herumgehört werden. Kennt eine den Genossen Radek?

Und: es muß Leute, Frauen?, geben, die vor der Revolution, zur Zeit des sowjetrussischen Bevollmächtigten Adolf Joffe, Beziehungen zur Sowjetbotschaft Unter den Linden unterhalten haben oder dort beschäftigt waren, zum Beispiel als Schreibkräfte.

Tallhover sagt, Solche kommen in Betracht als Verbindungsleute von Radek.

Vom Helferdienst der Sozialdemokratischen Partei, Sektion vierzehn, im Regiment Reichstag bekommt Tallhover Hilfe. Die wollen ihre Leute zu ihren Leuten in der sozialistischen Jugend schicken. Und: die wollen einen ihrer Leute von einem ihrer Leute im Auswärtigen Amt herausfinden lassen, welche Deutschen zwischen April und November Achtzehn in der Sowjetbotschaft beschäftigt waren.

Die Nachricht, in der sozialistischen Jugend werde offen davon gesprochen, daß eine Lina Becker für Radek arbeite, nimmt Tallhover nicht ernst. Er stellt aber als Adresse einer Lina Becker Berlin-Lichtenberg, Rittergutstraße zweiundzwanzig fest.

Aus dem Auswärtigen Amt die Aufstellung der Deutschen, die von April bis November Achtzehn in der Sowjetbotschaft beschäftigt waren, verzeichnet bei weiblichen Personen an erster Stelle eine Käthe Rauch, Malplaquetstraße dreizehn, an zweiter eine Lina Becker, Berlin-Lichtenberg, Rittergutstraße zweiundzwanzig.

Tallhover springt auf. Ab sofort die Rauch und die Becker beobachten.

Das wußte Tallhover, daß es einen Befehl gab, Liebknecht und die Luxemburg zu verhaften. Aber er wußte nicht, daß sie verhaftet worden sind. Das liest er am Donnerstag morgen in der Zeitung, aber nur in der sozialdemokratischen Zeitung Vorwärts.

Tallhover sagt, Gestern verhaftet. Wo sind Liebknecht und die Luxemburg heute?

Tallhover liest am Donnerstag um dreizehn Uhr in der B. Z. am Mittag: Liebknecht erschossen Rosa Luxemburg getötet.

Das glaubt Tallhover.

Auf der Flucht erschossen von der Menge getötet.

Das glaubt Tallhover nicht.

Die beiden Führer der Spartakus-Bewegung in Deutschland, Karl Liebknecht und Rosa Luxemburg, haben heute nacht ein furchtbares Ende gefunden.

Das glaubt Tallhover.

Seit heute, sagt Tallhover, gibt es einen Befehl, Radek zu verhaften.

Weil es einen Befehl gibt seit Donnerstag, Radek zu verhaften, so daß gesucht wird nach Radek, interessiert Tallhover sich für ein Plakat, das er Freitag zum zweiten Mal an einer Litfaßsäule kleben sieht:

Wo ist Radek?

Die Nachforschungen über den Aufenthalt des Bolschewi-
sten-
führers Radek haben bis jetzt noch keinen Erfolg gehabt. Die
«Vereinigung zur Bekämpfung
des Bolschewismus»
hat für die Ergreifung Radeks oder für Angaben, welche zu
seiner Festnahme führen können, eine
Belohnung von
10 000 Mk.
ausgesetzt. Alle mündlichen oder schriftlichen Angaben sind
an die Geschäftsstelle der Vereinigung,
Berlin W 9, Schellingstraße 2, zu richten.
Fernsprecher: Amt Kurfürst 5173

31 Die Beobachtung der Käthe Rauch, wohnhaft Malplaquetstraße dreizehn, und der Lina Becker, wohnhaft Berlin-Lichtenberg, Rittergutstraße zweiundzwanzig, die seit dem fünfzehnten Januar durchgeführt wird, hat bis heute, neunten Februar, das Folgende ergeben, sagt Tallhover. Die Rauch unterhält Beziehungen zu verschiedenen Russen; sie ist nach der Revolution weiterhin tätig in der russischen Kriegsgefangenenfürsorge, Taubenstraße dreizehn.

Die Becker verläßt ihre Wohnung in der Rittergutstraße täglich zwischen neun und elf Uhr. Sie fährt regelmäßig mit der Straßenbahn von Lichtenberg bis zum Hochbahnhof Prinzenstraße. Von Prinzenstraße fährt sie mit der Hoch- und Untergrundbahn bis zum Untergrundbahnhof Uhlandstraße, wobei sie am Gleisdreieck und Wittenbergplatz umsteigt. Insbesondere vom Untergrundbahnhof Uhlandstraße an stößt die Beobachtung bisher auf Schwierigkeiten, da die Becker von hier aus stets äußerst vorsichtig vorgeht. Sie benutzt die Straßenbahnlinie H und geht zu Fuß, und zwar wechselweise.

Für Montag, den zehnten Februar, ist eine strenge Beobachtung der Lina Becker durch mehrere Beamte angeordnet.

Ab heute gehe ich die ganze Strecke mit, sagt Tallhover.

Aber an diesem Tag wird die Becker überhaupt nicht gesehen.

Am Dienstag findet vorsichtshalber eine Beobachtung nicht statt.

Dagegen am Mittwoch, dem zwölften Februar, wird die strenge Beobachtung in verschärfter Form wiederaufgenommen. Und zwar so, daß an mehreren Stellen des bekannten Weges Beamte aufgestellt werden. Tallhover geht die gesamte Strecke mit.

Die Becker schlägt nicht den gewöhnlichen Weg ein. Sie macht verschiedene Besorgungen. Sie geht auch in einen Laden in der Dorotheenstraße und holt einen Vervielfältigungsapparat.

Jedoch vom Untergrundbahnhof Uhlandstraße aus, im Unterschied zu den vorhergehenden Tagen, an denen sie äußerst vorsichtig war, geht die Becker ruhig zu Fuß, und geht den Kurfürstendamm entlang bis zur Brandenburgischen Straße. Sie biegt in die Brandenburgische ein, geht bis zur Paulsborner Straße und geht in die Paulsborner Straße. Unvermittelt betritt sie ein Haus, Nummer dreiundneunzig.

Tallhover und seine Beamten, wegen des Abstandes, den sie eingehalten haben, können im Haus nicht mehr sehen oder hören, welche Wohnung die Becker betreten hat.

Tallhover sucht auf der Tafel im Hausflur den Namen der Portiersfrau.

Becker?, sagt die Portiersfrau. Fräulein Becker verkehrt bei Frau Callmann, Hochparterre.

Tallhover klingelt.

Frau Callmann?

Ja.

Polizei. Wohnt bei Ihnen ein Karl Radek oder Sobelsohn?

Nein. Herr Ökonomierat Doktor Fischer.

Wo?

Geradeaus.

Tallhover öffnet die Zimmertür. Am Tisch sitzt Radek.

Tallhover sagt, Sie sind Karl Radek.

Radek sagt, Nein. Mein Name ist Fischer. Doktor Fischer.

Tallhover sagt, Ihre Papiere.

Radek gibt Tallhover Papiere.

Tallhover sagt, Vom Bremer Baumwollkomitee.

Radek sagt, Ich bin Deutschpole. Ich war in russischer Gefangenschaft. Jetzt schreibe ich meine Erinnerungen.

Tallhover nimmt eine Manuskriptseite vom Tisch, sagt, Unter dem Pseudonym Radek?, und hält Radek das Blatt mit Radeks Namen vor das Gesicht. Ich kenne Sie, Herr Radek. Noch aus der Schweiz. Und Sie?, sagt Tallhover zu zwei jungen Frauen, die am Fenster stehen.

Radek sagt, Meine Stenotypistinnen.

Name?, sagt Tallhover.

Becker, Lina.

Osterloh, Hertha.

Tallhover sagt zu einem der Polizeibeamten, Papiere, Adressen.

Zu einem anderen sagt er, Rufen Sie das Regiment an. Und lassen Sie für uns einen Wagen kommen.

Zu Radek sagt er, Sie sind also verhaftet.

Radek sagt laut, Nicht das Regiment! Nicht das Regiment! Ich habe nichts gegen Deutschland getan. Deutschland ist nicht reif für den Bolschewismus. Ich wollte den Bolschewismus nach Frankreich verpflanzen!

Aber Tallhover winkt ab, durchsucht das Zimmer, die Wohnung.

Frau Callmann ist dabei, sie sagt, Meingottmeingott.

Irgendwelches bedeutendes Beweismaterial findet Tallhover nicht. Nur Manuskripte, ein Fläschchen Medizin gegen Zahnschmerzen und achttausend Mark.

Soldaten des Regiments Reinhard fahren mit einem Panzerauto in der Paulsborner Straße dreiundneunzig vor.

Als die Soldaten ins Zimmer treten, sagt Radek zu einem von Tallhovers Beamten, Bitte, bleiben Sie jetzt bei mir, ich werde mich später dafür erkenntlich zeigen.

Tallhover ordnet an, daß Radek und die Stenotypistinnen Becker und Osterloh von den Soldaten ins Polizeipräsidium zu bringen seien, ohne weitere Begleitung.

Tallhover ist außerordentlich zufrieden.

Radek, die Becker und die Osterloh werden im Polizeipräsidium vernommen, aber kurz.

Die Soldaten des Regiments Reinhard und Beamte aus dem Polizeipräsidium bringen den Gefangenen Radek in das Kriminal-Justizamt Moabit.

Noch auf dem Korridor legt ein junger Offizier dem Gefangenen Radek Handschellen an. Ein anderer sagt, Zu Oberst Reinhard mit diesem Raubtier. In die Kanzlei.

In die Kanzlei drängen Offiziere, Unteroffiziere, Soldaten.

Oberst Reinhard, Radek vor Augen, brüllt, Jetzt haben wir dich, du rotes Schwein.

Radek, vor Oberst Reinhard, von Soldaten, Unteroffizieren, Offizieren umstellt, schreit, Ich verstehe, was Sie mit mir vorhaben. Aber seien Sie sich darüber im klaren: Ihr Soldatenpack wird Sie später mit Haut und Haar ausliefern.

Er sieht sich um, erkennt einen Polizeibeamten aus dem Präsidium, schreit, Entweder hat Oberst Reinhard das Recht, Verhaftete aufzunehmen, dann verlangen Sie eine Quittung für mich, oder er hat das Recht nicht, dann bringen Sie mich in ein Gefängnis, sonst sind Sie verantwortlich für das, was hier geschieht.

Der Beamte aus dem Polizeipräsidium sagt zu Oberst Reinhard, Ich bitte um eine Quittung über den Empfang des Gefangenen.

Oberst Reinhard schreit, Bin ich ein Häftlingsaufseher?

Der Direktor des Untersuchungsgefängnisses, das verbunden ist mit dem Kriminal-Justizamt, soll kommen.

Es dauert lange, ehe er kommt. Der Direktor des Untersuchungsgefängnisses sagt, Das Untersuchungsgefängnis ist überfüllt. Ich kann den Verhafteten nicht aufnehmen.

Der Polizeibeamte aus dem Präsidium sagt, Geben Sie uns militärisches Geleit, wir bringen den Gefangenen in das Zellengefängnis Lehrter Straße.

Oberst Reinhard setzt sich, schreibt einen kurzen Brief und erteilt einem Offizier, dem er den Brief gibt, leise einen Befehl.

Die Beamten aus dem Polizeipräsidium nehmen Radek in ihre Mitte und gehen, gefolgt von Soldaten und dem Offizier, zum Ausgang. Vor dem Kriminal-Justizamt muß Radek auf einen Lastwagen klettern. Er ist mit Handschellen ungeschickt, die Soldaten schieben und stoßen ihn. Die Soldaten klettern hinter Radek auf den Lastwagen, stellen ein Maschinengewehr auf. Der Offizier gibt einem der Polizeibeamten aus dem Präsidium den Brief des Obersten Reinhard. Die Beamten steigen auf den Lastwagen.

Es ist kalt, aber bis zur Lehrter Straße muß der Lastwagen nur eine kurze Strecke auf der Straße Alt-Moabit fahren, um links abzubiegen in die Invalidenstraße, von der er nach einigen hundert Metern links abbiegt in die Lehrter Straße. Das Zellengefängnis liegt am Anfang der Straße, rechts.

Die Beamten aus dem Polizeipräsidium steigen ab, helfen Radek vom Wagen.

Die Soldaten vom Regiment Reinhard fahren sofort weiter.

Im Vorhof des Zellengefängnisses ist es hell von starken Lampen.

Ein Offizier tritt aus dem Haus. Der Beamte mit dem Brief grüßt, erstattet Bericht, übergibt den Brief des Obersten Reinhard.

Der Offizier liest den Brief und sieht erstaunt aus. Er geht zum Hauseingang, läßt einen Gefängnisbeamten rufen, spricht leise mit dem Gefängnisbeamten.

Soldaten kommen näher, stellen sich zu den Polizeibeamten, die bei Radek stehen, und sehen Radek an.

Der Offizier und der Gefängnisbeamte gehen zu Radek, die Soldaten treten zurück, der Offizier entläßt die Beamten aus dem Polizeipräsidium.

Radek soll vor dem Offizier und dem Gefängnisbeamten hergehen. Sie gehen in den Keller.

Im Keller geht der Gefängnisbeamte voran und öffnet eine Zelle. Radek bleibt mitten in der Zelle stehen. Der Gefängnisbeamte durchsucht Radek. Er nimmt aus der linken Innentasche der Jacke ein kleines Buch, das in Leder gebunden ist, und gibt es dem Offizier. Der Offizier blättert in dem Buch.

Der Gefängnisbeamte nimmt Radek die Handschellen ab. Er schließt eine Eisenplatte um Radeks Handgelenke. Die Eisenplatte ist ungefähr siebzig mal zwanzig Zentimeter groß und ist mit einer Kette an der Wand befestigt.

Der Offizier steckt das Buch in Radeks rechte Jackentasche und sagt, Ich bin Leutnant Scharfenstein. Entschuldigen Sie, ich handle auf direkten Befehl von Oberst Reinhard. Sie sind sicher müde, legen Sie sich schlafen. Sie können ruhig sein, ich stelle zuverlässige Wachen auf. Es wird Ihnen nichts geschehen.

Leutnant Scharfenstein und der Gefängnisbeamte gehen aus der Zelle.

Nach einigen Minuten wird die Zelle wieder aufgeschlossen,

Leutnant Scharfenstein geht zu Radek und zieht dessen Jackenärmel, soweit es geht, durch die Öffnungen der Eisenplatte, damit die scharfen Ränder nicht in die Handgelenke schneiden.

Radek legt sich auf die Pritsche und schläft, das Eisen auf der Brust.

32

Am Donnerstag morgen der Gefängnisbeamte nimmt Radek das Eisen ab und führt ihn zum Waschen.

Ich mache seit achtzehnhundertneunzig Dienst, sagt der Gefängnisbeamte, aber ich habe noch nie gesehen, daß man Untersuchungsgefangene ankettet. Das ist die Arrestzelle für tobende Mörder.

Vor dem Mittag kommt der Untersuchungsrichter von Ziethen mit einem Protokollführer in Radeks Zelle; ein Gefängnisbeamter bringt Tisch, Stuhl und Schreibmaschine.

Radek sagt zu von Ziethen, Bin ich in Händen der Militärbehörden oder des Untersuchungsgerichts.

In Händen des Untersuchungsrichters, in meinen Händen, sagt von Ziethen.

Auf Grund welcher Paragraphen bin ich in Ketten, sagt Radek.

Es besteht kein Grund, Sie in Ketten zu legen, sagt von Ziethen.

Er verläßt die Zelle und sagt zu dem Gefängnisbeamten auf dem Gang, Rufen Sie den Wachhabenden Leutnant Scharfenstein.

Statt des Leutnants tritt Doktor Weinberg in die Zelle, Rechtsanwalt Radeks, beauftragt, im Fall einer Verhaftung sich der Sache Radeks anzunehmen.

Aber sogleich nach ihm kommt Leutnant Scharfenstein. Er sagt, Oberst Reinhard hat mir verboten, Herrn Radek die Fessel abzunehmen und irgend jemanden zu Herrn Radek zu lassen, abgesehen von Ihnen, Herr von Ziethen. Ich bitte Sie, Herr Doktor Weinberg, die Zelle zu verlassen.

Radek sagt zu von Ziethen, Wenn Sie nicht Herr der Lage

sind, ist es für mich sinnlos, Ihnen irgendwelche Erklärungen zu liefern.

Von Ziethen sagt, Ich werde mich sofort an das Justizministerium wenden. Kann ich Ihnen ansonsten mit irgend etwas behilflich sein?

Nehmen Sie von dem Geld, das man mir abgenommen hat, und kaufen Sie Shakespeare für mich.

Untersuchungsrichter von Ziethen, Leutnant Scharfenstein und der Protokollführer gehen.

Ein Gefängnisbeamter holt Tisch, Stuhl und Schreibmaschine.

Am späten Freitagvormittag redet Tallhover mit Staatsanwalt Doktor Weismann am Landgericht Eins.

Doktor Weismann sagt, Oberst Reinhard hat heute morgen beantragt, Radek dem Militärgericht zu übergeben. Er sieht Radek als Spion einer kriegführenden Macht, also als militärischen Gefangenen an.

Nicht schlecht, sagt Tallhover.

So hat er die Fesselung und das Sprechverbot begründet. Auch mit der Befürchtung von Selbstmord oder Selbstbefreiung oder von Befreiungsaktionen.

Na, sagt Tallhover.

Aber es ist anders gekommen, sagt Doktor Weismann.

Wie?, sagt Tallhover.

Der Minister selber hat heute morgen telegrafisch bei der Nationalversammlung gegen die Einmischung des Militärs in die Justiz protestiert, und der Untersuchungsrichter von Ziethen hat Fesselung und Sprechverbot aufgehoben.

Das heißt, Radek darf mit seinem Anwalt reden?

Seinen Anwälten.

Anwälten?

Er hat zwei. Doktor Weinberg und Doktor Rosenfeld.

Rosenfeld? Rosenfeld? Kurt?

Ja.

Der war doch Verteidiger von Rosa Luxemburg vor der Frankfurter Strafkammer, Februar Vierzehn.

Möglich.

Ich sage Ihnen, Herr Doktor Weismann, Radek geht uns durch die Lappen.

Warten wir die Voruntersuchung ab, Herr Tallhover.

Der Gefängnisbeamte kommt in die Zelle und nimmt Radek die eiserne Fessel ab. Einige Zeit später bringt er Radek ein Buch: Shakespeare.

Radek liest. Ab und zu reibt er sich das rechte Handgelenk.

Am frühen Nachmittag kommt Oberst Reinhard zu Radek. Er sagt, Guten Tag, Herr Radek.

Radek sagt, Guten Tag. Als ich Ihnen zum ersten Mal begegnete, haben Sie mich weniger höflich begrüßt.

Naja, Sie sind schließlich keine Dame. Ich würde Sie erschießen lassen, hätten diese verdammten Juden Scheidemann und Ebert nicht solche Angst vor den Bolschewiken. Man hat mir befohlen, Ihnen die Fessel abnehmen zu lassen.

Radek sagt, Weder Ebert noch Scheidemann ist Jude, Herr Oberst Reinhard. Warum wollen Sie mich unbedingt erschießen?

Weil ich Sie für einen russischen Spion halte.

Hören Sie auf. Was kann ich bei Ihnen schon spionieren. Sie haben nicht einmal eine Armee.

Daran sind die Juden schuld, sagt Oberst Reinhard. Aus Angst vor Frankreich und England haben sie die Armee aufgelöst und lassen es zu, daß Deutschland versklavt wird.

Halten Sie es für klug, daß sich das entwaffnete Deutschland auch noch Sowjetrußland zum Feind macht?, sagt Radek.

Eine halbe Stunde nach dem Besuch von Oberst Reinhard wird Radek aus dem Keller in den dritten Stock geführt; der Gefängnisbeamte öffnet eine Zelle, in der Radek seine Sachen vorfindet und ein Paket. In dem Paket ist ein Räucherschinken. Wer hat das Paket geschickt, sagt Radek.

Die Zelle ist sehr sauber.

33 Die Untersuchung beginnt. Der Untersuchungsrichter von Ziethen legt Radek die Anklage vor, Radek ist angeklagt eines Spartakistenaufstandes in Berlin im Januar.

Aber der Untersuchungsrichter von Ziethen findet keine Beweise. Was hat Radek seit seiner Ankunft in Berlin am neunzehnten Dezember Achtzehn getan?

Radek hat nichts zu verheimlichen vor dem Untersuchungsrichter.

Das erste, sagt Radek, ich kaufte die Rote Fahne, nahm eine Autodroschke und fuhr ins Hotel. Der Ton der Roten Fahne klang wie vor der letzten Schlacht. Mir wurde angst. Ich ging vom Hotel in die Redaktion.

Wen trafen Sie?

Fanny Jezierska, Liebknecht, Rosa Luxemburg, Thalheimer, Paul Levi. Ich sagte, Ihr könnt die Lautstärke kaum noch steigern. Überspannt den Bogen nicht! Ich fragte, Wieviel Organisierte haben wir in Berlin? Liebknecht sagte, Wir sammeln gerade erst unsere Kräfte. Als die Revolution anfing, hatten wir in Berlin nicht mehr als fünfzig Mann.

Von der Redaktion der Roten Fahnen fuhr ich mit Paul Levi in die Friedrichstraße, ins Büro des Zentralkomitees. Ich wollte Leo Tyszka treffen.

Tyszka? Meinen Sie Jogiches? Den Mann von Rosa Luxemburg?

Ja.

Er wurde am vierzehnten Januar verhaftet.

Ja.

Er ist am sechzehnten Januar aus der Haft geflohen.

Ja.

Wann haben Sie ihn zuletzt gesehen.

Am siebzehnten Januar.

Wo?

In einer Teestube am Nollendorfplatz.

Worüber haben Sie gesprochen?

Er wollte, daß ich Berlin verlasse.

Wohin sollten Sie gehen?

Nach München oder Bremen.

Hat Tyszka Berlin verlassen?

Ich weiß es nicht. Als wir die Teestube verließen, nahm Tyszka unvermittelt meine Hand und führte mich zu einer Litfaßsäule. Ich sah ein Plakat und las die Schlagzeile: Wo ist Radek? Für meine Ergreifung war eine Belohnung von zehntausend Mark ausgesetzt. Tyszka sagte, Du darfst Deine Wohnung tagsüber nicht mehr verlassen.

Sie fuhren also am neunzehnten Dezember mit Herrn Levi in das Büro des Zentralkomitees, um Tyszka zu treffen. Trafen Sie ihn?

Zuerst traf ich Mathilde Jakob, eine alte Sekretärin. Sie brachte mich zu Tyszka.

Und?

Er fragte nach Lenin, Trotzki, Sinowjew und Dzierzýnski. Er sagte, Was ist, wollen Sie bei uns nur als Vertreter des russischen Zentralkomitees sitzen oder wollen Sie an die Arbeit gehen.

Wir verabredeten uns für den Abend in einer Arbeiterkneipe, um in Ruhe über die Lage zu reden.

Levi führte mich am Abend hin. Im Hinterzimmer saßen Rosa Luxemburg und Liebknecht. Kurz nach uns kam Tyszka.

Was wurde besprochen.

Die Lage in Deutschland. Daß wir ganz am Anfang stünden. Daß die Massen noch von den Sozialdemokraten beherrscht würden. Daß wir uns organisieren müßten.

Organisieren?

Ich sprach von der Organisierung einer kommunistischen Partei. Rosa Luxemburg sagte, sie hätten Tyszka, der eine eigene Partei für verfrüht gehalten habe, überzeugt, daß die führenden Arbeiter nicht ohne eigene Fahne kämpfen könnten.

Was noch?

Es gab Streit über den Terror.

In Deutschland?

In Rußland. Rosa Luxemburg tat es weh, daß Dzierzýnski Führer der Tscheka ist. Den Terror haben wir kennengelernt. Wie kann man auf den Terror setzen.

Welches ist Ihre Meinung, sagt Untersuchungsrichter von Ziethen.

Ich sagte zu ihr, Mit Terror und Verfolgung haben sie uns um Jahre zurückgeworfen. Wir müssen aufholen. Wie kann man da die Bedeutung des Terrors leugnen. Allerdings, gegen eine junge Klasse, die die Zukunft vertritt, ist Terror erfolglos. Aber etwas anderes ist es mit der Klasse, die von der Geschichte zum Tode verurteilt ist.

Was sagten die anderen, sagt von Ziethen.

Liebknecht stimmte mir zu. Rosa Luxemberg sagte, Wie kann man so grausam sein?

Und Tyszka?

Tyszka lachte und sagte zu Rosa Luxemburg, Wenn es nötig ist, kannst auch Du grausam sein.

Ferner?

Ich sagte, Habt Ihr nicht einen zu scharfen Ton angeschlagen? Er entspricht nicht der Kraft der Partei.

Ein Widerspruch, sagt von Ziethen.

Eine taktische Differenz, sagt Radek. Rosa Luxemburg aber sagte zu mir, Wenn ein gesundes Kind geboren wird, dann schreit es und piepst nicht.

Die Spartakisten sind gegen die Nationalversammlung. Sie wollten die Wahlen verhindern, sagt Untersuchungsrichter von Ziethen.

Liebknecht sagte, wenn er morgens aufwache, sei er gegen die Teilnahme an den Wahlen, am Abend sei er dafür. Am Ende war er für die Wahlen. Auch Rosa Luxemburg und Tyszka waren dafür. Nur die Jungen waren dagegen. Sie sagten, Wir jagen die Nationalversammlung mit Maschinengewehren auseinander. Auf dem Parteitag die Jugend war bereit, den Himmel zu stürmen. Sie glaubte, der Sieg sei nahe. Die Jugend meinte, Liebknecht und Luxemburg bremsten nur. Ich fühlte nicht, daß hier schon eine Partei vor mir war.

Der Aufstand im Januar?

Aufstand? Für uns war es ein Generalstreik gegen die Absetzung Eichhorns.

Und die Waffen?

Kamen von Eichhorn, nicht von uns. Ich habe Rosa Luxemburg gefragt, Welche Aufgabe stellen wir uns. Sie sagte, Es ist ein Proteststreik. Wir wollen abwarten, wie die Arbeiter in der Provinz reagieren. Dann sehen wir weiter.

Also doch.

Sie sagte, Die Übernahme der Macht in Berlin ist sinnlos, wenn die Provinz nicht folgt.

Was taten Sie?

Ab Mittwoch

Das war der achte Januar

verließ ich meine Wohnung nicht mehr. Das Zentralkomitee wollte es so. Liebknecht sagte, Deine Verhaftung würde die Lage sehr erschweren. Man könnte behaupten, die Bewegung sei von den Russen inszeniert.

Bewegung?

Demonstration, Streik, Bewegung eben. Ich habe am neunten Januar vom Zentralkomitee die Beendigung der Demonstration gefordert. Das war am Donnerstag.

Vom Zentralkomitee?

In einem Brief. Ich habe ihn Hermann Duncker mitgegeben, der Mitglied des Zentralkomitees ist. Er hatte mich in meiner Einöde besucht.

Dieser Brief existiert?

Ich sagte es.

Was haben Sie geschrieben.

Daß die Demonstration nur den Charakter einer Protestaktion tragen dürfte. Daß aber die Vorderreihe des Proletariats, erbittert und mißgeleitet, die Protestbewegung in einen Kampf um die Macht verwandelt hätte. Ich habe Abbruch der Kämpfe, Rückzug der Kämpfer verlangt.

Erhielten Sie Antwort?

Ja.

Von wem?

Von Rosa Luxemburg.

Durch wen?

Durch Paul Levi.

Wann?

Donnerstag nacht.

Was antwortete Rosa Luxemburg.

Sie schrieb, wir dürften nicht die Rolle derer übernehmen, die zum Rückzug bliesen. Für Rosa Luxemburg gab es nur eines: bei den Kämpfenden zu bleiben, ihre Niederlage zu teilen, obwohl der Kampf verfrüht, also aussichtslos war.

Und Liebknecht?

Die Verbindung zwischen Liebknecht und mir war abgebrochen.

Herr Radek, können Sie Ihren Brief beweisen?

Herr von Ziethen, es ist nicht meine Aufgabe, meine Unschuld zu beweisen. Es ist die Aufgabe des Gerichts, meine Schuld zu beweisen. Ich besitze eine Kopie des Briefes.

34

Staatsanwalt Doktor Weismann redet mit Tallhover.

Wir können Radek nichts nachweisen, sagt Doktor Weismann.

Tallhover sagt, Die Zeugen?

Eine Pleite. Zeugen aus Hamburg, Gewerkschaftsfunktionäre, haben bei der Gegenüberstellung gesagt, sie hätten Radek eine Woche lang jeden Tag in das Büro von Doktor Laufenberg, das ist der Vorsitzende des Arbeiter- und Soldatenrates, im Hamburger Rathaus gehen sehen. Ausgerechnet in der Woche des Spartakistenaufstandes in Berlin. Radek hat prompt gestanden, er sei die ganze Woche über in Hamburg gewesen. Wir beschuldigen Radek, den Aufstand in Berlin organisiert zu haben, und die Zeugen beweisen, daß Radek in Hamburg war. Wenn nicht etwas geschieht – diese Untersuchung führt zu nichts.

Etwas geschieht. Radek darf am dreizehnten Juni einen Spaziergang unternehmen im hinteren Hof. Ein Soldat bewacht ihn. Radek hört zwei Schüsse, aber er achtet nicht darauf. Er hört Schüsse, die Kugeln schlagen in der Mitte des Hofes, zwei Schritte neben ihm, auf, Steinsplitter treffen seine Beine. Der

Soldat schreit, Deckung! An die Mauer!, und läuft selber in den Mauerschatten. Der Soldat führt Radek an der Mauer zur Tür in das Haus.

Untersuchungsrichter von Ziethen sagt, der Vorfall sei untersucht, ein Schuldiger nicht gefunden worden. Nur so viel wisse man, daß die Schüsse aus dem oberen Stockwerk der benachbarten Kaserne abgegeben worden seien.

Radek sagt, Wann hören Sie mit dieser Untersuchung auf? Es finden sich womöglich Zeugen, die bei der Gegenüberstellung beschwören, ich befände mich mit Lettow-Vorbeck auf hoher See.

Herr Radek, man verbietet mir, die Untersuchung zu beenden, weil man nicht weiß, was man mit Ihnen tun soll.

Radek wird überrascht. Ein Gefängnisbeamter betritt die Zelle, er hält in der linken Hand ein weißes Gefäß aus Porzellan. Ein Häftling, der nach dem Gefängnisbeamten in die Zelle tritt, nimmt Radeks Kübel, trägt ihn hinaus. Der Gefängnisbeamte setzt das Porzellangefäß auf die Erde, anstelle des Kübels. Radek sagt, Was bedeutet diese Veränderung des Mobiliars?

Der Gefängnisbeamte sagt, Ich kenne den Grund für diese Veränderung nicht. Der Herr Direktor hat mir lediglich befohlen, Ihnen dieses Nachtgeschirr zu bringen.

35

Es ist Ende Juni. Tallhover wird ungeduldig. Er redet mit Staatsanwalt Doktor Weismann.

Doktor Weismann sagt, ich sehe schwarz. Radek ist am neunzehnten zum Botschafter der ukrainischen Sowjetrepublik ernannt worden.

Der ukrainischen?

Der ukraninischen. Diese ukrainische Regierung hat Radeks Freilassung verlangt und seine Überstellung in das Botschaftsgebäude am Kronprinzenufer. Er ist plötzlich ein Diplomat.

Was nun, sagt Tallhover.

Der Außenminister hat Radeks Ernennung nicht anerkannt. Aber er hat sich beim Justizminister erkundigt, wie es Radek geht. Sie wissen ja. Das Ministerium fragt den Gefängnisdirektor.

Aber es kommt noch besser. Die russische Regierung hat für Radek deutsche Geiseln festsetzen lassen, Beamte des Auswärtigen Dienstes.

Einmal habe ich den Antrag auf Enthaftung Radeks, den sein Verteidiger an mich gestellt hat, abgelehnt. Ein zweites Mal kann ich das nicht, unter diesen Umständen.

Was werden Sie tun, sagt Tallhover.

Ich werde auf die Erhebung der Anklage verzichten, sagt Staatsanwalt Doktor Weismann.

Tja, sagt Tallhover.

36 Der Untersuchungsrichter von Ziethen kommt in die Zelle. Er sagt, Herr Radek, ich verabschiede mich von Ihnen.

Sie verabschieden sich?

Die Untersuchung ist abgeschlossen. Das Verfahren ist eingestellt.

Ich bin frei?

Sobald Ihre Regierung die deutschen Geiseln freiläßt. Bis dahin bleiben Sie in militärischer Schutzhaft.

Wo?

Hier. Sie dürfen ab sofort Besuche empfangen.

Was ist mit Fräulein Becker und Fräulein Osterloh.

Sie werden heute entlassen.

Hören Sie, Herr von Ziethen. Ich verlange eine Entschädigung.

Leider, Herr Radek. Die Staatsanwaltschaft ist anderer Ansicht. Eine Entschädigung für die Haft kommt nicht in Frage, weil das Untersuchungsverfahren weder Ihre Unschuld ergeben noch dargetan hat, daß gegen Sie ein begründeter Verdacht nicht vorlag.

Elegant, sagt Radek. Ihr Deutschen!

Es ist eine Verfügung des Staatsanwalts. Wie gesagt.

Tallhover, der von Staatsanwalt Doktor Weismann unterrichtet ist, verlangt von Kriegsgerichtsrat Sohl im Reichswehrministerium, es müsse bei Besuchen, die Radek empfange, ein Beamter der Politischen Polizei zugegen sein dürfen.

Es wird ihm geantwortet, nein, es werde ein Beamter des Reichwehrministeriums den Gesprächen beiwohnen.

Tallhover ist ärgerlich.

Aber er werde auf Wunsch über die Besucher und die Gespräche auf dem laufenden gehalten.

Das ist das wenigste, sagt Tallhover. Ich wünsche, sagt er, auf dem laufenden gehalten zu werden.

Der erste Besuch hieß Winkelmann, Frieda, liest Tallhover. Lehrerein. Hat seit Februar mehrmals Wäsche, Kuchen und Bücher für Radek abgegeben. Erwähnte die Abgabe eines Schinkenpaketes, das sie von einem Levi, Paul, für Radek bekommen hätte.

Tallhover kennt den Namen. Spartakusbund, sagt er. Betreut Kinder untergetauchter Spartakisten.

In den Besuchsraum kommt Karl Moor.

Nach Deiner Verhaftung bin ich sofort von Moskau nach Berlin gekommen, sagt er. Ich habe es bei den Sozialdemokraten und beim Oberkommando versucht.

Erzähl mir von Rußland, sagt Radek.

Warte. Ich muß Dir sagen, daß Jogiches tot ist. Er wurde im März gefaßt und erschossen. Am zehnten.

Der alte Leo, sagt Radek.

Tallhover liest, Radek habe mit Moor über die nächsten Besucher gesprochen. Er schlägt mit der flachen Hand auf den Bericht. Und wo sind die Namen?

Daß Enver Pascha und Talaat Pascha Radek besuchen wollen, erfährt Tallhover von Kriegsgerichtsrat Sohl einen Tag vorher.

Der Bericht ist dürftig, so daß Tallhover an dem Beamten aus dem Reichswehrministerium, der bei den Gesprächen anwesend ist, stark zweifelt.

Talaat Pascha habe nur gebrochen deutsch gesprochen, zum Teil französisch. Er habe gesagt, sinngemäß, der mohammedanische Osten könne sich nur im Bündnis mit Sowjetrußland von der Sklaverei befreien. Ferner: die armenische Frage. Er sei gezwungen gewesen, gegen die Armenier die härtesten Methoden anzuwenden, weil die Entente die Armenier als zersetzende Elemente benutzt hätte.

Enver Pascha hingegen habe gut deutsch gesprochen.

Was hat er gesagt?, sagt Tallhover. Davon steht nichts in diesem jämmerlichen Bericht.

Es kommt ein Herr in den Besuchsraum, dessen Unterlippe den Eindruck einer Bekümmertheit erweckt. Er setzt sich, schlägt das rechte Bein über das linke und sagt ohne weiteres, Erlauben Sie, daß ich Ihnen meine Absicht über die Weltlage darlege. Der Zarismus war verkommen, der russische Bauer hatte keinen Grund, unter die Herrschaft der Großgrundbesitzer zurückzukehren. Die russische Bourgeoisie war stets schwach. Sowjetrußland also wird kaum besiegt werden. Aber überschätzen Sie Ihre Siege nicht. Die Hunnen haben auch gesiegt. Es hängt alles davon ab, ob Sie eine wirklich neue Ordnung schaffen können. Die Welt steht an einem Kreuzweg. Eine Rückkehr zur kapitalistischen Ordnung alter Prägung gibt es nicht. Die hergebrachten sozialen Beziehungen werden zerbrechen. Die Arbeiterklasse kann allerdings nur zerstören. Schöpferische Arbeit ist Sache des Gehirns. Die Arbeiterklasse kann eine neue Gesellschaft einzig schaffen, wenn sie geführt wird von der Aristokratie des Geistes. Natürlich wird die neue Gesellschaft keine Gesellschaft der Gleichheit sein; Gleichheit ist nicht möglich. Aber den begabtesten Kräften der Masse, den Klugen und Starken, wird Raum gegeben werden.

Und wie wollen Sie die neue Produktion organisieren, Herr Rathenau?, sagt Radek.

Lesen Sie meine Bücher, sagt Rathenau. Die Theorie des konstruktiven Sozialismus. Der erste wissenschaftliche Schritt, der nach Marx getan wurde.

Radek lächelt.

Rathenau sagt, In Deutschland ist der Sieg der Revolution für lange Zeit undenkbar. Höchstwahrscheinlich werde ich Sie in einigen Jahren besuchen, und Sie, die sowjetischen Herren, werden mich als alten Bekannten im Kreml empfangen. Sie tragen die feinsten Anzüge und bewirten mich mit erlesenen Speisen.

Warum glauben Sie das?

Weil Sie sich nach Ihrem Sieg den Wunsch nach Macht, Reichtum und Genuß erfüllen werden.

Der Bericht, den Tallhover erhält, spricht bloß von der Darlegung Rathenauscher Auffassungen (Politische Lage und Wirtschaft in Deutschland und Rußland in Gegenwart und Zukunft), so daß Tallhover wünscht, Radek käme aus militärischer Schutzhaft in polizeilichen Gewahrsam.

Für den Mangel des Berichts wird Tallhover nur entschädigt durch eine Nachricht aus dem Reichswehrministerium: daß seit Mitte August eine Österreicherin unter falschem Namen (Paß vom Hauptquartier des Generalstabs), richtiger Name: Elfriede Friedländer, geborene Eisler, Radek besuche. Sie komme dreimal wöchentlich, circa. Themen: Berichte der Friedländer über ihre Agitationsreisen in Deutschland: die kommunistische Partei habe die putschistische Stimmung überwunden; die Partei wisse nicht, wie sie zu einer revolutionären Massenbewegung werden könne; die Partei versuche, revolutionäre Massenorganisationen in den Betrieben zu schaffen; die Macht in den Betrieben, das wäre die Macht im Staate.

Radek: Aber die große Masse ströme in die alten Gewerkschaften.

Die Friedländer bringe Briefe zu Radek und nehme Briefe von Radek entgegen.

Briefe an wen?, sagt Tallhover. Aber natürlich. Radek darf Besucher empfangen, Radek darf Briefe schreiben, Radek ist eigentlich frei.

Die Tür des Besuchsraumes geht auf, in den Raum tritt Broński.

Genosse Broński!, sagt Radek, ich freue mich. Ich schreibe eine Broschüre über die Entwicklung der Revolution in Deutschland und über die Aufgaben der Kommunistischen Partei. Sie soll vorerst kapitelweise in der Kommunistischen Arbeiterkorrespondenz erscheinen. Ich will es den Parteikadern klipp und klar sagen: Die erste Welle der Revolution ist abgeklungen. Sagen Sie mir Ihre Meinung, Genosse Broński.

Broński sagt, Ich stimme völlig mit Ihrer Einschätzung der Lage überein.

Radek sagt, Der Versuch, die Macht ohne die geringste Massenorganisation zu erobern, ist reines Abenteurertum. Die Aufgabe der Kommunistischen Partei Deutschlands besteht darin, die Massen für die nächste Welle der Revolution zu organisieren. Hierfür ist es notwendig, die Gewerkschaften und die Betriebsräte zu erobern sowie in die Stadtverordnetenversammlungen und in das Parlament zu gehen.

In dem Bericht an Tallhover erklärt Kriegsgerichtsrat Sohl, Broński heiße in Wahrheit Adolf Warszawski-Warski.

Das weiß ich, sagt Tallhover. Der Mann war Siebzehn in der Schweiz. Zürich, Klusweg acht. Ein Mann Lenins.

Mit dem nächsten Bericht, den Tallhover erhält, ist er zufrieden.

Es sei Maximilian Harden, Herausgeber von Die Zukunft bei Radek erschienen.

Radek habe gesagt, Herr Harden möge es ihm nicht übelnehmen: in dem Stil seiner (Hardens) Opposition gegen Wilhelm II. hätte viel negativstes Wilhelminisches gesteckt.

Herr Harden habe darauf mit Nunja geantwortet.

Aber er bekenne, habe Radek gesagt, daß Herr Harden während des Krieges viel Mut im Kampf gegen die deutsche Kriegslegende gezeigt hätte. Und nach dem Mord an Luxemburg und Liebknecht wäre er (Harden) der einzige gewesen, der die Schliche der Mörder entlarvt hätte.

Herr Harden habe sich daraufhin pessimistisch über die Zukunft Deutschlands geäußert. Weder die Sozialdemokratie, für die er nur noch Verachtung hege, habe einen richtigen Kampf gegen den wilhelminischen Apparat zu führen gewagt, noch wage ihn etwa die bürgerliche Demokratie; man lasse den Apparat unangetastet.

Radek habe bloß mit dem Kopf genickt.

Herr Harden habe die Ansicht vertreten, die einzige lebendige Kraft, die in Deutschland heranwachse, sei die kommunistische Bewegung; er interessiere sich sehr für sie. Die Politik der Ignorierung Sowjetrußlands, das an Macht wachse, habe er als unsinnig bezeichnet.

Schließlich habe er Radek vorgeschlagen, einen Artikel über die deutsch-russischen Beziehungen für seine Wochenzeitung zu schreiben.

Radek habe den Vorschlag mit großer Freude, wie er gesagt habe, angenommen.

Tallhover sagt, Dieser Harden, der Prozesse so liebt, braucht einen Prozeß, aber einen kürzeren.

Es sei bei Radek gewesen Professor Hötzsch, Otto.

Wer ist das, sagt Tallhover.

Kessler sagt, Der Vorsitzende der Gesellschaft für osteuropäische Forschungen. Deutschnationale Volkspartei.

Tallhover will wissen, worüber Radek mit Charlotte Kornfeld redet.

Die Kornfeld war schon vier oder fünf Mal bei Radek, aber in Ihrem Bericht steht nur: Besprechung von Artikeln.

Kriegsgerichtsrat Sohl antwortet: Die Kornfeld soll Radeks deutsche Zeitungsartikel, die er seit Neunzehnhundertneun geschrieben hat, sammeln. Sie soll sie herausbringen als ein Buch.

37 Kriegsgerichtsrat Sohl sagt zu Tallhover, Sie wollen, daß Radek bis zu seiner Abreise in eine Wohnung einquartiert wird, und seine Anwälte wollen es auch.

Wir könnten einen verläßlichen, intelligenten Beamten in der Wohnung unterbringen. Die Überwachung Radeks wäre umfassend, sagt Tallhover.

Radeks Anwälte erwarten sicher das Gegenteil. Doktor Weinberg hat sich an das Auswärtige Amt gewandt; die Gesundheit Radeks sei angegriffen.

Wo soll Radek wohnen?

Bei Eugen Freiherr von Reibnitz in der Sigismundstraße fünf. Das hat Doktor Weinberg vorgeschlagen.

Und?, sagt Tallhover.

Noske hat abgelehnt.

In den Besuchsraum tritt Eugen Freiherr von Reibnitz und sagt, Gestatten, von Reibnitz.

Radek freut sich, sagt, Doktor Weinberg hat mir von Ihnen erzählt.

Kommen Sie zu mir, sagt von Reibnitz. Er sieht sich um, zeigt auf den Beamten aus dem Reichswehrministerium, der die Geste sieht, und sagt, Sie werden sich wohler fühlen.

Radek lacht, sagt, Herr Noske hat mich lieber hinter Gittern.

Kriegsgerichtsrat Sohl sagt zu Tallhover, Doktor Weinberg hat eine neue Eingabe gemacht, direkt an uns, mit einer Nachricht an das Auswärtige Amt. Das Auswärtige Amt hatte nichts dagegen, vorbehaltlich der Zustimmung Noskes.

Und?

Noske hat abgelehnt, gestern.

Kriegsgerichtsrat Sohl sagt am fünften Dezember zu Tallhover, Radek soll in die Wohnung vom Freiherrn von Reibnitz einquartiert werden.

Jetzt doch?

Die Schutzhaft bleibt in unserer Hand, sagt Kriegsgerichtsrat Sohl. Er lächelt, sagt, Aber Sie stellen die Beamten.

Wann quartieren wir ihn um?

Von uns aus am siebenten abends. Herr von Reibnitz ist darauf vorbereitet.

Also Schluß mit dem politischen Salon im Gefängnis, sagt Tallhover.

38

Am siebenten Dezember, siebzehn Uhr, geht die Zellentür auf. Ein Polizeibeamter tritt in die Zelle, drei Polizeibeamte bleiben auf dem Gang.

Der Polizeibeamte grüßt nicht, sagt laut, Fertigmachen. Sie werden umquartiert, in die Sigismundstraße.

Radek sagt, Heute abend?

Jawoll.

Kommen Sie morgen früh. Ich brauche Zeit, um meine Bücher und Manuskripte einzupacken.

Tut mir leid. Sie gehen sofort.

Ich protestiere.

Meinetwegen. Packen Sie Ihre persönlichen Sachen.

Und die Bücher?

Werden nachgebracht.

Radek packt auch seine Manuskripte zusammen.

Auf dem kurzen Weg schweigt Radek. Der Polizeibeamte, der den Trupp befehligt, schweigt auch.

Vor dem Haus Sigismundstraße fünf steigen alle vier Polizisten aus. Radek zögert, steigt aus. Er nimmt sein Gepäck.

Der Polizeibeamte, der Befehle gibt, befiehlt Radek, Vorwärts.

Radek folgt in das Haus. Drei Polizisten folgen Radek.

Freiherr von Reibnitz freut sich.

Treten Sie ein, meine Herren.

Er zeigt das Zimmer, in welchem Radek wohnen soll. Es ist ein Schlafzimmer.

Radek legt sein Gepäck auf ein Bett. Einer der Polizisten legt seine Tasche auf das zweite Bett. Die vier Polizisten setzen sich um einen kleinen runden Tisch vor dem Fenster.

Wenig Platz hier, sagt einer.

Radek sieht von Reibnitz an. Von Reibnitz sagt zu den Polizisten, Gedenken Sie, sich hier niederzulassen?

Der Polizist, der die anderen befehligt, sagt, Befehl, Herr Baron.

Im Zimmer von Herrn Radek?

Jawoll.

Radek sieht von Reibnitz an, lehnt sich an das Bett, schweigt.

Freiherr von Reibnitz geht in sein Arbeitszimmer. Er ruft das Reichswehrministerium an, verlangt den Stab des Ministers und sagt, Geben Sie mir Major Gilsa.

Kriegsgerichtsrat Sohl redet mit Tallhover.

Der Adjutant des Ministers hat angeordnet, daß Ihre Leute das Zimmer Radeks räumen. Nur ein Beamter soll in der Wohnung bleiben, in einem anderen Zimmer.

Es ist neunzehn Uhr, drei Polizisten verlassen die Wohnung des Freiherrn von Reibnitz. Der vierte Polizist hält sich in einem Zimmer auf, dessen Tür offen bleibt.

Im Eßzimmer treffen sich Freiherr von Reibnitz und Radek zum Abendbrot.

Freiherr von Reibnitz sagt, er freue sich, das Gespräch mit Radek, welches im Gefängnis begonnen habe, fortsetzen zu können. Sie wissen, sagt er, daß ich im Kreise meiner Kameraden für ein Bündnis Deutschlands mit Rußland eintrete. Nur mit der Hilfe Rußlands können wir den Versailler Vertrag überwinden. Die Heimat muß wieder aufgebaut, das Ansehen Deutschlands wiederhergestellt werden.

Radek sagt, Ich interessiere mich sehr für Ihre Vorstellungen, Herr von Reibnitz.

Wir brauchen einen Zusammenschluß des Militärs mit der Arbeiterschaft und der Intelligenz, sagt Freiherr von Reibnitz.

Die Wiederherstellung der deutschen Wirtschaft verlangt die Einsetzung von Betriebsräten und die Nationalisierung der Industrie. Die Betriebsräte erziehen die Arbeiterschaft zur Organisierung der Produktion. Die Besitzenden werden durch den Druck der organisierten Arbeiterschaft und der Intelligenz zu einem Verzicht, natürlich gegen Entschädigung, gezwungen. Eine friedliche Revolution, Herr Radek.

Radek sagt, Herr von Reibnitz, Sie überzeugen die Bourgeoisie davon, die Macht aus der Hand zu geben. Wir Kommunisten organisieren währenddessen den notwendigen Druck der Arbeiterklasse. Entschuldigen Sie, aber ich glaube nicht an Ihre friedliche Revolution.

Am anderen Morgen klopft Herr von Reibnitz an Radeks Tür, öffnet sie einen Spalt und sagt, Herr Radek, haben Sie etwas dagegen, daß Oberst Bauer mit uns frühstückt? Er war während des Krieges der Befehlshaber der deutschen Artillerie, er ist der Berater von Herrn Ludendorff.

Im Gegenteil, sagt Radek.

Oberst Bauer, der nicht wie ein Offizier aussieht, sagt, er interessiere sich für Radeks Ansicht über die innere und äußere Lage Deutschlands am Ende des Jahres Neunzehn als die Ansicht eines sozusagen Russen.

Radek sagt unvermittelt, Ich habe den Eindruck, daß Herr Ludendorff und die Militärs einen Staatsstreich vorbereiten.

Die denken gar nicht daran, sagt Oberst Bauer. General Ludendorff ist zwar der Meinung, es sei sehr leicht, die Regierung zu übernehmen. Aber dann käme der große Streik, angefangen bei den Eisenbahnern. Man kann jetzt in Deutschland nicht gegen die Arbeiter regieren.

Wann kann man es?, sagt Radek.

Wenn die bürgerliche Demokratie die Arbeiter enttäuscht hat und sie zu der Überzeugung kommen, daß die Diktatur der Arbeit nur in Übereinkunft mit den Offizieren möglich ist.

Ihr Zynismus ist bewundernswert, sagt Radek.

Oberst Bauer sieht Radek ins Gesicht, lächelt und sagt, Auf dieser Grundlage, Herr Radek, ist an eine Zusammenarbeit der deutschen Offiziere mit der Kommunistischen Partei und mit Sowjetrußland zu denken.

Radek sagt, Herr Ludendorff hat in der Person von Hugenberg einen Mann im Parlament, der über genügend Zeitungen verfügt. Soll doch Hugenberg der deutschen Arbeiterklasse die Ansicht des Militärs unterbreiten.

Man sollte sich verständigen, sagt Oberst Bauer.

Nur das deutsche Zentralkomitee kann im Namen der Kommunistischen Partei Deutschlands sprechen. Mit Sowjetrußland muß man in Moskau verhandeln.

Tallhover erfährt nichts von diesem Gespräch, nur den Namen des Besuchers. Max Bauer, Oberst.

Wissen Sie, wer das ist?, sagt Tallhover zu Kessler.

Nein.

Der Mann war im Krieg Chef der Abteilung Zwo b der Operationsabteilung des Chefs des Generalstabs des Feldheeres. Dieser Radek muß weg. Entweder in eine andere Wohnung oder ab nach Rußland.

Tallhover erfährt nichts von dem nächsten Gespräch, wieder nur den Namen des Besuchers: Heilmann, Ernst.

Radek sagt, Der Genosse Heilmann! Die Erzgebirgische Volksstimme!

Heilmann lacht, sagt, Die Tage von Chemnitz. Aber im Ernst, war es Neunzehnhundertvierzehn nicht richtig?: Mögen die russischen Sozialdemokraten die Fahne der Republik auf dem zerschlagenen Zarenthron hissen. Das wäre der Weltfriede!

Vergessen Sie die Fortsetzung nicht, sagt Radek. Ihr Krieg war kein Krieg gegen den Zarismus. Ihr Krieg war ein Krieg gegen Rußland. Ich habe es nicht vergessen: Deutschlands Frauen und Kinder sollen nicht das Opfer russischer Bestialitäten werden, das deutsche Land nicht die Beute der Kosaken. Und: Den Daumen aufs Auge der Franzosen. Jetzt haben die Deutschen das französische Knie auf der Brust. Wie geht es weiter, Genosse Heilmann?

Die sozialistische Revolution ist jetzt in Deutschland unmöglich, sagt Heilmann. Die deutsche Industrie hat keine Rohstoffe, das Volk hat kein Brot.

Radek sagt, Welchen Ausweg sehen Sie? Glauben Sie, daß Deutschland auf dem Umweg über die Demokratie zum Sozialismus gelangt?

Das ist Agitation, Blödsinn. Die Wiederherstellung der deutschen Wirtschaft ist nur mit amerikanischem Kapital möglich. Erst wenn die Wirtschaft wiederhergestellt ist und der Kampf gegen den Kapitalismus mit dem Kampf gegen die nationale Unterdrückung zusammenfließt, kann man an Revolution denken, sagt Heilmann.

39

Tallhover hat einen Vorschlag zu machen. Zu Kriegsgerichtsrat Sohl sagt er, Für Sie ist es doch gleichgültig, ob Radek bei Reibnitz oder bei jemand anderem wohnt. Aber in einer anderen Wohnung könnten wir ihn besser unter Kontrolle halten.

Kriegsgerichtsrat Sohl ist sicher, daß sein Ministerium nichts einzuwenden hätte gegen einen Umzug Radeks. Er sagt, Woran denken Sie, Herr Tallhover?

An die Wohnung eines unserer Beamten. Des Kommissars Schmidt in Schöneberg.

Einverstanden. Wann?

Morgen.

Am Nachmittag notiert der Polizeibeamte den Namen des Besuchers Stampfer, Friedrich, Redakteur.

Nach dem Besuch des Redakteurs Stampfer teilt der wachende Polizeibeamte, dem es mitgeteilt worden ist, Radek mit, daß Herr Radek morgen, Montag, fünfzehnten Dezember, neun Uhr, umziehen müsse respektive umquartiert werde nach Schöneberg.

Radek bleibt gleichgültig. Er geht zu Herrn von Reibnitz, sagt, Ich danke Ihnen, daß Sie sich nicht über ein solches

Durcheinander, wie es in Ihrer Wohnung durch mich entstanden ist, beklagt haben.

Aber Herr Radek, sagt Herr von Reibnitz.

In der Wohnung des Polizeikommissars Gustav Schmidt das Zimmer für Radek ist zu klein für den Empfang von Besuchern, so daß Kommissar Schmidt das Herrenzimmer anbieten muß mit Sofa, Rauchtisch, Sesseln. Radek sagt, Sehr schön, Herr Schmidt. Danke Ihnen.

Tallhover ist einigermaßen zufrieden mit der Überwachung Radeks. Kommissar Schmidt hat gesagt, daß er in seinem Arbeitszimmer jedes Wort, das im Herrenzimmer gesprochen werde, mittels der installierten Hör-Vorrichtung deutlich höre.

Als ersten Besucher schreibt Kommissar Schmidt ordnungsgemäß Herrn Konteradmiral Hintze auf, geht in sein Arbeitszimmer und notiert, was er aus dem Herrenzimmer hört. Kommissar Schmidt ist aufgeregt, muß sich zur Ruhe zwingen. Konteradmiral Hintze! Der war doch voriges Jahr Außenminister, sagt Kommissar Schmidt leise.

Konteradmiral Hintze sagt, Ich war Neunzehnhundertfünf Militärattaché am Hofe des Zaren. Ich habe gesehen, was sich in Petersburg abspielte. Ich war auch auf dem Lande. Wie es den Bauern erging, habe ich gesehen. Das alte Rußland mußte untergehen. Ich möchte gerne mit eigenen Augen sehen, wie es jetzt um Rußland steht.

Wie steht es jetzt um Deutschland, sagt Radek.

Ich besitze ein Gut in Schlesien. Die Arbeiter in Schlesien wollen nicht mehr für die Besitzer arbeiten. Sie glauben, das Leben müßte anders organisiert werden. Das, Herr Radek, ist die eigentliche Revolution.

Das ist noch keine Revolution, sagt Radek. Ihre Revolution von oben ist es allerdings auch nicht.

Konteradmiral Hintze winkt ab, sagt, Wann kommt die Revolution im Westen, Herr Radek. Kommt sie, bevor die Entente unser Deutschland verschlingt?

Wie lange müssen wir uns das noch anhören, sagt Tallhover.

Rathenau zum zweiten Mal auf dem Weg zu Radek. Neben ihm Felix Deutsch.

Wie also ist Radek, sagt Deutsch.

Zweifellos klug und witzig, aber ein schmieriger Kerl. Der echte Typ eines gemeinen Judenjungen, sagt Rathenau.

In dem Herrenzimmer von Kommissar Schmidt sagt Deutsch, Sie wissen es vielleicht oder wissen es nicht, Herr Radek; ich unterhalte mit Rußland alte Verbindungen und kenne die russische technische Welt recht gut.

Ich weiß es, sagt Radek.

Allerdings ist mein Glaube an die Möglichkeit einer neuen Ordnung sehr schwach.

Radek sagt, Sie müssen immerhin anerkennen, daß sich die Menschheit von den Wilden der afrikanischen Wälder bis zu Ihnen, dem Hauptdirektor der AEG, entwickelt hat. Warum sollte die Entwicklung nicht weitergehen?

Deutsch sagt, Ich glaube nicht daran, daß die Arbeiterschaft die Industrie organisieren kann. Die Arbeit ist eine zu schwere Sache, als daß die Arbeiter sich selber dazu zwingen würden.

Aber in Rußland geht es, sagt Radek.

Rathenau sieht Radek an, sagt, Geht es denn in Rußland? Wäre der Bolschewismus das Gegenteil von dem, was er ist, nämlich ein Erfolg, so ließe sich die Zuversicht derer verstehen, die alles vom Willen des Volkes, vom Rätesystem und von künftiger Eingebung erwarten. Verstehen läßt sich die Zuversicht bei den Salonkommunisten, die nicht die Sache, sondern die Macht, vielleicht nur die Aktualität wollen.
Trotzdem, manches können wir von den Russen lernen, vor allem die gewaltige Einheit ihres neugestaltenden Willens. Wir werden nicht den Bolschewismus annehmen, unsere Anlehnung aber wird Rußland sein. Vorausgesetzt, Rußland kehrt nicht durch erbliche Festigung seiner heutigen Oligarchie zu alten Verhältnissen zurück.

Radek lächelt.

Felix Deutsch lächelt auch, sagt, Mag die Ordnung sein, wie sie will; es kommt mir auf den Handel mit Rußland an.

Tallhover sagt zu Kessler, Allmählich glaube ich nicht mehr daran, daß das Auswärtige Amt mit dem Austausch Radeks gegen die deutschen Geiseln Schwierigkeiten hat, technische. Ich lese die Berichte von Schmidt und habe das Gefühl, das Reichswehrministerium hält Radek für das Auswärtige Amt zurück, damit unsere hohen Herren mit ihm über Geschäfte reden können. Das Geschäft mit Rußland! Und wir übernehmen die Wache.

Was wollen Sie tun, sagt Kessler.

Ich bitte unseren Polizeipräsidenten Ernst, beim Auswärtigen Amt vorstellig zu werden: Radek muß weg, weil er seinen Aufenthalt zu Kontakten mit der hiesigen kommunistischen und linksradikalen Bewegung benutzt.

Kessler lächelt, sagt, Einige Besucher waren tatsächlich Kommunisten.

Es genügt einer, sagt Tallhover.

Tallhover hat Ende Dezember Berichte in der Hand über Besuche von:

Zetkin, Klara, und Levi, Paul.

Däumig, Ernst.

Crispien, Artur.

Er legt die Berichte auf Kesslers Tisch, sagt, Kommunisten und unabhängige Sozis. Ich habe keine Lust, das zu lesen.

Kriegsgerichtsrat Sohl sagt zu Tallhover, Jetzt dauert es nicht mehr lange. Das Auswärtige Amt hat Legationsrat Hey zum Begleiter Radeks bestimmt. Die Wache sollen Sie stellen.

Am zehnten Januar Zwanzig, nachmittags, öffnet Kommissar Schmidt die Tür seiner Wohnung für Besucher Radeks, die wissen, daß sie Kommissar Schmidt ihre Namen nennen sollen. Einen kennt Kommissar Schmidt schon: Geheimrat Deutsch, Felix. Der andere sagt, Legationsrat Hey. Kommissar Schmidt unterläßt es, nach dem Vornamen zu fragen, er unterläßt es auch bei dem dritten, der sagt, Bankdirektor Simon. Der vierte sagt, Kopp, Viktor.

Radek sagt, zu Deutsch und Simon gewandt, Der Zusammenbruch der Interventen und Weißen steht bevor. Meine Regierung hat sich durchgesetzt. Es besteht nicht die Absicht, den Kommunismus mit militärischer Gewalt in andere Länder zu tragen. Aber andere Länder dürfen sich auch nicht in die inneren Angelegenheiten Rußlands einmischen. Der Kommunismus wird sich in Europa von ganz allein ausbreiten.
Im Frühjahr beginnt der wirtschaftliche Aufbau. Es liegt uns viel daran, bis dahin einen Wirtschaftsvertrag mit Deutschland abzuschließen. Vor allem brauchen wir technische Kräfte, zum Beispiel für den Aufbau des Transportwesens.

Bankdirektor Simon sagt, Ohne klare politische Beziehungen? Wie stellen Sie sich das vor.

Die politischen Beziehungen können später geklärt werden. Und dann umso einfacher, sagt Radek.

Geheimrat Deutsch sagt, Wir sind interessiert. Ich werde nach der Rücksprache mit dem Außenminister die deutsche Industrie orientieren.

Legationsrat Hey sagt, Es scheint keinem Zweifel zu unterliegen, daß der Bolschewismus in drei bis vier Jahren ein Faktor ist, mit dem man rechnen muß. Es liegt politisch im deutschen Interesse, private wirtschaftliche Beziehungen zu Rußland amtlich zu erleichtern.

Viktor Kopp sagt nichts. Er lächelt Radek zu, verabschiedet sich von ihm als erster. Als letzter verabschiedet sich Legationsrat Hey, sagt, Auf Wiedersehen.

Tallhover sagt zu Kessler, Es gibt keine diplomatischen Beziehungen zu Sowjetrußland, aber wenn das keine diplomatischen Beziehungen zu Sowjetrußland sind. Radek erzählt denen, daß die Kommunisten keinen Kommunismus in Deutschland wollen, weil er die deutsche Technik für das kommunistische Rußland einspannen will.

40 Am sechzehnten Januar Zwanzig sagt Kriegsgerichtsrat Sohl zu Tallhover, Morgen geht es los.

Tallhover ruft Kommissar Schmidt an, sagt, Sie begleiten Radek. Ich stelle Ihnen zwei Mann. Vom Auswärtigen Amt ist der Legationsrat Hey dabei. Sie bleiben ständig in Radeks Nähe und berichten mir.

Wann geht es los?

Morgen früh. Neun Uhr fünfzig vom Schlesischen. Sie steigen in Korschen um. Dreiundzwanzig einunddreißig sind Sie in Prostken. Dort übernachten Sie.

Am zwanzigsten Januar, Dienstag, vormittags, sagt Kessler zu Tallhover, Schmidt ist zurück.

Reinkommen, sagt Tallhover.

Kommissar Schmidt sagt, Außer mir und unseren zwei Männern war nur Major Hey dabei.

Tallhover lacht, sagt, Sie meinen, außer Hey waren nur Sie und unsere beiden Männer dabei.

Jawohl. Radek hatte sehr viel Gepäck. Vier große Koffer. Sie waren sehr schwer. Meine Männer haben geholfen. Major Hey hat Radek gefragt.

Und?

Radek sagte, Ich habe praktisch die gesamte wichtige Wirtschaftsliteratur des letzten Jahres bei mir. Dann natürlich vollständig die kommunistische Presse. Und die Arbeiten Einsteins.

Einsteins?

Das hat Major Hey auch gefragt. Radek sagte, Sie sind in Rußland unbekannt, aber wir müssen sie kennen.

Worüber hat Radek mit Hey gesprochen.

Immer wieder über das Verhältnis von Deutschland zu Rußland.

Genauer.

Deutschland soll den Augenblick des Zusammengehens mit Rußland nicht versäumen.

In welcher Hinsicht.

Radek sagte, der baldige Abschluß eines deutsch-russischen Wirtschaftsvertrages ist erwünscht. Er sagte, die deutsche Regierung soll den Handelsminister Krassin einladen.

Und Hey?

Major Hey sagte, er stimmt mit Geheimrat Deutsch überein. Radek sagte, zu der Bereitschaft, wirtschaftliche Beziehungen zu Rußland aufzunehmen, steht es in Widerspruch, daß die Deutschen in Paris erklärt haben, sie wollen lieber mit den Westmächten gegen die Bolschewiki vorgehen.

Wer soll das gesagt haben.

Ein Legationsrat von Lersen. Radek sagte, die Entwicklung der bolschewistischen Staatsform ist noch gar nicht abzusehen. Er sagte, es ist nicht das Ziel, das Leben der Ideologie anzupassen, sondern umgekehrt. Die Ideologie dem Leben.

In Prostken haben wir übernachtet, wie vorgesehen. Am Sonntag, am achtzehnten, brachten wir Radek auf den Bahnsteig. Die Polen kamen mit einem Sonderzug in den Bahnhof gefahren.

In den Bahnhof Prostken?

Jawohl.

Was dann?

Ein Pole stieg aus. In Uniform. Hauptmann, glaube ich.

Sprach er Deutsch?

Ja. Er sagte auch seinen Namen. Börner. Major Hey holte ein Papier aus der Tasche. Radek, Major Hey und der Pole haben es unterschrieben. Meine Männer schoben die Koffer in den Wagen. Radek verabschiedete sich von uns und stieg ein. Nach ihm der Pole.

Kessler sagt, Was ist mit den Geiseln.

Das wissen die vom Auswärtigen Amt, sagt Tallhover. Einen, den Stratz, haben die Sowjets schon Ende Oktober freigelassen. Radek hätte schon längst fort sein können. Fragen Sie nach, Kessler. Da war noch ein Cleinow. Und ein Doktor Brendel. Die anderen Namen kenne ich nicht.

So, sagt Tallhover. Radek ist weg. Aber gekriegt haben wir ihn nicht.

Tallhover ist außerordentlich unzufrieden.

41 Wenigstens reden will ich mit ihm, sagt Tallhover. Wenn ich schon zusehen muß, wie er sich in seinem Ruhestand sonnt, will ich wenigstens mit ihm reden. Es muß einiges gesagt werden!

Aber Herr von Romberg ist nicht geneigt, Tallhover auf Schloß Möhnersdorf zu empfangen. Diesen Polizisten!, sagt Herr von Romberg.

Kessler sagt, Der Herr Freiherr gibt sich die Ehre. Sie dürfen ihn im Esplanade sprechen. Morgen, siebzehn Uhr. Es gibt Tee.

Am vierten Februar Neunzehnhundertzwanzig, Mittwoch, sechzehn Uhr fünfzig, geht Tallhover vom Potsdamer Platz in die Bellevuestraße. Freiherr von Romberg, sagt er. Dieser Held diplomatischer Dummheit.

Ich war dagegen von Anfang an, sagt Tallhover zu Herrn von Romberg.

Ich weiß, sagt Herr von Romberg. Ich war von Anfang an dafür. Die russischen Sozialisten Leninscher Richtung sprachen sich schon Neunzehnhundertfünfzehn für die Niederlage Rußlands aus. Es bestand Aussicht auf einen Separatfrieden! Für Lenin bedeutete der Krieg gegen Deutschland nichts, der Kampf gegen den Zarismus alles. Der Ring der Entente konnte vielleicht zerbrochen werden! Das traf sich genau mit der Ansicht sogar unseres Kaisers. Wichtig, rein militärisch betrachtet, sagte er, ist das Absprengen irgend eines der Combattanten aus der Liga durch Separatfrieden, um unsere ganze Heeresmacht auf die anderen zu werfen. Wir können demnach unseren Krieg, sagte er, nur insofern einrichten, als der innere Kampf in Rußland auf den Friedensschluß mit uns Einfluß hat. Sehr weitsichtig, sagt Herr von Romberg.

Tallhover sagt, Herr von Romberg! Weitsichtig? Rein militärisch betrachtet! Wußte man nicht, wer Lenin war? Ich habe mir damals seinen ersten Brief aus der Ferne übersetzen lassen.

Ich weiß, daß es mir nicht zukam, die Post aufzuhalten. Sie war nach Kristiania abgesandt, am zweiundzwanzigsten März Siebzehn, an den Social-Demokraten, für die Kollontai. Die sollte die Post weiterbefördern. Am selben Tag, ich weiß es wie heute, ging ein Brief nach Kristiania an Jakob Hanecki ab, den die Russen Ganecki sprechen. Hanecki sollte, falls die Kollontai schon abgereist wäre, die Post selber nach Petrograd senden. So erfuhr ich Lenins Kontaktadresse in Petrograd. Es war Wladimir Bontsch-Brujewitsch, Fontanka achtunddreißig, Wohnung neunzehn, via Verlag Shisn i Snanije. Dieser erste Brief aus der Ferne erschien bald in der Petrograder Prawda, am dritten und vierten April. Wissen Sie, was am vierten April war?

Herr von Romberg sagt, Am vierten April Siebzehn? Am vierten April suchte Fritz Platten mich auf, im Auftrag von Lenin und Sinowjew, wegen der Erlaubnis für die Reise durch Deutschland, für zwanzig bis dreißig russische Emigranten, mit Lenin als erstem. Ich sprach danach mit Bundesrat Hoffmann. Er sagte mir, Platten sei von der schärfsten Richtung, sonst habe er aber nichts Ungünstiges über ihn gehört.

Tallhover sagt, Ich kannte Platten. Im Mai Siebzehn, auf einer Abschiedsfeier russischer Emigranten, hat er, wie man mir gesagt hat, gesagt, er hoffe, seine Tage einst in Rußland beschließen zu können.
Hoffentlich wissen Sie inzwischen, was Lenin in seinem Brief aus der Ferne geschrieben hat. Die revolutionäre Krise, die durch den Krieg erzeugt sei, wachse mit unwiderstehlicher Gewalt in allen Ländern, von Deutschland angefangen bis England und Frankreich. Die erste Etappe der russischen Revolution vom März Siebzehn werde nicht die letzte sein. Am vierten April in der Prawda, Herr von Romberg! Am Tag, da Platten um Reiseerlaubnis für den Verfasser dieses Briefes nachsuchte! Von Zar Nikolaus dem Zweiten spricht er als dem Letzten, wie er hoffe und erreichen wolle, in einem Atemzug mit Kaiser Wilhelm dem Zweiten, dem er seine Ordnungszahl noch läßt.

Man machte sich Illusionen über die kriegerische Stimmung in unserem Volk und Heer und selbst in höheren Offizierskreisen, sagt Herr von Romberg. Friede war zu haben. Enttäuschung dieser Hoffnung und ein neuer Winterfeldzug würden unübersehbare Folgen gehabt haben im Land. Wir waren versichert, daß die revolutionäre Bewegung in Rußland durchaus befriedigte und einen Frieden verheißenden Fortgang nehmen würde. Der Leninsche Flügel wollte direkt auf den Frieden losstürmen!

Tallhover sagt, Hätte man gründlicher Lenins Schriften studiert als die Fahrpläne nach Saßnitz, wäre gewußt worden, welchen Frieden Lenin meinte. Vier Tage nach seiner fahrplanmäßigen Ankunft in Rußland hat er es wiederum drucken lassen: daß es ohne den Sturz des Kapitals unmöglich sei, den Krieg durch einen Frieden zu beenden. Den Sturz des Kapitals, Herr von Romberg! Sagen Sie nicht, daß niemand es wissen konnte! Hat man Ihnen nicht Lenins Abschiedsbrief an die Schweizer Arbeiter gezeigt, am achten April? Einen Tag vor der Abreise. Es lebe die beginnende proletarische Revolution in Europa! So hörte der Brief auf. Und so fing es an.

Herr von Romberg sagt, Ich habe seinerzeit einem russischen Vertrauensmann gesagt, wir hätten keinerlei Interesse daran, die Revolution zu stören, wenn wir greifbare Beweise erhielten, daß sie sich nach der pazifistischen Seite hin entwickle. Wir hätten keinen anderen Wunsch, als mit unseren östlichen Nachbarn in Frieden zu leben. Meines Erachtens, Herr Tallhover, kam es gerade deshalb darauf an, die russische Revolution mit allen Mitteln zu schüren.

Aber, Herr von Romberg, sagt Tallhover, Lenin wollte keinen Frieden um des Friedens willen. Er brauchte ihn für den Sieg seiner Revolution. Für die zweite Etappe. Sie sollte die Macht in die Hände des Proletariats legen. Und dann – die Republik der Sowjets. Keine parlamentarische!

Mein Kollege in Kopenhagen, Graf Brockdorff-Rantzau, hatte, was ich meinte, deutlichst gesagt, sagt Herr von Romberg. Seines Erachtens war alles daranzusetzen, die Gegensätze zwischen den gemäßigten und den extremen Parteien in Rußland zu vertiefen. Daß die letzteren die Oberhand gewönnen, sollte unser größtes Interesse sein, weil die Umwälzung sodann unvermeidlich würde und Formen annähme, die den Bestand des russischen Reiches erschütterten. Wenn es gilt, das Vaterland zu retten, mein lieber Tallhover, ist jeder Verbündete willkommen.

Hat niemand gespürt, sagt Tallhover, daß der Pakt mit Lenin und seinen Bolschewiki ein Spiel mit dem Feuer war? Hat man geglaubt, Deutschland könne sich mit der russischen bolschewistischen Revolution einlassen, ohne von der bolschewistischen Revolution erfaßt zu werden?

Herr von Romberg sagt, Erst einmal sollte der Krieg gewonnen werden, Herr Tallhover. Was danach kommen würde, sollte danach bedacht werden. Auch General Ludendorff war dieser Ansicht. Frieden an der Ostfront bedeutete Divisionen an der Westfront.

General Ludendorff hatte von Lenin keine Ahnung, sagt Tallhover. Er hatte nur etwas gehört von einer Friedens-Chance im Osten durch Schwächung Rußlands im Inneren. Schon erteilte er die Reiseerlaubnis, ließ den Transport der Emigranten organisieren und bestimmte noch selber den Leiter des Transportes. Letzten Endes wurde er zu einem Werkzeug Lenins.

Ich bitte Sie!, Herr Tallhover, sagt Herr von Romberg.

Kaum jemand hat sich besorgt, sagt Tallhover, es könnten Lenin und seine Reisegenossen nicht nur die Revolution in Rußland befördern, sondern auch die revolutionäre Gefahr für Deutschland. Kaum jemand hat das Programm der Weltrevolution ernstgenommen; es war bekannt! Daß eine Revolution in dem einen Land gefolgt werden kann von einer Revolution in anderen Ländern. Über die Illusion der deutschen Regierung, Lenin und seine Bolschewiki würden in Rußland zugunsten Deutschlands wirken, haben die Emigranten bloß gelacht. Lenin durchschaute die deutschen Hintergründe und machte sie sich zunutze. Der Klassenfeind in Deutschland ist Lenin behilflich, den Klassenfeind in Rußland zu schlagen. Warum sollte er diese Hilfe nicht annehmen? Lenin sagte sich, Ich werde in Ludendorffs Eisenbahnwaggon durch Deutschland fahren und ihm für diesen Dienst auf meine Art zahlen.

Woher wissen Sie das, Herr Tallhover, sagt Herr von Romberg.

Von Leo Trotzki, sagt Tallhover. Die Reise Lenins durch Deutschland nach Rußland! Eine Sternstunde? Weder Deutschlands noch der Menschheit. Die russische Revolution – ein Vorteil für Deutschland? Wie ein Pestbazillus wurde Lenin nach Rußland transportiert. Pest ist ansteckend! Eines Tages werden die Deutschen einem Zweibund preußischer Bajonette und russischer Proletarierfäuste angehören, den man Sozialismus nennt.

Herr von Romberg sagt, Sie übertreiben.

Tallhover sagt, Wenigstens hat die Oberste Heeresleitung zu Anfang etwas gegen den Plan der Reise gehabt. Oberst Nicolai weiß, was er sagt. Schließlich aber mußte seine Abteilung zwei Tage später mittun.
Übrigens, Herr von Romberg, ich erspare Ihnen den Vorwurf nicht: Fritz Platten übergibt Ihnen am vierten April Lenins Bedingungen für die Reise durch Deutschland, und Sie nehmen diese Bedingungen stillschweigend entgegen.

Herr von Romberg sagt, Ich habe Herrn Platten darauf aufmerksam gemacht, es sei keine diplomatische Gepflogenheit, daß Privatpersonen einer Staatsregierung Vorschriften machten, unter welchen Umständen eine Reise durch das Land sich abzuwickeln habe. Es ist wahr, ich habe dem Auswärtigen Amt noch am selben Tag empfohlen, die Erlaubnis zur Reise durch Deutschland unter Annahme der gestellten Bedingungen umgehend zu erteilen.

Tallhover sagt, Lenin hat der deutschen Regierung seine Bedingungen diktiert.

Bei dem außerordentlichen Interesse, das wir an der schleunigen Abreise Lenins hatten. Nennen Sie es so oder so, Herr Tallhover.

Ihr Auswärtiges Amt hatte die Oberste Heeresleitung gebeten, einen Transportführer zu benennen. General Ludendorff benennt! Einer Ihrer Leute hat es selbst gesagt: Ein Offizier aus einem der ältesten Geschlechter, Rittmeister von der Planitz, wird als eine Art Ehrenkavalier diesem russischen revolutionären Gesindel beigegeben, das wir sonst nach Rußland ausgewiesen haben, dem aber nun der Hof gemacht wurde, nur in der Hoffnung, dadurch den Frieden etwas zu beschleunigen.

Ich gebe zu, sagt Herr von Romberg, daß die deutschen Hoffnungen sich zunächst nicht erfüllten. Unter Kerenski lebte die Kampftätigkeit an der Ostfront sogar auf. Aber am neunten November übernahm Lenin die Regierung, und schon am fünfzehnten Dezember trat zwischen Rußland und Deutschland der Waffenstillstand ein.

Verzeihen Sie, sagt Tallhover, ich brauche keinen Nachhilfeunterricht. Schneller als die russischen wurden in der Ukraine die deutschen Truppen zersetzt. Etwas später gab es keine deutsche Armee mehr, aber eine gewaltige rote. Zuletzt begriff sogar Ludendorff, daß er nicht Deutschland, sondern der Revolution einen großen Dienst geleistet hatte. In Deutschland kochte es schon im Kessel der proletarischen Masse. Im vorigen Januar sollte der Spartakus-Aufstand von Liebknecht die Wahlen zur Nationalversammlung verhindern. Die parlamentarische Demokratie!, Herr von Romberg. Stattdessen – Rätesystem. Sowjets, genau gesagt. Wie in Rußland. Lenin hatte es den Herren deutschen Genossen vorgemacht.

Herr Tallhover, sagt Herr von Romberg, glauben Sie, die Oktoberrevolution hätte ohne Lenin nicht stattgefunden?

Allerdings!, sagt Tallhover. Ohne Lenin hätten die Bolschewiki im Jahr Siebzehn einige ihrer schwersten Krisen kaum bewältigt. Von Lenin stammte der Plan für den Oktober-Aufstand, der die Bolschewiki ans Ruder gebracht hat.
Neunzehnhundertsieben, im Dezember, flieht Lenin, als deutscher Geologie-Professor Müller verkleidet, aus Rußland nach Schweden. Er muß drei Kilometer zu Fuß übers Eis gehen, bricht ein, und beinahe ertrinkt er. Was wäre gewesen, wenn er ertrunken wäre? Hätte die Oktoberrevolution stattgefunden? Nein, Herr von Romberg, die Oktoberrevolution kam nicht unausweichlich und war nicht unabwendbar. Sie war eine Mischung aus Geschichte und Zufall. Der Zufall hieß Lenin.

42 Tallhover hört am fünften Juli Zweiundzwanzig, als Harden den zweiten Tag im Krankenhaus liegt, daß zwei Männer den Harden vor seiner Haustür zusammengehauen haben mit Eisenstangen, und sagt, Ich weiß.

Er sagt noch, Wird er durchkommen?

43 Tallhover, am zweiundzwanzigsten Januar Vierundzwanzig, nachdem er die Morgenmeldungen durchgesehen hat, springt auf, geht auf den Korridor und sagt zu dem ersten, der ihm in den Weg läuft, Lange hat er es nicht mehr gemacht, in Rußland. Siebendreiviertel Jahre.

Der andere, den Tallhover nicht kennt, sieht Tallhover ohne Verständnis an.

Lenin, sagt Tallhover.

Aha, sagt der andere und geht weiter.

Tallhover kehrt in sein Zimmer zurück und heftet die Nachricht, daß Lenin am einundzwanzigsten Januar nach einem neuerlichen Anfall, nach schnellem Anstieg der Körpertemperatur und dem Verlust des Bewußtseins um achtzehn Uhr fünfzig in Gorki bei Moskau gestorben sei, zu den Nachrichten über Lenins Zustand, die er seit dem siebenundzwanzigsten Mai Zweiundzwanzig bekommen hat:

daß Lenin, am sechsundzwanzigsten Mai, in Gorki einen Schlaganfall erlitten habe. Und partiell gelähmt sei;

daß, Mitte Juni, in Lenins Befinden eine leichte Besserung eingetreten sei;

daß Lenin am zweiten Oktober nach Moskau zurückgekehrt sei;

daß Lenin, am Morgen des dreizehnten Dezember, zwei Anfälle (Gehirnthrombose) erlitten habe;

daß Lenin, in der Nacht zum sechzehnten Dezember, einen Anfall von dreißigminütiger Dauer erlitten habe, den zweiten Schlaganfall;

daß, am neunten März Dreiundzwanzig, Lenin von einem

dritten Schlaganfall betroffen worden sei. Daß seine Ärzte Lähmung des rechten Beines und Armes, Verlust der Sprache und Trübung des Bewußtseins festgestellt hätten;

daß Lenin am fünfzehnten Mai nach Gorki gebracht worden sei;

Ende Juli, daß Lenins Zustand sich allmählich bessere;

Ende Dezember, daß Lenin Schreibübungen mit der linken Hand mache.

Am achtundzwanzigsten Januar Vierundzwanzig, nachdem Tallhover die Nachricht erhalten hat, daß Lenin am Tag zuvor in einem eigens gezimmerten Mausoleum vor der Mauer des Kreml beigesetzt worden sei, holt er die Liste der Ärzte hervor. Die Namen der deutschen, die mit Lenin zu tun hatten, schreibt er in alphabetischer Reihenfolge ab:

1.) Prof. Dr. Moritz Borchardt (geb. 1868), z. Zt. Direktor der III. Chirurgischen Universitätsklinik in Berlin und der Chirurgischen Abteilung am Krankenhaus Berlin-Moabit; wohnhaft Berlin W, Dörnbergstr. 6.

2.) Prof. Dr. Oswald Bumke (geb. 1877), z. Zt. Direktor der Psychiatrischen und Nervenklinik der Universität Leipzig; wohnhaft (Adresse fehlt/Tallh.).

3.) Prof. Dr. Otfrid Foerster (geb. 1873), z. Zt. Professor für Neurologie und Psychiatrie an der Universität Breslau; wohnhaft Breslau XVI, Tiergartenstr. 83.

4.) Prof. Dr. Felix Klemperer (geb. 1866), z. Zt. außerordentlicher Professor und Direktor des Krankenhauses Berlin-Reinickendorf; wohnhaft Berlin W, Kurfürstendamm 214. War Zweiundzwanzig zweimal (Ende März/Anfang April und im Juni) bei Lenin.

(Hinweis: Der Bruder von Prof. Felix Klemperer, Prof. Dr. Georg Klemperer, ist Direktor der IV. Medizinischen Klinik der Universität Berlin und des Krankenhauses Berlin-Moabit, desselben Krankenhauses, an dem Prof. Moritz Borchardt (s. o.) die Chirurgische Abteilung leitet!).

5.) Prof. Dr. Oskar Minkowski (geb. 1858), z. Zt. Ordinarius für Innere Medizin und Direktor der Medizinischen Klinik an der Universität Breslau; wohnhaft Breslau XIV, Birkenwäldchen 3.

6.) Prof. Dr. Max Nonne (geb. 1861), z. Zt. Professor für Neurologie an der Universität Hamburg und Direktor der Neurologischen Klinik im Krankenhaus Eppendorf, wohnhaft Hamburg-Eppendorf, Neuer Jungfernstieg 23.

7.) Prof. Dr. Adolf Strümpell (geb. 1853), z. Zt. Ordinarius für Innere Medizin und Direktor der Medizinischen Klinik an der Universität Leipzig; wohnhaft Leipzig, Beethovenstr. 33.

Die Blätter heftet Tallhover als letzte in die Akte.

Für alle Fälle, sagt Tallhover.

44

Tallhover hat Rittmeister von der Planitz verschwiegen, daß, obwohl alle identifiziert waren in der Schweiz, er nicht alle beim Namen hätte nennen können, die nach Rußland gefahren sind mit Lenin. Zwar hatte er alle Gesichter gesehen auf dem Bahnsteig in Zürich.

Er läßt sich die Akte: Lenin, 1917, Reise Schweiz–Rußland, die er angelegt hat, bringen.

Radek, Sinowjew, Ussijewitsch, Inès Armand, Sokolnikow, Zchakaja, Olga Rawitsch, Abramowitsch, Charitonow und Boizow hatte er erkannt auf dem Bahnsteig. Lenin. Fritz Platten. Daß Helene Kon auch mitgefahren ist, weiß er von Rittmeister von der Planitz.

Tallhover liest die Namen, die er in dem Gespräch mit Rittmeister von der Planitz notiert hat:

Lenin, seine Frau Krupskaja, Georgi Safarow, seine Frau Walentina Safarowa, Inessa Armand, Olga Rawitsch, Radek, Sinowjew, seine Frau Sina Sinowjewa, ihr Sohn Stjopka, Helene Kon, unbekannte Frau mit Sohn Robert, Ussijewitsch, Linde, Sokolnikow, Zchakaja, Abramowitsch, Suliaschwili.

Abgesehen von Fritz Platten und zwei Kindern – das sind fünf Namen mehr, sagt Tallhover.

Tallhover will Ordnung in die Liste bringen. Das kann er. Er hat ein Faksimile bekommen. Ein Blatt mit den Unterschriften der Russen, die mit Lenin durch Deutschland nach Rußland gefahren sind. Neunter April Neunzehnhundertsiebzehn.

In der Freude über das Faksimile übersieht Tallhover, daß einige Unterschriften undeutlich sind. Er sieht es, als er die Unterschriften zählt. Einige kann er nicht lesen. Aber es sind dreißig Unterschriften.

Tallhover liest: Lenin, Frau Lenin, Georg Safaroff, Valentina Saffarow-Mortizchkine, Gregor Ussijewitsch, Helene Kon, Inès Armand, Nikolai Boitzow, F. Grebelsky, A. Konstantinowitsch, E. Mirinhoff, M. Mirinhoff, A. Skowno, G. Zinowiew, Radomyslsky (und Sohn), D. Slussareff, B. Eltekaninoff, G. Brillant, M. Ka..., D. Rosenblum, A. Abramovitch, S. Scheinessohn, Mischa, M. Gobermann, A. Linde, M. Aisenbug oder Aisenhug oder der letzte Buchstabe ist d, Prip..., Soulichvili, Ravitsch, Charitonoff.

Radek hat nicht unterschrieben. Und wo ist Sokolnikow?

Tallhover ist unzufrieden. Er will mehr als die Namen. Wer steckt hinter Grebelsky? Mirinhoff, E. und M.? Radomyslsky und Sohn? G. Brillant? Mischa? Wie lauten die unleserlichen Namen? Warum hat Radek nicht unterschrieben? Von allen die Geburtsjahre. Leben noch alle? Außer Lenin.

Tallhover erteilt einen Auftrag.

Kriegen Sie das raus!, sagt er zu Kessler aus der Abteilung. Wenn nötig, über unsere Botschaft in Moskau. Brockdorff-Rantzau. Er muß es wissen.

Und eine alphabetische Ordnung!

Kessler will Tallhover sagen, was er herausgekriegt hat in den letzten Wochen, wer wer ist und wann geboren.

Tallhover sagt, Alphabetisch.

Alphabetisch, sagt Kessler.

Abramowitsch, Alexander J., geboren Achtzehnachtundachtzig. Vermutlich Mitarbeiter der Kommunistischen Internationale (Komintern).

Aisenbug, M., nicht identifiziert.

Armand, Inès, russisch Jelisaweta Fjodorowna, geborene Steffen, genannt Inessa, geboren Achtzehnvierundsiebzig, gestorben Neunzehnzwanzig. Jahrelang Mitarbeiterin Lenins und Freundin.

Tallhover sagt, Eine weniger.

Boizow, Nikolai, keine näheren Angaben.

Charitonow, Moissej M., geboren Achtzehnsiebenundachtzig. Parteisekretär.

Eltekaninoff, nicht identifiziert.

Grebelskaja, F., Unterschrift Grebelsky, ist eine Frau. Keine näheren Angaben.

Gobermann, M. L., geboren Achtzehneinundneunzig. Keine näheren Angaben.

Ka…, M., nicht identifiziert.

Kon, Helene, Tochter des Polen und kommunistischen Funktionärs Feliks Kon, Frau von Ussijewitsch.

Geburtsjahr?

Nicht ermittelt.

Konstantinowitsch, Anna Jewgenia, geboren Achtzehnsechsundsechzig. Keine näheren Angaben.

Krupskaja, Nadeshda Konstantinowna, genannt Nadja, geboren Achtzehnneunundsechzig. Lenins Frau, arbeitet im sogenannten Volkskommissariat für Volksbildung.

Weiter, sagt Tallhover.

Lenin, Wladimir Iljitsch, eigentlich Uljanow, genannt Basile, Iljin, Iwan, Iwanow, Iwanowski, Leniwzyn, Onkel, geboren Achtzehnsiebzig, gestorben am einundzwanzigsten Januar dieses Jahres.

Linde, A., nicht identifiziert.

Mirinhoff, E. und M., auch Miringof, richtig Marienhof, Mann und Frau. Keine näheren Angaben.

Prip…, nicht identifiziert.

Rawitsch, Sarah Naumowna, genannt Olga, Olja, geboren Achtzehnneunundsiebzig. War in der Schweiz mit Wjatscheslaw Alexejewitsch Karpinski, genannt Minin, geboren Achtzehnachtzig, zusammen, der nicht an der Reise teilnahm. Keine weiteren Angaben.

Rosenblum, D., nicht identifiziert.

Safarow, Grigori Iwanowitsch, genannt Saftschik, Safartschik, Jegorow, Georges, Samowarchen, geboren Achtzehneinundneunzig. Neunzehnzweiundzwanzig Mitglied des Exekutivkomitees der Kommunistischen Internationale (Komintern), zuständig für Orient. Keine weiteren Angaben.

Safarowa, Walentina S., geboren Achtzehneinundneunzig. Frau von Safarow. Keine näheren Angaben.

Sinowjew, Grigori Jewsejewitsch, eigentlich Radomyslski oder Hirsch Apfelbaum, genannt Grischka, geboren Achtzehndreiundachtzig. Ein Führer des Bolschewismus. Vorsitzender der Kommunistischen Internationale (Komintern) und Mitglied des Politbüros der russischen Kommunistischen Partei.

Sinowjewa, Sina, auch Radomyslski, geborene Lilina, geboren Achtzehnzweiundachtzig. Frau von Sinowjew. Hat mit Radomyslski (und Sohn) unterschrieben. Keine weiteren Angaben.

Sinowjew, Stepan, genannt Stjopka, geboren Neunzehnacht. Sohn von Sinowjewa und Sinowjew.

Kessler sagt, Herr Tallhover, wozu brauchen Sie das alles. Das sind Russen.

Vielleicht kriege ich den einen oder die andere, sagt Tallhover. Ja. Machen Sie weiter.

Sokolnikow, Grigori Jakowlewitsch, genannt Wiktorjonok, Brilliant.

Tallhover sagt, Aha, Brillant, das ist Sokolnikow.

Brilliant, sagt Kessler. Unterschrieben mit Brillant.

Das sag ich doch, sagt Tallhover.

Geboren Achtzehnachtundachtzig. Volkskommissar für Finanzen.

Tallhover sagt, Wen alles wir uns durch die Lappen haben gehen lassen.

Wie meinen Sie das, sagt Kessler.

Schon gut, Kessler. Weiter.

Skowno, A. A., genannt Abraham, geboren Achtzehnachtundachtzig. Keine näheren Angaben.

Slussareff, D., nicht identifiziert.

Scheinessohn, S., nicht identifiziert.

Tallhover sagt, Es fehlen ziemlich viele.

Die Botschaft vermutet, daß es hauptsächlich Angehörige des Allgemeinen Jüdischen Arbeiterbundes sind. Die werden verschwiegen. Über die kriegt man nichts raus.

Wieso?

Die wollten eine Koalitionsregierung.

Aha. Dann kümmern wir uns um die anderen.

Suliaschwili, David, angeblich ein Freund Lenins. Keine näheren Angaben.

Ussijewitsch, Grigori Alexandrowitsch, genannt Tinski, geboren Achtzehneinundneunzig, gestorben Neunzehnachtzehn.

Tallhover sagt, Das ist der dritte.

Zchakaja, Michail Grigorjewitsch, genannt Micha, geboren Achtzehnfünfundsechzig.

Das ist dieser Mischa, sagt Tallhover.

Kessler sagt, Ein hohes Tier. Zwanzig Einundzwanzig Mitglied des Exekutivkomitees der Kommunistischen Internationale (Komintern), zuständig für Georgien. Jetzt: Vorsitzender des Zentralexekutivkomitees der Transkaukasischen Sowjetrepublik.

Tallhover sagt, Sind das alle, die unterschrieben haben?

Ja. Es fehlt Radek. Auch nicht eingetragen ist das Kind Robert. Radek fuhr als angeblicher Russe; er war aber Österreicher. Deshalb hat er nicht unterschrieben. Er kam nicht nach Rußland hinein, sondern mußte in Stockholm bleiben.

Tallhover sagt, Radek.

Kessler sagt, Karl Bernhardowitsch, eigentlich Sobelsohn, geboren Achtzehnfünfundachtzig. Ein Spezialist für Deutschland. Im Frühling Neunzehnacht nach Berlin übergesiedelt, SPD-Mitglied, schreibt für die Leipziger Volksstimme, die Bremer Bürgerzeitung, die Volksstimme in Frankfurt, für den Vorwärts und für die Neue Zeit.

Ich weiß, sagt Tallhover.

Seine Frau war während des Krieges im Krankenhaus Berlin-Moabit beschäftigt.

Das wußte ich nicht, sagt Tallhover.

Ärztin, sagt Kessler. Radek im Oktober Siebzehn von

Stockholm nach Petrograd. Mitglied des Zentralkomitees der Kommunistischen Partei Rußlands. Ende Achtzehn bei der Gründung der Kommunistischen Partei Deutschlands dabei. Illegale Einreise. Mitte Februar Neunzehn verhaftet, bis Dezember im Moabiter Gefängnis. Seit März Zwanzig Mitglied des Exekutivkomitees der Kommunistischen Internationale (Komintern), zuständig für die Anleitung der Kommunistischen Partei Deutschlands.

Tallhover sagt, So etwas haben die im April Siebzehn durch Deutschland fahren lassen.

Unter anderem Zwanzig und Dreiundzwanzig illegal in Deutschland. Dreiundzwanzig, im Oktober, Leiter der russischen Kommunisten, die mit den deutschen den Aufstand vorbereiten.

Genug, sagt Tallhover. Was ist mit Fritz Platten?

Kessler sagt, Seit Herbst Dreiundzwanzig in Rußland.

Wie alt ist der jetzt?

Anfang vierzig.

Was ist er?

Leiter einer Land-Kommune.

45 Tallhover notiert, Professor Doktor Oskar Vogt, Berlin, sei von der Sowjetregierung mit der Aufgabe betraut worden, das Gehirn des am einundzwanzigsten Januar Vierundzwanzig verstorbenen Wladimir Iljitsch Lenin zu untersuchen.

Tallhover fügt der Notiz in Klammern hinzu, die Notiz beziehe sich auf eine Aufzeichnung über die Besprechung, betreffend eine Verbindung des Kaiser-Wilhelm-Instituts für Hirnforschung mit russischen Instituten, am Samstag, dem dreiundzwanzigsten Mai Fünfundzwanzig. An der Besprechung unter dem Vorsitz des Präsidenten der Kaiser-Wilhelm-Gesellschaft, Professor Doktor Adolf von Harnack, hätten teilgenommen neben Professor Vogt unter anderen der deutsche Botschafter in Moskau, Graf Brockdorff-Rantzau, und mehrere höhere Beamte des Auswärtigen Amtes, des Preußischen

Ministeriums für Wissenschaft, Kunst und Erziehung sowie des Reichsministeriums des Innern.

Unerwähnt läßt es Tallhover, von wem er die Aufzeichnung über die Besprechung oder eine Abschrift derselben bekommen hat.

46 Es ist ein Bericht geliefert worden: Es ist eine Arbeitsgemeinschaft gegründet worden. Zum Studium der Planwirtschaft. Arplan. Die Arbeitsgemeinschaft hat ungefähr fünfunddreißig Mitglieder. Fünf oder sechs Mitglieder gehören der Kommunistischen Partei Deutschlands an, zum Beispiel Wittfogel, Karl August. Die Mitglieder wollen sowjetische Probleme erörtern. Die Arbeitsgemeinschaft will einmal monatlich tagen. Hinweis auf bekanntere Mitglieder: Arvid Harnack, Georg Lukács, Richard Oehring, Friedrich Lenz. Präsident der Arplan: Friedrich Lenz; Sekretär Arvid Harnack. Es wird von einem Zusammenhang geredet mit der sowjetischen Botschaft. Vermutliche Verbindung: Bessonow, Sergej (Funktion nicht ermittelt), und Hirschfeld, A. (Botschaftssekretär).

Tallhover sagt, Bessonow! Ein Mann Krestinskis. Krestinski, dieser Statthalter, dem wir nichts anhaben konnten, obwohl er Radek das Bett gemacht hat im Herbst Dreiundzwanzig in Berlin, und Bessonow.

Tallhover notiert: Funktion von Bessonow ermitteln!

47 Tallhover, dem es, wie er sich immer erinnert, nicht gefallen hat, daß er die Sache: Lenins deutsche Ärzte Neunzehnhundertvierundzwanzig ablegen mußte, schlägt am zehnten Juni Dreiunddreißig vor, daß die Sache hervorgeholt wird.

Es wird ihm gesagt, Tun *Sie* das.

Die Akte ist zur Hand. Obgleich Tallhover dazu neigt, in der alphabetischen Reihenfolge vorzugehen, die er Vierundzwanzig hergestellt hat, sind ihm die Professoren Foerster und

Bumke, weil sie am längsten in Moskau waren, die wichtigsten.

Zuerst prüft er, wer noch lebt.

Er könnte es prüfen lassen. Aber es gefällt ihm, von der Auskunft die Telefonnummern der Universitäten Leipzig, Breslau und Hamburg zu verlangen. Die Telefonnummer der Chirurgischen Universitätsklinik in Berlin und die Nummer des Krankenhauses Berlin-Reinickendorf, das in der Teichstraße liegt, sucht er selbst aus dem Telefonbuch.

Selbst meldet er die Telefongespräche an. Bei der Universitätsverwaltung in Leipzig verlangt er die Nummer der Psychiatrischen und Nervenklinik. In Breslau verlangt er die Nummern der Medizinischen Klinik und der Psychiatrischen Klinik. In Hamburg die Nummer der Neurologischen Klinik im Krankenhaus Eppendorf.

Er läßt sich aber nicht mit den Kliniken verbinden. Er ruft zum zweiten Mal in Hamburg, Breslau und Leipzig an, in den Kliniken.

Er fragt in der Neurologischen Klinik des Krankenhauses Eppendorf, ob Professor Nonne im Hause sei und erfährt, der sei im Hause.

Im Neurologischen Forschungsinstitut in Breslau fragt er, Ist Professor Foerster zu sprechen?

Die Stimme einer Frau sagt, Aber doch nicht jetzt, und schon gar nicht am Telefon. Herr Professor Foerster operiert.

Es ist elf Uhr vormittags.

In der Medizinischen Klinik der Universität Breslau sagt eine männliche Stimme, Von wo rufen Sie.

Aus Berlin, sagt Tallhover.

Professor Minkowski lebt nicht mehr.

Unter der Nummer der Psychiatrischen und Nervenklinik Leipzig sagt eine weibliche Stimme, Sekretariat Professor Bumke.

Tallhover legt den Hörer auf.

Die Stimme in der Medizinischen Klinik der Leipziger Universität, die Tallhovers Frage, ob Professor Strümpell noch lebe, mit einer Pause beantwortet, fragt endlich, Wer sind Sie.

Tallhover sagt, Ein alter Patient.

Nein, hört er. Professor Strümpell ist seit acht Jahren tot.

Tallhover sagt sich, daß er sich hätte sagen müssen, er treffe Strümpell, Jahrgang Achtzehndreiundfünfzig, nicht mehr an, und nicht mehr, wahrscheinlich, Minkowski. Er will es hören.

Daß er auch Professor Klemperer, Felix, verpaßt hat, nimmt Tallhover an, weil er nur dessen Bruder Georg privat, Kleiststr. 2, verzeichnet findet. Dennoch ruft er in der Teichstraße in Reinickendorf an.

Eine Frauenstimme sagt, Da komm Se zu spät. Den jibt et nich mehr.

Tallhover zögert. Von Professor Borchardt bieten sich zu viele Adressen an. Sicher ist er noch am Leben. Tallhover erwägt, in Borchardts Privatwohnung, Dörnbergstr. 6, anzurufen; nicht um Zeit zu sparen, sondern aus dem Vergnügen, die Sache frühzeitig auf die Spitze zu treiben. Ist er noch in der Chirurgischen Universitätsklinik in der Schumannstraße? Oder nur noch in der Chirurgischen Abteilung des Moabiter Krankenhauses in der Turmstraße. Tallhover entschließt sich zu einem Anruf in der Privat-Klinik Borchardts, Derfflinger Straße 21.

Eine Frauenstimme sagt, Bitte rufen Sie zwischen vier und fünf an, außer Mittwoch und Sonnabend.

Tallhover rechnet zusammen: bleiben außer Foerster und Bumke nur zwei, Borchardt und Nonne.

Also Leipzig, Breslau, Hamburg und Berlin.

Als erste Stadt hat Tallhover Leipzig vor Augen; vor der Reise will er aber etwas wissen.

Tallhover sagt, Borchardt. Also doch alphabetisch; Bumke, Foerster, zuletzt Nonne.

Tallhover sagt, Wann waren Sie in Moskau.

Professor Borchardt sagt, Neunzehnhundertzweiundzwanzig.

Wie kam es dazu.

Die Kollegen Klemperer und Foerster waren Ende März Zweiundzwanzig nach Moskau gerufen worden, um Lenin zu untersuchen. Es fand gerade der Elfte Parteitag der Kommunistischen Partei Rußlands statt; Lenin war überanstrengt, es ging ihm nicht gut. Er hatte ständig Kopfschmerzen.

Tallhover sagt, Wann also kamen Sie nach Moskau?

Am einundzwanzigsten April.

Mit wem trafen Sie zusammen?

Mit Doktor Rosanow, einem Assistenten des russischen Gesundheitsministers Semaschko. Er holte mich im Hotel ab.

Und?

Wir fuhren in den Kreml. Rosanow brachte mich in Lenins Büro. Dort traf ich mit Lenin zusammen.

Was dann?

Lenin schickte die Dolmetscherin weg. Er sprach deutsch. Er bat Rosanow und mich in seine Wohnung.

Was sagte er?

Er sprach über seine Kopfschmerzen. Er sagte, Professor Klemperer habe gemeint, die Kopfschmerzen rührten von einer Bleivergiftung her; Klemperer habe empfohlen, die Kugeln herausnehmen zu lassen.

Welche Kugeln.

Von dem Pistolen-Attentat im August Achtzehn. Eine Kugel saß in der linken Schulter, eine Kugel am Hals, unter dem rechten Sternoklavikulargelenk.

Was sagten Sie?

Doktor Rosanow bezweifelte, daß die Kugeln der Grund für Lenins Kopfschmerzen seien; er sprach sich gegen eine Operation aus. Auch ich war nicht von ihrer Notwendigkeit überzeugt.

Aber?

Lenin sagte, die Kugel am Hals könnten wir ja herausnehmen.

Wurde sie herausgenommen?

Ja.

Wann?

Am dreiundzwanzigsten April, zwölf Uhr.

Wo?

Im Soldatjonkow-Krankenhaus. Dort arbeitete Doktor Rosanow.

Sie haben Lenin operiert.

Ich sagte zu Doktor Rosanow, Operieren Sie! Rosanow wollte aber, daß ich operiere.

Was wollte Lenin?

Der Gesundheitsminister Semaschko, der mit Lenin gekommen war, fragte uns, wer operieren werde. Rosanow sagte, Der Deutsche, und Semaschko nickte. Ich habe Lenin operiert.

Tallhover sagt, Warum sind Sie der Bitte oder Aufforderung, zu Lenin nach Moskau zu kommen, gefolgt.

Professor Borchardt sagt, Ich verstehe Ihre Frage nicht.

Lenin ist der Organisator der kommunistischen Revolution in Rußland. Sie sind kein Kommunist, sagt Tallhover.

Ich bin Arzt, sagt Professor Borchardt.

Ich sehe davon ab, sagt Tallhover, daß es für einen Arzt schmeichelhaft sein kann, zu einem Staats-Chef gerufen zu werden. Würden Sie auch zum Führer kommen?

Glauben Sie, daß ich die Wahl hätte?

48

Tallhover sagt, Wann waren Sie in Moskau.

Professor Bumke sagt, Neunzehnhundertdreiundzwanzig.

Wie kam es dazu.

Mitten in einer Sprechstunde kam ein dringender Anruf aus Berlin, Hier russische Botschaft. Wir bitten Sie, morgen zu Lenin nach Moskau zu fahren.

Und?

Wenig später rief der Kollege Strümpell mich an, Wir sollen beide nach Moskau. Kommen Sie heute abend zu mir! Bis dahin ist der russische Botschaftsrat da.

Ja?

Ich glaube, es war der sechzehnte März, ein Freitag. Am nächsten Tag, vormittags, fuhren Strümpell und ich nach Berlin. Am Abend fuhren wir nach Riga.

Waren Sie am sechzehnten abends bei Professor Strümpell?

Ja, natürlich.

War der russische Botschaftsrat gekommen?

Ja.

Er war noch bei Strümpell?

Ja.

Wie war sein Name?

Das habe ich vergessen.

Was sagte er?

Daß Lenin eine Woche zuvor einen Schlaganfall erlitten habe, am neunten März, Freitag. Daß in Riga ein Salonwagen nach Moskau für uns bereitstehe. Daß in Moskau die Kollegen Foerster und Minkowski aus Breslau, Nonne aus Hamburg und Henschen aus Schweden dabeisein würden.

Die große Konsultation am Krankenbett Lenins.

Sehr richtig. In Riga stieß der Kollege Nonne zu uns. Wir fuhren am Sonntag von Riga nach Moskau weiter. Es herrschte ein herrliches Vorfrühlingswetter. In Moskau war alles noch mit Schnee bedeckt und von einer Helligkeit, die es in Leipzig gar nicht geben kann, glaube ich.

In einem russischen Salonwagen im Jahr Dreiundzwanzig von Lettland nach Rußland.

Wir wurden begleitet von Professor Lomonossow, dem Chef des russischen Eisenbahnwesens.

Wie lange waren Sie in Moskau.

Unser Aufenthalt war auf drei Tage berechnet. Mich hat man sieben Wochen, den Kollegen Foerster viele Monate zurückbehalten.

Die anderen?

Strümpell und Nonne fuhren am siebenundzwanzigsten März zurück, glaube ich.

Warum sind Sie geblieben.

Die Gründe waren so zwingend, daß ich nicht Nein sagen konnte; nicht nur die russische Regierung, sondern auch unser Botschafter, Graf Brockdorff-Rantzau, hatte mich beschworen, erst einmal dazubleiben. So verpflichtete ich mich fürs erste, eine Woche zuzulegen, die Woche vom sechsundzwanzigsten März bis ersten April. Ich fürchtete aber gleich, daß ich vor Ende April nicht würde nach Hause fahren können. Schließlich kam ich erst Anfang Mai wieder nach Leipzig.

Sie hatten ständig Kontakt zum deutschen Botschafter?

Selbstverständlich. Ich erinnere mich auch an Diners bei ihm; übrigens merkte man dem Essen und Wein nichts an von deutscher Not. An einem Diner bei Brockdorff-Rantzau Ende April nahm sogar der russische Außenminister Tschitscherin teil. Einen Tag darauf gaben Kollege Foerster und ich ein Diner, an dem außer Brockdorff-Rantzau Legationsrat Hilger mit Frau und Graf Beneckendorff, der Sohn des früheren russischen Botschafters in London, mit Frau, die Harfenistin an der Oper war, teilnahmen. Ich sympathisierte stets mit Brockdorff-Rantzau, weil er als deutscher Außenminister die Unterschrift in Versailles verweigert hatte.

Wie verhielt er sich gegenüber den Russen.

Sein Auftreten den Russen gegenüber ist mir immer würdig erschienen. Was mir mißfallen hat, war, daß er gelegentlich nach Tisch etwas weicher und unbeherrschter werden konnte, als es bei seiner Stellung wünschenswert erschien. Ich glaube aber, kaum jemand hätte in Moskau die deutschen Interessen besser vertreten können als er. Ich bedauere seinen Tod sehr.

Wie war die Bezahlung.

Die Bezahlung?

Für die Konsultationen.

Die Konsultationen wurden mit fünfhundert Millionen Rubel, sprich eine halbe Milliarde, bezahlt. Das waren umgerechnet fünf Dollar. Geld fing dort etwa bei fünfzig Millionen Rubel an. Ich war in einem schönen Palais untergebracht, in einem geschmackvollen großen Biedermeier-Zimmer. Wenn ich des Abends in mein Zimmer kam, fand ich einen mit Gebäck, Torten, Süßigkeiten, Obst, Weinen aller Art bedeckten Tisch; Wegzehrung bis zum nächsten Morgen, auf Meißner und Kopenhagener Porzellan. Ich hatte auch große künstlerische Erlebnisse. Schuberts Unvollendete und Beethovens Neunte, von Fried dirigiert. Die schönste Aida-Aufführung, die ich je erlebt habe. Lohengrin. Das berühmte Moskauer Ballett. Das Ballett war auf einer Höhe, die in Deutschland wohl niemals und nirgends erreicht worden ist, und mit der Oper ließen sich höchstens die besten Münchner und Dresdner Zeiten vergleichen.

Schönschön. Konnten Sie sich in Moskau frei bewegen?

Ich war Gast der kommunistischen Regierung und verfügte über jede denkbare Bewegungsfreiheit. Ich konnte mich zu Fuß oder im Auto, allein oder in Begleitung eines Kuriers oder Dolmetschers in Moskau umtun und mit jedem beliebigen Menschen sprechen.

Ihre offiziellen Gesprächspartner waren nicht nur Ärzte und die Leute des Gesundheitsministeriums?

Meine ärztliche Tätigkeit brachte mich in Berührung mit den Hauptführern der kommunistischen Regierung.

Mit wem?

Mit Trotzki, Bucharin, Radek und Tschitscherin.

Sie führten offizielle Gespräche?

Ich hatte bei vielen ärztlichen Konsultationen, besonders im geschlossenen Auto, auch Gelegenheit zu offenen, unbeobachteten Aussprachen.

Trotzki ist in Frankreich.

Ich erinnere mich an einen Satz von Trotzki, der vorzüglich deutsch spricht, in einer Besprechung des Ärztekollegiums. Der Kollege Strümpell, der unsere Diagnose und die Prognose vorgetragen hatte, fügte nach einer Pause hinzu, die Prognose gelte nur mit einer gewissen Wahrscheinlichkeit; je erfahrener ein Arzt, desto zurückhaltender sei er in der Voraussage. Trotzki sagte, Das ist in der Politik nicht anders; was werden wird, wissen wir nicht.

Bucharin.

Bucharin zeigte gelegentlich ein besonderes Interesse für Lenins Zustand. Ich konnte mich des Verdachtes nicht erwehren, daß hinter seinen Fragen das Interesse des wartenden Erben steckte.

Bucharin ist kaltgestellt.

Radek, den

Bei Radek weiß man nicht, ist er *noch* in der Verbannung oder schon wieder.

Radek, dem ich sagte, ich hätte den Eindruck gewonnen, daß die Masse fast aller Stände in Opposition zur kommunistischen Doktrin und Regierung stehe, antwortete mir, Wenn Ihre

Köchin eine Suppe kocht, so wird sie am Ende nicht nur gut schmecken, sondern auch appetitlich aussehen. Laufen Sie aber vorher in die Küche und gucken der Köchin in den Topf, so dürfen Sie sich nicht wundern, eine graue Brühe zu sehen.

Tallhover sagt, Hoffentlich verträgt Radek selber die russische Küche. Was war mit Tschitscherin. Er soll wirklich wegen Krankheit zurückgetreten sein.

Das weiß ich nicht, sagt Professor Bumke. Er war seinerzeit der einzige, dem ich als sein Arzt persönlich etwas nähergetreten bin. Freilich, diese Möglichkeit ist bei einem Mann wie ihm sehr beschränkt. Er ist außerordentlich mißtrauisch und verschlossen. Daß er ein schwerer Psychopath ist, weiß ich. Er besitzt eine ungewöhnliche Intelligenz und besaß eine große Arbeitskraft. Diese wurde für seine Umgebung dadurch lästig, daß er sie hauptsächlich in der Nacht betätigte, aber in den Vormittagsstunden schlief er. Das bei einem Außenminister!

Stalin sind Sie nicht begegnet.

Nein.

Lenin umso öfter.

Dennoch kann ich über Lenin nur wenig aussagen. Als ich ihm begegnete, war er schon zu krank, als daß ich mir ein eigenes Urteil über seine Persönlichkeit hätte bilden können. Er litt an einer schweren Arteriosklerose, wie jeder weiß. Anfang April Dreiundzwanzig kämpften wir mit rein internistischen Komplikationen, die mich in jenen Tagen ganz in eine bloße Bereitschaftsstellung drängten; dennoch konnte ich nicht abreisen. Übrigens konnte ich aus den Umständen von Lenins Leben schließen, daß er äußerst anspruchslos gewesen sein mußte, oder war. Er verfügte zum Beispiel nur über vier kleine Räume, einschließlich seines amtlichen Empfangszimmers. Andererseits hat die Regierung alles für seine Behandlung getan. Wir waren durchschnittlich acht Ärzte, sechs Russen und zwei Deutsche, Foerster und ich, die täglich bis zu fünf Stunden in Lenins Empfangszimmer beisammensaßen. Als wir eine Arznei brauchten, die in Moskau nicht aufzutreiben war, wurde eine funktelegraphische Verbindung mit Berlin hergestellt und vereinbart, daß am nächsten Morgen in Königsberg ein Flugzeug aufsteigen und bis sieben Uhr abends mit der Arznei in Moskau sein sollte. Die Arznei war pünktlich in unseren Händen.

Tallhover sagt, Die russische Regierung und Brockdorff-Rantzau haben Ende März Dreiundzwanzig in Moskau von Ihnen verlangt, länger zu bleiben als zuerst vorgesehen. Sie hätten, hätten Sie gewollt, dennoch, wie vorgesehen, nach drei Tagen aus Moskau abreisen können. Die Gründe, die Sie als zwingend bezeichnet haben, waren es die Aufforderungen der russischen Regierung und Brockdorff-Rantzaus? Oder gab es andere beziehungsweise weitere Gründe.

Die russische Regierung wollte, daß Lenin geholfen wird. Graf Brockdorff-Rantzau wollte, daß Deutschland geholfen wird. Er war davon überzeugt, daß Rußland und Deutschland aufeinander angewiesen wären. Er hat wiederholt gesagt, wir deutschen Ärzte wären die ersten, die ihm seine politische Aufgabe erleichterten; deutsche Ärzte leben wochen-, ja monatelang als Gäste der Sowjetregierung in Moskau, um durch die Hilfe für Lenin das russische Herz zu erobern.

Deutschland also, sagt Tallhover.

Ein russischer Arzt käme nie auf die Idee, die Behandlung eines auswärtigen Staatsmannes, zu dem Rußland gute Beziehungen wünscht, der eigenen politischen Einstellung wegen abzulehnen. Die russische Intelligenz ist nicht kommunistisch eingestellt. Wenn es aber um Rußland geht, ist von Haß auf die Partei keine Rede.

Tallhover sagt, Kommen wir zu heute. Sie wissen, daß am vierzehnten Juli das Gesetz zur Verhütung erbkranken Nachwuchses verabschiedet wurde. Den Kommentar zu dem Gesetz schreibt übrigens Ihr Kollege Professor Rüdin.

Ach. Das wußte ich nicht. Von dem Gesetz weiß ich. Den Wortlaut kenne ich nicht.

Tallhover schlägt sein Notizbuch auf und sagt, Das Gesetz macht die Sterilisierung bei angeborenem Schwachsinn, Schizophrenie, manisch-depressivem Irresein, erblicher Fallsucht, erblichem Veitstanz, erblicher Blindheit, erblicher Taubheit, schwerer körperlicher Mißbildung und schwerem Alkoholismus möglich.

Soso.

Es interessiert uns Ihr Standpunkt in der Frage der Sterilisierung, sagt Tallhover.

Professor Bumke sagt, Ich habe schon Einunddreißig, bei der Erörterung der Sterilisierungsfrage im Verein Bayerischer Psychiater, gesagt, daß man wirtschaftliche Gesichtspunkte um Gottes willen außer Acht lassen möchte. Man braucht den Gedanken, daß man aus finanziellen Gründen alle entbehrlichen Menschen beseitigen sollte, nur zu Ende zu denken, um zu einem ungeheuerlichen Ergebnis zu kommen. Wir müßten dann nicht bloß alle Geisteskranken und Psychopathen, sondern alle Krüppel, alle alten Jungfern, alle Witwen und alle Rentner totschlagen.

Man kann das Problem auch nicht von einer augenblicklichen wissenschaftlichen Lehrmeinung aus angehen.

Drittens dürfen wissenschaftliche Rassentheorien nicht zu politischen Zwecken ausgeschlachtet werden.

Wenn wir durch die Sterilisierung das Auftreten von Geisteskrankheiten verhüten können, so sollen wir es ganz gewiß tun, aber nicht, weil der Staat Geld sparen will oder weil es einer wissenschaftlichen Meinung entspricht oder weil es einem politischen Ziel dient, sondern weil jede Geisteskrankheit unendliches Leid für den Kranken und seine Angehörigen bedeutet.

Tallhover sagt, Wie verhält es sich Ihres Erachtens mit den Homosexuellen.

Professor Bumke sagt, Die Homosexualität ist zu allen Zeiten eine der bedenklichsten Entartungserscheinungen gewesen. Wir treffen sie unter den Symptomen einer niedergehenden Kultur mit großer Gesetzmäßigkeit an. Ich persönlich habe niemals Sympathien für irgendeinen Homosexuellen empfinden können. Das hindert allerdings nicht, daß Menschen, die zum Beispiel von Geburt an an einem perversen Trieb leiden, mir aufrichtig leid tun. Aber das Mitgefühl und das ärztliche Verständnis finden ihre Grenze, wo das Gemeinwohl gefährdet wird. So wird man aus dem Mitgefühl für einen schwach veranlagten Menschen nicht folgern, daß diesem Menschen zum Beispiel ein hervorragendes, wichtiges und schwieriges Amt anvertraut wird.

Wir können offen miteinander reden, sagt Tallhover. Sie spielen an auf Gerüchte über Stabs-Chef Röhm.

Es ist mir in der Tat unbegreiflich, wie Herr Röhm immer noch Stabs-Chef der SA, Reichsminister und bayerischer Staatsminister sein kann. Eine Bewegung, die Deutschlands Jugend mit neuen Idealen erfüllen und Deutschland erneuern will, kann nicht einen Homosexuellen an einen so hervorragenden Platz stellen.

Lassen wir das, sagt Tallhover. Uns interessiert, ob nach Ihrem Urteil auch Homosexuelle unter das Gesetz fallen sollten.

Nein, sagt Professor Bumke.

Das deckt sich mit der Meinung von Professor Rüdin, sagt Tallhover. Er will die Homosexuellen nur bestrafen, wenn sie sich an Abhängigen vergehen.
Ich darf Sie abschließend fragen, ob Sie bereit wären, als Sachverständiger und beratender Facharzt im Bereich der Bevölkerungs- und Rassenpolitik tätig zu werden.

Professor Bumke sagt, Es handelt sich um ein Problem, das die Zukunft unseres Volkes, ja man darf wohl ohne jedes Pathos sagen, die Zukunft der Menschheit überhaupt angeht. Es ist eine Frage der Wissenschaft im allgemeinen und der Eugenik im besonderen. Ich zögere daher nicht, meine Kenntnis von Fall zu Fall beratend zur Verfügung zu stellen.

49

Am siebzehnten fahre ich nach Breslau, sagt Tallhover.

Das ist ein Donnerstag, sagt Tallhovers Sekretär.

Am Freitag, halb elf, nehme ich mir Professor Foerster vor. Bestellen Sie ein Zimmer für den siebzehnten, im Monopol.

Am Freitag wird die Funkausstellung eröffnet, sagt der Sekretär. Sie wollten hingehen.

Ich weiß. Ich gehe später.

Tallhover freut sich. Er fährt nach Breslau. Wie lange war ich nicht in Breslau, sagt Tallhover.

In Breslau, am frühen Abend des siebzehnten August, ist es warm. Tallhover, in der Ankunftshalle, inmitten einer Menge Reisender, betrachtet ein Plakat, auf welchem, inmitten einer Menge Zuhörer, ein Radio zu sehen ist: Ganz Deutschland hört den Führer mit dem Volksempfänger.

Vor dem Bahnhof, auf dem weiten Vorplatz, in der Sommerluft, hat Tallhover Lust, zu Fuß zu gehen. Der Weg die Gartenstraße entlang bis zur Neuen Schweidnitzer Straße, in die er rechts einbiegt, ist ihm so kurz, daß er, den Tauentzienplatz vor Augen, langsamer wird. Von allen Plätzen in Breslau ist ihm der Tauentzienplatz der liebste. Das neue Kaufhaus, als Gebäude, stört Tallhover nicht. Sogar kommt, sagt er, das Denkmal des Generals vor der hellen Fassade des Kaufhauses besser hervor. In der Schweidnitzer Straße geht Tallhover auf der rechten Seite, weil er als erstes den Palazzo Pitti zur Linken im Blick haben will in ganzer Breite.

An der Corpus-Christi-Kirche bleibt Tallhover stehen, überquert die Schweidnitzer Straße, geht durch den Säulenvorbau der Oper, bleibt stehen, geht links um die Ecke, geht schräg über die Straße zum überdachten Eingang des Hotels.

Hotel Monopol, Schloßplatz zwei, zwischen Oper und Dorotheenkirche. Tallhover hat einen Blick auf den Platz.

Am Freitag, nach spätem Frühstück, bestellt Tallhover bei dem Portier einen Wagen für zehn Uhr und bezahlt die Rechnung. Er nimmt die Deutsche Allgemeine Zeitung, blättert darin, legt sie zurück. Zehn Uhr neun verläßt Tallhover das Hotel und steigt in den Wagen, der vor der Tür wartet.

Tallhover ist mit Professor Foerster im Städtischen Wenzel-Hanke-Krankenhaus verabredet. Zu dem Chauffeur sagt er, Goethe-, Ecke Neudorfstraße. Die letzten Meter will er, wie es seine Art ist, zu Fuß gehen. So kann er es einrichten, auf die Minute pünktlich einzutreffen.

Professor Foerster, mit dem Rücken zu Tallhover, ordnet etwas auf seinem Schreibtisch, so daß Tallhover das Gesicht Foersters noch nicht gesehen, aber den Satz gehört hat, Tallhover könne es sich aussuchen, ob er wiederkommen oder sich mit einer kurzen Unterredung begnügen wolle; Ich habe in Kürze Visite, sagt Professor Foerster.

Es ist zehn Uhr dreißig.

Tallhover sagt zu dem Gesicht, das sich ihm halb zuwendet, Wir sind verabredet, hält aber inne vor Foersters Lächeln und Blick.

Foerster, klein, mager, steht ein wenig gebeugt vor seinem Tisch und blickt über den Rand einer dunklen Hornbrille mit kreisrunden Gläsern, die fast auf der Nasenspitze sitzt, von unten herauf auf Tallhover herab. Foerster lächelt Tallhover aus.

Tallhover sagt, Lange dauert es nicht.

Foerster zeigt auf den Stuhl vor seinem Schreibtisch und bleibt, an den Schreibtisch gelehnt, stehen.

Tallhover setzt sich, sagt, Von wann bis wann waren Sie als Lenins Privatarzt in Rußland.

Foerster sagt, Wissen Sie das nicht? Kennen Sie nicht die Akten des Auswärtigen Amtes?

Noch nicht alle.

Es würde Ihnen aber Zeit sparen und der Staatskasse Spesen. Ich war in Rußland von Juni Zweiundzwanzig bis Januar Vierundzwanzig, mit kurzen Unterbrechungen.

Wie kam es dazu.

Unser Botschafter in Moskau hatte mich bei unserem Außenminister empfohlen.

Brockdorff-Rantzau bei Rathenau.

Sehr richtig, Herr Tall.

Hover.

Wie?

Tallhover.

Tallhover.

Außer Ihnen waren die Professoren Bumke, dieser mehrere Wochen, und kurzfristig Nonne, Strümpell sowie Minkowski zu Konsultationen in Moskau. Wie kamen die Russen dazu.

Ich habe der russischen Regierung die Herren vorgeschlagen, wenn Sie erlauben.

Ach, Sie waren das. Welchen Eindruck hatten Sie von Lenin.

Welchen Eindruck! Wozu das. Lenin ist tot. Wenn Sie es wissen wollen, Lenin war ein Mann von großer Liebenswürdigkeit und überragender geistiger Größe. Ich betrachte es als einen persönlichen Gewinn, diesen außergewöhnlichen Menschen genau kennengelernt zu haben. Ich neige nicht zum Kommunismus.

Sie wurden fast zwei Jahre lang aus Ihrer klinischen Tätigkeit gerissen.

Machen Sie sich keine Sorgen um mich.

Wie war Lenins persönliches Verhältnis zu Ihnen.

Zwischen uns bestand ein geradezu herzliches Verhältnis. Wir liebten es, wortspielerische Scherze auszutauschen. Im Herbst Dreiundzwanzig allerdings, als es Lenin von Tag zu Tag besser ging, weigerte er sich, mich an sich heranzulassen. Wenn er mich zufällig zu Gesicht bekam, wurde er ganz wild. Es blieb mir nichts anderes übrig, als die Behandlung auf Grund der Beobachtungen seiner Frau Krupskaja und seiner Schwester Maria Iljinitschna fortzusetzen.

Wie erklären Sie Lenins Wandel.

Lenin mißtraute den Krankenwärtern. Sie gehörten vermutlich alle der GPU an. Möglich, daß er mich schließlich in dieses Mißtrauen einschloß.

Sie betraten niemals mehr sein Zimmer?

Doch. Auch in der Stunde seines Todes. Am einundzwanzigsten Januar Neunzehnhundertvierundzwanzig. Ich wurde gegen achtzehn Uhr in sein Zimmer gerufen, blieb aber hinter einem Wandschirm. Lenin starb kurz vor neunzehn Uhr.

Sie kennen Professor Vogt vom Institut für Hirnforschung in Berlin?

Herrgott, wir kennen einander alle.

Man hat ihm mit Unterstützung der Rockefeller Foundation ein neues Institut hingebaut.

Was soll dieser Satz?

Die Rockefeller Stiftung hat auch Ihnen ein modernes Institut gebaut. Wann wird es eröffnet?

Im nächsten Jahr.

Sie werden sorgfältig bedenken, mit wem Sie zusammenarbeiten können.

Meine Mitarbeiter sind mir bekannt.

Einer Ihrer Ärzte ist Doktor Guttmann. Ist Guttmann nicht Jude?

Doktor Guttmann ist Oberarzt.

Ist Ihre Frau nicht auch Jüdin?

50

Ich bin Arzt, sagt Tallhover im Tonfall von Professor Borchardt. Arzt!, sagt Tallhover. Operiert Lenin, weil es sein Beruf ist, Menschen zu helfen. Und Bumke? Weil es Deutschland hilft, hilft er Lenin. Professor Foerster, Privatarzt des Vorsitzenden des Rates der Volkskommissare, Wladimir Iljitsch Lenin. Gewarnt ist er.

Bleibt Professor Nonne. Tallhover möchte die Akte: Lenins deutsche Ärzte schließen. Aber wie, sagt Tallhover.

Borchardt, Bumke, Foerster. Tallhover hat keine Lust auf eine Reise nach Hamburg. Er hat keine Lust auf ein Telefongespräch. Er sagt zu seinem Sekretär, Vereinbaren Sie einen Termin mit Professor Nonne.

Der Sekretär nimmt die Telefonnummer und telefoniert nach Hamburg.

Was ist, sagt Tallhover.

Der Sekretär sagt, Professor Nonne ist emeritiert worden.

Ja und?

Er befindet sich auf Urlaub, in Südafrika.

Wie alt ist der eigentlich, sagt Tallhover und sieht in die Akte. Jahrgang Einundsechzig. Er rechnet. Dreiundsiebzig.

Dreiundsiebzig!, sagt der Sekretär.

Erledigt, sagt Tallhover.

Und die anderen?

Tallhover sagt, Borchardt? Vorläufig nichts zu machen. Bumke? Noch weniger. Foerster. Abwarten.

Tallhover kann die Akte: Lenins deutsche Ärzte nicht schließen.

51 Tallhover, der die Akte Bessonow, Sergej, in die Hand bekommt auf der Suche nach der Akte Basarow, Boris, liest, daß Bessonow zum Botschaftsrat der sowjetischen Botschaft ernannt worden ist.

52 Tallhover ist am zweiten Mai Vierunddreißig beauftragt worden. Er fährt in einem dienstlichen Wagen. Nach Berlin-Buch. In den Lindenberger Weg Nummer 70 bis 78. Er geht in das Kaiser-Wilhelm-Institut für Hirnforschung. Er ist telefonisch angemeldet. Er läßt sich melden. Er muß nicht warten. Eine Sekretärin öffnet ihm eine Tür. Er betritt einen geräumigen Arbeitsraum. Hinter einem Schreibtisch sitzt ein Mann, der sich nicht erhebt.

Tallhover sagt, Herr Professor Vogt? Mein Name ist Tallhover.

Professor Vogt sagt, Worum geht es?

Tallhover sagt, Es bedarf keiner Erwähnung, daß die telefonische Anzeige Professor Fischers im März Dreiunddreißig, im Institut halte sich der ungarische Kommunistenführer Bela Kun versteckt, völlig aus der Luft gegriffen war.

Warum erwähnen Sie es dann, sagt Professor Vogt.

Tallhover schlägt sein Notizbuch auf und sagt, Die Festnahme der Institutsmitarbeiter Alfred Bothas, Ernst Heyse, Hans Heyse und Robert Schopf am einundzwanzigsten Juni Dreiunddreißig wegen des Verdachts kommunistischer Propagandatätigkeit im Institut ging von der örtlichen SA aus.

Was ändert das, sagt Professor Vogt.

Die vier haben vor ihrer Entlassung unterschrieben, daß sie sich nicht zu beklagen hätten.

Haben Sie sie nach ihrer Entlassung gesehen?, sagt Professor Vogt.

Ernst Heyse und Robert Schopf waren tatsächlich KPD-Mitglieder, sagt Tallhover. Im übrigen, nach dem Brief, den Professor Planck am siebenten Juli Dreiunddreißig an den Innenminister geschrieben hat, war es hier doch ruhig, oder?

Wir wissen, daß Sie und Ihre Leute die SA herausgefordert haben. Sie haben kommunistische Propaganda zumindest geduldet, Sie haben Juden begünstigt und beschäftigen Ausländer. Ihr Herr Bielschowsky ist ja allerdings weg. In Utrecht oder Madrid. Soll einen Bruder gehabt haben. Goetheforscher. Aber das interessiert jetzt nicht. Möglich, daß Ihnen sogar bescheinigt wird, gegen Ihre Person entfalle der Vorwurf. Heute interessiert etwas anderes.

Also?, sagt Professor Vogt.

Tallhover sagt, Sie wurden am zweiten Februar Neunzehnhundertfünfundzwanzig von der russischen Akademie der Wissenschaften zum auswärtigen Mitglied gewählt.

Ja, und?, sagt Professor Vogt.

Die Sowjetregierung hat Ihnen im Frühjahr desselben Jahres die Aufgabe angetragen, das Gehirn Lenins zu untersuchen. Die russische Regierung sicherte Ihnen zu, in Moskau ein Institut für Hirnforschung zu errichten und bot Ihnen die Leitung an.

Bekannt, sagt Professor Vogt.

Bekannt, sagt Tallhover, ist auch, daß Fräulein Woelcke, die in Moskau das Gehirn Lenins zerlegte, die Russen Filiminow, Sarkissow und andere in die histologische Schnitt- und Färbetechnik eingeführt hat. Es ist bekannt, daß Sie im Gegenzug den Russen Timofejew-Ressowski nach Berlin bekamen.

Professor Vogt sagt, Er leitet die Abteilung für experimentelle Genetik unseres Instituts.

Eben, sagt Tallhover. Aber weiter. In Ihrem ersten und letzten Bericht von Neunzehnhundertdreißig über die Arbeiten des Moskauer Staatsinstituts für Hirnforschung, der schließlich bekannt ist,

Tallhover schlägt wieder sein Notizbuch auf,

schreiben Sie, Ihr hirnanatomischer Befund lasse Lenin als Assoziationsathleten erkennen. Die Größe und die große Anzahl von Pyramidenzellen machten das außergewöhnliche schnelle Auffassen und Denken Lenins sowie das Gehaltvolle in seinem Denken oder, anders ausgedrückt, seinen Wirklichkeitssinn verständlich.

Ich bezweifle weder die anatomischen und morphologischen Fakten Ihres Befundes noch Lenins Geistesgaben.
Wir haben andere Fachleute gefragt. Sie sagen, daß es unzulässig sei, im einzelnen Fall anatomische Befunde zu psychischen Leistungen direkt in Beziehung zu setzen. Sie sagen, daß Ihre Deutung Ihres histologischen Befundes überzogen sei. Womöglich absichtlich. Sie sind Fachmann. Man hat uns auch auf die Kritik von Spielmeyer im elften Band des Handbuchs der Geisteskrankheiten hingewiesen.
Es interessiert nur, warum Sie sich zu Ihrer Deutung herbeigelassen haben, sagt Tallhover.

Professor Vogt sagt, Ich lehne es ab, mit Ihnen über Spezialfragen meines Faches zu reden.

Ich darf immerhin vermuten, sagt Tallhover, daß Sie, abgesehen von der Schmeichelhaftigkeit des Auftrags, das, wie Sie es genannt haben, Kleinod, das die russische Regierung im Gehirn Lenins besaß, dieses seltene Wunderwerk der Natur, zu untersuchen, und abgesehen von Ihrem persönlichen Bedürfnis, den Erwartungen Ihrer hohen Auftraggeber zu entsprechen, dazu beitragen wollten, den Führer der kommunistischen Revolution zu heroisieren. Und warum?

Sie dürfen vermuten, was Sie wollen, sagt Professor Vogt.

Und ich vermute, sagt Tallhover, daß Sie mit der Leitung des Moskauer Staatlichen Hirninstituts und mit der Ausbildung russischer Fachleute den russischen Kommunisten und der bolschewistischen Revolution wissenschaftlich dienen wollten.

Professor Vogt sagt, Ich bin Ehrendoktor der Universität Porto, Korrespondierendes Mitglied der Schwedischen Gesellschaft der Ärzte und Korrespondierendes Mitglied der Amerikanischen Neurologischen Gesellschaft.

Tallhover sagt, Ehre dem Organisator des Instituts zur Erforschung des Gehirns unseres geliebten Lehrers Lenin.

Professor Vogt steht auf, Tallhover steht auf.

Tallhover sagt, Wie Sie wollen.

Professor Vogt sagt, Bitte.

Tallhover geht aus dem Zimmer.

In dem Bericht über das Gespräch mit Professor Doktor Vogt, Oskar, geboren am sechsten April Achtzehnhundertsiebzig in Husum, Studium der Medizin und Naturwissenschaften in Kiel und Jena, Promotion in Jena Achtzehnhundertvierundneunzig, klinische Ausbildung in Psychiatrie, Neurologie, Neuropathologie, Hirnpathologie bei Otto Binswanger und Theodor Ziehen in Jena, in Neurobiologie bei Pierre Marie in Paris, Achtzehnhundertachtundneunzig Gründung einer Neurologischen Zentralstation in Berlin, Achtzehnhundertneunundneunzig Heirat mit Cécile Mugnier, Neunzehnhundertzwei Anschluß der Zentralstation an die Universität Berlin (Neurobiologisches Laboratorium), Neunzehnhunderteinunddreißig Leiter des Kaiser-Wilhelm-Instituts für Hirnforschung in Berlin-Buch, empfiehlt Tallhover, Professor Vogt trotz der Anstellung auf Lebenszeit in den dauernden Ruhestand zu versetzen.

53

Den einen, den Tallhover kriegen wollte, Grigori Jewsejewitsch Sinowjew, der eigentlich Radomyslski oder Hirsch Apfelbaum heißt, Lenins Vertrauten, den Reisegenossen Lenins auf der Fahrt durch Deutschland, kriegt Tallhover nicht.

Die anderen haben ihn. Es wird gegen ihn verhandelt. Sinowjew, Vorsitzender des Petrograder Sowjets ehemals, Vorsitzender der Kommunistischen Internationale ehemals, Mitglied des Politbüros der Kommunistischen Partei Rußlands ehemals, steht vor dem Militärkollegium des Obersten Gerichtshofes der Union der Sozialistischen Sowjetrepubliken. Sinowjew steht vor einem Militärgericht. Seit zwölf Uhr zehn am neunzehnten August Sechsunddreißig, im Oktobersaal des Gewerkschaftshauses, in Moskau. Sinowjew ist nicht allein. Fünfzehn sitzen angeklagt neben ihm. Nur den Namen Kamenew, Lew Borissowitsch, kennt Tallhover noch. Kamenew, der Steinerne. Heißt er in Wirklichkeit nicht Rosenfeld?

Der Armee-Militärjurist Ulrich, der Korps-Militärjurist Matulewitsch und der Divisions-Militärjurist Nikitschenko sind die Richter, der Militärjurist I. Ranges Kostjuschko ist der Gerichts-Sekretär. Divisions-Militärjurist Goljakow ist bloß Ersatzmitglied des Gerichts.

Wyschinski, Staatsanwalt der Union, Ankläger Sinowjews in der Strafsache des trotzkistisch-sinowjewistischen terroristischen Zentrums, ist der einzige, der Tallhover gefällt.

Tallhover ruft Kessler aus der Abteilung. Tallhover sagt, Sinowjew soll den Mord an Kirow am ersten Dezember Vierunddreißig befohlen haben. Sinowjew soll die Ermordung von Stalin, Woroschilow, Shdanow, Kaganowitsch, Kossior, Ordshonikidse und Postyschew geplant haben.

Ich hätte Sinowjew kriegen mögen. Jetzt kriegen sie sich gegenseitig. Ich sehe zu.

Kessler sagt, Ich verstehe nicht.

Kirow und Sinowjew stehen im Weg. Stalin tötet Kirow, sagt, Sinowjew sei es gewesen, Sinowjew wolle auch ihn töten, und tötet Sinowjew.

Aber was sagt Sinowjew.

Ein Doppelzüngler sei er gewesen. Inspirator und Organisator des Mordes an Kirow. Bemüht, die Ausführung der Tat zu beschleunigen. Beteiligt gewesen sei er an der Vorbereitung des Mordes an dem Genossen Stalin. Seinen Privatsekretär Bogdan habe er empfohlen als den Todesschützen.

Aha, sagt Kessler.

Als einen Komplizen nennt Sinowjew den Reisegenossen Sokolnikow, Grigori Jakowlewitsch, genannt Brilliant.

Ich erinnere mich, sagt Kessler.

Kamenew nennt einen anderen Reisenden: das Samowarchen, Grigori Safarow, sagt Tallhover.

Ich erinnere mich.

Tallhover sagt, Hören Sie auf Wyschinski, ich sage es Ihnen: Furchtbar und ungeheuerlich ist die Schuld dieser Mörder, die ihre Hand erhoben gegen die Führer unserer Partei, die den flammenden Tribun der Revolution, den unvergeßlichen Sergej Mironowitsch Kirow ermordet haben. Der Feind wirft die verbrecherischsten, abgefeimtesten, unverbesserlichsten und zersetztesten, ehrlosesten Elemente gegen uns in den Kampf. Dieses verachtungswürdige, nichtswürdige, machtlose Häuflein von Verrätern und Mördern – es gedachte durch seine schmutzigen Verbrechen zu erreichen, daß das mächtige Herz unseres großen Volkes zu schlagen aufhöre! Ein verachtungswürdiges, nichtiges Häuflein von Abenteurern versuchte, mit schmutzigen Füßen die herrlichsten, wohlriechendsten Blumen in unserem sozialistischen Garten zu zertreten. Diese tollgewordenen Kettenhunde des Kapitalismus haben versucht, die Besten der Besten unseres Landes zu zerfleischen. Sie haben einen der teuersten Menschen ermordet, einen herrlichen und wundervollen, einen lichtvollen und freudigen Menschen, lichtvoll und freudig, wie unser neues Leben lichtvoll und freudig ist. Sie haben unseren Kirow ermordet. Lügner und Clowns, elende Pygmäen, Möpse und Kläffer, die sich über den Elefanten erbosen – so sieht diese Kumpanei aus.

Es blüht in frohem Wachstum unsere große Heimat. Reich wogt das Gold des Getreides auf den Feldern. Mit grenzenloser Liebe nennen die Werktätigen den Namen des großen Führers, den Namen Josef Wissarionowitsch Stalin.

Für jedes Haar unserer Führer werden die wahnwitzig gewordenen Verbrecher uns mit ihrem Kopf einstehen. Unser Volk wird die Verräter an dem ersten besten Ast aufhängen.

Sinowjew, dieser Verbrecher, der die letzten menschlichen Züge verloren hat, dessen Hände vom Blute befleckt sind!, sagt, daß dies Phantasien, arabische Märchen seien.

Ist es möglich, daß dies alles eine Erfindung ist? Diese Behauptung ist eine solche Jesuiterei, wie es sie schlimmer gar nicht geben kann.

Niemand wird ihm glauben, weil er vor diesem Gericht auch nicht zwei wahre Worte gesagt hat.

Es kommt die letzte Stunde, die Stunde der Sühne. Die letzte Stunde der Sühne dieser patentierten Mörder, die die Waffen gegen die geliebten Führer unserer Partei und Heimat erhoben.

Ich fordere, daß diese tollgewordenen Hunde allesamt erschossen werden!

Kessler sagt, Was hat Sinowjew gesagt.

Er hat gesagt: Ich bekenne mich voll und ganz schuldig. Wyschinski versteht es, sagt Tallhover. Von ihm können wir lernen.

Um zwei Uhr dreißig am vierundzwanzigsten August Sechsunddreißig verurteilt das Militärkollegium den Angeklagten Grigori Jewsejewitsch Sinowjew zum höchsten Strafmaß – zur Erschießung. Und zur Beschlagnahme des gesamten persönlichen Eigentums.

Bleiben noch Skowno, Radek, Sokolnikow, die Krupskaja, Safarow, Platten, Charitonow, Zchakaja und die Rawitsch, sagt Tallhover.

54

Was aus der Sache Vogt geworden ist. Aus Vogt, dem Professor.

Das hat Tallhover gemacht.

Und?

Tallhover sagt, Vogt ist pensioniert worden. Per ersten Oktober Fünfunddreißig, mit Schreiben vom einunddreißigsten Juli. Ab in den dauernden Ruhestand. Zuständig für die Kaiser-Wilhelm-Gesellschaft ist der Reichsminister für Wissenschaft, Erziehung und Volksbildung. Entlassungsurkunde mit Unterschrift vom Führer: Ich spreche Ihnen für Ihre Forschertätigkeit und die dem Reiche geleisteten Dienste meinen Dank aus.

Und?

Vogt ist bis Ende Sechsunddreißig kommissarischer Direktor des Hirnforschungsinstitutes geblieben.

Wieso.

Krupp von Bohlen und Halbach. Er war dafür.

Wieso?

Vogt hat Krupps Schwiegervater behandelt.

Nichts zu machen. Wer ist Vogts Nachfolger?

Professor Spatz, aus München.

55 Tallhover heftet in die Akte Prof. Dr. Foerster, Otfrid, Breslau, die Notiz, Dr. Ludwig Guttmann, Klinischer Oberarzt von Prof. Foerster, habe Deutschland verlassen. Tallhover schreibt auf den unteren Rand des Blattes: Genauer Zeitpunkt und Zielland unbekannt.

56 Die anderen, die Tallhover kriegen wollte, Karl Bernhardowitsch Radek, der eigentlich Sobelsohn heißt, und Grigori Jakowlewitsch Sokolnikow, genannt Brilliant, Lenins Vertraute, die Reisegenossen Lenins auf der Fahrt durch Deutschland, kriegt Tallhover auch nicht.

Auch die haben die anderen. Es wird gegen sie verhandelt. Radek, Mitglied des Zentralkomitees der Kommunistischen Partei Rußlands ehemals, Mitglied des Exekutivkomitees der Kommunistischen Internationale ehemals, Redakteur der Regierungszeitung Iswestija ehemals, und Sokolnikow, Mitglied des Zentralkomitees der Kommunistischen Partei Rußlands ehemals, Volkskommissar für Finanzen ehemals, Stellvertreter des Volkskommissars für Auswärtige Angelegenheiten ehemals, stehen vor dem Militärkollegium des Obersten Gerichtshofes der Union der Sozialistischen Sowjetrepubliken. Radek und Sokolnikow stehen vor einem Militärgericht. Seit zwölf Uhr fünf am dreiundzwanzigsten Januar Siebenunddreißig, in Moskau. Radek und Sokolnikow sind nicht allein. Fünfzehn sitzen angeklagt neben ihnen. Angeklagt des Vaterlandsverrats, der Spionage, Diversionstätigkeit, Schädlingsarbeit und der Vorbereitung terroristischer Akte.

Statt des Divisions-Militärjuristen Nikitschenko ist der Divisions-Militärjurist Rytschkow als Richter anwesend.

Der Staatsanwalt der Union, Wyschinski, Ankläger Radeks und Sokolnikows in der Strafsache des sowjetfeindlichen trotzkistischen Zentrums, gefällt Tallhover wiederum.

Die Verteidiger Braude, Kommodow und Kasnatschajew, Mitglieder des Moskauer Verteidigerkollegiums, gefallen Tallhover am allerwenigsten. Dieses Mal sind Verteidiger dabei!, sagt Tallhover.

Kessler soll kommen, sagt Tallhover.

Tallhover sagt zu Kessler, Diesen Radek und den Sokolnikow haben uns die anderen auch weggeschnappt.

Kessler sagt, Wir hätten sie nie gekriegt.

Warten Sie, sagt Tallhover. Wen wir noch kriegen.

Was sollen Radek und Sokolnikow getan haben, sagt Kessler.

Sie sollen die Sowjetmacht mit der Hilfe japanischer und deutscher Bajonette haben stürzen wollen. Sie sollen den Führer der Partei und des Staates, den Genossen Stalin, haben ermorden wollen. Sie sollen das Territorium der Sowjetunion haben verkaufen wollen an Japaner und an Deutsche.

Aber, sagt Kessler, es sind alte Bolschewiken, Leute Lenins.

Das ist es, sagt Tallhover. Sie erinnern das Volk an Lenin. Das Volk soll sich aber an Stalin erinnern. Deshalb müssen sie verschwinden.

Ohne Beweise?

Die Beweise sagen Radek und Sokolnikow selber. Hören Sie auf Wyschinski, ich habe es Ihnen schon gesagt, Kessler. Wyschinski ruft: Aber welche Beweise haben wir? Wir haben die Aussagen der Angeklagten, die gewaltige Bedeutung für die Beweisführung besitzen. Wir halten uns für berechtigt, Anklage aufgrund der Aussagen und Erklärungen der Angeklagten und der Zeugen zu erheben. Es besteht kein Grund zu der Annahme, daß Radek nicht bei diplomatischen Empfängen zugegen war und nicht mit Herrn K. oder mit Herrn H. oder mit irgendeinem anderen Herrn, wer weiß, wie er hieß, gesprochen hat. Es besteht kein Grund zu der Annahme, daß er nicht irgendwelche Personen, die inoffiziell bei ihm eintrafen, mit Rührei und Wurst bewirtet hat. Es besteht kein Grund zu der Annahme, daß Sokolnikow nicht mit irgendeinem Vertreter irgendeines Landes gesprochen hat. Alles, was Radek und Sokolnikow über ihre verbrecherische Tätigkeit gesagt haben, kann nicht im geringsten angezweifelt werden.

Genügt das?, sagt Kessler.

Nein, sagt Tallhover. Es genügt nicht, und es genügt. Das lernen wir von Wyschinski. Er ruft aus: Es wird gefragt werden, wie kann man Leute, die so viele Jahre für den Sozialismus gekämpft haben – wie kann man sie solch ungeheuerlicher Verbrechen bezichtigen? Er antwortet: Wir beschuldigen sie.

Verstehen Sie, Kessler? Die Anklage ist begründet, weil sie erhoben wird.

Wyschinski ruft: Durch diese Anklage werden die Verbrecher für ewig an den Schandpfahl genagelt, dem ewigen Fluch aller ehrlichen Menschen des Landes und der Welt preisgegeben.

Diese Angeklagten – das ist eine Bande von kriminellen Verbrechern, die sich von Banditen, die in finsterer Nacht mit Knüppel und Messer auf der Landstraße operieren, überhaupt nicht unterscheidet. Es sind moralisch nichtswürdige, verkommene Menschen, die Gewissen und Verstand verloren haben. Im buchstäblichen Sinn eine Horde von Banditen, Räubern, Diversanten, Spitzeln, Mördern!

Radek befaßt sich mit «Außenpolitik», deren Sinn darin besteht, Züge zum Entgleisen zu bringen, die Sache des Sozialismus zum Entgleisen zu bringen, dem fremdländischen Feind die Tore zu öffnen.

Vor dem ganzen Land, vor der ganzen Welt ist der Rattenschwanz von Verbrechen entrollt, die diese Leute begangen haben.

Kessler sagt, Was sagt Radek?

Radek? Radek reißt zuletzt noch das Maul auf: Welche Beweise gibt es? Es gibt die Aussagen von zwei Leuten – meine Aussagen und die Aussagen Pjatakows. Alle anderen Aussagen der übrigen Angeklagten – sie beruhen auf unseren Aussagen. Wenn Sie es mit reinen Kriminalverbrechern zu tun haben, worauf können Sie dann Ihre Überzeugung gründen, daß das, was wir gesagt haben, die Wahrheit ist?

Er will kein Krimineller sein, sagt Kessler.

Tallhover sagt, Wer glaubt schon Kriminellen. Glaubwürdig soll es doch sein. Radek sagt: Deshalb bestreite ich die Behauptung, daß auf der Anklagebank Kriminelle sitzen. Ich kämpfe

darum, daß die Aussagen, die ich gemacht habe, als Wahrheit anerkannt werden.
Radek bleibt Radek. Er kämpft darum, daß die Lügen, die er vorbringen mußte, für wahr genommen werden. Radek macht vor, daß er geschickter lügt als der Staatsanwalt.

Kessler sagt, Was hat Sokolnikow gesagt?

Er hat gesagt: Der Bürger Staatsanwalt hat gesagt, daß wir die Todesstrafe verdienen. Aber ich sage: Wir sind bereits tot.

Was hat er gekriegt?

Zehn Jahre Gefängnis.

Und Radek?

Zehn Jahre Gefängnis. Vielleicht darf er leben bleiben, weil er den Veranstaltern geholfen hat. Zum Beispiel gegen Sinowjew. Vor dem Prozeß gegen ihn hat Radek geschrieben: Vernichtet dieses Geschmeiß! Es handelt sich um die Vernichtung faschistischer Agenten!
Wyschinski sagt: So schrieb Radek. Radek dachte, er schreibe über Sinowjew. Radek hat sich verrechnet! Er hat über sich selbst geschrieben. Doppelzünglerisch und grimassenschneidend versuchte dieser Radek, sich herauszuwinden. Dieser Radek versuchte, über die Leichen seiner Freunde aus jener blutigen Kloake herauszukriechen. Radek – ein Nichtswürdiger, bei lebendigem Leibe Verfaulter, der den letzten Rest der Ehre und des Verstandes verloren hat, niederträchtig, verkommen, ein Marlborough.

Tallhover sagt, Auf Befehl lügt er. Die ihm die Lügen befohlen haben, verhöhnen ihn als einen Lügner.

Er behält das Leben, sagt Kessler.

Bleiben immer noch Skowno, Radek, Sokolnikow, die Krupskaja, Safarow, Platten, Charitonow, Zchakaja und die Rawitsch, sagt Tallhover.

57 Es wird am sechsten März Siebenunddreißig gemeldet, daß Bessonow, Sergej, Botschaftsrat der sowjetischen Botschaft, Deutschland verlassen hat.

58 Noch etwas?

Tallhover sagt, Etwas über den Hirnforscher Vogt.

Ja?

Er hat wieder ein Institut. Für Hirnforschung und allgemeine Biologie. In Neustadt, Schwarzwald. Von Krupp finanziert.

Da ist nichts zu machen.

59 Aus Breslau ist Tallhover am zehnten März Achtunddreißig eine Meldung zugegangen betreffend Prof. Dr. Otfrid Foerster: Prof. Dr. Foerster scheine die Trennung von einigen seiner Mitarbeiter, welche unter das Gesetz zum Schutze des deutschen Blutes und der deutschen Ehre fielen, nicht allzu schwer gefallen zu sein; jedenfalls habe er keine besonderen Anstrengungen zwecks deren Verbleib unternommen. Ferner: Prof. Dr. Foerster habe sich in mehreren Reden auf wissenschaftlichen Kongressen eindrucksvoll ausdrücklich hinter die Ziele unserer neuen Zeit gestellt. Unterzeichneter behalte sich allerdings das Bedenken vor, daß diese Reden nicht der Ausdruck der wirklichen politischen Ansichten von Prof. Dr. Foerster seien.

Das ist zweitrangig, sagt Tallhover.

60 Auch Nikolai Nikolajewitsch Krestinski ist nicht mehr erreichbar.

Es wird gegen ihn verhandelt. Krestinski, Mitglied des Zentralkomitees der Kommunistischen Partei Rußlands ehemals, Volkskommissar für Finanzen ehemals, Mitglied des Politbüros der Kommunistischen Partei Rußlands ehemals, Bevollmächtigter Vertreter und Botschafter der Russischen Regierung im Deutschen Reich ehemals, Erster Stellvertreter des Volkskommissars für Auswärtige Angelegenheiten ehemals,

Stellvertreter des Volkskommissars für Justiz ehemals, steht vor dem Militärkollegium des Obersten Gerichtshofes der Union der Sozialistischen Sowjetrepubliken. Krestinski steht vor einem Militärgericht. Seit dem zweiten März Achtunddreißig, in Moskau. Krestinski ist nicht allein. Zwanzig sitzen angeklagt neben ihm. Angeklagt des Vaterlandsverrats, der Spionage, der Diversion, des Terrors, der Schädlingsarbeit, der Untergrabung der Militärmacht der Union der Sozialistischen Sowjetrepubliken und angeklagt der Provozierung eines militärischen Überfalls auswärtiger Staaten auf die Union der Sozialistischen Sowjetrepubliken.

Statt des Divisions-Militärjuristen Rytschkow, der bei dem Prozeß gegen Radek und Sokolnikow statt des Divisions-Militärjuristen Nikitschenko anwesend war, welcher dem Gericht angehörte in dem Prozeß gegen Sinowjew, ist der Divisions-Militärjurist Jewlew als Richter anwesend. Der Gerichts-Sekretär ist der Militärjurist Ersten Ranges Batner. Armee-Militärjurist Ulrich ist Vorsitzender des Gerichts zum dritten Mal. Zum dritten Mal Mitglied des Gerichts ist Korps-Militärjurist Matulewitsch.

Der staatliche Ankläger, der Staatsanwalt der Union der Sozialistischen Sowjetrepubliken, Wyschinski, klagt in der Strafsache des antisowjetischen Blocks der Rechten und Trotzkisten.

Die Mitglieder des Moskauer Verteidigerkollegiums, die Verteidiger Braude und Kommodow, verteidigen ohne den Verteidiger Kasnatschajew, der in dem Prozeß gegen Radek, Sokolnikow und fünfzehn andere zusätzlich zugegen war.

Krestinski will keinen Verteidiger.

Krestinski, vierundfünfzigjährig, Mitglied der Kommunistischen Partei Rußlands seit dem zwanzigsten Lebensjahr, Neunzehnhunderteinundzwanzig sowjetrussischer Bevollmächtigter, dann Botschafter in Deutschland bis Neunzehnhundertdreißig, Helfer der Kommunistischen Partei Deutschlands gegen den deutschen Staat, soll seit Neunzehnhunderteinundzwanzig deutscher Spion gewesen sein bis zu dem Tag seiner Verhaftung im Jahr Neunzehnhundertsiebenunddreißig, also auch als der erste Stellvertreter des Volkskommissars für Auswärtige Angelegenheiten der Union der Sozialistischen Sowjetrepubliken sieben Jahre lang, sechzehn Jahre im ganzen.

In unmittelbare Verbindung mit Vertretern auswärtiger Staaten ist getreten und hat Verhandlungen mit ihnen geführt Nikolai Nikolajewitsch Krestinski, ehemals sowjetrussischer Botschafter in Deutschland, ehemals, später, Erster Stellvertreter des Volkskommissars für Auswärtige Angelegenheiten. Das ist der Beweis.

Also ist Krestinski schuldig schwerster Staatsverbrechen, die vorgesehen sind in den Artikeln achtundfünfzig eins a, achtundfünfzig zwei, achtundfünfzig sieben, achtundfünfzig acht, achtundfünfzig neun und achtundfünfzig elf des Strafgesetzbuches der Russischen Sozialistischen Föderativen Sowjetrepublik.

Tallhover ruft Kessler.

Tallhover sagt, Jetzt ist es Krestinski. Es sind einundzwanzig. Er ist Nummer vier. Wyschinski sagt einundzwanzig Mal: Angeklagter, bekennen Sie sich schuldig? Die Angeklagten sagen: Ja, ich bekenne mich schuldig. Ja, ich bekenne mich schuldig. Ja, ich bekenne mich schuldig. Zwanzig Mal. Aber Krestinski sagt: Ich bekenne mich nicht schuldig. Ich habe kein einziges der Verbrechen begangen, die mir zur Last gelegt werden. Im besonderen bekenne ich mich nicht schuldig der Verbindungen mit dem deutschen Spionagedienst.

Das darf nicht passieren, sagt Kessler.

Tallhover sagt, Wyschinski verhört Bessonow. Bessonow war Dreiunddreißig sowjetischer Botschaftsrat in Berlin. Bessonow belastet Krestinski. Krestinski leugnet. Wyschinski sagt zu Krestinski: Bessonow spricht also die Unwahrheit? Krestinski sagt: Ja. Wyschinski sagt: Aber auch Sie sprechen nicht immer die Wahrheit. Stimmt das? Krestinski sagt: Ich habe während der Untersuchung nicht immer die Wahrheit gesprochen. Wyschinski sagt: Wenn die Untersuchung geführt wird, sprechen Sie die Unwahrheit? Erklären Sie das. Krestinski schweigt. Wyschinski sagt: Ich höre keine Antwort. Ich habe keine Fragen.

Das ist schlecht, sagt Kessler.

Tallhover sagt, Wyschinski sagt zu Krestinski: Als ich Sie in der Voruntersuchung verhörte, sagten Sie mir da die Wahrheit? Krestinski sagt: Nein. Wyschinski sagt: Warum, statt die Wahrheit zu sagen, sagen Sie die Unwahrheit und zwingen den Untersuchungsrichter, das zu schreiben, und warum unterschreiben Sie es? Krestinski sagt: Ich machte, bevor ich es mit Ihnen zu tun hatte, in der Voruntersuchung falsche Aussagen. Wyschinski sagt: Und dann blieben Sie dabei? Krestinski sagt: Und dann blieb ich dabei, weil ich auf Grund meiner persönlichen Erfahrungen zu der Überzeugung gelangt war, daß es mir bis zur Gerichtsverhandlung, falls eine solche stattfände, nicht gelingen würde, diese meine Aussagen zu desavouieren.

Warum läßt Wyschinski sich auf so etwas ein, sagt Kessler.

Auch ich bin enttäuscht, sagt Tallhover. Wyschinski sagt zu Krestinski: Sie erinnern sich doch, daß ich Ihnen die Frage stellte, ob Sie eine Beschwerde gegen die Untersuchung vorzubringen haben. War es so? Krestinski sagt: Ja, und ich antwortete, daß ich keine Beschwerden vorzubringen habe. Wyschinski sagt: Sie hätten sagen müssen, daß Sie welche haben. Und Krestinski sagt: Ich hatte welche in dem Sinne, daß ich nicht freiwillig gesprochen habe.

Wie lange macht Wyschinski das mit, sagt Kessler.

Nicht lange, sagt Tallhover. Bessonows Verhör war am zweiten März, vormittags. Am dritten März, abends, ist das Verhör Krestinskis. Wyschinski sagt zu Krestinski: Wenn das, was Rakowski hier sagte, richtig ist, werden Sie dann fortfahren, das Gericht zu betrügen und die Richtigkeit Ihrer in der Voruntersuchung gemachten Aussagen zu bestreiten? Krestinski sagt: Meine Aussagen in der Voruntersuchung bestätige ich vollständig. Wyschinski sagt: Was bedeutet in diesem Falle Ihre gestrige Erklärung, die man nicht anders einschätzen kann als eine trotzkistische Provokation vor dem Gericht? Krestinski sagt: Ich war gestern, unter dem Eindruck eines momentanen scharfen Gefühls falscher Scham, das durch die Anklagebank und durch den schweren Eindruck von der Verlesung der Anklageschrift hervorgerufen und durch meinen krankhaften Zustand noch verschärft wurde, nicht imstande, die Wahrheit zu sagen, nicht imstande zu sagen, daß ich schuldig bin. Anstatt zu sagen – jawohl, ich bin schuldig, antwortete ich fast mechanisch – nein, ich bin nicht schuldig. Wyschinski sagt: Mechanisch? Krestinski sagt: Ich hatte nicht die Kraft, im Angesicht der öffentlichen Meinung der Welt die Wahrheit zu sagen. Ich bitte das Gericht, meine Erklärung festzuhalten, daß ich voll und ganz mich all der äußerst schwerwiegenden Anklagen, die gegen mich persönlich erhoben wurden, schuldig bekenne.

Kessler sagt, Gute Arbeit, vom zweiten bis dritten März.

Tallhover sagt, Endlich. Wyschinski kommt wieder zu sich. Er ruft: Es ist dies eine Bande von gemeinen Verbrechern, die sogar von Kriminellen als die allerletzten, als die allerverächtlichsten, als die korrumpiertesten unter den Korrumpierten angesehen werden. Die Zerschmetterung dieser Bande ist ein gewaltiges Verdienst an der Sache des Friedens, an der Sache der Demokratie, an der Sache der wahren menschlichen Kultur. Krestinski ist nach eigenem Geständnis seit Neunzehnhunderteinundzwanzig ein deutscher Spion. Das ist ein übelriechender Haufen menschlichen Abschaums, der zu allem bereit war. Die Hochverräter wollten die befreiten Völker unserer brüderlichen Unionsrepubliken wieder unter das kapitalistische Joch bringen. Aber gibt es denn ein anderes Land in der Welt außer der Union der Sozialistischen Sowjetrepubliken, wo das wahre Aufblühen der Millionenmassen wirklich gewährleistet wäre? Ein solches Land gibt es außer der Union der Sozialistischen Sowjetrepubliken in der ganzen Welt nicht. In der Union der Sozialistischen Sowjetrepubliken leuchtet mit ihren starken segnenden Strahlen immer freudiger und heller die neue sozialistische Sonne. Genossen Richter! Möge Ihr Urteil in unserem großen Lande erschallen wie eine Sturmglocke, die zu neuen Siegen ruft. Möge Ihr Urteil, das wie ein erfrischendes Gewitter der gerechten Sowjetstrafe wirkt, erschallen! Unser ganzes

Land fordert das eine: die Verräter müssen wie räudige Hunde erschossen werden! Zertretet das verfluchte Otterngezücht! Unkraut wird die Gräber der verhaßten Verräter überwuchern. Aber über uns, über unserem glücklichen Lande wird nach wie vor unsere Sonne mit ihren hellen Strahlen klar und freudig leuchten. Wir werden den vom letzten Schmutz der Vergangenheit gesäuberten Weg gehen, vorwärts und immer weiter vorwärts, dem Kommunismus entgegen!

Besser redet keiner von dem neuen Deutschland. Besser redet keiner gegen die Feinde des neuen Deutschland, sagt Kessler.

Bedenken Sie noch, daß Krestinski und Co in Wahrheit keine Feinde des neuen Rußland sind, sagt Tallhover. Nur aus dem Weg des geliebten Führers und Lehrers müssen sie. Erst dann verstehen Sie die Gabe Wyschinskis.

Was hat Krestinski zuletzt gesagt, sagt Kessler.

Er hat gesagt: Nach dem Tode Swerdlows wurde ich zum Sekretär des Zentralkomitees der Kommunistischen Partei Rußlands ernannt. Ich war organisatorischer Gehilfe Lenins. Die tägliche laufende Arbeit des Zentralkomitees ging durch meine Hände.

Ich halte es für notwendig, zu erklären, daß ich von den terroristischen Akten, die im zweiten Teil der Anklageschrift angeführt sind, nicht die geringste Vorstellung hatte und davon erst erfuhr, als mir die Kopie der Anklageschrift eingehändigt wurde.

Ich gebe zu, daß meine Weigerung, mich schuldig zu bekennen, objektiv ein konterrevolutionärer Schritt war, aber subjektiv war das kein feindlicher Ausfall. Es schien mir über meine Kräfte zu gehen, mich vor dem Angesicht der ganzen Welt schuldig zu bekennen. Es schien mir, daß es leichter sei, zu sterben, als in der ganzen Welt eine Vorstellung über meine Teilnahme an der Ermordung Maxim Gorkis zu schaffen, von der ich wirklich nichts wußte.

Meine Verbrechen an der Heimat sind unermeßlich, und ich nehme jedes Urteil an. Ich bitte Sie, mein Leben zu schonen.

Und?, sagt Kessler.

Drei sind davongekommen, darunter Bessonow, sagt Tallhover. Krestinski nicht.

Die Beratung, zu welcher sich das Militärkollegium des Obersten Gerichtshofes am zwölften März um einundzwanzig Uhr fünfundzwanzig zurückzieht, ist am dreizehnten März um vier Uhr mogens zu Ende. Das Gericht erscheint. Der Vorsitzende, Armee-Militärjurist Wassili Wassiljewitsch Ulrich verkündet, auf Grund des Dargelegten sowie gemäß Artikel dreihundertneunzehn und dreihundertzwanzig verurteile das Militärkollegium viertens Krestinski, Nikolai Nikolajewitsch, zum höchsten Strafmaß – zur Erschießung, und zur Beschlagnahme des gesamten persönlichen Eigentums.

Korps-Militärjurist Matulewitsch und Divisions-Militärjurist Jewlew haben an zweiter und dritter Stelle unterschrieben.

Kessler sagt, Der kommt uns nicht mehr nach Berlin.

61 Tallhover findet eine Akten-Notiz über Professor Doktor Oskar Vogt, Neustadt/Schwarzwald, vor: Vogt, Direktor des Neustädter Instituts für Hirnforschung und allgemeine Biologie, Alter 69 Jahre, sei als Sanitätssoldat eingezogen worden; er habe sich schwierig gegeben bei der Erlernung der militärischen Ehrenbezeigungen.

Idioten, sagt Tallhover, als er die Notiz abheftet. Damit habe ich nichts zu tun.

62 Tallhover hat von einem Vernehmungsprotokoll gehört. Ein deutscher Spezialist, der in Rußland Straßen gebaut hat, ist wieder in Deutschland. Die Russen hatten ihn verhaftet. Die Russen hatten ihn eingesperrt. Die Russen haben ihn in die Heimat zurückgeschickt, wie der Vertrag es vorsieht. Er sitzt. Er hat Orte genannt, in denen er war. Er hat Leute ge-

nannt, mit denen er zu tun hatte. Er hat den Namen Bessonow genannt.

Tallhover verlangt das Protokoll.

Das Protokoll kriegt er. Ein Ingenieur ist es. Er heißt Hans Metzger. Auf einem Transport von Gefangenen, sagt er, ist er Bessonow begegnet. Bessonow? Bessonow, Sergej Alexejewitsch. Wußte Metzger, wer Bessonow ist? Er wußte es. Er hatte, Achtunddreißig, jeden Bericht über den Prozeß gegen Bucharin, Rykow und die anderen gelesen. Er kannte jeden Namen. Bessonow. Metzger hat Bessonow gefragt, ob er ihn etwas fragen dürfe. Was? Etwas, das den Prozeß betrifft Achtunddreißig. Fragen Sie, hat Bessonow gesagt. Warum haben Sie Ihr Geständnis nicht widerrufen, sagt Metzger. Bessonow sagt, Ich wollte nicht das Schicksal Krestinskis teilen. Krestinski hat widerrufen. Metzger sagt, Am ersten Tag. Bessonow sagt, Sie haben ihm nach der Verhandlung das linke Schultergelenk ausgerenkt. Er litt maßlose Schmerzen, aber äußerlich konnte man nichts erkennen. In der Verhandlung am nächsten Tag bekannte er sich schuldig. Bessonow habe noch das folgende gesagt. Metzger möge nicht außer acht lassen, daß Fünfunddreißig, im April, glaube er, Kinder ab zwölf dem Strafrecht unterworfen worden seien und gleichgestellt der Bestrafung Erwachsener, einschließlich der Todesstrafe. Die fünfzehnjährige Tochter Krestinskis und Krestinskis Frau, Vera Moissejewna, hätten sich aber zur Zeit des Prozesses in der Hand der Sicherheitsorgane befunden.

63

Ohne besondere Aufforderung, lediglich aus Sorge, der passive Widerstand und die stille Sabotage von Geistlichen beider Konfessionen könnten die Ziele der nationalsozialistischen Staatsführung gefährden, lege ich, schreibt Tallhover, nachfolgend meine Gedanken nieder.

Die Arbeit zahlreicher Geistlicher zeigt bestimmte bestimmende Grundlinien.

Es wird den Gläubigen zu sagen versucht, daß im gegenwärtigen Zustand nur Gott noch helfen könne (Niemand kann zwei Herren dienen); auf diese Weise wird das Vertrauen in die Staatsführung zersetzt.

Es werden die Leute dadurch zu beunruhigen gesucht, daß die Schrecken des Krieges in den schwärzesten Farben dargestellt werden. Besonderer Eindruck wird dabei auf die Frauenwelt gemacht. Auf diese Weise wird Unruhe in die Bevölkerung getragen.

Es wird gesagt, Krieg sei eine Gottesstrafe für die Gottlosigkeit der nationalsozialistischen Staatsführung.

Es wird unter den Gläubigen verbreitet, daß der Glaube keine Parteinahme für ein bestimmtes Land zulasse. Zum Beispiel die Katholiken aller Länder seien Brüder; dies gelte gegenwärtig besonders für Deutsche und Polen.

Als Waffen der Geistlichen im Kampf gegen die nationalsozialistische Staatsführung werden von Geistlichen selbst genannt: das Gebet, die Klugheit, untadeliger Lebenswandel, Volksverbundenheit und die Wissenschaft (die Wissenschaft künde die Wahrheit). In der protestantischen Kirche tun sich die Kreise der Bekenntniskirche besonders hervor (Büro Niemöller in Berlin-Dahlem).

Äußerungen von seiten beider Kirchen, daß man mit dem neuen Staat gern Frieden schließen wolle, wenn sich der Staat nicht in die kirchlichen Angelegenheiten einmische, dürfen nur bedingt als Bereitschaft zur Zusammenarbeit angesehen werden. Vielmehr ist darin in erster Linie ein Versuch zu sehen, die nationalsozialistische Staatsführung zu erpressen.

Neben den beiden größeren konfessionellen Gruppen legen einzelne kleinere Sekten staatsfeindliches Verhalten an den Tag. Insbesondere die Baptisten und die Quäker stellen infolge ihrer pazifistischen Einstellung und dank internationaler Beziehungen eine Stütze des Feindes dar. Die Bibelforscher (Zeugen Jehovas) schließlich schrecken nicht vor offenem Widerstand zurück (Verweigerung des Dienstes in der Wehrmacht).

Angesichts der Erfahrung, daß der Gegensatz zwischen den

konfessionellen Kräften einerseits und der nationalsozialistischen Staatsführung andererseits immer schwerer zu verdekken ist, muß die hetzerische Tätigkeit der staatsfeindlichen Geistlichen durch klare energische Maßnahmen zum Schweigen gebracht werden. Meines Erachtens sind die nachfolgend genannten grundsätzlichen Maßnahmen unbedingt erforderlich, schreibt Tallhover.

1. Maßnahmen staatspolizeilicher Art.

a) Bei bewußter Sabotage, eindeutiger Volksverhetzung und offenem Widerstand muß auf der Stelle und schärfstens durchgegriffen werden. Betreffende Persönlichkeiten sind sofort einem Konzentrationslager zuzuführen. Die restlichen Geistlichen werden dann schon zurückhaltender werden.

b) Gegen konfessionelle Veranstaltungen, Vereine und Schulen, die staatsfeindliche Schritte machen, ist mit sofortigen Verboten und Auflösungen vorzugehen.

c) Sämtliche Geistlichen sowie sämtliche Sektenfunktionäre müssen der strengsten Ausreisesperre unterliegen.

d) Von Sondergenehmigungen für kirchliche Würdenträger, die nicht in der Heeresseelsorge beschäftigt sind (betr. Aufenthaltsgenehmigungen für militärische Sperrgebiete, Benützung der Heeres-Transportmittel, Teilnahme an Veranstaltungen des Heeres) ist ausnahmslos abzusehen.

e) Staatszuschüsse an die Kirchen müssen planmäßig zurückgeschraubt werden. Die Kirchen müssen stärker als bisher besteuert werden. Die anfallenden Gelder können vom Staat für lebenswichtige Aufgaben verwendet werden.

f) Die Seelsorge des Heeres und für Verwundete darf nicht zu politischen Zwecken mißbraucht werden.

g) Die Seelsorge für Ausländer und Gefangene ist sorgfältig zu überwachen.

h) Internationale pazifistische Sekten verbieten!

i) Große konfessionelle Veranstaltungen (z. B. Wallfahrten) mit Hinweis auf mangelnde Transportmöglichkeiten verbieten!

j) Geldsammlungen konfessioneller Organisationen verbieten!

k) Die NSV muß die Leitung und Kontrolle der konfessionellen Kindergärten, Horte usw. übernehmen. Überhaupt sollte der NSV die Kontrolle der gesamten Wohlfahrtstätigkeit unterstellt werden.

l) Zulassung von Kraftfahrzeugen nur in ganz beschränktem Umfang für Mitglieder von Religionsgemeinschaften. Desgleichen: Zuteilung von Tankausweis-Scheinen.

2. Maßnahmen propagandistischer Art.

a) In der Tagespresse konfessionelle Gegensätze zum nationalsozialistischen Staat stillschweigend übergehen! Im Fall scharfer Maßnahmen gegen konfessionelle Persönlichkeiten kurze Notizen!

b) Einschränkung der konfessionellen Zeitschriften, Wochenblätter usw. mit Hinweis auf Papierkontigentierung bis auf ein Minimum. Für die verbleibenden: beträchtliche Reduzierung der Auflagen. Inhaltliche Zensur Bedingung.

c) Aufklärung weiter Volkskreise über das staatsfeindliche Verhalten konfessioneller Kreise muß betrieben werden in Wochenblättern (Sonntagsleser!) und mittels Broschüren ohne erkennbare Herkunft in großer Auflage regelmäßig. (Das beste Mittel zur Abwehr konfessioneller Tätigkeit bleibt das absolute Totschweigen konfessioneller Kräfte; siehe oben unter a).)

d) Astrologische Kalender, konfessionelle Flugschriften, Traktätchen u. ä. (leider ist das Broschürenschrifttum noch nicht reichsschrifttumskammerpflichtig!), in denen bevorzugt staatsfeindliches oder momentan unerwünschtes Gedankengut versteckt wird, ausnahmslos verbieten! Hirtenbriefe und Kanzelabkündigungen staatsfeindlichen Inhalts unnachsichtig einziehen sowie die benutzten Druck- und Vervielfältigungsapparate sicherstellen!

Tallhover möchte seine Niederschrift nicht mit der Einzelheit, die die astrologischen Kalender, Hirtenbriefe und Kanzelabkündigungen betrifft, enden lassen. Es fehlen ihm einige Schlußsätze. Er liest die Aufstellung zweimal, steht vom Tisch auf, sieht aus dem Fenster, setzt sich, schreibt:

Ein restloser Einsatz der konfessionellen Führung für

die deutschen Volksinteressen ist zwar aufgrund der konfessionellen Lehre und der inneren überstaatlichen Verpflichtungen dieser Kreise nicht denkbar. Es ist aber anzunehmen, daß die von mir genannten Maßnahmen, wenn sie in aller Stille konsequent durchgeführt werden, geeignet sind, einen großen Teil des Kirchenvolkes zum positiven Einsatz für die Lebensnotwendigkeiten Deutschlands zu bringen sowie die politische Tätigkeit der Geistlichen größtenteils zu lähmen.

Einige Notizen hat Tallhover noch übrig. Er entschließt sich, sie als eine Reihe praktischer Anweisungen zusammenzustellen.

Ich betone, schreibt Tallhover, daß die Zusammenstellung unvollständig ist.

Unter der Überschrift Anhang schreibt Tallhover:

1. Einbau von V-Männern in alle Landes- und Provinzialkirchen sowie in die Zentralstellen konfessioneller Vereine und Organisationen.

2. Ständige unauffällige Kontrolle der Gottesdienste zwecks Überwachung der Predigten und Gewinnung eines Überblicks über die zahlenmäßige Beteiligung des Kirchenvolkes am kirchlichen Leben.

3. Sorgfältige Überwachung der Verbindungen zum Ausland (Telefon- und Postüberwachung; Überwachung ausländischer Gäste; Beobachtung kirchlicher Persönlichkeiten, die Reisen unternehmen dürfen).

4. Überwachung der theologischen Fakultäten (Haltung der Professoren zu Partei und Staat; Einfluß der Professoren auf den übrigen Professorenapparat).

5. Überwachung der Konvikte, Studentenheime, Bekenntnisseminare (evtl. Vorkommnisse bezüglich § 175 feststellen). Betreffend 4. und 5. ist das Kirchliche Adreßbuch, Verlag Evangelischer Presseverband für Deutschland, Berlin-Steglitz, zugrunde zu legen.

6. Überwachung der Anstalten der Inneren Mission (evtl. Aufdeckung unhygienischer Zustände).

7. Genaue Beobachtung der Astrologie (Gewerbe oder poli-

tische Ziele?) sowie der Verbindungen zur Anthroposophie und Theosophie.

20. Oktober 1939 Mit nationalsozialistischem Gruß!
gez. Tallhover

Aus dem Amt Zwei des Reichssicherheitshauptamtes, dem Tallhover seine Niederschrift, die er für sich Memorandum Kirchen nennt, noch am Freitag übergeben hat, hört er lange Zeit nichts.

Erst am ersten November sagt ihm ein Unterführer von Sturmbannführer Hartl, man danke für Tallhovers Unterlage; sie sei zutreffend, aber er, Tallhover, wolle sich auch denken, bitte, daß man dies alles, und mehr, sehr viel mehr, selbst bedacht habe.

Tallhover kränkt es, daß, er sagt, diese Leute meine Überlegungen ohne wirkliche Anerkennung an sich nehmen. Es beruhigt ihn aber, daß er, schon am zwanzigsten Oktober, eine Kopie seines Memorandums Kirchen nach Hause mitgenommen hat.

64

Tallhover ist am elften Juli Einundvierzig in das Amt Drei des Reichssicherheitshauptamtes bestellt. In die Gruppe C, Kultur. In das Referat Zwo, Erziehung und religiöses Leben.

Wie er es deute. Daß die Kirchen in allen Teilen des Reiches zunehmend völkisches Sprach- und nationalsozialistisches Begriffsgut verwenden. Ach, was heiße zunehmend verwenden. Sie habe außerordentlich überhandgenommen, die Verwendung.

Tallhover sagt, er bitte um Beispiele.

In einem ostmärkischen Kirchenblatt sind Fotos von einem Empfang des Führers mit der Unterschrift versehen: Hosianna, er kommt!, sagt der Unterführer Krapp.

Ob man das als ein Beispiel für den Gebrauch völkischen Sprachgutes ansehe, fragt Tallhover.

Der Unterführer Krapp nimmt eine Broschüre zur Hand,

sagt, Eine biblische Wegweisung für deutsche Jungmannschaft, aus dem Ostwerkverlag Berlin. Darin wird das Flugzeug mit dem Leib Christi, die Landkarte mit der Bibel, das Funkgerät mit dem Gebet zu Gott gleichgesetzt.
Oder, sagt der Unterführer, eine Werbeschrift des katholischen Verlags Laumann in Dülmen, der Meßbücher herausgibt. Überschrift: Die Achse des Weltgeschehens ist unseres Herrn Heiliges Opfer.

Wie dies der Unterführer selbst deute, fragt Tallhover.

Es werden nationalsozialistische Grundbegriffe und soldatisch-militärische Formulierungen, die dank unserer sieghaften Entwicklung auch im Kirchenvolk hohes Ansehen genießen, planmäßig in den kirchlichen Sprachgebrauch eingefügt, damit dieses Ansehen auf die kirchlichen Einrichtungen und Lehren übertragen wird.

Tallhover sagt, Da möchte er noch mehr Beispiele hören.

Daran fehlt es nicht, sagt der Unterführer. Der Bischof Rackl hat bei einer Orgelweihe gesagt, welche Freude das Orgelspiel im Gottesdienst bereitet und welche Kraft es den Gläubigen gibt, und hat gesagt, Kraft durch Freude hat die katholische Kirche also schon lange.
In der Stadtkirche Teplitz hat ein Prediger die katholischen Priester als die Leibstandarte des Herrgotts bezeichnet.
Oder kirchliches Schrifttum wird als geistiges Vollkornbrot angepriesen.
Die unsichtbare Kirche der Engel und Seligen ist Himmlische Arbeitsfront genannt worden. Vorkehrungen gegen Geister und Dämonen geistiger Luftschutz.
Kapernaum wurde für das Christentum als Hauptstadt der Bewegung bezeichnet.

Weiter?, sagt Tallhover.

Bis Mitte Juli müssen die Meldungen raus, sagt der Unterführer. Kirchenvertreter geben nationalsozialistisches Gedankengut als ursprüngliches Gedankengut der Kirche aus. Das ist ein Mißbrauch. Das muß so genannt werden.

Tallhover sagt, Er suche nicht lange nach Deutungen. Warum Mißbrauch? Sie wissen von ihren eigenen V-Männern unter den Geistlichen, daß es in Prälatenkreisen und unter dem niederen Klerus viele Anhänger des Nationalsozialismus gibt. Sie brauchen nur Sturmbannführer Hartl von Vier B Zwo zu fragen.

65 Tallhover ist am dritten Juli Zweiundvierzig in das Amt Drei des Reichssicherheitshauptamtes bestellt. In die Gruppe C, Kultur. In das Referat Zwo, Erziehung und religiöses Leben.

Er erinnere sich des Gesprächs vor einem Jahr? Das Referat habe sich Tallhovers Deutung nicht anschließen können, der Gebrauch nationalsozialistischen Sprachgutes durch Vertreter der Kirche bezeuge nur, daß es unter den Geistlichen viele nationalsozialistische Anhänger gebe, sagt Unterführer Krapp. Wir geben zwar zu, daß manche Äußerungen so zu erklären sind. Es gibt neue Beispiele, aus der katholischen Kirche dieses: Ein Pfarrer in Heide vergleicht die Gliederung seiner Kirche mit der Gliederung des Nationalsozialismus. Die Rangordnung Papst, Kardinal, Bischof, Pfarrer setzt er der Rangordnung Führer, Gauleiter, Kreisleiter, Ortsgruppenleiter gleich.

Das heiße?, sagt Tallhover.

Ein Katholik kann auch Nationalsozialist sein. Der Pfarrer aus Heide sagt noch: Es gibt auch eine Gleichheit der Lehren. Der Katholizismus fordert den unbedingten Glauben, der Nationalsozialismus den unbedingten Gehorsam.
Oder ein anderes Beispiel. Wenn bei Pfarrämtern Geburtsurkunden angefordert werden, legen Ämter ihren Antworten einen Text bei mit der Überschrift Die Ahnen grüßen Dich. Der Text fängt so an: Die Ahnen danken Dir, weil Du gekommen bist, nach ihnen zu suchen, weil Du auf den leisen Ruf des Blutes gehört hast und dieser inneren Stimme nachgegangen bist mit suchender Seele. Blut läßt nicht von Blut.

Er sage es ja, sagt Tallhover.

Ja. Aber, sagt Unterführer Krapp. Ein katholischer Geistlicher in der Gegend von Dortmund hat gesagt: In unserer Kirche hat schon immer das Führer- und Gefolgschaftsprinzip geherrscht. Das ist keine neue Errungenschaft. Unser Führer ist Jesus und seine Gefolgschaft sind wir, die Priester und die Gemeinde.

Was der Unterführer sagen wolle, sagt Tallhover.

In diesem Fall wird die nationalsozialistische Vorstellung zugunsten der kirchlichen Wertung relativiert und in ihrem Gehalt ausgehöhlt.

Das müsse er zugeben, sagt Tallhover. In diesem Fall.

66 Aus dem Amt Fünf gehören auch Leute in die Sonderkommission.

Tallhover gehört dazu.

Die Sonderkommission des Reichssicherheitshauptamtes sieht sich am fünfzehnten April Dreiundvierzig das Sonderlager A an. Tallhover, der sich vom Kommandanten des Hauptlagers einen Lageplan geben lassen könnte, zeichnet einen Lageplan des Sonderlagers.

Tallhover erklärt den Mitgliedern der Sonderkommission, die sich selber das Sonderlager angesehen haben, nach der Besichtigung des Sonderlagers den Lageplan. Tallhover sagt, Das Sonderlager ist vom Hauptlager Sachsenhausen durch die Lagermauer getrennt. Das Sonderlager ist an den übrigen drei Seiten von einer Mauer umgeben, die eine Höhe von zirka drei Metern hat. Vom nächstgelegenen Wachturm des Hauptlagers, den ich Turm Drei nenne, kann das Sonderlager gut eingesehen werden. Die Fläche des Sonderlagers beträgt etwa vierzig mal vierzig Meter. Die Mauer des Sonderlagers hat in der linken und rechten äußeren Ecke je einen Wachturm. Diese beiden Wachtürme, die ich Turm Eins und Zwei nenne, sind unbesetzt. Der Wachhabende des Sonderlagers hält sich im Unterbau des Turmes Eins auf. Dort befindet sich auch der Eingang in das Sonderlager. Innerhalb der Mauer verläuft ein Postenweg, außer an der Seite des Hauptlagers. Der innere Lagerbereich ist vom Postenweg durch den elektrisch geladenen Zaun abgetrennt. Der elektrische Zaun ist ungefähr zwei Meter fünfzig hoch. Zwischen den Gefangenen und dem elektrischen Zaun ist noch der Stolperdraht, ungefähr achtzig Zentimeter vor dem elektrischen Zaun in fünfzig Zentimeter Höhe. Der Lagerbereich innerhalb des elektrischen Zauns ist durch einen Drahtzaun in Hälften geteilt, Hälfte Eins und Hälfte Zwei. Der Drahtzaun geht von der Lagermauer des Hauptlagers aus und hat eine Tür, Tür Zwei, die von der Hälfte Eins in die Hälfte Zwei führt. Tür Eins befindet sich im elektrischen Zaun und führt vom Postenweg in die Hälfte Eins. In jeder Hälfte steht eine Baracke, Baracke Eins in Hälfte Eins, Baracke Zwei in Hälfte Zwei.

Die Baracke Eins hat, wie wir gesehen haben, acht Zellen sowie einen Wasch- und Toilettenraum. Jede Zelle ist mit Bett, Tisch, Stuhl und Koksofen ausgestattet. Der Waschraum enthält vier Waschbecken, zwei Duschen mit kaltem Wasser, zwei Toiletten und zwei Urinale.

Der Kommandant des Lagers, Kaindl, sagt zu den Mitgliedern der Sonderkommission, daß sich in der Baracke Eins fünf Kriegsgefangene befinden: der Russe Wassili Kokorin, ein Neffe des Außenministers Molotow, und vier Engländer, und zwar Patrick O'Brain, Thomas Cushing, William Murphy und Andrew Walsh.

In der Baracke Zwei, sagt Kaindl, sind Griechen, unter anderen General Papagos.

Die Gefangenen im Sonderlager, sagt Kaindl, stehen auf, wann sie wollen, sie müssen nicht arbeiten, sie dürfen im Lagerbereich spazieren gehen, können Sport machen und bekommen genügend zu essen aus der Küche des Wachbataillons. Die Engländer kriegen sogar Lebensmittelpakete vom Roten Kreuz.

Die Gefangenen bekommen jeden Tag ein halbes Brot, Margarine, Wurst, Ersatzkaffee, warmes Essen zu Mittag, meistens Kartoffeln und Gemüse, manchmal Suppe, sagt Kaindl.

Sie bekommen Bücher und den Völkischen Beobachter.

An der Vernehmung der Gefangenen O'Brain, Cushing, Kokorin, Murphy und Walsh nimmt Tallhover ununterbrochen teil.

Cushing, der, wie er sagt, gerne redet, hat die Neuen als erster angeredet, sagt er. Als sie in die Baracke kamen. Anfang Februar war das. Sergeant Cushing, habe er gesagt. Einer von denen habe geantwortet, Dschugaschwili. Weil er, Cushing, nicht richtig verstanden habe, ob das der Name sei, habe er in deutscher Sprache gesagt, Feldwebel Cushing. Und gefragt, Sind Sie Pole? Oder Russe. Der andere habe gesagt, Ich Sohn Stalins. Jetzt habe der zweite seinen Namen genannt, Kokorin, und gesagt, Ich Neffe Molotows. Das heißt, Kokorin habe Ich plemjannik Molotows gesagt. Daß das nephew heiße, habe er erst später herausgekriegt. Darauf habe er, Cushing, geantwortet, Ich bin Jesus. Und wann kommt Dschingis Khan? Dann habe er beiden die Hand gegeben, zuerst Dschugaschwili. Jakob habe ich später zu ihm gesagt. Er hat mich meistens mit Herr Cushing angeredet.

Wie das Verhältnis zu den Russen gewesen sei, wird Cushing gefragt.

Normal, sagt Cushing. Er habe oft mit Dschugaschwili geredet.

Worüber.

Ich sollte ihm Englisch beibringen. Er wollte mir Russisch beibringen.

Und?

Wir haben viel über Technik geredet. Dschugaschwili war Elektrotechniker. Viel über Politik. Er wußte alles besser. Ich Sohn Stalins, sagte er.

Streit habe es nicht gegeben?

Nein. Doch. Vorgestern.

Also am dreizehnten?

Ja. Murphy, der in die Toilette gegangen war, rief, Kommt her und seht euch das an! Dschugaschwili hatte vergessen, die Spülung zu betätigen. Wir stellten Dschugaschwili zur Rede. Ich sagte zu ihm, Wenn das noch mal vorkommt, dann tunken wir dich, Entschuldigen Sie, in deine eigene Scheiße. Ich sagte noch, Du bist hier nicht in der Steppe. Dschugaschwili rempelte mich an, ich hielt ihn fest und schrie ihn an, Zieh gefälligst! Er hat es dann getan.

Weiter.

Kokorin kam dazu und legte sich mit O'Brain an. Er drückte O'Brain gegen die Wand und sagte, Du englisch Schwein. O'Brain hat ihm ins Gesicht geschlagen. Ansonsten kommt man mit Kokorin gut aus. Er ist netter als Dschugaschwili. Aber zwischen den beiden Russen hat es dauernd Streit gegeben.

Warum?

Dschugaschwili hat zu uns gesagt, Kokorin ist nicht Molotows Neffe. Molotow hat keinen Neffen. Kokorin soll auf mich aufpassen.

Nach der Vernehmung Cushings sagt Tallhover zu den Mitgliedern der Sonderkommission, Keiner ist schuld. Die Lagerleitung nicht und die Mitgefangenen nicht. Die tätliche Auseinandersetzung zwischen dem jungen Stalin und den Engländern ist läppisch. Wer also ist schuld.

Ein Mitglied der Sonderkommission sagt, Wir sollten den Konflikt mit den Engländern nicht unterschätzen, in unserem Abschlußbericht.

Die Mitglieder der Sonderkommission fragen Kokorin nach Dschugaschwili.

Kokorin sagt, Im Korridor unserer Baracke ist ein Lautsprecher. Wir haben oft die Nachrichten gehört, die vom Lager durchgegeben werden. Nachrichten in russischer Sprache und in englischer. Wir haben gehört, daß sechs Millionen russische Soldaten in deutscher Kriegsgefangenschaft sind. Auch der Sohn Stalins, wurde gesagt. Aber es wurde gesagt, Stalin soll gesagt haben, Hitler hat keine russischen Kriegsgefangenen. Er hat nur russische Verräter. Und die werden wir bestrafen, wenn der Krieg vorbei ist. Es wurde gesagt, Stalin soll gesagt haben, Mein Sohn Jakob ist nicht in deutscher Kriegsgefangenschaft. Ich habe keinen Sohn Jakob.

Jakob hat nach diesen Nachrichten gesagt, Mein Vater ist streng und scharf. Es gefällt ihm nicht, daß ich in Kriegsgefangenschaft bin. Es hat keinen Sinn mehr, wegzulaufen.

Was es mit dem Streit zwischen ihnen und den Engländern auf sich habe.

Nach dem Streit wollte Jakob sich beschweren, bei dem Kommandanten Kaindl. Er wollte in ein anderes Lager verlegt werden.

Der Gefangene Walsh sagt, Dschugaschwili hat oft von seiner Schwester gesprochen. Seinen Vater hat er angebetet. Vater aller Russen ist er, hat er gesagt.
Gestern mittag hat ihm der Wachhabende, Unterscharführer Jüngling, bei der Essenausgabe eine deutsche Zeitung gezeigt. Hat zu ihm gesagt, Herr Oberleutnant! Hier sehen Sie, was Ihre Leute für eine Schweinerei gemacht haben. Viertausend polnische Offiziere erschossen in Katyn.
Dschugaschwili hat kein Essen genommen. Er ist aus der Baracke gerannt. Den ganzen Nachmittag ist er draußen geblieben, immer hin und her gelaufen. Ich bin rausgegangen zu ihm, habe gesagt, er soll sich nicht länger aufregen und in die Baracke kommen. Er ist nicht mitgekommen.

Die Vernehmung der Gefangenen Murphy und O'Brain ergibt nichts anderes.

Der Rottenführer Konrad Harfich sagt, gestern, am vierzehnten vierten Neunzehnhundertdreiundvierzig, habe er gegen zwanzig Uhr seinen Postengang begonnen. Alle Gefangenen außer Jakob Dschugaschwili seien bereits in den Baracken gewesen. Nur Jakob Dschugaschwili sei heraußen herumgelaufen und habe mit einem Ast wiederholt auf die Erde geschlagen. Er sei ersichtlich sehr erregt gewesen.

Als, auch gegen zwanzig Uhr, der Wachhabende, Unterscharführer Jüngling, mit den Schlüsseln gekommen sei, um die Gefangenen in die Baracken einzuschließen und er, Harfich, ihm die Tür im Draht aufgeschlossen habe, sei Jakob

Dschugaschwili noch vor der Baracke herumgelaufen. Jüngling habe Jakob Dschugaschwili aufgefordert, in die Baracke zu gehen. Dieser habe jedoch erwidert, Nein. Machen Sie, was Sie wollen. Ich will den Kommandanten sprechen. Jakob Dschugaschwili habe gebrochen deutsch gesprochen. Warum er den Kommandanten habe sprechen wollen, das habe er nicht gesagt.

Jüngling habe ihm erwidert, Das wird heute nicht mehr möglich sein, den Kommandanten zu sprechen. Warten Sie bis morgen früh. Jakob Dschugaschwili habe jedoch darauf bestanden, den Kommandanten noch am Abend sprechen zu wollen.

Jüngling sei hierauf in Richtung Turm gegangen, vermutlich um anzurufen. Kaum wäre Jüngling weg gewesen, sei Jakob Dschugaschwili auf ihn, Harfich, zugelaufen, als er, Harfich, zwischen Turm Eins und Turm Zwei auf dem Postenweg unterwegs gewesen sei, und sei sofort über den Stolperdraht gestiegen. Dabei habe er gesagt, Posten schießen! Er, Harfich, habe darauf gesagt, Sind Sie vernünftig, gehen Sie aus dem Draht heraus, gehen Sie in die Baracke, gehen Sie schlafen. Morgen sieht alles anders aus.

Jakob Dschugaschwili habe darauf gesagt – das habe er, Harfich, wörtlich genau in Erinnerung –, Deutscher Posten Feigling, Russki gleich schießen.

Durch diesen Vorfall sei er, Harfich, sehr aufgeregt worden. Er habe sich gedacht, er gebe ihm, Jakob Dschugaschwili, die Chance, zur Vernunft zu kommen, und habe sich umgedreht. Er, Harfich, sei ungefähr zehn Meter weggegangen. Wie er sich wieder umgedreht habe, habe er gesehen, daß Jakob Dschugaschwili gerade mit beiden Händen in den hohen, elektrisch geladenen Zaun griff. Daraufhin habe er befehlsgemäß von der Schußwaffe Gebrauch gemacht. Er habe aus zirka sechs bis sieben Meter Entfernung mit dem Karabiner auf den Kopf gezielt und abgedrückt. Er habe getroffen. Sofort nach dem Schuß habe Jakob Dschugaschwili die Hände vom Draht weggenommen, sei zusammengebrochen, am Draht entlang heruntergerutscht und unten im Draht hängengeblieben. Er, Harfich, habe von vorne auf Jakob Dschugaschwili geschossen. Er habe keinen Warnschuß abgegeben.

Als er den Schuß abgegeben habe, sei es schon ziemlich finster gewesen. Die Scheinwerfer am Postenweg, genauer gesagt, es handele sich um kleinere Lampen, hätten schon gebrannt. Als der Schuß gefallen sei, habe der Posten auf dem Turm Drei kurz den Scheinwerfer angeschaltet. Jüngling habe jedoch sogleich gerufen, Licht aus! Jüngling habe dann den Hauptsturmführer Petri angerufen und ihn vom Vorfall verständigt. Er, Harfich, sei abgelöst worden, weil seine Postenzeit um gewesen sei, und sei in die Postenbaracke gegangen. Er sei nicht mehr herausgegangen. Er habe aber gehört, daß Häftlinge den Jakob Dschugaschwili aus dem Draht geholt hätten.

Der Kommandant sagt, der Arzt des Wachbataillons habe in seinem Bericht, den er heute an die Kommandantur gegeben habe, Tod durch Kopfschuß festgestellt und habe als vermutliche Todesursache die Verletzung von Hirnstamm und Großhirn genannt.

Tallhover sagt zu den Mitgliedern der Sonderkommission, Dschugaschwili hat den elektrischen Zaun erreicht. Seine Hände weisen starke Brandmarken auf. Der Stromschlag des elektrischen Zauns ist tödlich.

Ein Mitglied der Sonderkommission sagt, Dschugaschwili wollte fliehen. Der Posten hat pflichtgemäß von der Schußwaffe Gebrauch gemacht, als Dschugaschwili sich dem elektrischen Zaun näherte.

Tallhover sagt, Dschugaschwili hätte gar nicht über den Stolperdraht steigen dürfen. Er hätte gar nicht bis zum elektrischen Zaun kommen dürfen.

Mehr sagt Tallhover nicht. Tallhover denkt, Sie hätten auf jeden Fall verhindern müssen, daß Dschugaschwili sich umbringt oder erschossen werden muß. Was nützt ein toter Dschugaschwili. Dschugaschwili war der wichtigste Gefangene des Reiches. Was man mit ihm hätte erreichen können, das weiß keiner.

67 Tag für Tag ordnet Tallhover die Meldungen, die aus der Republik einlaufen.

In den Abendstunden gehen ihm die Meldungen nicht aus dem Kopf. Heute ist er entschlossen. Er weiß, daß er zu den wenigen gehört, die wissen, wie die Lage, die entstanden ist, beherrscht werden kann.

Es ist gerade zwölf Jahre her, sagt Tallhover. Ich erinnere mich genau. Ich muß es tun. Ich tue es für die Hauptabteilung.

Aus der Sorge, der Widerstand und die Sabotage von Geistlichen beider Kirchen könnten die Ziele der sozialistischen Staatsführung gefährden, lege ich, schreibt Tallhover, nachfolgend meine Gedanken nieder.

Die Religion ist das Opium des Volkes – dieser Ausspruch von Marx ist der Eckpfeiler der ganzen Weltanschauung des Marxismus in der Religionsfrage, hat Lenin gesagt. Die Religion ist eine Art geistigen Fusels, in dem die Sklaven des Kapitals ihr Menschenantlitz ersäufen, hat Lenin gesagt. Für Lenin ist Religion mittelalterlicher Moder, ein drittrangiges Hirngespinst.

Die imperialistische Bourgeoisie einer Reihe von Ländern benutzt die christliche Religion zur politisch-ideologischen Unterwerfung der gläubigen Werktätigen. Eine der reaktionärsten Rollen in der Politik spielt die christliche Partei CDU in Westdeutschland. Diese Partei unterstützt alle Remilitarisierungsbestrebungen Adenauers, vertieft die Spaltung Deutschlands und ist der beflissenste Agent des amerikanischen Imperialismus, sie propagiert die Ideologie des faschistischen Chauvinismus, des Rassenhasses und der Vorbereitung eines neuen Weltkrieges.

In der sozialistischen Gesellschaft werden sich die religiösen Nebel, die heute noch über der Menschheit lagern, allmählich zerstreuen, wie die wirklichen Nebel vor der aufsteigenden Sonne verdampfen.

Für immer werden bei uns jene Verhältnisse verschwunden sein, unter denen die Werktätigen der kapitalistischen Welt gezwungen sind, ihre Blicke zum Himmel zu richten und von dort Hilfe zu erwarten. An die Stelle der Ohnmacht und Verzweiflung, die für die Werktätigen in der Ausbeutergesellschaft charakteristisch sind, tritt bei unseren Menschen Lebensfreude und Zuversicht.

Jede Religion ist ihrer ganzen Natur nach eine dem Marxismus feindliche Ideologie und kann auch gar nichts anderes sein. Die Religion ist auch unter unseren Bedingungen des sozialistischen Aufbaus schädlich, weil sie ein Himmelreich predigt und dadurch die gläubigen Werktätigen vom Kampf um das wahre Glück, vom Kampf für die sozialistische Gesellschaft abhält.

Die evangelische und die katholische Kirche sind immer bestrebt, sich in die politische und gesellschaftliche Entwicklung unseres Arbeiter- und Bauernstaates einzumischen und die gläubigen Arbeiter und Bauern sowie die gläubige Intelligenz gegen unsere Regierung aufzubringen.

Die Tätigkeit zahlreicher Geistlicher zeigt dabei bestimmte bestimmende Grundlinien.

Es wird den Gläubigen zu sagen versucht, daß nur Gott helfen könne (Niemand kann zwei Herren dienen); auf diese Weise wird das Vertrauen in die sozialistische Staatsführung zersetzt.

Es werden die Gläubigen dadurch zu beunruhigen gesucht, daß die friedliebende Politik der Sowjetunion verleumdet wird. Auf diese Weise wird Unruhe in die Bevölkerung getragen.

Es wird unter den Gläubigen verbreitet, daß der Glaube keine Parteinahme für einen bestimmten Staat zulasse. Zum Beispiel die Katholiken aller Staaten seien Brüder; dies gelte gegenwärtig besonders für die Deutschen in der Deutschen Demokratischen Republik und im imperialistischen Westdeutschland.

Als Waffen der Geistlichen dienen: das Gebet, die Klugheit, untadeliger Lebenswandel, Verbundenheit mit der werktätigen Bevölkerung und der Intelligenz, die Wissenschaft (die Wissenschaft künde die Wahrheit). In der protestantischen Kirche tut sich die Junge Gemeinde besonders hervor. Die Junge Gemeinde ist eine religiös getarnte illegale Agenten- und Spionageorganisation des amerikanischen Imperialismus.

Äußerungen von seiten beider Kirchen, daß man mit dem neuen Staat gern Frieden schließen wolle, wenn sich der Staat nicht in die kirchlichen Angelegenheiten einmische, dürfen nur bedingt als Bereitschaft zur Zusammenarbeit angesehen werden. Vielmehr ist darin in erster Linie ein Versuch zu sehen, die sozialistische Staatsführung zu erpressen.

Neben den beiden größeren konfessionellen Gruppen legen einzelne kleinere Sekten staatsfeindliches Verhalten an den Tag. Insbesondere die Bibelforscher (Zeugen Jehovas) stellen infolge ihrer pazifistischen Einstellung und dank internationaler Beziehungen eine Stütze des Feindes dar. Trotz des Verbots betreiben die Zeugen Jehovas unter einem religiösen Deckmantel eine systematische Hetze gegen unsere Ordnung, schleusen illegales Schriftenmaterial ein und verbreiten es. Sie schrecken nicht vor offenem Widerstand gegen Staatsorgane zurück.

Angesichts der Erfahrung, daß der Gegensatz zwischen den konfessionellen Kräften einerseits und der sozialistischen Staatsführung andererseits schwer zu verdecken ist, muß die hetzerische Tätigkeit staatsfeindlicher Geistlicher durch konkrete energische Maßnahmen beendet werden. Meines Erachtens sind die nachfolgend genannten grundsätzlichen Maßnahmen unbedingt erforderlich, schreibt Tallhover.

1. Maßnahmen sicherheitsdienstlicher Art.

a) Bei bewußter Sabotage, eindeutiger Hetze und offenem Widerstand muß auf der Stelle durchgegriffen werden. Betreffende Personen sind sofort festzunehmen und der Bestrafung zuzuführen. Die restlichen Geistlichen werden dann schon zurückhaltender werden.

b) Gegen konfessionelle Veranstaltungen, die der Feindtätigkeit dienen, ist mit sofortigen Verboten vorzugehen.

c) Sämtlichen Geistlichen und sämtlichen Sektenfunktionären müßte die Reisemöglichkeit nach Westdeutschland gesperrt werden (Aber wie? Wann wird die Wunde der offenen Grenze geheilt?).

d) Staatliche Zuschüsse an die Kirchen müssen planmäßig

zurückgeschraubt werden. Die Kirchen müssen stärker als bisher besteuert werden. Die anfallenden Gelder können vom Staat für den sozialistischen Aufbau verwendet werden.

e) Entschieden gegen die feindliche Tätigkeit der Jungen Gemeinde und der Zeugen Jehovas (Bibelforscher) vorgehen, die beide im Auftrag des anglo-amerikanischen Imperialismus und seiner westdeutschen Helfershelfer handeln. Den Mitgliedern der Jungen Gemeinde unbedingt das Kugelkreuz abnehmen; Entfernung der betreffenden Personen (einschließlich Lehrer!) von der Oberschule bzw. Exmatrikulation von der Universität. Möglichst Festnahmen.

f) Die Seelsorge für Strafgefangene ist sorgfältig zu überwachen.

g) Internationale pazifistische Sekten, soweit noch nicht verboten, verbieten!

h) Größere konfessionelle Veranstaltungen mit Hinweis auf mangelnde Transportkapazität verbieten!

i) Geldsammlungen konfessioneller Organisationen verbieten!

j) Staatliche Kontrolle der konfessionellen Kindergärten, Horte usw. Überhaupt sollte die Volkssolidarität die Kontrolle der gesamten Wohlfahrtstätigkeit ausüben.

k) Verkauf und Zulassung von Kraftfahrzeugen nur in ganz beschränktem Umfang für Mitglieder von Religionsgemeinschaften. Desgleichen: Zuteilung von Benzin-Gutscheinen.

2. Maßnahmen propagandistischer Art.

a) In der Tagespresse konfessionelle Gegensätze zum sozialistischen Staat von Fall zu Fall stillschweigend übergehen oder ausdrücklich hervorheben. Im Fall der Zeugen Jehovas ist das beste Mittel der Abwehr das absolute Totschweigen. Im Fall der Jungen Gemeinde deutliche Sprache, vor allem in der Zeitung unseres Jugendverbandes, aber auch im Zentralorgan der Partei. (In der Jungen Welt in Leserbriefen Hinweise auf die friedensfeindlichen Aktivitäten der Jungen Gemeinde in verschiedenen Orten der Republik geben!).

b) Einschränkung der konfessionellen Zeitschriften mit Hinweis auf Papierknappheit bis auf ein Minimum. Für die verbleibenden: beträchtliche Reduzierung der Auflagen. Inhaltliche Zensur Bedingung.

c) Breite Aufklärung unserer Bevölkerung über das staatsfeindliche Verhalten konfessioneller Kreise möglichst in Wochenblättern (Sonntagsleser!) und mittels Broschüren in großer Auflage regelmäßig.

d) Astrologische Kalender, Traktätchen u. ä., in denen bevorzugt staatsfeindliches Gedankengut versteckt wird, ausnahmslos verbieten! Hirtenbriefe und Kanzelabkündigungen staatsfeindlichen Inhalts einziehen sowie die benutzten Druck- und Vervielfältigungsapparate sicherstellen.

Es ist anzunehmen, daß die von mir genannten Maßnahmen, wenn sie konsequent durchgeführt werden, geeignet sind, einen großen Teil der gläubigen Werktätigen zur Mitarbeit beim sozialistischen Aufbau zu bringen sowie die politische Tätigkeit der Geistlichen größtenteils zu lähmen.

Einige Notizen hat Tallhover noch übrig. Er entschließt sich, sie als eine Reihe praktischer Anweisungen hinzuzufügen.

Ich betone, schreibt Tallhover, daß die Zusammenstellung unvollständig ist.

Unter der Überschrift Anhang schreibt Tallhover:

1. Einbau von Beauftragten in alle Landes- und Provinzialkirchen.

2. Ständige Kontrolle der Gottesdienste zwecks Überwachung der Predigten und Gewinnung eines Überblicks über die zahlenmäßige Beteiligung der Bevölkerung am kirchlichen Leben. Vor allem Überwachung der Studentenpfarrer!

3. Sorgfältige Überwachung der Verbindungen von Geistlichen zum kapitalistischen Ausland (Telefon- und Postüberwachung; Überwachung von ausländischen Gästen; Beobachtung kirchlicher Persönlichkeiten, die Reisen unternehmen, im Ausland).

4. Überwachung der theologischen Fakultäten (Haltung der Professoren zu Partei und Staat; Einfluß der Professoren auf die übrige Professorenschaft).

5. Überwachung der Studentenheime, Rüstzeiten usw. (evtl. Vorkommnisse bezüglich § 175 feststellen).

6. Überwachung der Anstalten der Inneren Mission (evtl. Aufdeckung unhygienischer Zustände).

7. Verbot der Astrologie sowie der Anthroposophie und der Theosophie.

Tallhover übergibt die Niederschrift dem Leiter seiner Hauptabteilung. Da es Montag ist, am Morgen, und der Leiter mit vielem beschäftigt, das über das Wochenende sich angesammelt hat, nimmt der Leiter die Niederschrift beiläufig entgegen.

Aber Tallhover, der sich andere Aufmerksamkeit für seine Gedanken wünscht als vor zwölf Jahren, lacht und sagt, Mein Memorandum Kirchen.

Der Leiter blickt auf und nimmt Tallhovers Seiten zur Hand. Genosse Tallhover, das ist außerordentlich wichtig. Ich danke Ihnen. Sie hören von mir.

Tallhover weiß nicht, in welchem Referat welcher Hauptabteilung seine Niederschrift geprüft wird. Schon am Montagnachmittag sagt der Leiter, Sie können sicher sein, daß Ihre Vorschläge berücksichtigt werden.

68

Tallhover ist krank. Er ist am Morgen aufgestanden wie gestern morgen, aber gestern kam er auf der Allee noch ein Stück vorwärts, ehe er es aufgeben mußte gegen die unzähligen Menschen; heute ist er nicht bis auf die Straße gekommen. Sogleich nach dem Aufstehen hatte er das Gefühl schwerer Krankheit in den Beinen, im Magen, in der Brust; er fieberte, fühlte er, setzte sich im Schlafanzug an den Küchentisch, ließ den Kopf auf die Hände sinken, die auf der Tischplatte gefaltet waren. Ich bin krank, sagte Tallhover. Das hätte ich nicht mehr sehen dürfen in meinem Alter, nach so vielen Jahren Arbeit.

Tallhover ging zum Telefon, rief den Leiter an, wie er ihn gestern angerufen hatte, Genosse, ich kann nicht kommen, wollte ihm sagen, Genosse, ich bin krank, aber heute meldete sich der Leiter gar nicht.

Tallhover rief die Alte an, die einkauft für ihn und das Haus sauberhält, sagte, sie solle kommen, wenn sie durchkomme, solle eine Reissuppe kochen, solle kommen.

Er legte sich wie gestern morgen im Wohnzimmer auf das Sofa, an dessen Kopfende das Radio steht, richtete sich halb auf, legte auf das Kissen noch ein Kissen, ließ sich langsam zurücksinken. Aber das Radio, auf das er gestern den ganzen Tag und die halbe Nacht gehört hatte, schaltete er nicht ein. Er war zu müde. Er war zu krank. Er wollte ruhig nachdenken, trotz des Fiebers. Es war ihm gleichgültig, was in der Nacht noch geschehen sein konnte. Es war gleichgültig, nach allem, was am Tag schon geschehen war.

Ich bin Polizeimann, sagt Tallhover. Ich bin Polizeimann. Die Politik müssen sie schon selber machen. Aber es muß ein Zusammenspiel geben. So gut muß die Politik schon sein, daß ein Polizeimann keine Politik machen muß. Um so besser kann er dafür sorgen, daß die Politik besser aussieht. So weit, wie es gestern gekommen ist, kann es dann nicht kommen. So weit darf es nicht kommen.

Tallhover hört, daß die Alte, die einen Schlüssel hat, die Haustür aufschließt. Sie klopft an die Wohnzimmertür, tritt ins Zimmer. Genosse Tallhover, sagt sie, wie geht das aus.

Tallhover sagt, So weit hätte es nie kommen dürfen. Ich konnte gestern vormittag nicht meinen gewohnten Weg gehen in der Stalinallee. Es war wie Neunzehnhundertneunzehn, am sechsten Januar, in der Wilhelmstraße. Aber von unseren habe ich in der Stalinallee keinen gesehen. Hatten sich alle verzogen. Das ist doch schon am Dienstag losgegangen. Und gestern mittag erst haben die Freunde Panzer geschickt. Einen ganzen Tag haben sie sich Zeit gelassen.

Aber da war sowieso alles schon zu spät. Das hätten unsere doch längst wissen müssen. Hätten doch bloß an Lenin zu denken brauchen. Die anderen wollten nicht mehr, und unsere konnten nicht mehr. Das ist nicht erst seit Dienstag so, das ist so schon lange. Wo waren unsere Leute die Wochen davor. Hat keiner was gemerkt für sein teures Geld?

Die Alte sagt, Traut sich ja keiner, was zu sagen.

Dummes Zeug, sagt Tallhover. Aber wenn es schon so weit kommt, dann muß sofort zugeschlagen werden, sofort. Vorgestern hätten unsere zuschlagen müssen. *Unsere* hätten zuschlagen müssen. Einer muß es machen. Das ist heute nicht anders als damals. Achtzehn Neunzehn. Das wird immer so sein. Aber was machen unsere? Die Freunde rufen Sie. Kommt, helft uns, schickt Panzer. Wir haben selber genug Leute. Waffen haben wir auch. Sollen Sie mal sehen, wenn die Volkspolizei reinhält. Nach den ersten Toten läuft alles auseinander. Schluß mit dem Krawall. Und die Anstifter vors Standgericht. Das können wir selber. Dazu brauchen wir die Russen nicht. Stattdessen verhängt der Russe den Ausnahmezustand. Und das auch noch zu spät.

Die Alte sagt, Mein Schwiegersohn ist bei der Kasernierten Volkspolizei.

Tallhover sagt, Unsere haben immer noch nichts gelernt aus der Geschichte. Haben doch am eigenen Leib erfahren, wie man mit solchen Leuten umgehen muß. Jetzt sind sie selber oben, aber die Leute steigen ihnen aufs Dach. Da hilft nur durchgreifen. Bedingungslos durchgreifen. Das ist die einzige Sprache, die die Masse versteht. Ja, die Russen. Die wissen das. Da ist was dran an dem Spruch: Von den Russen lernen heißt siegen lernen. Ich hätte von unseren mehr erwartet. Sollen meine Jahre, die ich jetzt für sie arbeite, vertan sein? Ich weiß nicht, soll ich Wut kriegen oder soll ich mich schämen.

Die Alte sagt, Ich koche jetzt Reissuppe.

Ich bin krank, sagt Tallhover. Ich kann nichts essen. Ich möchte wissen, wie es weitergeht.

Was soll nur werden, sagt die Alte.

Wenn wieder Ruhe ist, gibt es viel Arbeit, sagt Tallhover. Aus den Fehlern lernen, sagen unsere. Die Nieten müssen verschwinden.

Soll ich jetzt kochen, sagt die Alte.

Meinetwegen, sagt Tallhover.

Am Samstag geht es Tallhover besser. Er denkt daran, am Montag wieder zum Dienst zu gehen.

Die Alte, die samstags das Haus saubermacht, sagt, Es ist alles ruhig.

Tallhover sagt, Es geht mir besser. Ich habe gestern mit meiner Dienststelle telefoniert. Der Genosse Dibrowa hat bekanntgegeben, daß einer von den Krawallmachern erschossen worden ist. Standgericht. In Leipzig und Magdeburg haben die Freunde auch durchgegriffen. In Magdeburg sind zwei drangekommen, in Leipzig drei.

Die Alte sagt, Aber Genosse Tallhover. Das sind auch Menschen.

Auch nur, sagt Tallhover. Ich sage Ihnen, es werden noch mehr drankommen. Die Freunde kennen sich aus. Deshalb herrscht bei denen auch Ruhe. Bei uns wars doch nicht anders, vor Fünfundvierzig. Das wissen Sie doch. Denken Sie, das hätte anders zwölf Jahre gehalten?

Damals hatten sie es auf unsereinen abgesehen, sagt die Alte. Und heute wieder? Das sind doch Arbeiter, Genosse Tallhover.

Arbeiter, Arbeiter. Das ist vollkommen egal, was das sind. Das sind Aufrührer gegen die Staatsmacht. Das waren früher Aufrührer und das sind heute Aufrührer. Arbeiter oder nicht.

Aber erschießen?, sagt die Alte.

Tallhover sagt, Todesstrafe muß sein. Sie ist sogar etwas Humanistisches.

Nein, sagt die Alte.

Weil sie den Staat schützt und das Leben der Bürger. Sie ist ein Gebot der Gerechtigkeit. Bloß traurig, daß unsere das nicht selber machen. Daß die Freunde das für uns machen müssen. Unsere sollten sich um ihre Angelegenheiten selber kümmern. Vielleicht besinnen sie sich noch. Wenn der Schreck vorbei ist. Wenn ich etwas zu sagen hätte, dann: Kopf ab. Erschießen ist noch viel zu gut. Für diese Bande.

Die Alte sagt, Mein Gott, Genosse Tallhover.

Tallhover sagt, Am Montag gehe ich wieder arbeiten.

Am Montag hört Tallhover von dem Leiter, der vor den Mitarbeitern spricht, daß am Mittwoch ein faschistischer Putsch versucht worden sei von Provokateuren, faschistischen, und bezahlten westlichen Agenten, denen eine Reihe verantwortungsloser Bürger irregeleitet gefolgt sei und eine Reihe feindlich gesinnter. Das Endziel der Provokation sei gewesen die Zerschlagung unserer Macht sowie die Auslösung eines Krieges.

Tallhover, der in der ersten Reihe sitzt, sieht dem Leiter in das Gesicht.

Aber der Putsch, von den Kriegstreibern organisierte, sei gescheitert, an dem Widerstand der, der Mehrheit, überwiegenden, hinter der Regierung stehenden, und zerschlagen mit Unterstützung der Streitkräfte, der sowjetischen in Deutschland, Werktätigen.

Zu den Sätzen, die von anderen Angestellten zu den Sätzen des Leiters gesagt werden, sagt Tallhover auch nichts.

Nach der Versammlung geht Tallhover zu dem Leiter und sagt, Unsere waren zu feige, zur rechten Zeit zuzuschlagen. Sind sie jetzt auch noch so feige, die ganze Sache dem Westen in die Schuhe zu schieben?

Der Leiter sagt, Genosse Tallhover, bedenke, was du sagst. Ich habe meine Instruktionen.

Tallhover sagt, Du und ich, wir brauchen uns keinen Sand in die Augen zu streuen. Unsere sind selber an der Sache schuld. Aber sie lassen den Russen die Dreckarbeit machen. Und hinterher sind sie nicht mal schuld gewesen. Das weißt du genauso gut wie ich, daß das kein faschistischer Putsch war. Die Leute haben die Nase voll von uns. Das ging bei den Bauarbeitern los. Das ging von allein los. Und das ging nicht gegen die Russen. Aber der Russe hat das gestoppt. Und nicht deine Mehrheit der Werktätigen. Die war nämlich auf der Straße. Da kamen die Russenpanzer ganz schlecht durch.

Genosse Tallhover, das entscheide nicht ich, und das entscheidest nicht du. Das hat gestern das ZK entschieden.

69 Daß aber am zehnten Juni Dreiundfünfzig eine Besprechung stattgefunden hat zwischen dem Ministerpräsidenten und der Evangelischen Kirche, das erfährt Tallhover erst Ende Juni. Daß der Ministerpräsident an solchem Gespräch sich beteiligt hat, wundert Tallhover nicht. Und hätte Tallhover nicht erfahren, daß dieser Bischof der Gesprächspartner des Ministerpräsidenten war, Tallhover hätte es sich selbst gesagt.

Eine Woche vor dem Ereignis ein Gespräch mit der Kirche. Tallhover ist bestürzt. War das nicht eine Ermutigung für diese Leute? Hat diese Ermutigung das Ereignis nicht befördert? Wozu die Mühe der Jahre, wenn mit einem Federstrich des Ministerpräsidenten alles zunichte gemacht wird? Aber von dem Ministerpräsidenten ist nichts anderes zu erwarten. Ehemaliger Sozialdemokrat.

Tallhover überlegt lange. Er entschließt sich, einen Brief zu schreiben. Einen privaten Brief. An den Ministerpräsidenten.

Berlin, den 29.6.1953

Sehr geehrter Genosse Ministerpräsident!

Gestatten Sie mir, meiner Sorge über die Kirchenpolitik unserer Regierung Ausdruck zu geben. Mit Bestürzung habe ich dem Kommuniqué Ihres Presseamtes entnommen, daß zwischen Ihnen und dem Bischof Dibelius weitgehende Übereinstimmung erzielt worden ist über die «Wiederherstellung eines normalen Zustandes zwischen Staat und Kirche».

Es ist mir unverständlich, daß Sie mit einem Mann wie dem reaktionären Theologen Dibelius irgendeine «Übereinstimmung» erzielen können.

Und was soll «normaler Zustand zwischen Staat und Kirche» bedeuten?

War es vom Standpunkt unseres Staates, der von der atheistischen Weltanschauung getragen wird, nicht normal, daß gegen das staatsfeindliche Treiben der Jungen Gemeinde vorgegangen wurde?

War es vom Standpunkt unseres Staates nicht normal, daß kirchliche Einrichtungen, in denen sich das staatsfeindliche

Treiben der Jungen Gemeinde entfalten konnte, beschlagnahmt wurden?

War es nicht normal, daß über die Vertreter der Jungen Gemeinde und ihre Helfershelfer strenge Urteile gefällt wurden?

Ich darf von mir sagen, ich habe durch Wort und Tat meine Pflicht getan gegen die Ausbreitung der staatsfeindlichen Haltungen und Handlungen beider Kirchen. Diese Pflicht war keine einfache, da es sich um einen Feind handelt, der über beträchtliche Mittel verfügt und im Kampf gegen die Staatsführung erfindungsreich und erfahren ist.

Soll es nunmehr falsch sein, daß die Junge Gemeinde eine illegale Organisation ist, die unter dem religiösen Deckmantel Spionage in der Deutschen Demokratischen Republik treibt, welches im April dieses Jahres richtig war? Wie stehen gerade wir jetzt vor diesen Leuten da? Es ist doch zu befürchten, daß die Kirche nun einen Keil zwischen die Regierung und die Sicherheitsorgane zu treiben versucht.

Meines Erachtens macht die von Ihnen genannte «Wiederherstellung eines normalen Zustandes» die bisherigen Erfolge der Sicherheitsorgane, Gerichte usw. zunichte, wenn in dem Kommuniqué angeordnet wird, daß keine weiteren Maßnahmen gegen die Junge Gemeinde eingeleitet werden sollen.

Wenn die Schüler und Lehrer, die wegen ihrer Zugehörigkeit zur bzw. Unterstützung der Jungen Gemeinde von den Schulen entfernt wurden, wieder zum Unterricht zugelassen bzw. wieder eingestellt werden, so ist die umfangreiche Arbeit zur Überprüfung der genannten Personen vergeudet und das Ansehen der tätig gewesenen Mitarbeiter geschädigt.

Wenn die beschlagnahmten kirchlichen Einrichtungen und Anstalten den kirchlichen Verwaltungen zurückgegeben werden, so stellen wir den Kirchen die Räumlichkeiten und Mittel zur Verfügung, die sie für ihre Wühltätigkeit brauchen und benutzen werden.

Es will mir nicht in den Kopf, daß sogar Gerichtsurteile überprüft und «ungerechte Härten» beseitigt werden sollen. Das zieht die Objektivität unserer Gerichte in Zweifel, und zwar aus dem Mund unserer Regierung und aus dem Mund eines reaktionären Bischofs. Ich möchte jetzt kein Richter sein, der doch seine revolutionäre Pflicht für den Staat getan hat.

Mit sozialistischem Gruß!

Tallhover.

Eine Antwort bekommt Tallhover nicht.

Er wartet nicht mehr.

Wenigstens einen Bescheid auf dem Dienstweg hätte ich bekommen sollen, wenn alles seine Ordnung hätte, sagt Tallhover. Aber es hat seine Ordnung nicht. Es ist etwas im Gange. Es ist Unruhe im Haus.

Am Montag, dem siebenundzwanzigsten Juli Dreiundfünfzig, morgens, erfährt Tallhover in seinem Dienstzimmer, daß etwas geschehen ist am Sonnabend. Am Sonnabend ist mitgeteilt worden, daß Tallhovers oberster Vorgesetzter, daß der General von seinem Amt entbunden sei.

Gomez, sagt Tallhover, abgesetzt?

Mittags erfährt Tallhover in seinem Dienstzimmer etwas anderes.

Daß er am Montag, dem zweiundzwanzigsten sechsten, nach der Versammlung, zu dem Genossen Leiter, der die Ereignisse erklärt hatte, gesagt habe, das sei kein faschistischer Putsch gewesen.

Das stimmt, sagt Tallhover.

Daß Sie das gesagt haben.

Beides, sagt Tallhover.

Sie beharren auf dieser Meinung? Entgegen der Erklärung der vierzehnten Tagung?

Sie wissen so gut wie ich, sagt Tallhover, wie es war.

Sprechen Sie nicht für mich, Tallhover. Der Genosse Zaisser ist am Sonnabend seiner Funktion enthoben worden, weil er die Anzeichen der Vorbereitung eines faschistischen Putsches übersehen und bei der Niederschlagung des Putsches versagt hat.

Uns liegt der Brief vor, den Sie am neunundzwanzigsten sechsten an den Genossen Grotewohl geschrieben haben.

Also doch, sagt Tallhover.

Was heißt das?
Eine Antwort.
Die Antwort, ja. Sie haben den Genossen Grotewohl ins Unrecht gesetzt. Wußten Sie nicht, daß an der Unterredung mit Bischof Dibelius auch der Genosse Zaisser teilgenommen hat?
Nein.
Der Genosse Zaisser hat den feindlichen Charakter der kirchlichen Aktivitäten umgefälscht in eine innere Angelegenheit des Staates. Zaisser hat zu Zugeständnissen gegenüber der Kirche gedrängt. Er gehört einer parteifeindlichen Fraktion an. Er hat den Genossen Grotewohl unter Druck gesetzt.
Ihr Brief ist völlig verfehlt. Die richtige Adresse wäre Zaisser gewesen.
Aber, sagt Tallhover, das Glückwunschschreiben des Zentralkomitees. Drei Tage nach den Ereignissen.
Nach dem Putsch.
Du hast alle Dir gestellten Aufgaben ehrenvoll erfüllt, stand drin. Ich weiß es noch.
Zaisser ist nicht mehr Chef. Er hat verkannt, wo der Feind steht. Auch Sie, Tallhover, haben das verkannt.
Ich war dafür, daß durchgegriffen wird!, sagt Tallhover laut.
Das schon. Aber, wie gesagt. Es war ein Putsch.
Und in der Kirchenfrage?
Haben Sie an die falsche Adresse geschrieben.
Gehen wir wieder gegen die Kirche vor?
Sie nicht.
Ich verstehe nicht mehr.
Sie sind mit Wirkung von heute aus dem Dienst entlassen. Sie können, wenn Sie es noch wollen, im Staatsarchiv arbeiten. Als Angestellter. Nicht mehr als unser Mitarbeiter.

Seit vier Stunden sitzt Tallhover bewegungslos in seiner Küche. Den Kopf auf die rechte Faust gestützt, die, auf die linke Faust gestützt, auf der Tischplatte liegt. Daß er Hunger hat, daß er Durst hat, mißachtet er.
Tallhover sagt gegen die Tischplatte, Wenn ich noch will, kann ich im Staatsarchiv arbeiten, hat der Genosse gesagt.

Meine Arbeit ist noch nicht getan. Meine Arbeit ist nicht zu Ende gebracht. Kann ich sie zu Ende bringen? Meine Arbeit muß zu Ende gebracht werden. Ich will sie zu Ende bringen. Wie kann ich es schaffen? Wo kann ich es tun? Soll ich ins Staatsarchiv gehen? Ich muß ins Staatsarchiv gehen. Ich will. Ich werde es tun.

70 Länger als zehn Minuten ißt Tallhover nicht, zehn Minuten vor der Mittagspause schiebt Tallhover die Akte, in der er lesen muß, fort, bis ihr oberer Rand den oberen des Schreibtisches erreicht, so daß Platz ist vor ihm für die Thermosflasche, die er aus dem rechten Schreibtischfach holt, und für die Brotbüchse, und für den Trinkbecher, den Tallhover von der Thermosflasche schraubt, und für den Deckel der blauen Brotbüchse, den er neben die Brotbüchse legt.

Den Trinkbecher hebt er, der Akte wegen, die von Wert ist, neben dem Tisch in halbe Höhe, Kaffee einzugießen, und stellt den Becher an der rechten Tischecke ab. Er greift die Brote aus der Büchse und beißt zuerst in ein Fleischwurst-Brot.

Den Tag einteilen nach seinem Plan, das erlaubt sich Tallhover, weil er ein Zimmer für sich hat in dem engen Haus. Tallhover braucht nicht im Anmeldebüro zu sitzen neben zwei anderen, die zugelassenen Benutzern des Aktenlagers Schriftstücke auffinden helfen. Oder in dem kleinen Raum, wo glücklich aufgefundenes Papier entziffert wird.

So, in eigenem Zimmer, ist er dem Leiter der Aktenverwahrung wie gleichgestellt. Seine Arbeit ist leicht.

In seinem Zimmer, an weiträumigem Schreibtisch, auf welchen an jedem Morgen ein Tagespensum staubiger Bündel gelegt wird von einem Hausboten, den der Leiter entsendet, tut Tallhover zu voller Zufriedenheit, was ihm zugewiesen ist an Pflicht. Tallhover liest Briefe, Berichte, Protokolle, die, in spitzer oder runder Schrift niedergeschrieben im vorherigen Jahrhundert oder jetzigen, zwischen Pappdeckeln vereint, stapelweise ihm geliefert werden. Unschwer folgt er solchen

Buchstabenlinien, die ungewohnt sind jüngeren Entzifferern, Studenten, Redakteuren, Angestellten mancher Behörde, nicht jedoch ihm, Tallhover, der sich selber ihrer bedient, wenn die Zeit es erfordert.

Die Mittagspause ist heran, Tallhover verstaut Brotbüchse und Thermosflasche. Er tritt aus seinem Zimmer, schließt es ab und geht zum Anmeldebüro. Den Zimmerschlüssel hängt er ans Schlüsselbrett, nickt den anderen zu, die glauben, er werde in einem Gasthaus der Stadt essen statt in dem kleinen Speiseraum, wo alle essen, was aus Warmhaltegefäßen hervorgeholt wird.

Tallhover nutzt Mittagszeit, die andere versitzen, zu einem Gang in Läden.

Gründlich hat er, als der Plan ausgedacht und aller Bedarf notiert war, im städtischen Fernsprechbuch, das die verfügbaren Wirtschaftszweige verzeichnet, Firmen aufgesucht und Adressen. Die Liste, welche auf der Vorderseite alles enthält zur Ausführung, auf der Rückseite einschlägige Läden, trägt er bei sich. Gelingt ihm ein Einkauf, verschließt er Erworbenes in seiner Aktentasche, die morgens nichts enthält außer Brotbüchse und Thermosflasche.

Scharniere nach seiner Beschreibung, von denen er zwei braucht, und eine Schnappfeder in genannter Größe findet er nicht in zwei Läden, und fragt doch zum soundsovielten Mal, so daß er entschlossen sein muß, einfacherem Bauplan zu folgen, der aus älterer Zeit stammt ohne Scharnier und Schnappfeder.

Unentbehrlich ist aber ein Seil, das vier oder fünf Meter mißt und eine achtzig Pfund schwere Masse leicht tragen kann. Fingerdick soll es sein, sagt Tallhover, oder nur wenig dicker. Die Händlerin, die auch Gurte anpreist und Packfäden, findet es.

Tallhover hat Zeit verloren in zwei Läden für Eisenwaren und beeilt sich. Nur einmal, seit er Einkäufe macht in der Mittagszeit, ist er zu spät zurückgekommen in das Aktenamt, aber im Anmeldebüro die anderen sahen nicht von ihren Papieren auf. Weil er heute etwas erlangt hat, das Seil, wie es erforderlich ist, geht er leicht und schnell, erreicht das Anmeldebüro am

Schluß der Pause, nimmt seinen Schlüssel. In seinem Zimmer ist er erhitzt und wischt sich die Hände.

Nur zählen muß Tallhover können, schwerer ist seine Arbeit nicht. Er schlägt die Akte auf, schreibt mit einem Bleistift eine Eins in die rechte obere Ecke des ersten Blattes, genau neben die Eins, die dort steht von anderer Hand, wendet das erste Blatt um und schreibt neben die Zwei in der rechten oberen Ecke des zweiten Blattes mit seinem Bleistift eine Zwei. So ungestört ist Tallhover manchmal, daß er Blatt für Blatt ohne Aufenthalt beziffert, drei, vier, siebzehn, achtzehn, weil die Zahl, die er schreibt, nicht abweicht von der Zahl, die er vorfindet, so daß er dem, der als erster die Blätter gezählt hat und lange vor ihm, nah ist im Sinn für gleiche Ordnung.

Gleichgültig ist Tallhover nicht. Ehe er eine Neunzehn auf das neunzehnte Blatt schreibt, also einige Zeit, bevor er die Mappe zuschlägt und umdreht, um einen Stempel auf den Deckel zu drücken: Inhalt: Blatt, in dessen Abdruck er, handschriftlich, die Anzahl der Blätter einfügt,

biegt Tallhover in die Merkurstraße ein. Es herrscht Hitze, Tallhover soll vier Uhr an Ort und Stelle sein, bis zur Moslerschen Fabrik, Nr. 28, sind es noch wenige Schritte zehn Minuten vor vier, so daß Tallhover langsam geht.

Pünktlich trifft er auf Mosler, welcher bereit ist. Tallhover sagt nicht nein zu Zigarre und Cognac.

Er habe, sagt Mosler, wichtige Mitteilung für Tallhover und empfinde wiederum Freude, daß das Interesse des Landes und also der Polizei, die in Tallhover einen unerkannten Verfechter besitze, gottlob nur von Störenfrieden unerkannten, glücklich zusammentreffe mit dem Interesse Moslers. Denn wann denn nicht habe er, Mosler, erfahren, daß solche, die geringe Achtung vor der Größe des Landes zeigen und vor seinen Großen, auch die Arbeit geringachten in seiner Fabrik. Ein gewisser Friedrich Hellmuth, Monteur aus der Maschinenfabrik Cyclop, sagt Mosler, hatte den Auftrag, am fünfzehnten Juni eine neue Maschine in meiner Fabrik aufzustellen. Er kam gegen Mittag in die Dreherei, lenkte die Aufmerksamkeit meiner Arbeiter auf sich und verlas laut die Nachricht vom Ableben Seiner Majestät. Hierauf stimmten sämtliche Arbeiter aus Freude über den Tod Seiner Majestät ein so lautes Hurrageschrei an, daß es mehrere Häuser weit zu hören war. Ich selbst hörte es in meinem Bureau und schickte sogleich meinen Sekretär, die Ursache der Hurrarufe zu ermitteln. Leider kehrte dieser unverrichteter Sache zurück.

Warum aber, fragt Tallhover, und denkt dabei an Mosler und sich, habe Herr Mosler nicht früher von dem Vorfall Nachricht gegeben.

Das ist es, sagt Mosler. Es hat lange gedauert, bis ein vertrauter Arbeiter, dem auch vertraut wird in der Dreherei, diejenigen ausgeforscht hatte, die besonders beteiligt waren.

Tallhover schlägt sein Notizbuch auf, zieht den Bleistift aus der Schlaufe, und Mosler sagt, Es sind: der Werkführer Caspar Julius Wagner, der Klempner Fritz Gehlhaar, ein Sozialdemokrat, der Klempner August Fehrmann, die Metalldreher Hans Kraft, Max Klug, August Schulz, Richard Herrmann, Friedrich Möricke, Paul Greiser und Robert Rüdiger.

Tallhover, der einen zweiten Cognac nicht ablehnt, wäre Herrn Mosler dankbar für die Nennung von Zeugen, die Mosler benennt mit Friedrich Hellmuth, Monteur, wohnhaft Stettiner Straße dreiunddreißig, Schlosser Otto Tulke, wohnhaft Straßburger Straße achtunddreißig, Gürtler Otto Nielius, wohnhaft Wassergasse sechzehn.

Tallhover, da es bereits auf viereinhalb Uhr zugeht, endet hier, nimmt Abschied von Mosler, welcher das Weitere in Tallhovers Hand legt,

fügt einen schmalen Zettel zwischen Blatt achtzehn und neunzehn und schlägt die Akte zu. Wozu ihm in der Mittagspause keine Zeit geblieben, will er besorgen nach Dienstschluß, damit der Abend nicht tatenlos vergehe.

Den Weg zu seinem Haus, das klein ist, aber groß genug für Tallhover, bewältigt er in drei Viertelstunden: zwei Viertel in der städtischen Bahn. Der Laden, den Tallhover meint, liegt abseits, so daß er die Bahn nach zehn Minuten verlassen muß, in fast rechtem Winkel zur Fahrtrichtung ausschreitet, und, wieder erhitzt, weil immer noch Sonne einfällt, und ungeduldig, eintritt, wartet, fragt.

Eine Rolle wie für einen einfachen Aufzug, etwa an einem Baugerüst, ein Rad, allerdings ein kleines, mit einer Rille für das Seil, das über das Rad laufen soll, und stabil genug für achtzigpfündige Last, verlangt Tallhover. Starke Schrauben noch, die nötige Anzahl. Solche Rolle wird aufgefunden in einem Lagerraum hinter dem Laden und läßt Tallhover verschmerzen, daß die Suche nach passenden Schrauben vergeblich bleibt. Nicht hoch erscheint ihm der Preis für diese Rolle, die einen so wichtigen Platz innehat auf Tallhovers älterem Bauplan. Ohne sie müßte auch dieser ihm scheitern und also fast jeder, der technischem Anspruch neuester Zeit doch stückweise sich nähern soll.

Daß der Einkauf gelang an diesem Tag, macht Tallhover den Heimweg in nachmittäglicher Julischwüle unbeschwerlich. Er hält sich nicht auf mit Abendbrot, ißt in der Küche, nachdem er Thermosflasche und Brotbüchse, Seil und Rolle aus der Aktentasche geholt hat, eine Scheibe Schwarzbrot, zwei Tomaten, trinkt Bier aus der Flasche und nimmt, während er trinkt, die Rolle in die linke Hand, wägend, im Vorgefühl befriedigenderer Arbeit.

Die weit gediehen ist in Tallhovers Keller, der zwar für getreue Ausführung des Plans zu niedrig, nämlich niedriger als drei Meter, aber dennoch genügend geeignet, weil Tallhover auch anderes Detail, außer Scharnier und Schnappfeder, zweckvoll geändert hat, so daß Tallhover Wirkung erhoffen kann wie von originalem Mechanismus.

Rolle und Seil anzubringen, spart er sich auf für zuletzt und montiert zuerst die mannslange, schmale Holzplatte, die er, da Scharniere nicht erhältlich, unbeweglich befestigt in vorgesehener Höhe, in der Art eines niedrigen Tisches. Schrauben, passend starke, die die Rolle halten können und das Seil und das Gewicht, sucht er unter seinen Vorräten und hat Glück nach längerer Suche in verschiedenen Fächern. Er stellt eine Treppenleiter auf, erreicht den Querbalken und schraubt die

Rolle an vorgezeichneter Stelle haltbar an das Holz. Das Seil zieht er zur Hälfte über die Rolle, stellt die Leiter beiseite und knotet das Seil an das Gewicht, das er jetzt hinaufziehen kann bis unter die Rolle. In solcher Höhe bleibt es, weil Tallhover das andere Seilende an einem Haken festbindet.

Es ist spät, doch Tallhover, der sich an die Wand lehnt und aus einiger Entfernung seine Arbeit betrachtet, den Blick nur kurz abgewandt, um sich eine Zigarette anzuzünden, sieht frisch aus, denn: Tallhovers Maschine ist fertig. Am Ende spannt er einen samtenen Vorhang auf.

An seinem Schreibtisch, nächsten Morgen, sieben Uhr fünfundvierzig pünktlich, schlägt Tallhover die Mappe auf zwischen Blatt achtzehn und neunzehn, nimmt den Zettel heraus, den er eingelegt hat, und schreibt eine Neunzehn auf Blatt neunzehn,

das Herr von Raumer, wegen öfter beklagter Hindernisse auf dem Weg von dem Hauspförtner zu seinem Bureau, erst heute erhält, dreißigsten Juli.

Herr von Raumer, dem es obliegt in der zweiten Abteilung hauptstädtischer Politischer Polizei, Tallhovers Mitteilungen über Vorkommnisse in Schritte zu verwandeln gegen die Urheber, ist wie Tallhover unzufrieden, daß seit dem fünfzehnten Juni kostbare Zeit verloren wurde, obwohl, wie er anerkennt, Tallhover ungesäumt ihm Bericht erstattet hat. Am neunundzwanzigsten Juli nämlich, nachdem er noch am Abend des Vortages in reiner Schrift niedergelegt hatte, was von Mosler zu hören war.

Dienlichen Hinweis zu erhalten auf die lautesten Rufer und auf solche, die weniger laut, aber dennoch gerufen haben, lädt Herr von Raumer für einunddreißigsten Juli Otto Nielius, Otto Tulke, Friedrich Hellmuth, Zeugen.

Als ersten begehrt er den Monteur zu sehen, Friedrich Hellmuth, von welchem alle grobe Verletzung des kaiserlichen Andenkens herausgefordert worden. Ihn, von dem zu glauben ist, daß er von früherer Begegnung mit den Arbeitsgenossen aus Moslers Fabrik, bei Versammlungen oder in Gasthäusern, die

Namen der Schmährufer kennt. Und den Herr von Raumer mit Bestimmtheit, wenn auch unerweislich, als jemanden ansehen will, der die Todesnachricht in der Fabrikhalle verkündet hat höhnisch und triumphierend, Gelächter stumm in der Stimme.

Der Monteur Hellmuth, der aussieht, daß Herr von Raumer nicht wünscht, Tallhover laufe ihm über den Weg, Herr von Raumer selber nimmt sich von solcher Begegnung aus, Friedrich Hellmuth, respektlos gekleidet, jedenfalls erwartet Herr von Raumer geschlossenen Kragen, geknöpfte Jacke und keinen Schmutz von Öl an der Hand, die immerhin die Mütze vom Kopf nimmt beim Eintritt in das Bureau, der Monteur sagt nichts außer undeutlicher Silbe, die den Gruß ersetzt, sondern wartet als wer, der nichts will, aber von dem etwas gewollt wird. Bringt also Herrn von Raumer in eine falsche Lage, fühlt Herr von Raumer, der zwar, wie er weiß, etwas will von diesem Monteur, aber auch will, daß jener das Bedürfnis verspüre, behilflich zu sein oder seine Unschuld zu beteuern.

So fällt Herrn von Raumers Belehrung schroffer aus, der Monteur habe, pflichtgemäß, mitzutun bei der Erforschung von Wahrheit, und Folgen, unangenehme, müsse es nach sich ziehen, sage er mit Vorsatz Unrichtiges oder nur Unvollständiges.

Hellmuth erklärt, er könne nur sagen, was er wisse.

Nachdem Name, Hellmuth, Vorname Friedrich, Geburtstag, zwoter April Achtzehnhundertfünfundvierzig, Tätigkeit, Monteur, und Wohnort, Hauptstadt, Stettiner Straße dreiunddreißig, erfragt sind, teilt Herr von Raumer mit, daß Hellmuth befragt werden solle nach Hergang und Umständen kürzlicher, ungeheuerlicher Kränkung des Andenkens Seiner Majestät, der verstorbenen.

Es ist richtig, sagt der Monteur, daß ich am fünfzehnten Juni, dem Todestag unseres Kaisers, auf offener Straße ein Extrablatt gekauft habe mit der traurigen Nachricht. Ich ging in die Moslersche Fabrik, wo ich das Extrablatt laut vorlas, in der Dreherei. Da ich aber nur selten in der Moslerschen Fabrik beschäftigt bin als Monteur und also die dortigen Arbeiter dem Namen nach nicht kennen kann, so vermag ich bestimmte Personen, welche Hurra gerufen haben, nicht zu nennen.

Das ist alles. Mehr ist nicht herauszukriegen. Nein, sagt er, auch mit Vornamen rede er keinen an in der Dreherei, da heiße es nur du, und du, und was nütze der Vorname, wenn er sich nicht an Gesichter erinnere, die Hurra gerufen haben, denn er erinnere sich an Gesichter nicht. Daß es also ohne Zweck sei, Arbeiter, die Herr von Raumer meine, vorzuführen zur Erkennung durch ihn, Hellmuth. Einer sei ihm wie der andere, vertraut, aber fremd, und alle trügen die gleiche Kleidung, und dunkel sei es stark in der Maschinenhalle, und laut, und woher solle er wissen, ob wer Hurra gerufen habe, in solchem Maschinenlärm. Das kann man sich nicht vorstellen, sagt der Monteur Hellmuth, wenn man nicht drin gewesen ist.

Sonst ist nichts an dem Monteur zu finden. Er redet nicht laut, nicht leise, läßt Schadenfreude, Hohn, Ablehnung, die Herr von Raumer vermutet, nicht erkennen, gibt sich Herr von Raumer zu, und schweigt ruhig nach kurzen, verlangten Antworten.

Herr von Raumer muß jetzt Hoffnung setzen auf Antworten, die ausstehen von Schlosser Otto Tulke, geboren den sechzehnten Mai Achtzehnhundertdreiundsechzig, wohnhaft hierorts, Straßburger Straße 38, und von Gürtler Otto Nielius, geboren elften August Achtzehnhundertsiebenundfünfzig, wie Tulke Hauptstädter, Wassergasse 16, die benannt sind von Mosler als unbeteiligt.

Tulke spricht leiser und sagt, Es liegt ein Irrtum vor. Es ist nicht Hoch und Hurra gerufen worden, um die Erinnerung an Seine Majestät zu verhöhnen. Es war anders. Der Gürtler Nielius, welcher seinerzeit bei Mosler gearbeitet hat, stand neben mir, hörte vom Tod des Kaisers und sagte, Der alte Kaiser ist tot, wir wollen den neuen leben lassen. Hierauf trat er ein wenig nach vorn und rief Hoch. Ich und andere, die in der Nähe waren, riefen Hoch. Einige, weil sie gehört hatten, daß Hoch gerufen wurde, riefen Hurra.

Ist es so in der Dreherei, fragt Herr von Raumer, daß ein jeder Hurra ruft, wenn er andere Hoch rufen hört?

Tulke sagt, daß es so ist, in der Dreherei. Und wünsche der Herr Zeugen, so nenne er, Tulke, die Dreher Heinrich Kirschbaum und Paul Greiser, welche

Hier winkt Herr von Raumer ab, mißgestimmt.

Es bleibt ihm der Gürtler Nielius, welcher unverhohlen bekennt, er habe das Hoch, das mißdeutet worden sei, allerdings ausgebracht. Ehe aber Herr von Raumer weitere Fragen, ärgerlich, vorbringen kann, fällt ihm Nielius zur Last mit der Beschwerde, der Fabrikant Mosler habe ihn am Tag darauf entlassen als einen Störenfried, obwohl der Hochruf nichts anderes bedeutet habe als ein Zeichen für kaiserliche Herrschaft, alte oder neue, wie der Schlosser Tulke bezeugen könne. Unrecht hat Mosler gehandelt, sagt Nielius, und da er selber nicht anwesend war während des Vorganges, der hier Vorfall genannt wird, trifft denjenigen, der Mosler das Ereignis zugetragen hat, die Schuld an majestätsfeindlicher Verzerrung.

Verabredung zu genossenschaftlicher Lüge nenne ich das, sagt Herr von Raumer, als Nielius, der letzte Zeuge, hinausgeschickt ist wie die anderen, Hellmuth und Tulke, die Unschuldigen, die nichts wissen, doch alles eingefädelt haben, spontan, die erste Gelegenheit nutzend, weil sie geübt sind, sagt Herr von Raumer, in Agitation und Organisation, in schnellem Handeln und Verschleierung der Tat, die doch offenbar ist, aber in den Protokollen, die geschrieben werden müssen von Herrn von Raumer, jedes auf besonderem Blatt, darf von der Gewißheit, weil sie beweislos gehegt wird, nichts stehen. Nur Fragen, die Herr von Raumer zu stellen wußte, und die Antworten, die zu nichts geführt haben. Während er die Protokolle schreibt, drei, jedes aber kurz, seinetwegen, entschließt er sich, vom Präsidium nicht geradewegs nach Hause zu gehen, sondern in eine Bierstube, um den Geschmack loszuwerden von Hilflosigkeit, wissender, und von Abneigung gegen Nielius, Tulke und Hellmuth, die er, nacheinander, hereinruft zur Unterschrift. Seinen eigenen Namen setzt er unter die Namen solcher Zeugen, rollt den Tintenlöscher vorsichtig ab auf drei Bögen und heftet die Bögen in eine Mappe,

aus welcher Tallhover die Blätter herausreißt, weil er genug davon hat, daß schlapp umgegangen worden ist mit seinem Bericht an Herrn von Raumer.

Tallhover faltet die Blätter zusammen und steckt sie in seine Aktentasche. Dann nimmt er Brotbüchse und Thermosflasche, die noch nicht angerührt sind, aus dem rechten Schreibtischfach, tut sie zu den Protokollen in die Tasche, schließt seinen Schreibtisch ab und steht auf. Nur wenige Zeit, nachdem er sein Zimmer betreten hat an diesem Morgen, verläßt er es, bringt den Schlüssel ins Anmeldebüro und sagt, daß er sich krank fühle, also gehen müsse. Weil es das erste Mal ist, daß er geht nach so kurzem Aufenthalt, blicken die andern auf, tatsächlich sieht Tallhover blaß aus, und billigen, schweigend, seinen Aufbruch.

Zu Hause geht Tallhover in den Keller, zieht die Blätter aus der Tasche und nimmt Tulke, Nielius und Hellmuth in Gewahrsam.

Aus einem kleineren Kellerraum, der von dem großen nur abgetrennt ist durch ein Lattengitter, können sie sehen, daß Tallhover einen blauen Samtvorhang, der mit Rosen bestickt ist, beiseite schiebt.

Tallhover nimmt ein Blatt Papier auf, tritt an die Gitterwand und sagt, Im Namen meines Gesetzes. Herrn Tallhover wird hiermit überantwortet, er blickt durch das Holzgitter und sagt, Friedrich Hellmuth, Monteur, welcher verurteilt worden ist heute.

Tallhover legt das Blatt auf den Fußboden und zieht seine Schuhe aus. Er öffnet die Gittertür, ergreift den Monteur und sagt, abgelehnt sei das Gnadengesuch.

Er führt den Monteur in den großen Kellerraum, verschließt die Lattentür. Tallhover zieht seine Schuhe an und setzt den Monteur auf einen Hocker. Vor den Hocker stellt er einen kleinen Tisch.

Es stehe dem Verurteilten zu, sagt er zu dem Monteur, eine Zigarette zu rauchen, wenn dieser es wolle. Ob er es wolle. Der Monteur nimmt eine Zigarette, Tallhover gibt ihm Feuer. Auf den kleinen Tisch stellt Tallhover einen Porzellanaschenbecher. Während der Monteur raucht, öffnet Tallhover einen Schrank, sagt, und ein Glas Rum dürfte er, der Monteur, trinken. Tallhover stellt neben den Aschenbecher ein Glas Rum, das er am Schrank vollgegossen hat. Der Monteur trinkt es aus in zwei Zügen.

Da der Tisch klein ist, nimmt Tallhover das leere Glas fort, ehe er einen Briefbogen, Umschlag und Füllfederhalter auf den Tisch legt. Er, Tallhover, werde den Brief auf eigene Kosten befördern. Aber der Monteur schüttelt den Kopf.

Der Monteur trägt die Kleidung, die er trug bei seiner Befragung durch Herrn von Raumer. Die Jacke müsse er ausziehen, sagt Tallhover. Er holt eine Schere und schneidet dem Monteur den oberen Teil des Hemdes ab, in Brusthöhe. Der Monteur zieht das Hemdstück aus und legt es neben die Jacke, die auf dem Fußboden liegt.

Noch immer sitzt der Monteur auf dem Hocker. Aus dem Schrank, in welchem Glas und Rumflasche stehen, nimmt Tallhover eine Karteikarte und fordert den Monteur auf, seinen Namen auf die Karte zu schreiben. Unter den Namen des Monteurs schreibt Tallhover: Herrn Tallhover übergeben zur Ausführung, und zeichnet die Karte ab mit einem T.

Er bindet die Fußgelenke des Monteurs, legt dessen Hände auf dem Rücken zusammen und bindet die Handgelenke. Der Monteur muß aufstehen, Tallhover geleitet ihn zu der schmalen, mannslangen Holzplatte. Er versetzt dem Monteur einen Stoß in den Rücken, der Monteur fällt vornüber. Tallhover rückt ihn zurecht, so daß der Hals des Monteurs in einem Einschnitt liegt, der geschnitten ist wie ein Halbkreis. Aus halber Höhe läßt Tallhover ein Brett herab, dessen Einschnitt den unteren Halbkreis zu einem Kreis schließt, welcher den Hals des Monteurs verläßlich umfaßt.

Tallhover tritt zurück und löst das Seil, das über die Rolle läuft. Das Metallgewicht, achtzigpfündig, an dessen Unterseite eine schräge, feingeschliffene Schneide eingelassen ist, weist an jeder Seite zwei Rädchen auf, die in kupfernen Schienen abwärts rollen aus reichlicher Höhe.

Anders verfährt Tallhover nicht mit den anderen, Tulke und Nielius.

Das Licht im Keller kommt von einer elektrischen Lampe, die den Raum schwach ausleuchtet, aber draußen ist hellichter

Tag, weil Sommersonne die Hauptstadt bescheint vor der Mittagspause.

71 Tallhover hat Angst. Er ist am zehnten März Vierundfünfzig befragt worden. Ob er Kenntnis habe von einem Vorfall in Berditschew bei Shitomir. Im Dezember Zweiundvierzig. Als er im Reichssicherheitshauptamt gewesen sei.

Ich habe über meine Tätigkeit im Reichssicherheitshauptamt vollständig Auskunft gegeben, hat Tallhover gesagt. Worum handelt es sich.

Um die Behandlung sowjetischer Kriegsgefangener, verwundeter und kranker sowjetischer Kriegsgefangener.

Die Angelegenheiten der Kriegsgefangenen waren Sache des Amtes Vier, sagt Tallhover. Ich war im Amt Fünf, im Reichskriminalpolizeiamt. Mein Chef war Nebe.

Es sei sehr wohl bekannt, sagt der Frager, daß Nebe selber von Juni bis Oktober Einundvierzig Chef einer Einsatzgruppe im Osten gewesen sei, die sowjetische Kriegsgefangene, und zwar der Einsatzgruppe B. Und der Kommandeur der Sicherheitspolizei und des Sicherheitsdienstes in Shitomir, der Sturmbannführer Doktor Richard, sei auch im Amt Fünf gewesen. So daß nicht gesagt werden könne, das Amt Fünf habe nichts mit Kriegsgefangenen zu tun gehabt, mit sowjetischen.

Tallhover sagt, Ich weiß von nichts. Worum handelt es sich.

Der Frager sagt, es werde ein Prozeß vorbereitet im Westen, in Westberlin, gegen Leute von der Sicherheitspolizei und vom Sicherheitsdienst, die Zweiundvierzig in Berditschew Schweinereien gemacht haben. Es werde auch der Doktor Richard in der Sache genannt. Der im Amt Fünf des Reichssicherheitshauptamtes gewesen sei. Wo auch Tallhover gewesen sei. Es dürfe da absolut keinen Zusammenhang geben.

Tallhover sagt, Ich muß wissen, worum es sich handelt.

Das westberliner Gericht habe um Rechtshilfe ersucht bei den Freunden. Ein sowjetischer Genosse, der damals habe entkommen können, sei gefunden worden. Er habe ausgesagt. Die sowjetischen Genossen hätten eine Kopie der Aussage zur Verfügung gestellt, sicherheitshalber.

Es seien Unterlagen erhalten, über die das Gericht in Westberlin verfüge. Unterlagen der Sicherheitspolizei und des Sicherheitsdienstes in Shitomir. Aus dem Jahr Zweiundvierzig. Aus den Unterlagen kenne man den Ablauf. Die Aussage des sowjetischen Genossen stimme genau überein mit den Angaben in den Unterlagen.

Was war es, sagt Tallhover.

Sowjetische Kriegsgefangene seien in der Panzerkaserne-Süd in Berditschew eingesperrt gewesen. Es habe sich durchweg um Schwerbeschädigte gehandelt. Einige hätten beide Arme oder beide Beine eingebüßt gehabt, einigen hätte ein Arm oder ein Bein gefehlt. Manche hätten zwar alle Gliedmaßen besessen, aber schwere Beschädigungen anderer Art aufgewiesen.

Am dreiundzwanzigsten Dezember Zweiundvierzig sei der Befehl gegeben worden, die Kriegsgefangenen zu erschießen, weil sie arbeitsunfähig wären, aber dennoch verpflegt und überwacht werden müßten, also eine unnötige Belastung der deutschen Dienststellen darstellten. Der Befehl sei weitergegeben worden an die SS-Männer Unterscharführer Paal, Rottenführer Hesselbach und Sturmmann Vollprecht von der Dienststelle Berditschew.

Diese Namen kenne ich nicht, sagt Tallhover.

Die SS-Männer hätten den Auftrag erhalten, einen geeigneten Platz in der Nähe von Berditschew zu suchen und die Erschießung am vierundzwanzigsten Dezember durchzuführen. Aus Shitomir sollte ihnen ein LKW geschickt werden mit dem Fahrer Schäfer.

Davon habe ich nie gehört, sagt Tallhover.

Der sowjetische Genosse habe ausgesagt, am vierundzwanzigsten Dezember Zweiundvierzig sei in der ersten Tageshälfte irgendein deutscher Offizier ins Lager, also in die Panzerkaserne gekommen und habe gesagt, daß man die Gefangenen zur ärztlichen Behandlung in ein Hospital bringen werde. In der zweiten Tageshälfte hätten die Deutschen einen LKW an die Kaserne herangefahren, hätten ungefähr zwanzig verwundete Gefangene auf das Fahrzeug gesetzt und irgendwohin transportiert.

Aus den Unterlagen gehe übrigens hervor, daß es achtzehn gewesen seien.

Der sowjetische Genosse habe gesagt, den Verwundeten hätten in der Hauptsache ein oder zwei Beine gefehlt. Nach einiger Zeit seien die Deutschen zurückgekehrt und hätten wiederum verwundete Gefangene auf das Fahrzeug geladen, darunter sei diesmal er gewesen. Etwa zwanzig bis fünfundzwanzig Personen seien auf das Fahrzeug gesetzt und mit hoher Geschwindigkeit aus Berditschew heraus in Richtung Biala-Zerkow gebracht worden.

Übrigens belegten die Unterlagen, daß es achtundzwanzig Personen gewesen seien.

Der sowjetische Genosse habe gesagt, nachdem sie eineinhalb oder zwei Kilometer gefahren wären, sei das Fahrzeug nach links abgebogen und die Deutschen hätten sie zu einer Schlucht gefahren, die sich unweit des Dorfes Chazin, Kreis Berditschew, Gebiet Shitomir befinde.

Es sei übrigens aus den Unterlagen ersichtlich, daß es sich bei diesem Transport um Männer gehandelt habe, die meistens noch alle Gliedmaßen besaßen. Auch sei aufgezeichnet, wer diesen Transport durchgeführt habe: Hesselbach und Paal, mit Schäfer als Fahrer. Hesselbach habe auf dem Trittbrett beim Führerhaus gestanden, mit gezogener Pistole, und habe die auf dem offenen Wagen sitzenden Gefangenen beobachtet. Paal habe neben dem Kraftwagenführer gesessen.

Der sowjetische Genosse habe ausgesagt, die Deutschen hätten das Fahrzeug nicht weit von einer Grube, die in der Schlucht ausgehoben gewesen wäre, zum Stehen gebracht. Er habe gesehen, wie neben der Grube irgendein Deutscher mit einer Maschinenpistole hin- und hergegangen sei.

Die Unterlagen besagten übrigens, dies sei Vollprecht gewesen; er hätte die achtzehn Gefangenen des ersten Transportes mit seiner Maschinenpistole erschossen und an der Grube auf den zweiten Transport gewartet.

Der sowjetische Genosse habe gesagt, sobald der LKW gehalten habe, hätten die deutschen Soldaten die Ladeklappe geöffnet und zwei Kriegsgefangenen befohlen, abzusteigen und zur Grube zu gehen.

Aus den Unterlagen könne man ersehen, daß Hesselbach und der Fahrer Schäfer mit den Gefangenen zur Grube gegangen seien, Vollprecht mit seiner Maschinenpistole aber sei zum LKW gegangen. Der Fahrer Schäfer habe am Rande der Grube Posten bezogen, Vollprecht und Paal hätten bei dem LKW Aufstellung genommen; Paal mit einem automatischen Russengewehr, nahe bei dem LKW, Vollprecht etwas weiter entfernt.

Der sowjetische Genosse habe gesagt, sobald die Kriegsgefangenen die Grube erreicht gehabt hätten, hätte der Deutsche mit der Pistole die Gefangenen in den Hinterkopf geschossen.

Es ergebe sich aus den Unterlagen klar, daß diesmal Hesselbach mit seiner Null acht der Schütze gewesen sei.

Danach, so habe der sowjetische Genosse gesagt, sei der Deutsche, also, wie man wisse, Hesselbach, wieder zum Fahrzeug gekommen und habe weitere zwei Kriegsgefangene zur Grube geführt.

Die Unterlagen besagten, daß Hesselbach, bevor er mit dem Fahrer Schäfer die ersten beiden Gefangenen zur Grube gebracht habe, den Paal zur Vorsicht gemahnt und ihm geraten habe, den Mantel auszuziehen, damit er beweglicher sei. Auch habe er ihm geraten, das Gewehr im Anschlag zu halten, da sie es hier nicht mit Juden zu tun hätten.

Der sowjetische Genosse habe gesagt, der Deutsche, der, mit einem Gewehr bewaffnet, neben dem LKW gestanden habe, habe zwei weiteren Kriegsgefangenen befohlen, vom Fahrzeug abzusteigen.

Dieser Deutsche sei, wie die Unterlagen zeigten, offenbar Paal gewesen.

Der sowjetische Genosse habe gesagt, er habe gesehen, daß die Reihe an ihn käme, vom Fahrzeug abzusteigen, und daß man ihn einige Minuten später erschießen würde. Neben ihm habe ein Armenier auf dem LKW gestanden. Diesem habe er einen Stock gegeben und gesagt, daß er sich auf den Deutschen stürzen werde, der mit seinem Gewehr neben dem LKW stehe.

Der Armenier habe nichts geantwortet, aber mit dem Kopf genickt und den Stock genommen. Er selbst habe zu sprechen angefangen und zu dem Deutschen gesagt, Herr! Ich bin unschuldig, laßt mich nach Hause. Der Deutsche mit dem Gewehr sei daraufhin noch näher an das Fahrzeug herangekommen. In diesem Moment habe sich das dritte Paar Kriegsgefangener, das vom Fahrzeug hatte absteigen müssen, neben dem LKW befunden. Als der Deutsche mit dem Gewehr nahe genug am Fahrzeug gewesen sei, neben der Ladeklappe, sei er auf den Deutschen gesprungen und habe das Gewehr gepackt. Er habe das Gewehr an sich gzogen, doch der Deutsche habe es ihm wieder entreißen wollen. Jetzt seien die anderen Kriegsgefangenen vom Fahrzeug gesprungen. Er habe gesehen, wie ein Stock durch die Luft gefahren und dem Deutschen ein Schlag auf die Nasenwurzel versetzt worden sei. Der Deutsche habe augenblicklich lockergelassen und das Gewehr aus den Händen verloren. Er selbst habe dem Deutschen sofort in die Seite geschossen.

Der Frager sagt, das sei offenbar das Ende von Paal gewesen.

Der sowjetische Genosse habe gesagt, danach habe er das Gewehr wieder geladen und auf den Deutschen geschossen, der mit seiner Maschinenpistole zum Fahrzeug herangelaufen gekommen sei.

Der Frager sagt, das sei Vollprecht gewesen.

Der sowjetische Genosse habe gesagt, nach diesem Schuß sei der Deutsche mit der Maschinenpistole auf die Erde gefallen.

Der Frager sagt, das sei das Ende von Vollprecht gewesen. In den Unterlagen stehe, daß Hesselbach, nachdem er die ersten drei Häftlinge erschossen hatte, plötzlich ein Geschrei und Schüsse gehört habe aus der Richtung des LKW. Da der vierte Gefangene gerade beim Hinlegen gewesen sei, habe er diesen noch abgeknallt und sodann beim Aufblicken bemerkt, daß am LKW ein wüstes Durcheinander geherrscht habe. Er habe die Gefangenen links und rechts vom LKW das Weite suchen sehen. Und er habe seine beiden Kameraden, also Paal und Vollprecht, am Boden liegen sehen. Er habe dann seine restlichen vier Patronen auf die Gefangenen am LKW verschossen und einen Magazinwechsel ausgeführt.

Der sowjetische Genosse, sagt der Frager, habe gesagt, er habe das Gewehr wiederum geladen und einen Schuß auf den Deutschen abgegeben, der mit seiner Pistole auf die Kriegsgefangenen schoß, die von dem Fahrzeug abgesprungen waren.

Der Frager sagt, die Unterlagen ergäben, Hesselbach habe plötzlich einen Einschlag dicht neben sich bemerkt und sich getroffen gefühlt.

Der sowjetische Genosse habe gesagt, nach dem Schuß sei der Deutsche auf die Erde gefallen.

Der Frager sagt, laut Unterlagen habe Hesselbach aber festgestellt, daß er nicht getroffen gewesen sei. Den Irrtum führe er auf eine gewisse Schockwirkung zurück.

Der sowjetische Genosse habe gesagt, er habe plötzlich gehört, wie irgendein Kriegsgefangener schrie, die Deutschen ergriffen durch die Schlucht die Flucht. Er habe in die Richtung geschaut, in die der Kriegsgefangene gezeigt habe, und habe zwei Deutsche weglaufen sehen. Da habe er das Gewehr erneut geladen; er habe gezielt und geschossen. Einer der Fliehenden sei auf die Erde gefallen. Er habe wiederum schießen wollen, doch habe es keine Patronen mehr im Magazin gegeben.

Der Frager sagt, man könne aus den Unterlagen entnehmen, daß Hesselbach aufgestanden und zusammen mit dem Fahrer Schäfer geflohen, der Fahrer Schäfer aber durch den letzten Schuß des sowjetischen Genossen verwundet worden sei. Beide seien dennoch entkommen.

Der sowjetische Genosse habe gesagt, danach habe er das Gewehr dem Kriegsgefangenen Gawril gegeben. Er selbst habe sich die Maschinenpistole des Deutschen genommen, der auf der Erde gelegen habe. Mit dem Kriegsgefangenen Gawril sei er in die Richtung des Dorfes Chazin, Kreis Berditschew, Gebiet Shitomir, gegangen. Am Rande des Dorfes hätten Einwohner ihnen ein wenig zu essen gegeben. Dank des schlechten Wetters seien sie nicht weiter verfolgt worden.

Den Unterlagen sei zu entnehmen, sagt der Frager, daß sich in der Nähe des LKW Laufgräben und Schützenlöcher von SMG-Stellungen befanden, so daß es den Kriegsgefangenen um so leichter gewesen sei, in kürzester Zeit aus dem Blickfeld zu verschwinden. Zwei seien, wahrscheinlich durch die Pistolenschüsse von Hesselbach, noch getötet worden. Es hätten von den achtundzwanzig also zweiundzwanzig flüchten können.

Von alledem weiß ich nichts, sagt Tallhover. Ich hatte damit nichts zu tun.

Aber der Sturmbannführer Doktor Richard, der auch im Amt Fünf gewesen sei, habe damit zu tun gehabt, sagt der Frager.

Das glaube ich nicht, sagt Tallhover. Doktor Richard kam zwar aus Rußland, aber er kam lange vor Weihnachten zu uns nach Berlin. Er kam Anfang Dezember. Der Vorfall hat sich, wie Sie sagen, Weihnachten abgespielt. Doktor Richard kann gar nichts damit zu tun gehabt haben. Und vor seinem Einsatz in Rußland war er nicht im Amt Fünf. Er war in der Kripoleitstelle Hannover.

Der Frager sagt, es dürfe, wie gesagt, absolut keinen Zusammenhang zwischen dem Vorfall in Berditschew und Tallhovers Tätigkeit im Amt Fünf geben. Ob Tallhover vollkommen verstehe.

Ich verstehe vollkommen, sagt Tallhover. Es gibt da absolut keinen Zusammenhang. Es gibt keinen Zusammenhang.

Der Frager gibt sich zufrieden. Tallhover aber hat Angst. Jedoch er schweigt. Jahrelang habe ich für sie gearbeitet. In der Prenzlauer Allee schon. Und so lange in der Normannenstraße. Aber vertrauen sie ihren eigenen Leuten? Vertrauen ihnen ihre eigenen Leute? Vertraue ich ihnen? Ja, ich vertraue ihnen. Sie wollen dasselbe, was ich will. Ich sehe, daß sie es wollen wie ich. Also kann ich ihnen vertrauen. Aber sie müßten doch sehen, daß ich dasselbe will, was sie wollen. Warum vertrauen sie mir nicht. Sie sehen doch nicht nur, daß ich es will wie sie. Sie kennen doch auch meine Erfahrungen. Nur darauf kommt es doch an. Auf Kenntnis, Erfahrung, Fähigkeit. Nicht auf große Worte. Nicht auf das Wort von der großen Sache. Der Schutz der Grundlagen der Arbeiter- und Bauernmacht. Die Sache ist die Sache. Das braucht nicht geschmückt zu werden. Nicht bei mir. Die Sache ist immer dieselbe Sache. Dazu sind wir da. Dazu bin ich da. Mein ganzes Leben lang. Warum verstehen sie

das nicht. Wenn ich etwas tue, dann tue ich es für die Sache. Darauf können sie sich verlassen. Darf man aus Fehlern, die einer macht, den Schluß ziehen, er wolle nicht alles für die Sache? Diesen Schluß habe ich bei anderen nie gezogen, wenn es wirkliche Fehler waren, ehrliche Fehler.
Sie sollten meine Erfahrung rundum nutzen, anstatt mir Angst zu machen. Von Berditschew weiß ich nichts. Aber angenommen, ich wüßte davon. Angenommen, es gäbe Zusammenhänge zwischen diesem Fall und meiner Tätigkeit damals, im Amt Fünf. Was wäre denn dabei. Was würde es denn schaden. Ich weiß, was ich weiß, und ich tue, was ich kann. Heute wie damals. Damals für die Sache und heute für die Sache, wie ich die Sache verstehe. Warum will man das nicht verstehen. Oder will man es nur bei mir nicht verstehen?

Tallhover sagt doch noch etwas zu dem Frager. Er sagt, Es bedrückt mich, daß Sie ausgerechnet mir Vorhaltungen machen. Ich sage Ihnen, ich halte das für einen Fehler. Sie wissen so gut wie ich, es gibt bei uns Leute, die nicht nur von der Behandlung russischer Kriegsgefangener wußten, sondern Verantwortung für diese Behandlung tragen. Die sie damals Sonderbehandlung nannten. Manche dieser Leute nehmen bei uns Stellungen ein, die ihrer Erfahrung und ihrem Engagement für die Sache entsprechen. Und ich sage Ihnen, ich halte das für richtig.

Der Frager sagt, Wenn Tallhover glaube, zu solchen Äußerungen berechtigt zu sein, so solle er nicht vergessen, daß in so heiklen Bereichen erstens konkret gesprochen und zweitens größte Vertraulichkeit gewahrt werden müsse. Wovon er spreche.

Wovon?, sagt Tallhover. Von wem, wäre richtiger gefragt.

Also, sagt der Frager.

Ich spreche von Generalleutnant Müller.

Es stehe ihm nicht zu, in diesem Zusammenhang von Generalleutnant Müller zu sprechen, sagt der Frager.

Tallhover sagt, Generalleutnant Müller gehörte ab Neunzehnhundertvierzig zum Oberkommando der siebzehnten Armee. Die siebzehnte Armee war gegen Rußland von Anfang an dabei. Dem Oberkommando der siebzehnten Armee unterstanden zeitweise Gefangenen-Sammelstellen und Durchgangslager. Die Nummern kann ich Ihnen raussuchen. Es ist nachgewiesen, daß in fast allen Lagern russische Kriegsgefangene ausgesondert und später liquidiert wurden. Kann nicht eine Schuld des Oberbefehlshabers und des Stabes der siebzehnten Armee vermutet werden?

Der Frager sagt, Tallhover vergesse, daß General von Stülpnagel Oberbefehlshaber der siebzehnten Armee gewesen sei, ein Mann des Widerstandes, der wegen seiner Beteiligung am zwanzigsten Juli von den Nazis ermordet worden sei.

Oberbefehlshaber bis November Einundvierzig, sagt Tallhover. Danach kam Hoth. Bis Mai Zweiundvierzig. Hoth hat nicht gegen Hitler gekämpft. Auch Ruoff nicht, der im Juni Zweiundvierzig kam.

Der Frager sagt, das alles wisse man.

Generalleutnant Müller war Stabschef der siebzehnten Armee, sagt Tallhover.

Auch das sei bekannt, sagt der Frager.

Schon einmal Generalleutnant, sagt Tallhover. Ernannt am ersten März Dreiundvierzig.

Der Frager sagt, er müsse nicht mit Tallhover über Generalleutnant Müller sprechen.

Und heute Stabschef der Kasernierten Volkspolizei, sagt Tallhover.

Der Frager sagt, Tallhover habe unterschlagen, daß Generalleutnant Müller im Sommer Vierundvierzig als stellvertretender Oberbefehlshaber der vierten Armee bei Minsk kapituliert habe und in sowjetische Kriegsgefangenschaft gegangen sei. Er habe unterschlagen, daß Generalleutnant Müller Mitglied des Nationalkomitees Freies Deutschland und des Bundes Deutscher Offiziere gewesen sei und, das vor allem, Antifa-Schüler.

Nicht unterschlagen, sagt Tallhover. Ausgelassen. Weil es für mich ohne Belang ist. Mir genügt es, daß Generalleutnant Müller seine Sache tut, so gut er kann. Wie auch ich meine Sache getan habe und tue, so gut ich konnte und kann. Aber es bedrückt mich, daß Sie ausgerechnet mir Vorhaltungen machen. Ich habe zum Beispiel mit der Behandlung der Kriegsgefangenen nichts zu tun gehabt. Ich tue meine Arbeit so gut wie Generalleutnant Müller.

Er habe, sagt der Frager, Tallhover keine Vorhaltungen gemacht. Er habe Tallhover befragt. Er müsse ihm sagen, was Tallhover selber sich sagen könne. Auf Tallhovers Einwand könne es nur eine politische Antwort geben. Diese Antwort sei längst gegeben worden, und Tallhover kenne sie. Die Kasernierte Volkspolizei oder, wie er sich zu sagen erlaube, unsere neue Armee einerseits und der Staatssicherheitsdienst andererseits stünden, er sage es fast, wie man etwas Selbstverständliches ungern sage, ungern, unter unterschiedlichen, äh, wie solle er sagen.

Tallhover sagt, Ich habe mich damit abgefunden, daß ich keine Stellung eingenommen habe, die meiner Erfahrung und meinem Engagement entsprochen hätte. Leute mit geringeren Verdiensten als ich bekleiden angemessene Posten. Ganz abgesehen von der Kasernierten Volkspolizei, wo hervorragende Leute sitzen, Generalmajor von Lenski zum Beispiel. Paulus wird hoffentlich auch angemessen eingesetzt. Ich meine Leute auf meinem Gebiet, Oberscharführer, ich meine Professor Kröger, oder Generalstaatsanwalt Melsheimer. Melsheimer ist, nebenbei gesagt, auch in Neunkirchen geboren.

Der Frager fragt, was dies besage.

Wie der Vorsitzende unserer FDJ, sagt Tallhover.

Der Frager sagt, ihn widere die Art Tallhovers, etwas zu wissen, an.

Tallhover sagt, Melsheimer allerdings als Sohn eines Hüttendirektors, nicht als Sohn eines Bergmannes.

Anderswo macht es überhaupt keine Schwierigkeiten; auf anderen Gebieten. Zum Beispiel bei unseren Wissenschaftlern. Professor Thießen arbeitet in der SU. Von den kleinen kenne ich so viele, Professor Hartke zum Beispiel, den jüngeren, der von drüben nach Rostock gekommen ist. Ein strammer Mensch, in seiner Hauptmanns-Uniform, mit seiner kräftigen Stimme. Ich kenne ihn aus seiner Zeit bei der Abwehr, in Stahnsdorf. Da müssen wohl die Genossen Juden und Kommunisten unter unseren Gelehrten heute noch strammstehen, wenn Parteigenosse Hartke das Kommando übernimmt.

Der Frager sagt, er betrachte diese Äußerung Tallhovers als eine private.

Alle nach Herkommen und Verdienst in Amt und Würden, sagt Tallhover. Das ist gescheit, das nützt, keiner braucht sich zu verstecken.

Oder bei unseren Schriftstellern. Nehmen Sie nur den Kurt Ball. Beim Reichssender Leipzig. Und bei den verschiedenen Zeitungen. Hat schon damals viel geschrieben. Gelesen habe ich das allerdings nicht. Aber ich habe noch seine Stimme im Ohr, aus dem Radio: In welchem Maße das Judentum sich in das Leben des deutschen Volkes hineingewühlt hat. Das jüdische Gemauschel und Geschleime perverser Gemeinheiten in der Kultur. Die rassische Verseuchung durch Mischehen des Judentums. Wie das, was der Jude in seiner uns rassisch entgegengesetzten Art als Moral bezeichnet, für den nordischen Geist die absolute Unmoral ist. Man muß den Juden in seiner sogenannten Ethik kennen, um zu verstehen, warum er und sein Geist alle Völker und Staaten zersetzt. Welches sind die Wege, auf denen sich die Gegenkräfte zusammengeschlossen haben, um die jüdische Macht zu brechen und dem deutschen Volk wieder den nordischen Geist zugänglich zu machen.

Der Kurt Ball. Damals. Nannte sich Tedesko, Hans Tedesko.

Der Frager sagt, davon wisse er nicht.

Das macht nichts, sagt Tallhover. Auch darauf ist eine politische Antwort erfolgt. Um Ihre Worte zu gebrauchen. Ball ist ein tüchtiger Mann. Und deshalb hat er bei uns seinen Platz. Als Redakteur und Schriftsteller. National-Zeitung, glaube ich, in Leipzig. Kein nationaler Sozialist mehr; nationaler Demokrat. Geschrieben hat er auch wieder: Halle zwo. Aus einer Eisengießerei. Vom heutigen Standpunkt aus betrachtet ein bemerkenswerter Versuch der Gestaltung eines zeitgenössischen Themas.

Der Frager sagt, Tallhover habe im neuen Deutschland ein weitgestecktes Tätigkeitsfeld gefunden und könne sich nicht beklagen.

Tallhover sagt, Tätigkeitsfeld, ja. Ja. Aber es fehlt die Anerkennung. Nicht die persönliche. Die brauche ich gar nicht. Ich meine die Anerkennung meiner Erfahrung. Die Anwendung! Es wird so vieles falsch gemacht auf unserem Gebiet heutzutage, hier.

72 Wir haben versagt, sagt Tallhover zu Kriminalkommissar Pasch, der gar nicht im Zimmer ist. Tallhover, in seinem Haus, in seinem Arbeitszimmer, hat einen Stadtplan ausgebreitet auf dem Tisch in der Zimmermitte. Jahrelang versagt, sagt er. Jahrelang ist Uljanow nach Berlin gereist, ohne daß wir es gemerkt haben. Jetzt weiß ich es.

Sagen Sie nicht, daß es zu spät ist, sagt Tallhover zu Kriminalkommissar Pasch, der nicht im Zimmer ist. Es ist spät, aber nicht zu spät. Wir können noch etwas tun. Wir können noch etwas gutmachen. Wir schnappen uns die, die noch da sind. Hier ist die Liste.

Mai Neunzehnhundertsieben. Warum haben wir die Luxemburg nicht ständig im Auge gehabt? Und Kautsky? Und Gorki? Wenn er in Berlin war? Dann hätten wir auch Lenin im Auge gehabt im Mai Sieben. Lenin und Gorki haben sich bei Ladyshnikow getroffen, in der Uhlandstraße hundertfünfundvierzig. Einen Verlag hat Ladyshnikow. Hat von Gorki Die Mutter herausgebracht, auch auf Russisch. Iwan Ladyshnikow. Dieser Mann muß her. Wenn er nicht zu Hause ist, dann in seinem Verlagsbüro, Uhland zweiundfünfzig.

Ein Stockwerk über Ladyshnikow wohnt noch ein Genosse, Awramow. Der muß auch her. Hat uns Neunzehnhundertacht ein Schnippchen geschlagen. Am vierten Januar holt er Lenin und die Krupskaja vom Bahnhof Friedrichstraße ab und schleppt sie den ganzen Tag durch Berlin. Bloß in keine Wohnung! Weil wir am dritten ein paar von den Russen überprüft hatten. Awramow wußte Bescheid. Im Hotel haben wir sie nicht identifiziert, weil Lenin als Finne und die Krupskaja als Amerikanerin gemeldet waren.

Die Luxemburg hätten wir dauernd observieren müssen.

Kautsky auch. Neunzehnhundertzehn ist Lenin wieder bei ihm. Und bei der Luxemburg auch, in der Cranachstraße.

Wegen Neunzehnhundertelf ist nichts mehr zu machen. Was aus Poletajew geworden ist, weiß ich nicht. Mit dem war Lenin dreimal in Berlin. Von uns wußte keiner, daß die beiden mit Bebel zusammengetroffen sind im Reichstag.

Von der Uhlandstraße fahren Sie in die Kaiserallee neunundneunzig bis hundert, zu Adoratski, Wladimir. Genosse. Bei dem ist Lenin Neunzehnhundertzwölf untergekommen, im Februar. Und fahren Sie in die Klopstockstraße zweiundzwanzig, zu einer Frau Rauchfuß. Zweites Stockwerk. Lenin soll dort illegal gewohnt haben.

Schließlich Groß-Lichterfelde, Albrechtstraße eins. Zwei Letten: Iwan German und Janis Rudis-Gipslis. Bei denen war Lenin am fünfzehnten Januar Neunzehnhundertvierzehn.

Sie nehmen einen Lastwagen und drei Mann, sagt Tallhover zu Kriminalkommissar Pasch. Bringen Sie alle, die Sie kriegen können, hierher, in meinen Keller.

Ja, sagt Tallhover. Ich weiß. Lenin war auch in Leipzig. Und in München. Und in Stuttgart. Aber wir waren in Berlin. Ich kann nicht alles nachholen, was versäumt worden ist. Aber um Berlin kann ich mich kümmern. Um Berlin muß ich mich kümmern. Wenigstens noch um Berlin. Um die anderen Städte müssen andere sich kümmern. Fahren Sie jetzt los.

Wenig nach dreiundzwanzig Uhr hört Tallhover einen Lastwagen vorfahren, wartet auf die Stimme von Kriminalkommissar Pasch, öffnet die Haustür.

Lassen Sie die Leute in den Keller bringen, sagt Tallhover zu Kriminalkommissar Pasch. Tallhover geht voran, weist jedem Gefangenen eine Zelle zu.

Sechs Gefangene hat Tallhover erwartet. Drei fehlen, sagt er. Wo sind sie.

Tallhover läßt Kriminalkommissar Pasch antworten, daß eine Frau Rauchfuß in der Klopstockstraße zweiundzwanzig nicht mehr wohne; sie sei Neunzehnhundertdreizehn verstorben. Awramow, in der Uhlandstraße hundertfünfundvierzig gemeldet gewesen, sei vor längerer Zeit nach Rußland abgereist, für immer. Ebenso Janis Rudis-Gipslis, der übrigens nicht unter der Adresse von Iwan German in Groß-Lichterfelde gewohnt habe ehemals, sondern, wie Iwan German bei seiner Festnahme ausgesagt habe, in Friedenau.

Sie können jetzt mit Ihren Leuten gehen, sagt Tallhover.

Seiner Gewohnheit gemäß, in alphabetischer Reihenfolge vorzugehen, betritt Tallhover die Zelle von Adoratski.

Lenin hat im Februar Neunzehnhundertzwölf bei Ihnen gewohnt. Wann kam er und woher.

Er kam aus Leipzig, am zweiten Februar, Freitag.

Kam er allein?

Nein. Er kam mit den Genossen Pjatnizki und Poletajew.

Ossip Pjatnizki?

Ja.

Warum kam Lenin nach Berlin.

Er wollte Geld. Er wollte von Kautsky die Freigabe von Geld aus dem Erbe von Schmit, das Kautsky, Mehring und die Genossin Zetkin verwalteten.

Und?

Er hat Kautsky am Freitag nicht erreicht.

Was hat er getan?

Er ist halb acht ins Theater gegangen, Turandot.

Was hat er wegen des Geldes unternommen.

Er hat Pjatnizki und Poletajew zu Kautsky geschickt. Die haben ihn erreicht. Aber Kautsky hat die Freigabe von Geld abgelehnt.

Wohin ist Lenin gereist?

Nach Paris.

Kennen Sie eine Frau Rauchfuß in der Klopstockstraße?

Nein.

Noch in der Nacht nimmt Tallhover die Verhöre von Iwan German und Iwan Ladyshnikow vor.

Zu German sagt Tallhover, Neunzehnhundertvierzehn, am fünfzehnten Januar, war Lenin bei Ihnen in Groß-Lichterfelde. Warum.

Er hat in meiner Wohnung lettische Genossen getroffen, wegen des Parteitages in Brüssel.

Wen hat er noch getroffen.

Kasparow.

Warum.

Kasparow hat die Korrespondenz der Emigranten nach Rußland vermittelt.

Wann ist Rudis-Gipslis nach Rußland zurückgegangen.

Das weiß ich nicht mehr. Das ist schon zu lange her.

Zu Ladyshnikow sagt Tallhover, Warum hat Lenin im Mai Neunzehnhundertsieben den Umweg über Berlin gemacht.

Ladyshnikow sagt, Er wollte vor dem Parteitag Rosa Luxemburg treffen. Genossin Luxemburg hat auf dem Parteitag die Linie Lenins vertreten. Außerdem wollte Lenin Geld von den deutschen Sozialdemokraten.

Und?

Er hat mit Kautsky gesprochen. Ich glaube, es gab dreihundert Pfund Sterling.

Was hatte Gorki mit Lenin zu besprechen.

Seinen Roman. Die Mutter. Ich hatte Lenin das Manuskript gegeben.

Was hat Gorki gesagt.

Er hat gesagt, er habe sich beeilt, das Buch zu schreiben.

Und Lenin?

Er hat gesagt, Ein Buch sehr zur rechten Zeit. Gut sei es, daß Gorki sich beeilt habe. Das Buch werde gebraucht. Viele Arbeiter hätten an der revolutionären Bewegung spontan teilgenommen, jetzt läsen sie Die Mutter mit großem Nutzen.

Tallhover sagt, Ach, lassen Sie das, und geht aus der Zelle. Er setzt sich auf einen Büroschemel, den er in den Kellergang gestellt hat für den Wachtposten, stützt die Hände auf die Knie, starrt an die Kellerwand. Zu spät, sagt er. Pasch hat recht. Ich kann Ladyshnikow einsperren und Adoratski und German. Aber was geschehen ist, ist geschehen. Pjatnizki. Generalsekretär der Kommunistischen Internationale ist der geworden. Nun gut. Den haben die eigenen Leute erledigt.

73 Tallhover, wüßte er, daß Gedanken, die ihm durch den Kopf gehen Tag und Nacht, gebraucht würden, käme schneller voran. Es wäre ihm, denkt er, ein Datum genannt, Montag in einer Woche, und Zeit, in welcher er aber Akten lesen muß und beziffern, wäre frei für gründliche Überlegung und Niederschrift. Aber die Gedanken verlangt er sich selber ab, ein Datum, das er sich selber nennt, liegt weiter entfernt als Montag, denn Zeit bleibt wenig über der Lektüre von Akten. Tallhover muß herausfinden, wie er die tägliche Arbeit, Lektüre von Akten, beschleunigen kann. Der Leiter des Amtes, der weiß, wieviel Akten gelesen werden können in achtstündiger Arbeit, entsendet täglich ein Bündel, das den Tag ausfüllt. So daß Tallhover nach ärgerlichen Tagen, an denen er nicht vorangekommen ist mit wichtigerer Überlegung, zweierlei erwägt: entweder die Akten ungelesen zu beziffern, jedenfalls stückweise, oder dem Leiter des Amtes vorzuhalten, das tägliche Bündel, den Zustand der Tallhoverschen Augen eingerechnet und die Unleserlichkeit älterer Schrift, sei aber doch zu dick. Das letztere läßt er. Allzu lange hat er das Tagespensum pünktlich geliefert. So daß Sorge des Leiters hätte aufkommen können um Tallhovers Lesekraft. Und solcher Sorge will Tallhover sich nicht aussetzen. Also läßt er Lektüre von Akten, besonders der leserlichen, häufig aus, begnügt sich mit sorgfältiger Bezifferung der Blätter, und findet heraus, daß zwei Stunden gewonnen werden können ohne übermäßige Belastung des Gewissens. Zwei Stunden vor dem Ende der Arbeitszeit, da alle Akten auf der rechten Seite des Schreibtisches liegen, legt er ein Viertel des Bündels auf die linke Seite des Schreibtisches zurück, nimmt ein leeres Blatt aus dem Schreibtischkasten und schreibt Tallhovers Gedanken nieder, die seinen Kopf besetzen Tag und Nacht. Käme der Leiter des Amtes oder sein Bote, könnte er leicht ein Aktenblatt von dem vierten Teil des Bündels, das zu seiner Linken bereitliegt, auf sein eigenes Blatt legen, solcherweise zeitgemäßen Fortgang der Arbeit vorzutäuschen. (Immer nach einiger Zeit hebt er von dem linken Stapel einige Aktenblätter ab und legt sie auf den rechten Stapel.)

Das hat er gehört vor einiger Zeit, daß einer, von dem keiner es erwartet hätte, sein Werk, so nannte *er* es, lauthals angepriesen, in welchem die Ordnung des Staates bitter in Zweifel gezogen wird.

Unscheinbar, aber sicher, beinahe fröhlich, aber bedacht sprach der Verfasser ungehindert in das Mikrofon des Feindes. Ohne Umschweif machte er zunichte, wofür Tallhover sich hingibt, wußte Besseres mit wenigen Worten, warb um Genossenschaft und bot allen, die denken wollten wie er oder sollten, seine Einsicht an als Boden für Widersetzlichkeit.

Die Schrift, die alles enthalte, erscheine jenseits der Grenze, hörte Tallhover. Im Staat des Feindes, sagte Tallhover, der auch ausgeschickt hat das Mikrofon.

Tallhover, als er es hörte, fragte sich, was zu tun wäre, gegen den Proklamateur. Denn daß Strafe fällig war, brauchte er nicht zu überlegen.

Ich wußte nicht: schreibt Tallhover auf sein Blatt: ob es besser gewesen wäre, sogleich zuzufassen, oder den Verfasser noch eine Weile gewähren zu lassen. Nämlich um zuzusehen, wie er sich, und in kürzester Zeit, weiter verstrickt hätte und ins Unrecht gesetzt vor allen, denen die Ordnung des Staates voll Wert ist wie mir. Denn wir sind nicht wenige, und ein Sturm der Widerlegung hätte ihn, in kürzester Zeit, ausgeliefert. Jeder, der denkt wie wir, hätte sagen müssen: Ja, es ist Zeit. Ein solcher Bursche gehört hinter Schloß und Riegel.

Ich erfuhr bald, daß es für besser gehalten worden war, ihn auf der Stelle zu belangen. Gut. Was aber jetzt. Denn feindliche Hetze hat alles getan, diesen Verfasser in unserem Staat bekannt zu machen, sei es durch Verlesung seiner Schrift (im Radio) oder durch massenhafte Hereinschmugglung seiner Schrift, sei es durch Resolutionen (sogenannte) und offene Briefe, in denen seine ausländischen Anhänger sich in unsere Dinge einmischten, indem sie seine Freilassung forderten. Oder sogar durch Konferenzen und Artikel (wissenschaftliche), die den wissenschaftlichen Charakter der betreffenden Schrift beweisen sollten. Ich weiß davon, weil ich derartige Radiosendungen regelmäßig verfolge.

Wahrscheinlich gibt es in unserem Staat eine beträchtliche Anhängerschaft (teils aus Unkenntnis, teils wegen grundsätzlicher Feindseligkeit gegen unsere Ordnung, vielleicht auch wegen Übereinstimmung mit dem Inhalt der Schrift), die selber dazu beiträgt, den Namen ihres Verfassers zu verbreiten. Auch ist es mir vollkommen unverständlich, wie es möglich ist, daß ein Mann, der hinter Gittern sitzt, Briefe an ausländische Zeitschriften schmuggeln kann, wo sie abgedruckt werden, wie ich gehört habe im Radio. Nicht nur, daß die Organe unserer Sicherheit dadurch als unsicher hingestellt werden (eventuell als dumm usw.), es wird vor allem das Loblied des inhaftierten Verfassers gesungen, der trotz der Haft (die ihn nachdenklich machen müßte) unbekümmert seine Ansichten aufrechterhält und sogar öffentlich äußert (im Ausland), so schlau ist er. Ich will nicht näher auf die Haftaufsicht zu sprechen kommen, obwohl viel zu fragen wäre (z. B. wie kommt ein Häftling in den Besitz von Bleistift – oder war es sogar ein Kugelschreiber – und Papier; wann und wie kann er solche Briefe in einer Gefängniszelle überhaupt schreiben; wie gelangen die Briefe aus der Zelle usw.).

Es ist nur festzustellen, daß der Verfasser wie ein Held erscheint (obwohl er ein Spion ist, wie es im Urteil steht) und womöglich noch zu einem Märtyrer gemacht wird.

Denn die feindliche Hetze behauptet, daß nicht seine Spionagetätigkeit, sondern seine Schrift veruteilt wurde. Es kann auch von einer Legende gesprochen werden, und ich stelle nur die Frage: Wie sollen wir mit einem Mann verfahren, der zu einer Legende wird (beziehungsweise gemacht wird), und zwar im feindlichen Ausland und bei einer bestimmten Zahl von Menschen in unserem Staat (bei Feinden; oder vielleicht auch bei unseren eigenen Menschen?). Das ist die Kernfrage.

Tallhover faltet das Blatt zusammen und steckt es in die Aktentasche. Er legt die letzten Aktenstücke von der linken Schreibtischseite auf den Stapel zu seiner Rechten, beschwert das Bündel mit einem faustgroßen Stein, den er in das Amt mitgebracht hat, und steht auf. Tallhovers Arbeitstag ist zu Ende.

74 | Spät, das Kriminalhörspiel ist vorüber, will Tallhover, weil er mit niemandem geredet hat seit sechs Stunden, mit jemandem reden, aber er weiß niemanden. Zuvor ein Zigarillo anzünden. Tallhover nimmt den Telefonhörer. Mit dem Ringfinger, da zwischen Zeigefinger und Mittelfinger das Zigarillo gehalten wird, wählt Tallhover Zahlen beliebig, bis das Zeichen ertönt. Wenige Male. In dem Hörer hört er, daß eine Stimme, das ist eine Frau, die Zahlen sagt, die er gewählt hat.

Entschuldigen Sie, sagt Tallhover, daß ich noch anrufe.

Mit wem spreche ich, sagt die Stimme.

Sie kennen mich nicht, sagt Tallhover, aber ich kenne Sie. Hören Sie zu.

Die Stimme ist still.

Sie sind unvorsichtig, sagt Tallhover. Jemand, dem Sie vertrauen, vertraut Ihnen nicht.

Was soll das, sagt die Stimme, wer sind Sie.

Ich könnte Ihnen helfen, wenn Sie mir zuhören.

Die Stimme ist still.

Auch wenn Sie ratlos sind, Sie sollten vorsichtiger sein, sagt Tallhover.

Jetzt hören Sie aber auf, sagt die Stimme, wer sind Sie.

Wer bin ich, sagt Tallhover,

aber eine zweite Stimme, das ist ein Mann, sagt, Hallo,

und eine dritte Stimme, das ist ein Mann, sagt, Hallo, bist du es, Peter,

Ja, sagt der, ich höre dich kaum, Frank, da ist jemand in der Leitung,

und Tallhover sagt nichts,

aber die Frau, mit der Tallhover geredet hat, sagt, Hallo, was ist los.

Und Tallhover hört, daß jemand den Hörer auflegt.

Hallo, Peter, sagt Frank.

Ja, sagt Peter, jetzt ist es besser.

Ja, sagt Frank, aber du bist immer noch zu leise.

Ich schreie ja fast, sagt Peter, hör zu,

und Frank hört zu,

und Tallhover hört zu,

Es tut mir leid, das heute, ich hätte den Mund halten sollen, ich hab dich reingerissen,

Quatsch, sagt Frank, das war doch selbstverständlich, daß ich eingesprungen bin, die hätten dich fertiggemacht,

Ja, sagt Peter, aber das hätte ich aushalten müssen, jetzt wissen Sie, was du denkst,

Na und, sagt Frank,

Nein, sagt Peter, es war genug, daß die wissen, was ich denke,

Tallhover bläst unvorsichtig Rauch aus,

Rauchst du wieder?, sagt Peter,

Wie kommst du darauf, sagt Frank, seit sechs Wochen nicht,

Mir war so, sagt Peter,

Nee, sagt Frank,

und Tallhover bläst Rauch vorsichtig aus,

Jedenfalls sollen die wissen, sagt Frank, daß die mit uns nicht machen können, was sie wollen. Alles andere ist mir egal. Daß wir befreundet sind, wissen die sowieso. Und was ich sage, kann jeder hören,

In Ordnung, sagt Peter. Dann wollen wir mal Schluß machen,

Mach's gut, sagt Frank,

Mach's gut, sagt Peter,

Gut, sagt Tallhover, bläst Rauch aus unvorsichtig,

Hallo?, sagt Frank,

aber Peter hat den Hörer aufgelegt,

Frank sagt, Hallo,

aber Tallhover sagt nichts,

Frank legt den Hörer auf.

Gut, sagt Tallhover. Gehört haben, was geredet wird, gehört werden von denen, die reden.

Der Tag endet, wie Tallhover es mag.

75 Das hätte Tallhover anders gemacht. Tallhover hat die größere Übung, die Zeit ohne Ungeschicktheiten müßte gekommen sein, denkt Tallhover. Warum wird nichts gelernt aus guter Erfahrung? Ein solcher Fall, der zu gewöhnlicher Arbeit rechnet, kann aus Büchern gelernt werden. Tallhovers Laune wäre besser, könnte er, in seinem Alter, unbesorgt reden von großem Fortschritt auf dem Fachgebiet.

Eher ist Tallhover öfter enttäuscht, daß manches, was ihm zu Ohren kommt, auf Stillstand deutet, oder auf Schlimmeres; sollte denn vieles, das er längst weiß, vergessen sein und Tallhovers Ziel nicht mehr erreichbar in Tallhovers Leben? Was soll Tallhover noch alles tun?

Zwar, die Absicht war klug erwogen und folgte geübtem Muster: es sollte dieser Sanders nachdrücklich in bestimmte Sorge versetzt werden, um denjenigen deutliche Warnung zu liefern, die Sanders vertraut vor Augen haben und selber nicht betroffen werden können aus leider notwendiger Rücksicht auf allgemeine Meinung, sogenannte.

Auch die Zeit war richtig gewählt, der Sache zur Hälfte eine Unbestimmtheit zu lassen, die nötig ist in solchem Fall; zu leicht sonst hätte die Absicht durchschaut werden können: die Nacht des hellen Mittwoch, da das Fest begann in der Hauptstadt, zu welchem Halbwüchsige und Kinder versammelt worden waren zur Ehre des Großen Oktober. Jüngste Erfahrung hatte es zwei Behörden nahegelegt, Tag und Nacht auf den Beinen zu bleiben zum Schutz der städtischen Ruhe.

Da brauchte es weniger zu verwundern, daß zwei Angestellte in ziviler Kleidung, nachdem Sanders das Taxi verlassen hatte, an ihn herantraten von zwei Seiten. Sie fragten Sanders nach seinem Ausweispapier und konnten sich freuen, daß er es verwirrt suchte in seinen Taschen und endlich nicht fand. Ohne andere Erklärung stand es ihnen frei, Sanders die Arme auf den Rücken zu drehen, wie sie es gelernt hatten. Ein dritter Angestellter, der eben zur Stelle war, rief einen Polizeiwagen, welcher hörweit entfernt gewartet hatte.

Noch ist Tallhover fast zufrieden. Die Polizisten, es sind vier,

Sanders sitzt zwischen zweien, würden Sanders auf das Revier der Polizei bringen und ausfragen nach Namen und Adresse. Aber daß auf der Straße die Angestellten den Vorschlag von Sanders,

Kommen Sie mit zu meiner Wohnung, dort zeige ich Ihnen den Ausweis,

abtun,

Sie kommen mit!

ohne den Satz aufzusagen, der Sanders notdürftig zu erklären gehabt hätte, daß er auf jeden Fall fortzubringen wäre, auch *mit* einem Ausweispapier, mißfällt Tallhover schon.

Auf dem Revier der Polizei wird Sanders nach Namen und Adresse gefragt und hätte sodann gehen können sollen, soll aber nur in ein Zimmer gehen, das möbliert ist mit einem Hocker, und geht vor einem Polizisten her, der die Tür hinter Sanders halb offen läßt und stehenbleibt vor der Tür: das ist die Absicht: Sanders, der nur sein Ausweispapier vergessen hat, steht in einem Zimmer, das nicht verschlossen ist und nicht verlassen werden kann, und weiß, daß er nicht aufgehalten wird, weil er sein Ausweispapier vergessen hat, und weiß nicht, warum er aufgehalten wird.

Wenn es so bliebe, bis es genug ist, brauchte Tallhover nicht zurückzudenken an frühere Zeit, da noch Verlaß war auf Schutzpolizisten. Davon geht Tallhover nicht ab, daß geplante Wirkung in solcher Sache nur erzielt werden kann, wenn jeder sich an die Order hält.

Oder, fragt Tallhover sich, soll das, was er versteht von solcher Arbeit, nicht mehr taugen? Wird es absichtlich beiseite getan? Aber der Erfolg! An dem Erfolg muß doch Arbeit gemessen werden!

Daß der Polizist vor der Tür jetzt, weil er Rauch riecht, und hat gewartet, bis er Rauch riecht, die Tür ganz aufstößt und ins Zimmer kommt mit einem Aschenbecher in der Hand und Sanders den Aschenbecher hinhält und sagt,

Machen Sie sofort die Zigarette aus!

beanstandet Tallhover nicht, weil es der Absicht dient ohne besondere Strittigkeit. Öfter in Amtsstellen ist es doch unerwünscht, daß geraucht wird. Nur aus Rücksicht auf andere Benutzer und wegen des Schmutzes oder der Sauberkeit. So daß keiner sagen kann, es sei Willkür gegen einen einzelnen Raucher, der zwar starke Lust auf Tabak verspürt, weil der Aufenthalt in einem Warteraum ihn beunruhigt.

Sanders macht die Zigarette aus.

Den Aschenbecher läßt der Polizist in dem Zimmer zurück, auf dem Fußboden. Tallhover hätte ihn aus dem Zimmer gebracht, glaubt Tallhover. Überzeugt sich aber doch von derart besserer Wirkung des Rauchverbots und gibt dem Polizisten, des Erfolgs wegen, bei dem Aschenbecher nach.

Sanders geht im Zimmer auf und ab oder sitzt auf dem Hocker.

Tallhover, wäre er Polizist, der vor halb offener Tür steht, hätte gewußt, daß Sanders nach reichlicher Zeit, einer Stunde oder siebzig Minuten, laut etwas sagt,

He, Sie!

und hätte den Satz des unruhig Wartenden

Verdammt! Bringen Sie mich zu dem Leiter des Reviers!

der doch zeigte, daß die Wartezeit vorgesehene Wirkung tat, leise und ruhig abgewiesen, so daß Unruhe stärker zurückgeblieben wäre bei Sanders.

Anstatt, als Polizist, überrascht zu sein von der Stimme im Zimmer, hineinzugehen und Sanders mit flacher Hand ins Gesicht zu schlagen, die Handfläche links, den Handrücken rechts, vor den Worten, laut gesagten,

Hier noch Krach schlagen, was? Mitten in der Nacht!

Jetzt ist für Tallhover der Erfolg zur Hälfte verdorben. Für wen soll Sanders den Polizisten halten? Und Sanders, falls der Polizist das gewollt hätte, hat nicht einmal den Arm gehoben zur Abwehr, die ausgesehen haben könnte wie Angriff gegen einen Polizisten, der nach den anderen Polizisten hätte rufen müssen in Notwehr, und alle, vier oder mehr, die auf dem Revier der Polizei Dienst tun, wären dem einen Polizisten zu Hilfe gekommen mit harten elastischen Schlagstöcken gegen Sanders.

Sanders, wie Tallhover es befürchtet, verspürt kaum mehr,

was er verspüren sollte. Der Polizist ist, den Blick auf Sanders, hinausgegangen, er steht vor der Tür, die spaltbreit geöffnet bleibt.

Tallhover weiß, daß Sanders den Hocker nehmen wird oder den schweren Aschenbecher, und weiß, daß es umsonst ist, Sanders noch länger aufzuhalten auf dem Revier der Polizei oder daß jede Stunde nur vergeblicher verläuft, daß also alles ganz ohne Wirkung, die erhoffte, bleiben muß am Ende, und nutzlos war von Anfang an, also Fleiß und Zeit derer vergeudet sind, die den Plan gefaßt und Angestellte in ziviler Kleidung auf den Weg geschickt hatten, und die Angestellten waren Sanders mit Mühe gefolgt und unauffällig, so daß Sanders fast verblüfft sein konnte, als sie auf ihn zukamen neben dem Taxi.

Zum Beweis für Tallhover nimmt Sanders den schweren Aschenbecher und schleudert ihn gegen die Wand neben der Tür.

Der Polizist, der etwas sagen könnte, sagt nichts. Aber er kommt nach kurzer Zeit in das Zimmer und hebt die schweren scharfkantigen Bruchstücke auf. Wie der Polizist sich bückt und falsche Arbeit tut, aber tun muß, und seinen Körper wieder aufrichtet, die Splitter in der linken Hand, sieht Tallhover, daß der Polizist nicht vergeßlich ist.

Sanders steht neben dem Hocker, der Polizist geht hinaus.

Tallhover verspricht sich nichts mehr, hofft aber, es könnte die Sache wenigstens ausgehen, wie sie geworden ist. Der Polizist vor der Tür wird, weil seine Zeit herum ist, von einem Polizisten abgelöst.

Sanders sitzt auf dem Hocker, den er an die Wand gerückt hat gegenüber der Tür.

Was Sanders denkt, das dürfte er nicht denken müssen, wenn die Sache auf dem Revier Zweck gehabt haben sollte. Kann es etwas ändern, überlegt Tallhover, daß Sanders noch bleiben muß? Das Revier der Polizei könnte Sanders in dieser Lage gehen lassen. Der Plan ist fehlgeschlagen, halb oder ganz, und kann in zwei oder drei oder vier Stunden nicht mehr gelingen. Aber der Fehlschlag wäre auch eingestanden. Tallhover, der es anders gemacht hätte, bleibt nichts übrig. Andere Polizisten hat er nicht. Verderben sie etwas, muß er sie doch behalten. Und gegen Sanders bleiben sie seine Leute, das weiß er. Geeignetere wären ihm lieber. Nicht der Meinung wegen, die Sanders hegen könnte oder hegen muß. Sondern, weil die Arbeit leichter voranginge und schneller. Das wenigste ist jetzt, daß der Fehlschlag nicht eingestanden wird vor Sanders. Tallhovers wegen kann Sanders glauben, er hätte gewonnenes Spiel. Aber zugegeben werden darf es ihm nicht.

Also muß Sanders noch bleiben.

Tallhover weiß nicht, was kommt. Obwohl er nicht mehr auf erhoffte Wirkung hoffen kann, wünscht er, Sanders begnüge sich mit unerwünschten Gedanken. Immerhin kann vermutet werden, daß abträglicher Eindruck von Polizei fest verwahrt bleibt. Aber wer *ist* Sanders, wieviel Eindruck ist ihm genug, sich so zu betragen, wie Tallhover vermuten will. Ist es schon genug? Oder muß noch Eindruck hinzugefügt werden? Ist mehr zuviel? Oder *ist* es schon zuviel?

Tallhover weiß es nicht. Und wüßte er es, was könnte es nützen, da er auch nicht weiß, wer der Polizist ist, der den Polizisten an der Tür abgelöst hat. Tallhover hat viele Polizisten, er kann sie nicht alle kennen, und bei den wenigen, die er kennt, wüßte er nicht sicher, wer sie wann sind.

Weil Befehl nicht verläßlich verhindert, daß Stirn, Nase, Mund des nächtlichen Passanten, der beigebracht wird, einem Wachhabenden auf dem Revier mißfallen, oder sind es die Augen, die den Wachhabenden aus großer Entfernung ansehen, oder ist es die Form von Händen, oder, daß die Stimme des Passanten leiser ist, oder leichte Müdigkeit seines Rückens.

Die der Polizist gesehen hatte, als er, ohne von Sanders gesehen zu werden, ins Zimmer sah bei der Ablösung des Polizisten an der Tür, und die der Polizist sieht, weil Sanders, der verlangt hat hinauszugehen, vor dem Polizisten hergeht, den Korridor entlang, bis der Polizist sie nicht mehr sehen will, und zutritt, daß Sanders stolpert, sich umdreht, den Arm vor das Gesicht hebt, aber hoch genug nicht, so daß der Polizist, der sich für den anderen Polizisten erinnert, das Gesicht trifft.

Tallhover hat nicht nur Sanders im Auge. Und muß sich fragen, wie erreicht werden kann, daß eine Sache zu Ende gebracht wird wie geplant trotz unregelbarer Abneigung eines Polizisten und eines zweiten gegen das Äußere oder das Innere eines Passanten.

Denn sogar unerklärliche Sympathie für einen, der warten muß, kann, wie Tallhover weiß, in Verletzung des Befehls enden. Er weiß es aus dem Umgang mit Tieren, zumeist jungen, die ihn öfter verleiten, gespanntem Spiel plötzlich ein Ende zu bereiten mit hartem Griff.

Wer soll ihm noch dienen, wenn es sich also gleichbleibt.

Tallhover ist ehrlich. Auch er verspürt Lust von Fall zu Fall. Aber er behält die *Sache* im Kopf, die Absicht, den Plan, das Ziel. Also müßte für Polizisten öfter die Sache erklärt werden. Wie jedoch wäre zu vermeiden, daß unbrauchbare Verfahren öfter als brauchbare gerechtfertigt werden?

Daß Sanders jetzt noch verharre bei stiller Verwahrung, ist nicht mehr zu hoffen: Polizei vor Augen, die Sanders für etwas hält, das Polizei nicht sein soll in den Augen von Sanders.

Der sich, ins Zimmer zurückgekehrt, auf den Fußboden gelegt hat, ohne auf seine Kleidung zu achten, die Arme unter dem Kopf verschränkt, und ruhig an die Decke sieht.

Am Ende der Nacht muß er fortgelassen werden, auf die Straße, in die Hauptstadt, wo diejenigen umhergehen, die gewarnt werden sollten.

Aber gewarnt worden sind sie nicht. Sondern ermuntert zu Sätzen, die verwehrt werden müssen.

Tallhover ist nicht nur enttäuscht. Er ist auch besorgt. Tallhover zumindest hätte es anders gemacht.

76

Auch Wilhelm Hirsch, den Handlungsdiener aus Hamburg, hat Tallhover nicht vergessen.

Stehen Sie auf!, sagt Tallhover in seinem Keller zu Hirsch. Am dreißigsten Oktober Achtzehnhundertzweiundfünfzig habe ich Sie in London aufgefordert, nach Köln zu kommen, um vor Gericht zu beeiden, daß das elende Protokoll über die

Zusammenkünfte des Kommunistenbundes, das Sie verzapft hatten, von einem gewissen H. Liebknecht stammt. Sie sollten sogar eine preußische Staatspension dafür bekommen. Sie haben sich geweigert, diesen einfachen Meineid für uns zu leisten. Sie tragen Schuld daran, daß Herr Polizeirat Stieber Herrn Charles de Fleury alias Carl Krause öffentlich fallenlassen mußte. Sie tragen Schuld daran, daß Herr Polizeirat Stieber unseren Herrn Polizeileutnant Greif aus London abziehen mußte, was besonders peinlich war, weil Herr Polizeileutnant Greif den Titel eines Attachés unserer Londoner Gesandtschaft trug. Aber das alles ist noch wenig. Das Schlimmste ist erstens Ihre Erklärung an Eides Statt vor dem Magistrat zu Bow Street, London, am Sonnabend, dem sechsten November Achtzehnhundertzweiundfünfzig, Sie hätten das Originalprotokoll selber geschrieben, und ist zweitens Ihr Selbstbekenntnis gleichen Inhalts, das Sie unter dem schamlosen Titel Die Opfer der Moucharderie im April Achtzehnhundertdreiundfünfzig von Herrn Willich in der New-Yorker Kriminalzeitung haben veröffentlichen lassen.

Sie tragen somit erstens Schuld daran, daß der Kölner Kommunistenprozeß kein voller Erfolg für uns wurde und haben zweitens Karl Marx die Mittel an die Hand gegeben, unsere polizeiliche Arbeit in den Dreck zu ziehen.

Leider hat es nichts geholfen, daß wir seinerzeit den Advokaten den Verkehr mit den Angeklagten untersagten. Es hat auch nichts geholfen, daß wir die Korrespondenz der Advokaten mit der Partei Marx in London als strafbare Teilnahme an dem verhandelten Komplott behandelt haben.
Von den elf Angeklagten, die wir in der Hand hatten, mußten Daniels, Klein, Jacobi und Ehrhardt freigesprochen werden.

Aber heutzutage, sagt Hirsch. Ist alles anders. Die Partei Marx ist selber am Ruder, die Marx-Partei. Ich habe es gut gemacht, daß ich es schlecht gemacht habe, genau genommen.

Sie haben gegen uns gearbeitet, damals. Obwohl Sie von uns Ihr Geld bekamen. Gegen uns arbeiten, das bekommt schlecht. In Anbetracht der Schuld, die Sie auf sich geladen haben, werden Sie verurteilt werden. An Stelle von Ehrhardt, Jacobi, Klein und Daniels. Ihre Schuld ist eindeutig beweisbar. Den Beweis lassen wir uns von Ihnen nicht noch einmal kaputtmachen.

77

Tallhover träumt.

Das treibt sich rum in der Hauptstadt, redet mit dem und redet mit dem, schnappt auf, was der und der sagt, ein Tonband ist zur Hand, das nennt sich Bericht-Erstatter, und abends, unsereins geht Streife, daß die Leute hinter ihren Fenstern Ruhe haben, sitzen die Leute vor ihren Kästen, hören, was der und der geredet hat, das ist Meinung, freche, wer zuhört, glaubt viel, die, die reden, müssen es wissen, heißt es, aber ich wenn was zu sagen hätte, ich sag, das soll sich nicht rumtreiben, Bericht erstatten, und der und der soll nicht reden. Es ist aber vorgesehen, wer reden will, redet, wer Bericht erstattet, sagt, daß es erlaubt ist von oben, und einer wie ich soll nichts zu sagen haben.

Aber von mir will der auch was, er hält neben dem Haus, vor dem ich steh, das ist das Ministerium, da soll einer rauskommen aus dem seinen Land, der geredet hat mit dem Minister, und soll ausblasen, was er beredet hat. Immer hält der neben dem Haus, vor dem ich steh, weil der denkt, hier soll er stehen dürfen mit seinem Auto, es ist erlaubt von oben, aber hier ist es verboten, und es war ausnahmsweise, daß ich es erlaubt hab. Das muß ich nicht.

Ich geh hin und sag, Das ist nicht erlaubt, das sehen Sie, das Schild, also fahren Sie weg hier.

Da wird der frech, wie er ist, und hat sein Gesicht vor meinem Gesicht, sagt laut, Hier stehe ich immer, das ist erlaubt, ich mache meine Arbeit, die soll, sagt er, ich nicht stören.

So, sag ich, ein kleiner Polizist bin ich.

Wer hat das gesagt, sagt der,

aber ich laß das nicht zu, daß der mir zerredet, was ich sag, Stellen Sie Ihr Auto ab, wo Sie wollen, sag ich, aber hier stellen Sie es nicht ab.

Ich beschwere mich, sagt der, sagen Sie mir Ihren Namen,

aber ich sag meinen Namen nicht, soll er sich beschweren. Fahren Sie weg hier, sag ich, fahren Sie, und steh nah vor ihm, daß ich seinen Arm berühr mit meinem Arm, und er berührt meinen Arm mit seinem Arm, und ich sag, Fassen Sie mich nicht an.

Der sagt, Ich fasse Sie nicht an, stören Sie mich nicht bei der Arbeit.

Also, der steigt nicht in sein großes Auto, der fährt nicht weg, ich muß den am Arm anfassen und muß den zu seinem Auto schieben.

Aber der macht sich krumm, der stemmt sich gegen mich, der reißt seinen Arm hoch, ich muß dem seinen Arm festhalten und muß stärker sein als der, das bin ich. Aber der kriegt seinen rechten Arm los und trifft mich mit seinem Ellenbogen in die Rippen, jetzt hab ich genug. Das ist meine Stadt, wer hier stehen darf, das bestimm ich, der kommt hier an wie einer, der mehr ist als ich, das wollen wir sehen. Hauen Sie ab hier, sag ich, ich dreh mich zur Seite, daß ich mich stemmen kann gegen den mit meiner Schulter, die Arme kriegt der nicht mehr hoch, der muß einen Schritt zurück, sonst kippt er, aber sein Knie, oder ist es sein Fuß?, trifft mich am Bein, das erlaubt der sich, daß mein Bein wehtut. Ich krieg den schon weg, Schulter gegen Schulter, die Arme festgehalten, das Knie gegen seinen Schenkel, da ist der an seinem großen Auto, Halten Sie den Mund, sag ich. Das ist seine Schuld, daß er mit dem Rücken gegen sein Auto fällt, Steigen Sie ein, sag ich, das sag ich laut, weil es warm ist, der soll sich in sein Auto setzen, oder soll ich ihn in sein Auto setzen. Die Brille ist dem verrutscht, die muß er festhalten, meinetwegen, laß ich seinen rechten Arm los, aber ich mach die Autotür auf und sag, Rein mit Ihnen, seinen linken Arm hab ich noch, da helf ich nach. Wie ich seh, jetzt will der einsteigen, laß ich seinen linken Arm los, jetzt steigt der ein.

Wir sehen uns wieder, sagt der,

Ja, sag ich.

Die andern, die in seinem Auto sitzen, glotzen, aber fotografiert hat keiner, das hab ich gesehen.

Das ist ein Sachverhalt, sag ich, der muß geklärt werden.

Da ist er, der Bericht-Erstatter, sag ich auf dem Revier, gestern sah er besser aus.

Auf dem Revier der Kommissar sagt, Moment mal, immer der Reihe nach.

Der kommt rein, zeigt seine Einladung, zeigt seinen Ausweis, Was soll das hier, fragt er.

Der Kommissar sagt, daß eine Anzeige vorliegt, aber der, obenauf, sagt, Da bin ich falsch, das ist nicht die Verkehrspolizei.

Wegen Körperverletzung, sagt der Kommissar, da ist nichts mit Verkehrspolizei.

Der Kommissar nimmt das Blatt, da steht meine Anzeige drauf.

Der andre sagt, Das kann nicht wahr sein.

Ist es aber, sagt der Kommissar. Er zeigt auf mich, und ich sag, wie es gewesen ist.

Da kriegt der den Mund nicht auf und sagt, Das ist eine Lüge, es ist umgekehrt.

Aber ich hab ein Gutachten, vom Arzt, da kann der nichts machen,

Oder?, sagt der Kommissar. So ist das, sagt der Kommissar. Erklären Sie, wie es dazu gekommen ist, das muß geklärt werden.

Der andre sagt, wie es gewesen ist,

der Kommissar sagt, So kann man es auch sehen.

Ich sag, Das ist gewesen, wie ich es gesagt hab, das steht in der Anzeige.

Der andre sagt, Das geht nicht mit mir.

Was heißt, mit Ihnen, was passiert ist, ist passiert, sagt der Kommissar, wir verlangen, daß das geklärt wird, das verlangen wir.

Der andre sagt, daß es gewesen ist, wie er es gesagt hat, aber ich sag, daß es, wie ich es gesagt hab, gewesen ist.

Da kommen wir weit, sagt der Kommissar, wenn jeder sagt, was er will, und Polizisten angreifen, da kommen wir weit.

Aber, sagt der andre,

aber der Kommissar sagt, Nichts aber. Sie halten sich an die Gesetze, und daß die auch für Fremde gelten.

Wer bestreitet das, sagt der andre.

Was Sie gemacht haben, sagt der Kommissar.

Ich habe nichts gemacht, sagt der andre. Ich mache meine Arbeit, das ist vorgesehen, und warum macht mir jemand Ärger.

Jemand! Das soll ich sein; der sagt jemand, der wird vorsichtig, oder wird der frech, daß er jemand sagt, und jemand sitzt im Zimmer.

Ja, sagt der Kommissar, Sie machen Ihre Arbeit, das ist vorgesehen, aber dann kommt so etwas,

und ich merk schon, was los ist; der Kommissar sagt, Den Anordnungen der Organe, er redet von Parkverbot, und daß ich als Verkehrspolizist, aber von Körperverletzung redet er nicht. Aber ich red davon. Bloß, jetzt redet der Kommissar, der andre muß zuhören, und ich muß zuhören, darauf läuft das hinaus. So hab ich mir das nicht gedacht, aber so hab ich mir das gedacht: Ich bin der Verkehrspolizist, was ich sag, das wird gemacht, aber der andre ist der große Bericht-Erstatter, der soll, was er will, machen, weil es erlaubt ist von oben, und ich soll ein Auge zudrücken, im Parkverbot.

Aber das ist meine Hauptstadt, und wenn ich so was mitmachen muß, lang mach ich so was nicht mit. Der Kommissar ist der Kommissar, das weiß ich nicht, was das für ein Kommissar ist, wenn er mich unter seinen Hut bringen will mit dem da. Wie läuft das eigentlich: Ich oder der andre, ich mein, was *wir* wollen oder was *der* will. Oder wollen wir, was *wir* wollen, wenn wir wollen, was *der* will. Oder was wollen wir.

78

Wie einer, das ist Tallhover, hinter einem hergeht, das ist einer, den Tallhover nicht kennt, aber er geht hinter ihm her in der Sehgier, in der Hörgier, Tallhover hört den Atem des Gehenden, also nah ist er, er hört die Schritte, er sieht unbedeckten Kopf, das Haar dunkel, Tallhover schätzt ein Alter, die Halshaut zwar straff, die Schultern aber, Schmalheit beiseite, fallen vornüber, der Rücken dennoch gerade, so daß der Körper Halt hat unter leichtem Mantel, der hellgrau ist, die Beine, nach dem Gang, fest, die Füße sicher auf dem Granitstein des Gehwegs, aber die Hände, vorerst in den Taschen des Mantels, bald doch im Haar, links, rechts, die eine am Kragen, die andere vor der Stirn, sodann in den Taschen des Mantels, die linke hervor, die rechte herzu, die Zigarette herauszunehmen aus der Schachtel, die die Linke fortsteckt in die Tasche des Mantels, die Rechte in die Tasche des Mantels für die Suche nach dem Feuerzeug, das der Linken bedarf, den Luftzug im Gehschritt abzuhalten, der Rauch vorbei zu Seiten des Kopfes in das Gesicht von Tallhover, der Lust hat auf die Zigarette in dem Mund dessen und sein will der, der vor ihm geht, daß er hinter sich herginge in seiner Sehgier, in seiner Hörgier, sich selber im Auge, wie er vor sich herginge, wer Tallhover sei, wie er atme und gehe, welchen Anblick sein Kopf und Kopfhaar biete, die Halshaut, Schultern, Rücken, Beine, Füße, die Hände, beschäftigt in der Lust auf den Rauch der Zigarette, und eins wäre der Gesehene und der Sehende, gleicher Bewegung, gleichen Gedankens, nicht mehr geteilt nach Anblick und Blick, so sich zu beruhigen.

Das bin ich nicht, das nicht, schreit Tallhover, das ist, was wer sich ausdenkt gegen mich, das nimmt die Freude, da hört, was ich tue, auf, meine Sache ist Arbeit, die getan werden muß, in meinem Kopf bin *ich*, der andere ist in seinem. Jetzt schreit Tallhover nicht mehr, er beruhigt sich, daß gilt, was er sagt, und daß es gesagt ist, genügt, da soll gedacht werden, was will, oder geschrien, wenn nur geschrien ist, was Tallhover schreit, oder sagt, aber dessen muß er sicher sein, das ist *er*.

79 Erschöpft von der Mühe, die es gemacht hat, die Majestätsbeleidiger, den Monteur Friedrich Hellmuth, den Schlosser Otto Tulke, den Gürtler Otto Nielius endlich beizubringen, das Urteil zu fällen und zu vollstrecken; enttäuscht, daß die Komplizen Lenins in Berlin, Janis Rudis-Gipslis, Frau Rauchfuß und Awramow, entkommen sind und daß das Verhör der anderen, Iwan Ladyshnikow, Wladimir Adoratski und Iwan German, unbefriedigend verlaufen ist; ratlos, wie er wieder die Mühe bestehen soll, die es machen wird, den Verräter Wilhelm Hirsch, der schuld ist an dem beschämenden Verlauf des Kölner Kommunistenprozesses, abzuurteilen und hinzurichten, verliert Tallhover alle Hoffnung.

Wie soll ich die Fälle, die noch vor mir liegen, bewältigen, fragt Tallhover sich. Ich zweifle daran, daß meine Kraft ausreicht. Ich hätte früher anfangen sollen. Ich bin zu alt.

Starr sitzt Tallhover am Küchentisch. Er sagt, fast ohne Ton, Ich bin schuld, daß allzu viel unerledigt ist. Wenn mir keine Zeit bleibt, die unerledigten Fälle zu erledigen, muß ich die Schuld auf mich nehmen. Wenn diejenigen, die ich habe durchgehen lassen, nicht mehr gefaßt werden, muß ich selbst gefaßt werden, weil ich sie habe durchgehen lassen. Wenn ich sie nicht mehr anklagen kann, muß ich mich selbst anklagen, daß ich sie nicht angeklagt habe. Wenn ich sie nicht mehr bestrafen kann, muß ich selbst bestraft werden, weil ich sie nicht bestraft habe. Solcherart kann vielleicht doch noch etwas gutgemacht werden. Ich will es versuchen.

Tallhover bereitet seine Anklage vor.

Tallhover, am dritten Tag nach seinem Entschluß, geht in den Keller zur Gerichtsverhandlung. Er sieht das Gericht vor sich und sagt, Oberstes Gericht!

Der Stern der Dienste ist vom Schatten meiner Schwäche verdunkelt. Die Geschichte wird berichten, daß Verbrechen zugelassen worden oder ungesühnt geblieben sind durch mein Versagen.

Ich werde die Wahrheit bekennen, wo niemand sie mehr zu

kennen scheint oder weil die Dienste und der Dienst, sei es aus Trägheit, sei es aus Gründen wechselnder Nützlichkeit, sie verschwiegen haben und verschweigen.

Meine Pflicht ist es zu sprechen. Ich will nicht mehr mitschuldig werden an meiner Schuld.

Meine Nächte werden von den Hohngesichtern derer heimgesucht, die in der Ferne der Geschichte und in der Nähe der Gegenwart der Strafe entgangen sind, die sie verdient haben. Aber Strafe gebührt nicht nur ihnen, sondern zuletzt denen, die sie entkommen ließen, also auch mir.

Dem obersten Gericht werde ich als ehrlicher Mann die Wahrheit mit der ganzen Kraft meines Zornes und meiner Enttäuschung zurufen. Wem sonst sollte ich die Verbrechen der Schuldigen, der Untäter und ihrer unfähigen Verfolger, nennen, wenn nicht Ihnen, den Mitgliedern des obersten Gerichtes, den ersten Männern unseres Landes?

Zuerst die Wahrheit über mich.

Für den Lauf meines Lebens muß es von zwingendem Gewicht gewesen sein, daß ich am Tag der Ermordung des Herrn Staatsrats August von Kotzebue geboren bin, und zwar geboren in der Stunde seines Todes, nachmittags fünf Uhr, wie mir meine Mutter gesagt hat.

Diese Duplizität von Tod und Geburt, auf welche ich durch die Mutter verwiesen wurde, hat früh mein Interesse für Leben und Arbeit von Herrn von Kotzebue geweckt. Namentlich leuchteten mir seine politischen Ansichten ein, darunter sein logisches Votum gegen die Pressefreiheit.

Wollte und will ich mir die unbedingte Sympathie für Herrn von Kotzebue, den unbedingten Haß gegen seinen Mörder Ludwig Sand erklären, so fand und finde ich nur den einen Grund: Sand, der den gleichen Vornamen wie ich trug, stach Herrn von Kotzebue in der Stunde meiner Geburt ins Herz, in den Mund und in den Leib, weil er meine Liebe zum reinen, unbedingten Staat, die Liebe seines Gegenbildes, treffen wollte; weil er meine Stimme, die ich für dieses Ziel gebrauchen sollte, ersticken wollte; weil er mich, ehe ich geboren war, im Leib meines Vaters zu töten trachtete.

Also früh schon war mein Streben – wie durch Blutsbande befördert – auf den unbedingten Respekt vor den herrschenden Gesetzen eines Staates gerichtet, der keineswegs der lächerlichen Vorstellung von einer Gleichheit aller Bürger folgt. Gerechte Sache war für mich stets die Sache des Staates. Meines Erachtens muß die Verwirklichung der Staatssache auch mit gewaltförmigen Mitteln gerechtfertigt sein, zu welchem Zweck der Polizei eine führende Rolle einzuräumen ist. Deshalb eben habe ich von Anfang an mein Feld in der polizeilichen Arbeit gesucht, durch welche allein das Ziel zu erreichen sein wird.

Man wird mich erst wirklich kennen, wenn eine Untersuchung meine Unterlassungen, mein Versagen und meine Verantwortlichkeit festgestellt hat. Diese Untersuchung will ich mit meiner Anklage eröffnen.

Sollte ich aus Gedächtnisschwäche etwas auslassen, so möge Ihre eigene Untersuchung alle Einzelheiten aufdecken.

Ich erkläre hiermit, daß ich als lebenslanger Mitarbeiter der Dienste einer der Schuldigen bin an schwerwiegenden Unterlassungen, deren sich die Dienste schuldig gemacht haben.

Wie oft habe ich mich anheischig gemacht, Verbrechen am Staat unnachgiebig zu entdecken und bin doch auf halbem Weg stecken- oder stehengeblieben. Wohl gab es noch meine Dienstvorgesetzten, ja Verantwortliche von allerhöchstem Rang – den Kaiser und König, den Reichspräsidenten, die Kanzler, die Minister des Innern, die Polizeipräsidenten, den Führer, den Chef des Reichssicherheitshauptamtes, den Präsidenten der Republik, den Vorsitzenden des Ministerrates, den Minister des Dienstes; aber im Grunde sind es meinesgleichen und bin ich es, die in der Ermittlung, im Verhör, in der Strafverfolgung oft und oft versagt haben. Eine Kette von Nachlässigkeiten, die sich vor meinen Augen reiht, ein Berg historischer Schuld, der sich vor mir, einem schwach gewordenen Mann der Dienste, türmt. Ein Alp für jeden, der die Geschichte und ihre tatsächlichen Einzelheiten kennt – ein Alp, von dem ich mich am Ende meines Lebens befreien möchte.

Wie oft ist es Schuldigen dank verlogener Anstrengungen,

dank lügnerischer Beteuerungen angeblicher Unschuld gelungen, ihren Kopf glücklich aus der Schlinge zu ziehen. Wie oft wurde die Verfolgung der Schuldigen betrieben ohne die notwendige Geheimhaltung, ohne ein unerläßliches Maß an Härte, ja an staatsdienlicher Gewalt.

Das ist nicht gewöhnlicher Verrat an den Diensten und am Staat, sondern selbst Verbrechen, und zwar Verbrechen an der Geschichte.

Wenn ich das betone, so deshalb, weil hier der Keim liegt, aus dem sich Jahr um Jahr das tiefste Vergehen an der Idee des ordnenden Staates entwickelt – die verheerende Aufsässigkeit *gegen* den Staat, an der unser aller Leben krankt.

Ich kann mit dem Finger darauf zeigen, wie die Verantwortlichen und die Dienste sich haben irreführen lassen, nach und nach eine unheilvolle Rolle im Versagen *mitzuspielen*. Bis zu einem Punkt, an dem Staatsgefüge wankten, ja stürzten, bis zu dem Punkt, an dem ich Klage erheben muß gegen die Mängel der Dienste und also auch gegen mich. Anfangs war es oft bloß Sorglosigkeit oder Mangel an polizeilicher Intelligenz. Am Ende stand nicht selten selbstmörderische Dummheit.

Strikt verlange ich lückenlose Geheimhaltung meines Prozesses, damit nicht gegenwärtige und zukünftige Feinde der staatlichen Ordnung billig Nutzen ziehen können aus der Aufdeckung der Fehler, die die Dienste und ihre Mitarbeiter, darunter ich, begangen haben. Es handelt sich unter anderen um Fehler, die einen fehlerhaften, unheilvollen Verlauf der Geschichte erst zugelassen haben.

Ich fordere Sie, die Richter des obersten Gerichts, auf, ihrem Unwillen, ihrer Empörung über mich Ausdruck zu verleihen durch eine Strafe, die das gewöhnliche Maß übersteigt.

Sagen Sie nicht, es gebe keine Beweise mehr, über den Verlauf der Geschichte lasse sich nicht rechten, über die sogenannten Statisten der Geschichte könne man nicht richten!

Ich bestehe mit aller Kraft der Erinnerung darauf, daß meine Verurteilung notwendig ist. Es bedarf dazu keiner herkömmlichen Beweise, keiner belastenden Schriftstücke, die man vorzeigen kann. Schriftstücke sind etwas Lächerliches vor der unabweisbaren geschichtlichen Schuld, versagt zu haben im Dienst an der Idee des reinen ordnenden Staates. Ich zögere an dieser Stelle wiederum nicht, solches Versagen als das eigentliche Staatsverbrechen anzusehen.

Es darf an mir kein Justizirrtum begangen werden. Ich fordere Sie auf, die Beteuerungen meiner Schuld als Beweis meiner Schuld anzuerkennen. In meiner Lage kann es für mich nichts Schlimmeres geben, als ein Opfer Ihrer Nachsicht zu werden. Lassen Sie keine Gnade mit mir walten.

Forschen Sie in mir nach und überzeugen Sie sich von meiner Schuld. Überdies müssen sogar noch Akten vorhanden sein, die meine Schuld im herkömmlichen Sinn beweisen. Aber dehnen Sie Ihre Nachforschungen nicht über Gebühr aus. Ich habe ein Recht auf einen zügigen Prozeßverlauf und auf eine baldige Aburteilung.

Um jeden Preis muß eine Revision des Prozesses vermieden werden.

Sie können die Wahrheit über mein Versagen aufdecken. Scheuen Sie sich nicht, den gesamten Dienst gegen sich aufzubringen. Es gibt keinen wirklichen Widerspruch zwischen Ihrem Gewissen und dem Interesse des Dienstes. Dienen Sie durch meine Verurteilung den Interessen des Dienstes, und Sie dienen Ihrem Gewissen.

Ich stehe nicht allein. Ich muß die Fehler anderer Mitarbeiter der Dienste, die nicht mehr unter den Lebenden weilen, auf mich nehmen. Ich bin nicht nur ebenso schuldig wie sie, ich bin schuldiger: Ich lebe noch und hatte die Möglichkeit, ihre und meine Fehler zu korrigieren. Ich habe es zwar versucht, aber ich habe es nicht wirklich getan.

Die Zahl der Mißerfolge des Dienstes wegen Unfähigkeit oder Nachlässigkeit seiner Mitarbeiter und Leiter ist Legion. Die Leiter des Dienstes wissen es. Aber der Dienst kann sich nicht selbst anklagen.

Einer muß es übernehmen, einer, der Einsicht in sein Versagen hat, muß sich stellvertretend für den Dienst anklagen. Dieser eine bin ich.

Täte ich es nicht, die Mängel der Arbeit des Dienstes müßten dem Dienst allmählich zur lähmenden Schande werden, die schließlich *jede* Arbeit zum Mißerfolg verdammt.

Ich habe mich im Lauf der Geschichte oft gefragt, wer meine Beschützer waren. Im Grunde wollte kein Leiter meine Schuld ans Licht kommen lassen, weil jeder einen Freispruch vor der Geschichte brauchte – er wäre anderenfalls allgemeiner Verachtung der Dienste aller Länder verfallen. Das Ergebnis der Geschichte ist, daß ich, der ich mir historische Schuld zuschreiben muß, noch als ein bewährter Mitarbeiter angesehen werde, der stets seine Pflicht erfüllt hat.

Heute soll es ein Ende damit haben. Ich fordere Gerechtigkeit für alle, die durch mein Versagen zu Opfern der Geschichte wurden.

Es wird die Zeit kommen, da das Versagen der Dienste in aller Ausführlichkeit dargestellt werden wird. Aus diesen Darstellungen werden berufenere Mitarbeiter als ich die richtigen Schlüsse ziehen. Das wird die Zeit sein, in der die Arbeit der Überwachung und Verfolgung von Aufsässigen einen höheren Grad von Vollkommenheit besitzen wird.

Ich bedaure, daß ich diese Zeit nicht erleben werde. Aber ich kann durch die Klage gegen mich selbst dazu beitragen, daß diese Zeit der Vervollkommnung schneller näherrückt.

Ich kann hier nur aus der Geschichte meiner eigenen Tätigkeit sprechen. Mögen andere sodann von ihrer Tätigkeit sprechen. Denn es steht die Ehre der Dienste auf dem Spiel. Mein Prozeß soll bloß der Auftakt einer Reihe von Prozessen sein, in denen andere Mitarbeiter ihre Schwächen bekennen, damit der Dienst, von diesen Schwächen gereinigt, stark und unüberwindlich wird. Für die Stärke und Unüberwindlichkeit der Dienste habe ich gelebt, und meine Anklage soll der letzte Dienst sein, den ich der Stärkung des Dienstes erweise. Der Dienst kann seine Ehre wiederherstellen, wenn ich meine Schuld bekenne wie andere ihre Schuld bekennen müssen zur Ehre des Dienstes.

Ich rufe Ihnen, meinen Richtern, zu: Die Staatsordnung steht und fällt mit der Vervollkommnung der Arbeit des Dienstes! Ich appelliere an die Leitung des Dienstes: Wann endlich

Hans Joachim
Schädlich

Der Sprachabschneider

Mit Zeichnungen
von Amelie Glienke
40 Seiten
Laminierter Pappband

«Schädlich ... attackiert,
märchenhaft verkleidet, die galoppierende
Sprachverödung ...
Ein Kinderbuch, das Kinder unbedingt
ihren Eltern vorlesen sollten.»
(Tages-Anzeiger)

Rowohlt

letztes Mittel gegen diese Übermacht des historischen Irrtums, eine Sprengladung an den Geleisen anbringen müssen?

Es ist erwiesen, daß ich es unterlassen habe, die Schuldigen an der Reise, sofern ich ihrer hätte habhaft werden können, zu bestrafen, und wären es auch nur Freiherr von Romberg, Oberst Nicolai, Rittmeister Zürn, Herr von der Planitz, Doktor Bührig, Leutnant Schüler und dieser Platten gewesen – wenn schon nicht General Ludendorff und Staatssekretär Zimmermann. Von Jansson, der nur Stiefellecker der Bolschewiki sein wollte, rede ich gar nicht erst.

Die einzige Genugtuung in dieser Sache habe ich durch den Staatsanwalt der Union der Sozialistischen Sowjetrepubliken, Andrej Wyschinski, erfahren. Er war es, der Neunzehnhundertsechsunddreißig Sinowjew und Neunzehnhundertsiebenunddreißig Radek und Sokolnikow, diese drei Weggefährten, angeklagt hat. Obwohl nur Sinowjew zum Tode verurteilt wurde, sind doch Radek und Sokolnikow, wie ich inzwischen ermittelt habe, Neunzehnhundertneununddreißig in russischen Gefängnissen gestorben. Ihre Strafe haben sie somit bekommen.

Obschon ich auch weiß, daß Skowno Neunzehnhundertachtunddreißig in Rußland gestorben ist, daß die Krupskaja Neunzehnhundertneununddreißig in Rußland gestorben ist, daß Safarow Neunzehnhundertzweiundvierzig in einem russischen Gefängnis gestorben ist, daß Fritz Platten, nachdem er Neunzehnhundertneununddreißig zu Zwangsarbeit verurteilt worden war, Neunzehnhundertzweiundvierzig in einem russischen Lager gestorben ist, gibt mir dieses Wissen doch keinen Trost. Denn ich weiß auch, daß Charitonow noch bis Neunzehnhundertachtundvierzig, Zchakaja noch bis Neunzehnhundertfünfzig gelebt hat, und ich weiß, daß Olga Rawitsch noch immer lebt. Diese drei sind zuletzt der Strafe entgangen.

Es ist erwiesen, daß ich, im Jahr Achtzehnhundertfünfundneunzig, meine Leute hinter Uljanow habe herlaufen lassen, anstatt ihn festzusetzen, und daß ich, anstatt Uljanow festzusetzen, meine Leute jahrelang habe hinter Hille herlaufen lassen, also Zeit und Kraft meiner Leute vergeudet habe.

der Paulsborner Straße, und Neunzehnhundertzwanzig meine eigenen Leute, Kommissar Schmidt und zwei Mann, ihn in der Hand hatten während der Zugfahrt nach Prostken. Der Legationsrat Hey vom Auswärtigen Amt hätte nichts ausrichten können gegen zwei Mann und Kommissar Schmidt.

Entkommen lassen habe ich nicht nur Radek, sondern den Rattenschwanz seiner Helfer und politischen oder geschäftlichen Sympathisanten. Ich erwähne nur Ernst Friesland-Reuter, welcher bloß ein Jahr nach dem Entkommen Radeks Generalsekretär der Kommunistischen Partei Deutschlands war und nach dem Zweiten Krieg den sowjetischen Freunden und unserer Regierung das Leben schwer gemacht hat als ein sogenannter Regierender Bürgermeister der Frontstadt bis vor zwei Jahren. Und ich erwähne Radeks Anwälte Doktor Weinberg und Doktor Rosenfeld. Und Paul Levi. Und Hermann Duncker. Nicht zu reden von Radeks kleinen Hilfs-Genossen, ohne die er gar nichts hätte machen können: Ernst Heilmann, Charlotte Kornfeld und wie sie heißen.

Von seinen Sympathisanten nenne ich nur den Freiherrn von Reibnitz und Geheimrat Deutsch.

Lasch hat sich der Staatanwalt Doktor Weismann aufgeführt. Er stand unter dem Einfluß der Republik und hat das Gesetz ausgelegt, als wäre es für einen wie Radek da. Hat Radek sich an das Gesetz gehalten? Einen Aufstand der Kommunisten hat er organisiert, Dreiundzwanzig. Lasch war Weismann. Wie alle Republikaner. Was galt schon ein Polizist wie ich. Den konnte man anspucken. Abknallen konnte man den. Die Kommunisten haben es vorexerziert. Der Doktor Weismann durfte sich die Quittung selber schreiben, Dreiunddreißig. Vorbei mit der Republik. Weismann ausgebürgert. Aber ein Polizist wie ich galt wieder etwas. Jetzt hätten wir Radek nicht entkommen zu lassen brauchen.

Es ist erwiesen, daß ich, im Jahre Neunzehnhundertsiebzehn, keinen Versuch gemacht habe, Lenins Reise durch Deutschland zu verhindern, die allerdings von der Kaiserlichen Regierung, vom Auswärtigen Amt und von der Obersten Heeresleitung gebilligt und organisiert war. Hätte ich nicht, als zehnhundertdreiundfünfzig nicht rechtzeitig, sei es mit meiner geringen Stimme, nachdrücklich auf die gefährliche Lage aufmerksam gemacht habe, die für die Sicherheit des Dienstes und des Staates entstanden war. Auch wenn die Verantwortlichen die Gefahr anders *benannt* haben wollten – Benennung hin, Benennung her. Ich selbst bin zum Opfer dieser meiner Unterlassung geworden.

Es ist erwiesen, daß ich im Jahr neunzehnhundertdreiundvierzig nicht wenigstens die strenge Bestrafung der Wachleute gefordert habe, die verantwortlich waren für den Selbstmord oder die Erschießung von Jakob Dschugaschwili im Sonderlager A von Sachsenhausen. Ich glaube nicht, daß Stalin seinen Sohn am Ende des Krieges vergessen hätte. Für Jakob Dschugaschwili hätten wir sonstwen kriegen können. Oder sonstwas. Zum Beispiel freies Geleit für Männer wie mich. Ich hätte mich dann nicht jahrelang verbergen müssen, ehe ich wieder zum Dienst zugelassen wurde.

Es ist erwiesen, daß ich in den Jahren Neunzehnhunderteinundvierzig und Neunzehnhundertzweiundvierzig, als ich in das Amt Drei des Reichssicherheitshauptamtes bestellt war, nicht energisch darauf bestanden habe, das Amt Drei möge vom Amt Zwo die genaue Beachtung meines Memorandums Kirchen verlangen. Hätte Amt Zwo mein Memorandum Kirchen beachtet, wäre Amt Drei nicht genötigt gewesen, meine Meinung zu Dingen der Kirchen zu erfragen.

Es ist erwiesen, daß ich der deutsch oder national drapierten humanitären Gefühlsduselei von Lenins deutschen Ärzten nicht streng genug entgegengetreten bin. Im Fall von Professor Foerster wäre eine polizeiliche Maßnahme dringend nötig gewesen. Diesen Leuten, die sich ständig auf ihren Beruf und ihre Pflicht, Menschen zu helfen, berufen haben, hätte klar gesagt werden müssen, daß es darauf ankommt, *welchen* Menschen.

Es ist erwiesen, daß ich, im Februar Neunzehnhundertneunzehn, Radek zum zweiten Mal entkommen ließ, und ein drittes Mal im Januar Neunzehnhundertzwanzig, obwohl ich ihn Neunzehnhundertneunzehn selbst in die Hand bekam in wird die Arbeit des Dienstes grundlegend umgewälzt und erneuert, so daß die gefährlichen Mängel der Vergangenheit und Gegenwart ein für allemal vermieden werden?

Ich kenne viele Menschen meiner Überzeugung, die vor der Möglichkeit eines Krieges zittern, weil sie wissen, welche Schwächen unser Dienst hat. Wie kann man zulassen, daß leichtfertig oder stümperhaft verfahren wird, da man doch weiß, daß die Sicherheit des Staates in der Hand des Dienstes liegt.

Ich wünsche mir, daß meine Anklage ein Licht auf diesen Sachverhalt wirft. Ich will es nicht mehr ertragen, daß die Forderung nach strengster Vervollkommnung des Dienstes unter dem verlogenen Vorwand der Rücksichtnahme auf Innen- und Außenpolitik überhört wird. Gerade die Vervollkommnung der Arbeit des Dienstes würde diese vorgeblich notwendige Rücksichtnahme überflüssig machen.

Ich hoffe, der Prozeß gegen mich wird das Gewissen des Dienstes aufrütteln – von seinem Leiter bis zum geringsten Mitarbeiter.

Das Bekenntnis meines Versagens ist die Wahrheit. Wenn ich von dem Versagen anderer spreche, sage ich ebenfalls die Wahrheit. Diese Wahrheiten sind Schmutzflecke auf der Geschichte der Dienste. Sie, meine obersten Richter, haben die Menschenpflicht, die Schmutzflecken durch ein strenges Urteil abzuwaschen.

Wenn man die Mängel der Dienste fortschleppt, sammeln die Aufsässigen im Volk ihre Kräfte; sie erlangen eine solche Explosivgewalt, daß sie alles, was ihnen im Wege steht, fortsprengen!

Soll nicht alles in meinem Leben umsonst gewesen sein, muß ich an einen zukünftigen Erfolg des Dienstes glauben. Die Wahrheit über die Mängel der Dienste ist auf dem Marsch, und wenn die Wahrheit nur schonungslos ans Licht gebracht wird, muß am Ende die Vervollkommnung des Dienstes stehen. Ich setze mein Leben daran, daß dies geschieht.

Ich klage mich an!

Es ist erwiesen, daß ich in der ersten Hälfte des Jahres Neun-

Es ist erwiesen, daß ich, im Jahr Achtzehnhundertneunundsiebzig, nicht entschlossen Sorge getragen habe für eine Stützung des Lieutenants außer Dienst, Robert Goldbeck, so daß dieser ein Helfer der Polizei hätte werden können und der gewaltsame Tod des Herrn Polizei-Raths Rumpf im Januar Achtzehnhundertfünfundachtzig vielleicht, wer weiß es, vermieden worden wäre.

Es ist erwiesen, daß ich im Oktober Achtzehnhundertzweiundvierzig, in meinem Brief an Herrn Polizei-Inspektor Hofrichter, nicht nachdrücklichst gefordert habe, Herweghs Reise durch Deutschland zu verbieten, und daß ich, da die Reise schon geduldet wurde, nicht hartnäckigst darauf bestanden, Herwegh bei Gelegenheit seiner Reise schlagartig zu verhaften.

Es ist erwiesen, daß ich im September Achtzehnhundertzweiundvierzig, in meinem Brief an Herrn Polizei-Inspektor Hofrichter, nicht dringlich genug darauf gedrungen habe, die Rheinische Zeitung sofort zu verbieten.

Oberstes Gericht, ich komme zum Schluß!

Ihr Urteil wird zur Vervollkommnung der Arbeit des Dienstes beitragen. Für die Arbeit der Mitarbeiter des Dienstes gilt, was auch für Sie, oberste Richter, gelten muß, wenn ein Mitarbeiter seine Pflicht nicht erfüllt: Nur klares Ins-Auge-Fassen des Zieles, Beharrlichkeit in der Erreichung des Zieles und alle und jedwede Hindernisse brechende Härte des Charakters können den Erfolg sichern. Ich will sie daran erinnern, was unser Gesetz für mich fordert. Ich erinnere Sie an Ihre Pflicht, mich schuldig zu sprechen. Wenn Sie mit der Beweisführung meiner Anklage einig gehen, werden Sie meine Schuld bejahen. Wenn Sie meine Schuld bejahen, werden Sie nicht umhin können, ein strenges Urteil über mich zu fällen. Sie werden nicht umhin können zu sagen: Tallhover – zum Tode.

Ich habe den Tod verdient. Es kommt die Stunde der Sühne.

80 Tallhover steht an der Stirnseite des großen Kellerraums, räuspert sich, sagt, hiermit eröffne er die Nachtsitzung des obersten Gerichts. Er erteilt sich das Wort zu einer Verteidigungsrede. Fahrig wischt er sich die Stirn und setzt sich auf den Stuhl, den er für den Angeklagten Tallhover an der gegenüberliegenden Wand aufgestellt hat.

Tallhover steht von seinem Stuhl auf und sagt, Ich werde keine Verteidigungsrede halten. Das, was ich für die Idee des reinen unbedingten Staates getan habe, wiegt mein Versagen nicht auf. Über meine Verdienste muß ein Kreuz gemacht werden. Meine Verdienste sind ausgelöscht. Ich halte mich nicht für berechtigt, mich zu verteidigen, weil ich die Beschuldigungen, die ich gegen mich erhoben habe, für richtig halte. Ich wüßte nicht, was ich zu meiner Verteidigung anführen könnte. So will ich nur vom Recht auf ein Schlußwort Gebrauch machen.

Ich bin, was die Dauer meiner Tätigkeit für die Dienste anlangt, einer der ältesten Mitarbeiter. Ich war dreiundzwanzig Jahre alt, als ich meine polizeiliche Tätigkeit unter der Leitung des Königlichen Polizei-Inspektors Hofrichter im Polizeipräsidium von Berlin begann.

Bereits an meinem fünfundzwanzigsten Geburtstag wurde ich zum Kriminalkommissar befördert und konnte die Glückwünsche von Polizei-Inspektor Hofrichter für meine Mitwirkung bei der Überwachung des Dichters Georg Herwegh entgegennehmen. Warum ich aber Herweghs wegen nicht glücklich war, habe ich bereits ausgesagt.

Daß ich bereits ein hohes Alter erreicht hatte, als ich nach dem Zweiten großen Krieg noch einmal in den Dienst des Dienstes trat, sage ich nicht, um meine Schuld durch den Hinweis auf das Alter zu verringern. Ich sage es, weil ich der Hoffnung, die sich durch die Aussicht auf einen bedingungslos reinen Staat bot und die ich zugleich in mich selbst setzte, trotz meiner großen geschichtlichen und dienstlichen Erfahrung nicht entsprach. Ich erschöpfte mich in der Klage über die Mängel des Neuen Dienstes. Immer sagte ich mir, daß ich dieses oder jenes besser gemacht hätte, anstatt es wirklich besser zu machen. Oder anstatt doch wenigstens mit der ganzen Kraft meines Wissens und Könnens darauf hinzuwirken, daß es von den neuen jüngeren Mitarbeitern besser gemacht wird. Überhaupt muß ich einen Zug meines Wesens bemängeln, der darin sich ausdrückt, daß ich mehr und mehr in ein besserwisserisches Räsonnement verfiel. Ich hatte die Möglichkeit, das bessere Wissen zur wirklichen Geltung zu bringen, also in Macht des Staates gegen Aufsässige und Andersdenker zu verwandeln. Mein Wissen hätte Macht sein können, nämlich größere des Staates, nicht persönliche. Ich bekenne, daß ich allerdings auch versucht war – gerade nach dem Zweiten Krieg und im Bewußtsein meiner Kenntnisse –, größere persönliche Anerkennung zu wünschen. Im rechten Moment habe ich es aber verstanden, diesen Wunsch als den Wunsch nach der Anerkennung meiner Erfahrung zum Nutzen des Dienstes aufzufassen. Wie hätte ich auch wirklich mehr wünschen können, da doch mit der Klage über die Mängel des Dienstes die Einsicht verknüpft war, daß ich selber die Mängel nicht beseitigt habe. Die Einsicht in die Mängel vergrößerte im Grunde nur meine Verantwortung.

Ich erwarte nun von anderen Mitarbeitern, die Verantwortung in sich tragen, daß sie – wie ich es am Ende getan habe – nur aus sich selbst heraus, freiwillig, offen und bis zu Ende ihr eigenes Versagen bekennen. Ich bitte Sie, Genossen Richter, meine geringen Verdienste nicht zu berücksichtigen, mein Leben nicht zu schonen und mir auf diese Weise die Möglichkeit zur Sühne meines Versagens zu geben.

Ich versichere, daß ich vor Gericht die Wahrheit gesagt habe. Ich möchte aus dem Leben scheiden, ohne mit dem Schmutz meines Versagens behaftet zu sein. Glauben Sie mir, daß ich diesen Schmutz vollständig ausgespien habe. Der Kreis ist geschlossen. Alles hat seine Grenzen, auch meine Geduld mit mir. Ich will nicht in der Senkgrube meines Unvermögens ersticken. Ich will gereinigt sterben.

81 Tallhover geht in den Nebenraum, wartet eine halbe Stunde, kehrt in den großen Kellerraum zurück und findet niemanden vor. Er setzt sich, wartet. In der Angst, das Gericht könne fortgegangen sein, ruft er, Das Gericht erscheint! Angeklagter, erheben Sie sich von Ihrem Platz!

Er steht auf, tritt hinter seinen Stuhl, sagt, Ich verkünde das Urteil des obersten Gerichts. Das oberste Gericht, bestehend aus dem Vorsitzenden, den Mitgliedern und dem Sekretär, unter Teilnahme des Anklägers, Ludwig Tallhover, hat in geheimer Gerichtssitzung am elften Februar Neunzehnhundertfünfundfünfzig die Strafsache gegen Tallhover, Ludwig, geboren am dreiundzwanzigsten März Achtzehnhundertneunzehn, ehemaliger Mitarbeiter der Dienste, verhandelt.

Die Gerichtsverhandlung hat ergeben, daß Ludwig Tallhover in über zehn Jahrzehnten der Tätigkeit seine Pflicht als Mitarbeiter der Dienste auf das schwerste versäumt hat.

Sein Versagen trägt den Charakter eines Verbrechens gegen das Ziel und den Auftrag der Dienste.

Gewisse Verdienste, die er sich dennoch erwarb, können nicht als mildernder Umstand angerechnet werden.

Auf Grund des Dargelegten verurteilt das oberste Gericht Ludwig Tallhover zum höchsten Strafmaß und zur Beschlagnahme seines gesamten persönlichen Eigentums.

Der Vorsitzende und die Mitglieder des obersten Gerichtshofes.

82 In der Starre seiner Schuld sitzt Tallhover den zweiten Tag in seinem Keller.

Daß er vor vier Tagen dem Leiter des Archivs gesagt hat, er werde Urlaub nehmen für zwei Wochen, hat Tallhover schon vergessen. Ein Anruf aus dem Archiv ist nicht zu erwarten. Daß er vor drei Tagen der Alten, die sein Haus sauberhält, gesagt hat, er werde für zwei Wochen verreisen, hat Tallhover schon vergessen. Ein Besuch der Alten ist nicht zu erwarten.

Das Licht im Haus hat Tallhover gelöscht, bevor er in den Keller ging. Das Licht im Keller hat Tallhover gelöscht, nachdem das Urteil verkündet war.

Tallhover sitzt auf dem feuchten Zementfußboden, weil der Stuhl, den er an der Wand des großen Kellerraumes für den Angeklagten Tallhover aufgestellt hat, dem Verurteilten Tallhover nicht zusteht.

Es ist Sonntag, der dreizehnte Februar Neunzehnhundertfünfundfünfzig. Es ist kalt in der Hauptstadt. Die Heizung in Tallhovers Haus ist erloschen.

Den zweiten Tag hat Tallhover nichts gegessen. Den zweiten Tag hat Tallhover nichts getrunken.

Es ist still am Sonntag in der Hauptstadt. Tallhover hört seinen Atem.

Er schließt den Mund, öffnet den Mund, sagt etwas, hört seine Stimme nicht. Er schreit, aber hört sich nur flüstern, Warum kommt niemand! Warum hilft mir keiner! Genossen! Kommt! Helft mir! Tötet mich!